講談社文庫

ブラック・ドッグ

葉真中 顕

講談社

ブラック・ドッグ

目次

7 【プロローグ】熊 BEAR

39 【Ⅰ】犬 DOG

213 【Ⅱ】獣 BEAST

431 【Ⅲ】人 HUMANKIND

643 【エピローグ】鳥 BIRD

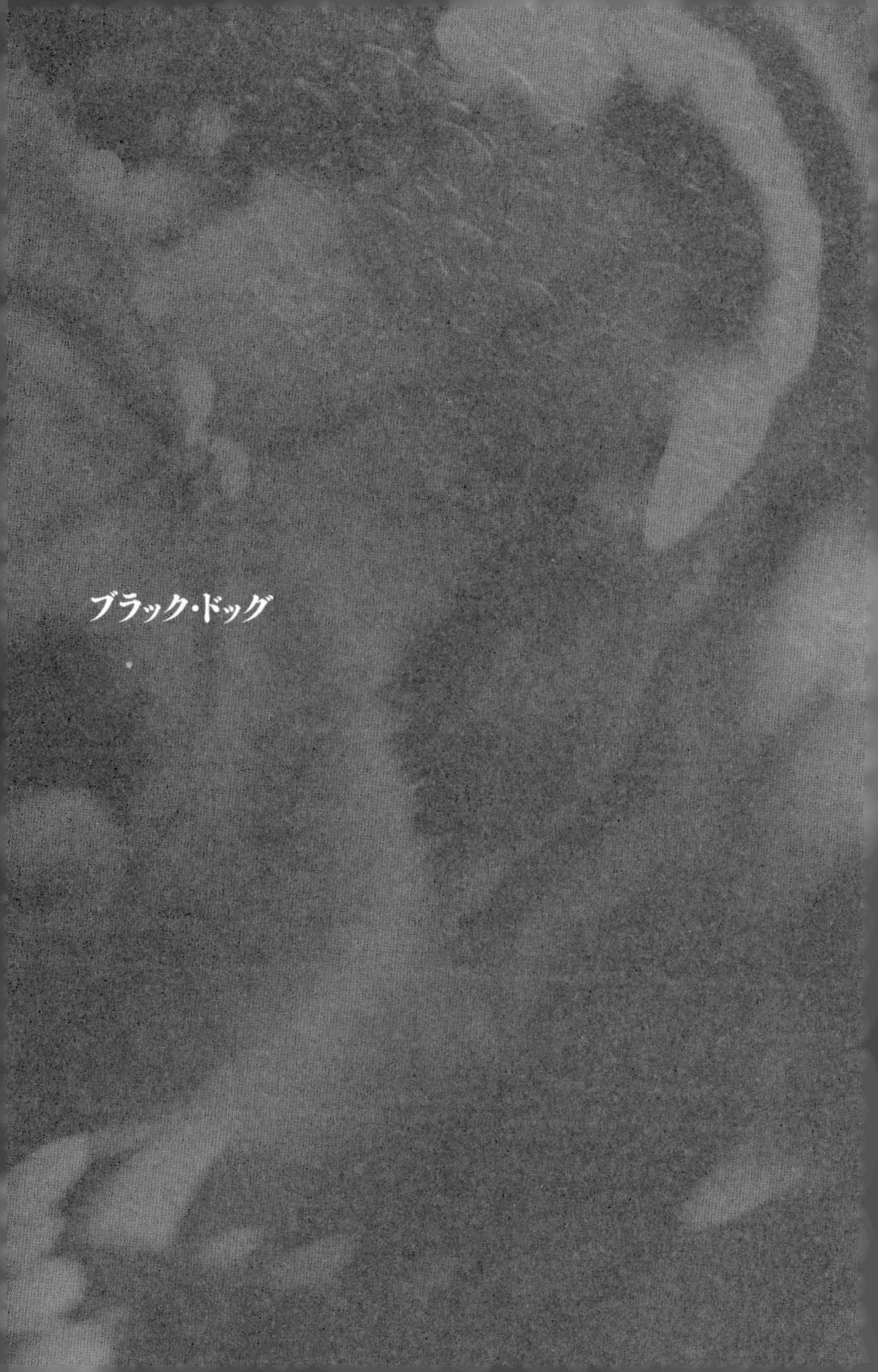

ブラック・ドッグ

世界は人間なしに始まったし、人間なしに終わるだろう

——クロード・レヴィ＝ストロース

【プロローグ】熊　BEAR

『――ジェイジェイ』

再生ボタンをクリックすると、低い男の声がして、画面には一葉の写真が表示される。優しそうな青い目をした白人男性だ。白い歯をみせて笑っている。歳は三〇代前半だろうか。かすかな憂《うれ》いを湛《たた》えた整った顔立ちは、映画俳優と言っても通用しそうだ。

『ジャック・メイヤー・ジュニア。親しみを込めて、JJと呼ぶことにしよう』

声が写真の男性を紹介する。英語だけれど、アップした動画投稿サイトの言語に合わせた字幕がつけられている。

『JJは、インディアナ州に拠点を置く畜産企業「メイヤーフーズ」の後継者だ。五年ほど前、二八歳のときにノートルダム大学に属する名門ビジネススクール、メンドーザ・カレッジ・オブ・ビジネスでMBAを取得し、卒業と同時に経営に参加するようになった』

声の説明に合わせて写真が映し出される。

工場のように見える白い横長の建物。壁面には赤い文字看板で「MAYER FOOD

S」という社名が出ている。次の写真は、その建物の中なのだろう、青白い光に照らされたやはり工場然とした広いフロア。ただし、そこに並んでいるのは機械ではなく、牛だ。フロアの壁に沿って鉄製の柵で一頭ずつ区切られたスペースに、何頭もの牛が押し込まれている。その次の写真は、少しグロテスクだ。吊り下げ型のコンベアに、巨大な肌色の肉塊がいくつもさがっている。肉塊には四肢があり、よく見ると皮を剝《は》がれた牛のようだ。これがフロアに並んでいた彼らのなれの果てなのだろう。

『JJの発案によりメイヤーフーズは、伝統的な牧畜型の畜産から、近代的な工場型の畜産へと大きく舵《かじ》を切り、傾《かたむ》きかけていた経営を立て直すことに成功した。彼の父親にしてメイヤーフーズの現社長でもあるジャック・メイヤーは、会社を救った息子にその座を譲り、今年度限りで引退することを決めている』

写真は畜産場のものから、また人物を写したものに変わる。

色鮮やかな家族写真。JJと、その妻らしきブルネットの女性。彼女は胸に赤ん坊を抱いている。赤ん坊の目はくりっとして大きく、とても愛らしい。その傍らにJJの両親らしき初老の夫婦。父親はJJとよく似ているが、髪はだいぶ薄く恰幅《かっぷく》もいい。母親は真っ白い髪を上品にまとめている。赤ん坊を含めた家族全員が自然にこぼれたような笑みを浮かべている。幸せを写し取ったような写真だ。

『プライベートでは、二年前に学生時代から長く交際していたリタと結婚。今年の春には待望の第一子、アンドリューが生まれた。公私ともに充実しつつあるＪＪであるが、彼には一つ、どうしても成し遂げなければならないことがあった。家業を継ぐために、父親になるために、メイヤー家の男になるために、この若き企業家は家族とともにカナダを訪れた。これは、単なる家族旅行ではなく、ＪＪにとっての通過儀礼《イニシエーション》でもある』

画面は暖かな家族写真から一変して、色彩の少ない寒々しい土地を映した動画に変わる。

正面に岩山がそびえ、針葉樹がまばらに立ち並ぶ。山肌も樹も凍った雪に彩《いろど》られ、白く冷たい輝きを放っている。その山の麓《ふもと》に、ぽつんと丸太作りのロッジがある。まるで一枚の絵画のような風情だが、手持ちカメラで歩きながら撮影しているようで、画面はぐらぐら揺れている。

『ここは、真冬に日が昇らず真夏には日が沈まない北極圏。ヌナブト準州の村落の外れだ。あのロッジにＪＪとその家族がいる』

カメラはゆっくりとロッジに向かってゆく。遠目に小さく見えたロッジは、しかし近づくと意外なほど大きい。バルコニーのついた二階建てで、日本の一般的な戸建て住宅の一回り以上は大きいだろう。正面にウッドデッキがあり、それを上がった先に鹿の角を飾った扉がある。あれが入り口のようだ。

『ＪＪがここを訪れた目的は、ホッキョクグマを撃つことだ。家督を継ぐ前に熊を撃つのが、メイヤー家の習わしだった。地上最強の獣を倒して、家を守るのに相応《ふさわ》しい強い男だということを証明するのだという。かつてＪＪの父ジャックも、代替わりするときに「最も危険な捕食動物」とされるグリズリーを仕留めている』

ここで一旦、画面にホッキョクグマの写真がインサートされる。吠えているのだろうか、口を開いた瞬間の写真だ。柔らかささえ感じさせる綿のような白い巨体に、つぶらな瞳。開かれた口の中には大きな牙が覗く。可愛らしさと恐ろしさがアンバランスに同居している。

『ホッキョクグマは、グリズリーの近縁種であり、オスの体長は七フィートを優に超え、体重は一〇〇〇ポンド以上にも達する。獰猛《どうもう》さにおいてもグリズリーに劣らない。カナダの法律では、ホッキョクグマを狩れるのは先住民《イヌイット》だけと定められているが、その権利は外国人に売ってもよいことになっている。白熊狩り《ポーラベア・ハンティング》の斡旋《あっせん》は、イヌイットたちの収入源の一つだという。ＪＪはコーディネーターに三万ドルを支払い、狩猟許可証や、ホッキョクグマの生息地に近いこのロッジなど、もろもろの手配を依頼した』

画面は再び動画に戻る。カメラは扉の前まで来ている。炎を凍らせたかのように枝分かれした立派な二本の鹿角が、こちらを睥睨《へいげい》している。

『予定では、今頃、ＪＪはこのロッジから父親のジャックとともに、熊撃ちに出かけているはずだった。しかしそれは叶わなかった。なぜか？　理由は簡単だ。彼はコーディネーターの手配を、ジャックの秘書でメイヤーフーズの女性社員では最も高い地位にある婦人に依頼した。ＪＪも子どもの頃から家族同然に付き合っており、彼女に全幅の信頼を寄せていたはずだ。ところがその彼女は、ＪＪたちの知らない間に、我々の仲間になっていたというわけだ』

扉がゆっくりと開き、カメラはロッジの中に入ってゆく。広々とした玄関にはシャンデリアが吊られ、何か四本足の動物を象《かたど》ったらしい石彫が飾られている。

ここでカットが切り替わり、固定されているカメラの映像になる。

どうやらロッジの一室のようだ。床は木目、壁は丸太作りで、端の方に暖炉が映っている。

画面の中心に椅子があり、そこに手を後ろに組んだ状態で男が座らされている。先ほど写真で紹介されたＪＪだ。ロープかバンドで手足を縛られ、椅子にくくりつけられているようだ。意識がないのだろうか、糸の切れた人形のように俯《うつむ》いている。

その後ろ、部屋の奥に長椅子があり、三人の人間がやはり座らされている。恰幅のいい年配の男性と、白髪の女性、それからブルネットの若い女性。そして長椅子の隣には足つきのゆりかごがあり、赤ん坊が寝かされている。写真に写っていたＪＪの家族たちだろう。三人は縛られているだけでなく、口元に猿ぐつわのようなものを嚙《か》まされている。

ＪＪの肩がぴくりと動き、やがてゆっくり顔を上げた。

『ＪＪ、気がついたようだね』

呼びかける声が響いた。

ＪＪの視線がまっすぐこちらを向く。

姿の見えない声の主は、カメラの後ろ側にいるようだ。

『な、これは……』

ＪＪは立ち上がろうと身をよじるが、つんのめるばかりだ。彼がくくりつけられている椅子は床に固定されているのだろう。動かせるのは首だけのようだ。

『ＪＪ、こうしてきみにお目にかかれて嬉しく思うよ』

ＪＪは不意に、首を曲げて後ろを向いた。そしてそこにいる家族の姿を見て『どういうことだ！』と叫び声をあげた。

それで目を覚ましたのだろうか、ゆりかごの赤ん坊が泣き出した。

『ＪＪ、息子が泣いているぞ？　そう、大きな声を出すなよ』

『きさまら！』

ＪＪは、さらに怒鳴り声をあげようとしたが、途中で言葉を止めた。そして一度大きく息を吸って吐いたあと、こちらを睨《にら》み付けながら訊《き》いた。

『目的はなんだ？　金か？』

『ＪＪ、素晴らしいよ。きみはこの突如降りかかった理不尽な状況を理解し、冷静に我々と交渉をするつもりなんだね？』

『うるさい！　さっさと言え、おまえらは何者だ、どうしたら俺たちを解放する？』

『そうだ。ただの気まぐれでこんな手の込んだことはしない。当然、目的はある。話が早くて助かるよ。我々は「ドーン・オブ・ガイア」。きみも名前くらいは聞いたことがあるだろう？』

　ＪＪは「おまえら」と呼びかけ、声の主は「我々」と名乗っている。つまり、カメラの後ろ側には、複数の人間がいるということだ。

　ドーン・オブ・ガイア。その名は国際ニュースでよく耳にするので、ＪＪならずとも知っているだろう。世界規模で活動する過激な動物愛護団体だ。頭文字をとって〈ＤＯＧ〉の通称で知られている。

　彼らは自らを動物解放組織と称し、動物実験、殺処分、商業的繁殖、生体販売、狩猟、果ては肉食まで、人間の都合で動物を傷つけたり殺したりするすべての行為に反対している。いや、反対などという生やさしいものではない。彼らは年々組織を拡大し、行動を過激にしている。近年では畜産や動物実験の施設を襲撃することすらある。今年の夏、ドイツの製薬会社が襲われ、実験用のマウスやウサギが逃がされた事件は記憶に新しい。

『我々の組織には熱意ある優秀なメンバーが多くてね。動物を苦しめて金儲けをする非倫理的な企業に、内通者としてもぐり込んでいる者もいる。クレア・エヴァンズという女性を知っているだろう？』

　ＪＪが大きく目を見開くのがわかった。

『エヴァンズさんが？』

　その口元が震えている。よほど信頼していた人なのだろうか。

『彼女は金儲けのために動物を虐待的な環境で飼育して殺すことの愚かさに気づいたそうだよ。もうずいぶんと長い間、きみたちの会社の内部情報を教えてくれている』

『嘘だ……』

『そう驚くことでもないよ、ＪＪ。彼女は何が正しいか理解しただけだ』

　画面の下の方から、すっと黒い棒のようなものがＪＪに向かって突き出された。ライフルの銃身だ。その銃口はＪＪに向いてぴたりと止まった。

『ＡＩアークティク・ウォーフェア。ＪＪ、きみが熊を撃つために用意した銃だ。我々の目的は、金じゃないよ。狩られる側の気持ちを知って欲しいんだ』

　ＪＪの表情は凍りつき、喉元がゆっくりと動く。

『だったら、家族は関係ないだろう』

『あるさ』

　銃口はゆっくりと横に動かされ、ＪＪの背後にいる家族たちに順に向けられてゆく。

『きみの家族は、動物を殺して肉にして売るという、愚かなビジネスの恩恵にあずかって

いる。それに、きみがくだらない家のしきたりとやらで、ホッキョクグマを銃殺すること
も止めようとしなかった』

『お、おい、やめろ！』

『きみは、ヒトを殺すことは許されないことだと思うかい？』

『当たり前だ！』

ＪＪの叫び声とともに唾液《だえき》が散った。

『それだよ』

ライフルの銃身が下がり、画面から消えた。銃を降ろしたようだ。

ＪＪの顔には安堵と困惑が同時に浮かぶ。

声は幾分ゆっくりになり、ＪＪに訊いた。

『ＪＪ、きみはヒトを殺してはいけないと考えているにもかかわらず、仕事とプライベー
トの両方で動物を殺している。これはどういうわけなんだ？』

ＪＪは首を振った。

『……人間と動物は違う』

『つまり、きみはヒトと動物は違うから、扱いを変えてよい。ヒトの都合で動物の命を奪
ってもよいと考えているんだね？』

『当たり前だ！』

『当たり前か……。だが、我々はその「当たり前」は倫理的に正しくないと考えているんだ。議論しようじゃないか。それが目的だ。もしも、きみのロジックが納得できるものだったら、我々はきみたちを解放し、謝罪しよう。なんなら慰謝料だって払ってもいい』

『議論だと？』

『そうだ。答えてくれ、ＪＪ。我々はヒトの都合で動物の命を奪うことは倫理的に正しくないと思うのだが、きみは「当たり前」だと言う。その根拠はなんだ？　ヒトと動物で扱いを変える合理的な理由はあるのか？』

ＪＪは鼻を鳴らした。

『そんなもの、議論の余地などないだろう。必要だからだ。人間が生きていくためには、動物を犠牲にしなければならない』

『わざわざ北極圏まできて、熊を殺す必要などないだろう？　また、きみの会社は牛や豚を殺して加工しているが、ヒトが生きるために肉食は必然ではない。カロリーや栄養素の補充は菜食でも十分可能だ。食用の牛一頭を育てるために必要な穀物のカロリーは、その牛から得られるカロリーの三〇倍にも達する。人口爆発と飢餓《きが》が蔓延《まんえん》するこの世界では、効率の面から言っても、肉食は否定されるだろう』

『そんなのは極論だ！』

ＪＪは即座に言い返した。

『食事というのは、カロリーだけを摂取《せっしゅ》できればいいというものじゃない。狩りも肉食も、古来より人間が行ってきたことだ。そこには長い時間をかけて培われた文化と伝統がある。もし肉食をやめたらこの世に存在する大半の料理はなくなり、世界各国の食文化は崩壊してしまう。個人が菜食を選択するのは自由にしたらいいが、他人に押しつける権利などない。おまえが口にしているのは、しょせん机上の空論だ』

『なるほど。だがJJ、よく考えてくれたまえ。「文化だから」とか「伝統だから」とかという理由で肯定できるなら、奴隷制度や人種差別、あるいは麻薬、人身売買といった、ありとあらゆる悪徳が肯定されてしまうんじゃないか？』

『違う！　正しい伝統は良心によって常に改革される。狩猟も畜産も、日夜進歩して洗練されている。無差別に動物を殺すわけではないし、むやみに動物を虐待するものでもない。最新の畜産システムでは、清潔な畜産場で家畜の健康状態を適切に管理し、屠畜だって痛みを与えない安楽殺によって行っている。むしろ動物たちに敬意と感謝をもって、人道的に接しているんだ！　狩猟だって僕は合法的にやっているし、密猟者の撲滅や野生動物の保護のために寄付だってしている。なんら、やましいことなどない！』

『JJ、なかなか、語るじゃないか。議論してくれるということかな？』

『ああ、それが望みならしてやるよ。何が倫理だ。おまえらの化けの皮を剝《は》いでやる！』

JJの青い目には海のような力があった。圧倒的に不利な状況だからこそ、逆に開き直ったようだ。

『期待しているよ、ＪＪ。じゃあまず一つ教えてくれ。敬意と感謝、ときみは言った。東洋には、よくきみのようなロジックで殺生を肯定する者がいるよ。たとえば日本には、食事の前に命に感謝する意味の挨拶《あいさつ》をする習慣がある』

声が言うのは「いただきます」のことだろう。確かにこの挨拶は食事の提供者だけでなく、食べられる命に対しても献《ささ》げられていると解釈できる。

『それで殺すことが許されるのなら、我々が敬意と感謝をもって、きみの大事なアンドリューを殺して食べることも許されるんじゃないか？』

『ば、馬鹿なことを言うな！』

『なぜだ？　きみが言っているのはつまりそういうことだろ？　銃で頭を撃ち抜けば、事実上の安楽殺になる。人道的だろう？』

『違う！　人間と動物を一緒にするな！』

『だからそこだよ。伝統だの感謝だのは、飾りに過ぎない。どんな理由をつけたところで、きみたちは動物に対してヒトにはしないような酷《ひど》いことをしているんだ。きみたちはヒトを檻《おり》に閉じ込めて飼わないだろう？　無理矢理セックスさせて子どもをつくらせたりしないだろう？　まして殺して食べたりしないだろう？　なぜだ？　なぜ、ヒトと動物で扱いを変えるんだ？　それは差別ではないのか？』

『差別じゃない、区別だ。人間と動物は違う！　どうしてそんな当たり前のことがわからないんだ？　人間と動物の扱いを変えるのは、僕たちが人間だからだ！　この社会は人間の社会だ。法律も倫理も価値観も、人間が決めるものだ。人間と動物に同じ権利はない！』

『人間中心主義者のお手本のような主張をありがとう、ＪＪ。歴史に名を残すような偉大な思想家たちも、きみと似たような考えを持っていたんだよ。デカルト曰《いわ》く「動物は魂のない機械」であり、カント曰く「動物は自意識のない道具」だ。この発想は元をたどれば聖書にいきつく。創世の六日目、神が自らの似姿としてヒトを創造し「すべての生き物を支配せよ」と命じた、という記述だ。だが、ヒトと動物を区別するこの支配の論理を無邪気に信じることができたのは一八世紀までなんだよ。なあ、ＪＪ、ヒトと動物は何が違うって言うんだい？　きみはヒトと動物に同じ権利はないという。しかし何をもって、ヒトと動物を分けるんだ？』

『「種」だ。人間と他の動物は種が違う。なんなら「遺伝子」と言ってもいい。人間と動物は、設計段階から違うんだ！』

『ＪＪ、きみは経営学以外のこともっと学ぶべきだったね。いまきみが口にした「種」と「遺伝子」こそがネックなんだ。一九世紀以降、飛躍的に進歩した生物学が明らかにしたのは、ヒトと動物の間には段階的な差しかないという事実だよ。「種」という枠組みはきみが思っているほど明確ではない。生物の設計図ともいえる遺伝子は、常に突然変異とコピーミスを繰り返す。ヒトの場合、平均でも一〇〇を超える遺伝上の変異を抱えて生まれてくる。すべてのヒトは……いや、すべての動物は突然変異体《ミュータント》なんだよ。もし遺伝子に違いがあれば別種だというなら、すべてのヒトは別種ということになる』

ＪＪは口を開いたが、とっさに言葉が出ないようだった。

声は続ける。

『この地球では、生きとし生けるものすべてが、遺伝子の僅かな違いでグラデーションを描き、つながっている。たとえば、ヒトとチンパンジーのＤＮＡ塩基配列の差は四パーセント以下だが、その境界線、何パーセント違えば、別種の動物になるのかを示すことはできないんだ。科学的な「種」の定義は二〇種類以上もの仮説が乱立しているが、どの説も曖昧さを残し、図鑑をつくるときの参考程度にしかならない。いいかいＪＪ、いまヒトと動物の違いについて確定的に言えることは「遺伝子が違う」ということだけだ。そして、「遺伝子が違う」ことだけを理由に差別をするのは、性別や肌の色で差別するのと全く同じことなんだよ。だってすべてのヒトは「遺伝子が違う」のだからね。それが『種差別《スピーシズム》』というものだ』

種差別《スピーシズム》。種の違いも、肌の色や性別の違いと同じであり、それを根拠に、動物と人間を区別することは差別にあたるという概念だ。〈ＤＯＧ〉は、この種差別《スピーシズム》を克服せよとの主張を従来から繰り返している。

『違う、差別なんてしていない！　それは詭弁《きべん》だ！』

ＪＪが絞り出すように叫んだ。

『厳密な境界線を引けないからといって違いがなくなるわけじゃない。どんな理屈をこねようとも、熊と魚は明らかに違う。同じように、人間が他の動物と違うことは明白だ。この世に、人間ほどの知性を持った動物はいない！』

『つまりきみは、ヒトは知性があるから特別だと言うんだね？』

『そうだ。そもそも、おまえらみたいに「動物を殺してはいけない」なんて考えるのも、人間だけだ。倫理や道徳は、それを理解できる知性を備えた人間だけの約束事だ。動物がその当事者になることはない。扱いが違うのも当然だ。差別とは違う！』

『ならば、やはりアンドリューを殺して食べてもいいことになるね。生後半年の赤ん坊の知性は、多めに見積もっても成熟した豚以下だ』

『な、ふざけるな！』

『ふざけてなんかいないさ。動物には知性がないから、狩りの獲物や食糧として扱ってもよいのなら、動物並みの知性しかないヒトにも同じようにしていいことになる。きみの主張はそういうことだ』

『いいや、違う！　赤ん坊は成長する。いつか動物以上の、人間としての知性を獲得する』

『そうは言い切れないんじゃないか？　たとえば、重度の知的障碍者は？　認知症の老人は？　知的な能力が低く、成長の可能性がなければ、殺していいのか？』

『それは……』

『いいかいＪＪ、「知性があるからヒトは特別だ」という考え方や、いまきみが言った「人間としての知性」なんて考え方は、もうその時点で十分差別的なんだ。知性はヒトの専売特許ではない。ヒト以外の動物だって多くは脳を持っているし、学習能力もある。動物にだって動物なりの知性や感情があるんだ。そして知的な能力はヒトの中でさえ大きなばらつきがある。知的な能力で「人間」と「人間ではないもの」を分けるなら、必ず一定の割合のヒトは動物並み、つまり「人間ではないもの」になってしまう。遺伝子の違いも、知性の違いも、ヒトと動物を区別する根拠にならないんだよ』

ＪＪがわずかに視線を逸らした。反論を考えているのだろうか。その端正な顔が青ざめて見えた。沈黙が流れる。

『どうした？　威勢がよかったわりには、もう議論は終わりかな？』

ＪＪは再びこちらを睨み付けて、かぶりを振った。

『その理屈は所詮《しょせん》、理屈だ。実際問題、人間は、いや、すべての生きものは、他の生きものを犠牲にしなければ生きていけない。肉食を否定するおまえらだって、結局、植物を犠牲にして生きているはずだ。もし生物に段階的な違いしかないのだとしたら、植物と動物の間にだって同じことが言えるはずだ。種差別《スピーシズム》なんてものを振りかざすなら、飢え死にするしかない』

『JJ、きみの言う通りだ。生命が生きるためには生命を犠牲にしなければならない』

声はあっさりと認めた。

『我々は「すべての命を大切にしよう」などと主張しているわけではない。すべての生物に線を引かず同じ扱いを求めるわけでもない』

『ほらみろ！　だったら、こんな馬鹿げたことは……』

声がJJの言葉を遮った。

『誤解があるようだから、説明しよう、JJ。我々の意見はね、実は九割方、きみと一致しているんだ。すべての生物は段階的にしか違わないが、違いがないわけじゃない。そして、差別は許されないが、区別は許される。ただね、きみが言うような、「種」や「知性」を根拠にヒトと動物を区別するやり方は、非合理的で差別的だと思うのだ。それは不幸をばらまくことになる。命に線を引くならば、最大多数の最大幸福を追求すべきだというのが我々〈DOG〉の考える倫理だ』

『最大多数の最大幸福？　だったら、多くの人が望んでいる肉食や狩猟は肯定されるはずだろ』

『きみは誤解しているよ、ＪＪ。「最大多数の最大幸福」は、功利主義と呼ばれる倫理学説の基本原理だが、ここで言う「最大多数」とはヒトだけをカウントするものじゃない。功利主義の祖ともいえる哲学者ベンサムはこう言った。「問題は、推論ができるかでも、喋れるかでもない。苦しむことができるかどうかだ」と。苦しむ能力がある動物、つまり脳や中枢神経を持つ有感動物は、すべてこの「最大多数」に含まれる。差別が許されない理由は、それが苦しみを生むからだ。ならば差別を避けて命に線を引くとしたら、ヒトか動物かではなく、苦しむ能力があるかどうか、でなければならない』

ＪＪは、はっとしたような顔になり、そのあと慌てて頭を振った。まるで、一瞬、「あ、そうか」と納得しかけたのを振り払うように。

声はどこか楽しげに続ける。抑揚にはかすかに節がついて、歌うようですらあった。

『植物には脳も神経もなく、苦しむ能力がないことは明白だ。だから我々は幸福最大化のために菜食は支持する。しかし、肉食は必ず苦しむ能力をもつ動物を殺す。それによってヒトの幸福が多少増えようとも、動物たちに与える苦痛はその比ではない。ゆえに幸福最大化のために肉食は否定する。シンプルだろう？』

『……仮にそうだとして、そんなルールを守るのは人間だけだ』

『そうだ。我々はそれが知性を持つ者の責任だと考えている。ＪＪ、知性がもたらすのは特別な権利ではない。責任だよ。高い知性を持つからといって、知性に劣る者を蹂躙《じゅうりん》する権利などない。しかしその一方で、その知性が理解する倫理を守る責任は生じるんだ。さっききみも言ったとおり、倫理や道徳は、それを理解できる知性を備えた者の約束事だ。幸福や不幸、あるいは差別という概念を理解できる者には、種差別《スピーシズム》を排除し、最大多数の最大幸福を追求する責任がある。倫理というものを合理的に考えれば、そうなる。……きみはまだ、我々の主張を「所詮理屈」だと思うかね？』

ＪＪはゆっくりと頷いた。その額には玉の汗が浮かんでいる。

『おまえらの主張には正しい部分があるのかもしれない。僕だって、意味のない動物虐待には反対だ。しかし、いきなり何もかも否定するのは無理がある。ルールに則《のっと》った肉食や狩猟は認めるべきだ』

少しの沈黙のあと、声は言った。

『そうか。やはりわかり合えないな。ＪＪ、高度な抽象思考を持つヒトという動物にとって世界は物語なんだよ。ヒトはかつて「神」の物語を生きていたが、近代以降は「人間」の物語を生きている。次にくるべきは「混沌」の物語。ヒトと動物の垣根がない、倫理が導く混沌の世界だ。それが必然というものだ』

ＪＪは困惑したように眉根を寄せる。急に抽象度が上がった話を咀嚼《そしやく》できない様子だ。

声は構わずに続ける。

『だが、きっと多くのヒトはきみと同じように考えるだろう。なんだかんだと言い訳をして、ヒトと動物を分けて、種差別《スピーシズム》を正当化する。ヒトは知性の責任を果たそうとしない。理屈でわからないなら、世界を変えるためには強硬手段をとるしかない』

再び画面の下からライフルの銃身が伸びてきて、銃口をＪＪに向けた。

ＪＪは怯《ひる》まず叫んだ。

『この、狂ったエコテロリストどもめ！　おまえらに世界を変えることなんてできるものか。せいぜいこうして、僕みたいな市井の人間を脅すくらいだ！』

『きみは三つ間違っている――』

声は淡々と告げた。

『――まず第一に、我々は誰一人として狂ってなどいない。倫理的に考えた結果、きみのような差別主義者には受け入れ難い結論を出しただけだ。第二に、我々は一般にエコと称されるものは支持していない。ゆえに「エコテロリスト」などと呼ばれる謂われはない。そして第三に、我々には世界を変える力がある』

『世界を変える力、だと？』

『そうだ』

『つまらない、ハッタリを言うな！』

『まあ、きみがどう思おうと自由だ。それより、ＪＪ、議論は終わりか？　これでは到底、我々は納得などできないのだがね』

ＪＪはゆっくりと背後を振り返り、拘束されている家族を見つめた。その姿は自分が最優先で守るべきものを確かめているようだ。

そしてＪＪはこちらを向き直り、唇を嚙んだ。目に涙が浮かんでいる。

『どうしたんだい、ＪＪ？　黙っていたらわからないな』

ＪＪは顔を俯けた。

『わかった』

これはおそらく、敗北を認めるひと言だ。若き経営者は、この声の主たちの理論武装を突破できないと悟ったのだろう。そもそも、この「議論」自体きっと戯《たわむ》れで、家族もろとも身柄を拘束されているＪＪには選択肢などなかったのかもしれない。

『何がわかったのかな？』

声が冷酷に問う。

『狩りはもうやめる。すぐには無理だが、段階的にメイヤーフーズの営業も停止していく。それでいいんだろ』

俯けたＪＪの顔から涙がこぼれているのが見えた。

テロリストに屈して、家と会社、両方の伝統を擲《なげう》つ。それがＪＪにとってどれほどみじめなことかは、想像するに余り有る。しかし、どれほどみじめであっても、家族を守ることを優先したのだ。

けれど声は、そんなＪＪの覚悟を嘲笑《ちょうしょう》をもって退けた。

『ＪＪ、勘違いしてもらっては困るよ。言ったはずだ、議論をしようと。きみに求めるのは、我々が納得できる議論によって、狩猟や畜産を肯定することだ。もしそれができないなら、今更改心しても遅いさ。狩られる側の気持ちを知ってもらう』

ライフルの銃身がゆっくりと動き、ＪＪの背後に向けられた。

『無論、きみの家族にもね』

『やめてくれ！　頼む、僕はどうなってもいい。家族は、せめて子どもだけは、助けてくれ！』

銃身が動いたかと思うと、画面の手前からライフルが放り投げられた。スコープのついたその大きな銃は、鈍い音を立てて床に落ちる。

『アントン・チェーホフ曰く「舞台上に銃弾が装填されたライフルが登場したなら、それは必ず発砲されなければならない」。だが、今回はその禁を破るとしよう。きみを狩るのは我々の役目ではない。じゃあな、これでお別れだ、ＪＪ』

『おい、どういうことだ？』

『言葉どおりの意味さ』

『待て！　これをほどけ！　おい！　待て、待てよ！』

ＪＪがこちらに向かって叫ぶ。

声は答えない。がさごそという物音と、複数の足音が響く。やがてそれは遠ざかり消える。カメラを残して部屋から立ち去ったようだ。

『くそっ！　どうなってんだ！』

ここで音が消え、映像は早回しになる。ＪＪは必死に身をよじり、身体の拘束を解こうとする。しかしよほど厳重に縛られているのだろう、びくともしないようだ。

そしてしばらくすると突然、ＪＪが驚愕《きょうがく》の表情でこちらを見つめる。それと同時に、映像は等倍速に戻り、音も聞こえるようになる。

金管楽器を吹き鳴らしたような、高く奇妙な轟音《ごうおん》が響く。続いてドンドンと激しく床を鳴らす音。映像は激しく乱れる。カメラが倒れたのだ。何かが部屋に入ってきたのだ。

横倒しになった画角は、ほとんどが床に占められてしまい、ＪＪとその家族の姿は見えなくなる。画面の隅に、ちらりと黒いものが映った。ピントが合ってないが、足のようだ。黒く大きな動物の足。しかし、全身は見えない。

『お、おい、ひぃいい！』

ＪＪが情けない悲鳴を漏らす。

『や、やめろ！　やめてくれ！　があああっ』

飛沫《しぶき》が飛んできて、画面が濃い赤に染まる。血だ。

その瞬間、映像はストップしてブラックアウトする。

それから、また声がして、字幕が流れ始める。

『この動画を見ているきみは、ＪＪとその家族がどうなったかは、すでに報道などでご存じだろう。小さな赤ん坊さえ含んだ一家皆殺しをきみは残酷と思うだろうか？　しかし考えてみて欲しい。これはＪＪが動物に対してやってきたのと同じことだ。狩ることを肯定しつつ、狩られることは否定するのは、ずいぶんとアンフェアだ。

　これまで我々は、いくつもの企業や政府に抗議文を送付し、またネットや書籍を通じて広く人々に主張してきた。種差別《スピーシズム》を克服せよ、と。動物たちへの非情な仕打ちをいますぐやめよ、と。

　無理矢理生ませた挙げ句殺して食糧にする畜産、残酷きわまりない動物実験、静かに暮らしている動物を徒《いたずら》に殺す狩猟、愛玩動物を生み出すための交配と繁殖、動物を檻に閉じ込めストレスを与え見世物にする動物園……、ヒトはもうこれらの行為をやめるべきだ。文化だの文明だのと言い訳をして、動物を苦しめていい理由はない。ヒトただ一種だけではない、真の意味での最大多数の最大幸福を、追求すべきだ。

　我々〈ＤＯＧ〉は結成から今日までの一五年あまり、粘り強く活動し続けてきた。きみたちが「テロ」と呼ぶ実力行使で動物を解放するときも、極力怪我人を出さないように配慮していた。しかし何も変わらなかった。目を覚まして仲間に加わった者もいるが、大半のヒトは種差別《スピーシズム》を克服しようとしなかった。いま、この動画を見ているきみも、きっとそうだろう。

どうやら、手ぬるいやり方では駄目なようだ。鉄槌《てつつい》が必要なようだ。犠牲が必要なようだ。きみたちが動物たちに何をしているのか、思い知らせる必要があるようだ。一線を越える必要があるようだ！

——全人類に告ぐ！　即刻、種差別《スピーシズム》をやめよ！　動物を犠牲にするすべての活動を停止せよ！　さもなくば、我々〈DOG〉はきみたちに直接的な裁きを、〈審判〉を降《くだ》す。Jたちは、その第一号に過ぎない。次は議論などしないし、こんなものじゃ済まない。もっと多くのヒトに、なんの前触れもなく、無慈悲な裁きを降すだろう。性別、国籍、職業、年齢は、一切関係ない。力の有る無し、貴賤《きせん》も問わない。種差別《スピーシズム》を許容するこの世界に生きる者すべてが〈審判〉の対象だ。次はきみかもしれない。震えて待て！』

動画はここでエンドマークもなく終わる。

自動的に動画がリピート再生されそうになるのを、停止ボタンをクリックして止める。SNSでは興奮気味に拡散している人もいるけれど、決して何度も見たいような映像ではない。

「ここまでやるなんて……」

望月栞《もちづきしおり》はつい声を漏らした。

しかしそれを聞く者はいない。

ディスプレイとキーボードがずらりと並んだ広いオフィスの、栞のいる一角にだけ灯りがついている。デスクやパーティションは明るいメープル色、椅子は長時間の座り仕事でも腰に負担をかけないエルゴノミクス・チェアだ。

時計の針は午前零時を回り、日付と月が変わっている。一二月一日。三週間後にはクリスマスだが、さしあたって栞は明日——正確にはもう今日だが——の午前中までに、書きかけの仕様書を仕上げなければならない。今夜は一人でオフィスに泊まることにした。IT企業の多くがそうであるように、この会社では徹夜は珍しいことではなく、シャワー室と仮眠室も完備されている。

一人だけなら気兼ねはないし、深夜、女が独りで帰るよりは、泊まってしまった方が安全だ。いま交際中の恋人は、何時でも呼べば迎えに来てくれそうな人だけれど、そんな人だからこそ、便利に使うような真似はしたくなかった。

どうにか終わりが見えてきたところで、気分転換のつもりでなんとなくSNSを巡回していたらあの動画を見つけ、つい見入ってしまった。

ひと月ほど前に北極圏のロッジで起きた、メイヤーフーズ経営者一家の惨殺事件。身体を拘束されて、なんらかの動物に——おそらくは猛獣と呼ばれるような動物に——襲われたと見られていた。

発生当初から過激な動物愛護思想を訴える〈DOG〉の関与が疑われていたが、こうして犯行声明となる動画が公開されて裏付けられたかたちだ。

動画のコメント欄では、一家を襲った動物が何かが議論されていた。最後に一瞬、足だけが映る。かなり大きいので、熊ではないかという意見が多い。熊を撃ちに来た者たちを熊に襲わせるというのは、皮肉が利いている。

けれどその一方で、足の形状が熊とは違うという意見もある。ピントが合っていないのではっきりはわからないのだが、画面に映った足は、犬や猫のように常に踵《かかと》を浮かせている趾《し》行《こう》動物のそれのように見える。しかし熊は人間と同じように踵を地面につけて歩く蹠《せき》行《こう》動物だ。

あの動物の正体も気になるが、それ以上に栞は、〈DOG〉がここまでやったことに失望にも似た驚きを覚えていた。

淹《い》れたっきりずっと口をつけておらず、すっかり冷めてしまったコーヒーをすった。インスタントな苦みが広がる。

犯行声明でも言っていたが〈DOG〉のテロ行為で人死にが出るのは初めてだ。穏健な組織ではなかったけれど、殺人までするとは思っていなかった。確かに「一線を越えた」感じがする。もちろん悪い意味で。

これで彼らの主張が世間に理解されることはまずなくなったと思う。もっとも、最初から極論過ぎて、広く理解される余地などなかったのかもしれないけれど。

ＳＮＳでは動画と一緒に、一人の男の写真が拡散されていた。

小柄な初老の男だ。白い髪をオールバックになでつけ、仕立てのよさそうな三つ揃えのスーツを着ている。瞳の色はグレイで、目つきは猛禽《もうきん》のように鋭いが、粗暴な感じはせず理知的な印象を受ける。

男の名は、カルネ・シン。〈教授〉という通称で呼ばれる〈ＤＯＧ〉の指導者だ。

彼はオーストラリアのモナシュ大学で倫理学の教鞭《きょうべん》を執《と》る学者だったが、二〇世紀の終わりに出版した『人間中心世界の終焉』という評論集が、世界的な大ベストセラーになったのを機に大学を辞め、印税を元手に賛同者らと〈ＤＯＧ〉を組織したという。理論家の教授は、活動家の〈教授〉になったというわけだ。

栞は学生時代に思う所あってこの『人間中心世界の終焉』を読んだことがある。

その内容には、うなずける部分がかなりあった。栞だってむやみに動物を苦しめたり、殺したりすることには反対だ。人間が反省すべきことや改善すべきことはたくさんあるだろう。

けれど、種差別《スピーシズム》なんて考え方は、やはり受け入れ難い。どれだけ理屈を言っても、動物と人間は違うと思う。栞や、あの殺されてしまったＪＪのみならず、この世界のほとんどの人間がそう考えるだろう。

今回の事件で一線を越えた〈DOG〉は、世界中から危険なテロ組織と見做されるだろう。

彼らのように動物愛護を主張する者がこんな事件を起こすことは、非常に迷惑だ。もっと穏当で真っ当な方法で、動物たちを守る活動をしている人だって、たくさんいるというのに。犯行声明の最後の部分では、〈審判〉などと称して無差別テロを示唆《しさ》していたが、冗談じゃないと思う。

栞は苦いコーヒーを飲み干して、ふっと息をつく。

とりあえず、いま自分がすべきことは、テロリストに憤《いきどお》ることではなく、明日の朝までにこの仕様書を完成させることだ。

休憩終了。ブラウザを閉じて、最小化していたドキュメントのウィンドウを表示させる。

栞は画面をスクロールさせ「導入メリット」の部分に次の一文を書き足した。

「本ソフトウェアにより、薬理活性、及び、毒性を確認するための動物実験の一部を代替することが可能です。動物実験を削減することは、企業や製品のイメージ向上に大いに寄与するでしょう」

このとき、栞は〈DOG〉のテロを危惧してはいたものの、それはあくまで一般論としてだ。無差別テロならば、日本が標的になることも考えられたはずなのだが、多くの日本人がそうであるように、栞は国内で外国人主導の大規模テロが発生することに、リアリティを感じていなかった。だから、〈DOG〉のリーダー、カルネ・シンが日本に潜伏しており、自分が彼らのテロに巻き込まれるなどとは、夢にも思わなかった。

もっとも、何かしらの危機感を抱いていたからといって、およそ三週間後に起きる惨劇を栞に阻止できたかと言えば、そうではないのだけれど。

【 I 】犬 DOG

1

「じゃあ、いきます。こんにちは。ご機嫌いかが？」

ルゥは、向かい合って座る男に話しかける。

レッスンのために使っているこの個室は六畳ほどの広さで、ものが少ない。壁のキャビネットにはルゥが選んだテキストと辞書が差されているだけだ。

「ああ、悪くないよ」

口元に薄い笑みを浮かべて応えるその男は、小柄で身長はルゥよりも低いが、鷲《わし》のような鋭い目をしている。

「日本はどうです？」

「そうだな……。一般的なヒトの尺度で言えば、かなり過ごしやすい国だろう。清潔で治安がよく、ホスピタリティも抜群だ。東京で電車に乗ったときは、驚いた。あれほど過密な運行スケジュールを正確にこなしているのだからね」

「そうですね。こんな国は他にないでしょうね」

「だが、我々の尺度からすれば、酷い後進国だ。生体販売は当たり前のように行われているし、ベジタリアン向きのレストランも少ない」

「この国には、倫理的な理由でベジタリアンになる人は皆無だそうですよ」

「らしいね。〈審判〉を受けるのも、じ、じ……、〝行いは必ず自分に返ってくる《What goes around comes around》〟……」

男はおでこに指をやり、言葉を思い出そうとする。

ルゥは助け船を出した。

「自業自得、ですか？」

「そうだ。ジゴージトク」

男は苦笑する。

ルゥは二人のやりとりを傍らでずっと聞いていたシマに顔を向ける。

「シマ、どうかしら、私たちの日本語は？」

「いや、日本人の僕からしても、完璧ですよ。ネイティブにしか聞こえません。二人ともすごいですよ」

シマは感心したふうに声をあげた。

男が肩をすくめる。

「すごいのはルゥだけだよ。彼女はどんな言語でもひと月足らずでマスターしてしまうし、微妙な訛《なま》りや方言もその土地の人と同じように喋る。私が日本語を習得できたのも、ルゥが効率よく教えてくれたからだ。言語に関しては、彼女が私の先生だ」

「私は言葉以外の数え切れないことを〈教授〉から教わりましたから。それこそ、ずっと小さな頃からね。少しは恩返しさせてください」

ルゥは目の前の男に微笑《ほほえ》んだ。


ルゥの故郷は中央アジアにある少数部族の村。大きな太陽が地平線に沈む荒涼とした土地で、状態のいい恐竜の化石が見つかることで知られた村だ。

この村でルゥは、幼い頃からその類《たぐ》い希《まれ》なる語学の才能を発揮していた。村では化石の発掘者や旅行者のガイドをすることで現金収入を得ていたのだが、大人の仕事に付き添ううちに自然といくつもの言語を覚えてしまい、子どものうちから村の通訳として働くようになった。

そんなルゥの楽しみは、仕事で族長の家を訪れたときに、族長が代々受け継ぐ「悠久《ユウルドムンフ》」と呼ばれる村の宝物を見せてもらうことだった。それは湾曲した円錐形の石で、濃い褐色の中にところどころ青や緑の光を放つ部分がある。ルゥはこの不思議な石を眺めるのが大好きだった。それが一部が珪化《けいか》した恐竜の化石——アジア最大の肉食竜タルボサウルスの牙——だと知るのは、だいぶあとになってからだ。

その村には、毎年、風変わりな男が訪れていた。のちに行動をともにすることになる鷲の目をした小柄な男だ。

彼は学者だというが化石を掘りに来たわけではないようで、ただ村に滞在し、広場などでひねもすぼうっとしているのだ。何をしているのか尋ねると男はいつも「考えている」と答えた。だから村の人々は彼を〈考える人〉と呼んでいた。

村では宗教的な理由で殺生と肉食が禁じられ、食事は完全な菜食だった。大抵の旅行者は、最初のうちこそ珍しがって村で食事をするが、すぐに物足りなくなり肉も食べられる街まで案内を希望した。だが〈考える人〉は滞在中、ずっと村で食事をしていた。聞けば菜食主義者《ベジタリアン》なのだという。

通訳のルゥは〈考える人〉とコミュニケーションを取ることが多かったが、あるとき彼は「きみは多くを学び、広い世界を知るべきだよ」と、族長や官僚に話をつけ、彼女が街の学校に通えるように計らってくれた。学校へ通い始めると、ルゥの才能は瞬く間に広く知れ渡るようになり、やがて国費留学生に選ばれた。ルゥはこれを受けて、オーストラリアのモナシュ大学へと進学した。

その大学には〈考える人〉がいた。偶然ではなくルゥが国費留学生になると知った彼が、根回しをしていたのだ。〈考える人〉は大学でまさに「考えること」を教えていた。哲学と倫理学。鷲の目をした小柄な男の名は、カルネ・シンといった。

こうしてルゥはカルネ・シンの教え子になり、彼が〈教授〉と呼ばれるようになってからは同志になった。〈DOG〉設立時からの幹部メンバーで〈教授〉の右腕として活動を支えている。

「そろそろ、ミーティングですね。今日のレッスンはこのくらいにしておきましょう」

ルゥと〈教授〉とシマの三人は、個室から出ていく。

廊下の窓の向こうに、雪化粧をした山の影と、その上に広がる鈍色《にびいろ》の空が見える。寒々しい景色だが、それでも北極圏の岩山に比べればかなり緑が多い。

飛騨《ひだ》高地の山間部。地図では確認することのできない二階建てのプレハブ建造物。クリーム色の外壁に「山田《やまだ》林業」という社名を書いたダミーの看板を出しているこの建物が、日本国内に一つだけ存在する〈DOG〉の拠点だ。

中はいくつもの個室に分かれていて、ルゥや〈教授〉のように、日本に潜伏中のメンバーが居住できるようになっている。一階の奥に会議室があり、ミーティングはここで行う。

かすかに遠吠えが聞こえた。

〈彼ら〉の声だ。

この建物の裏手にガレージがあり、そこに〈彼ら〉がいる。

「先週アップしたあの動画を見て、熊だと思っている者が多いようですね」

シマが言った。

「シマ、あなたの会社に気づいてそうな者はいないの?」

シマはかぶりを振った。

「いません。動画に映ったのは足だけですからね。まあ、全身を見たとしても〈彼ら〉があんなふうになるとは思わないかもしれませんが」

シマは〈DOG〉にはほんの数名しかいない日本人のメンバーだ。

彼は日本の大手ペット流通企業「アヌビス」の従業員だが、メイヤーフーズのエヴァンズ女史と同じように、自らの過ちに気づき〈DOG〉に加入した。

無論、〈DOG〉は加入希望者を無制限に受け入れるわけではなく、何段階もの調査を経て、当局のオトリ捜査員である可能性や、活動を続ける上での覚悟や資質の足りない者でないかを、見極める。

その最終段階である〈教授〉との直接のメールのやりとりで、シマはこんな文言を書いていた。

――ここには地獄があります。こんな場所が存在することは、絶対に許してはいけない。たとえ、暴力に訴えたとしても、戦いたい――

シマは〈DOG〉に加入してからも、内通者としてアヌビスの動向を探り続けている。

三人は廊下の突き当たりにある階段を下りて、一階の会議室に入ってゆく。

丸テーブルに座っていた数人のメンバーが立ち上がり、〈教授〉に挨拶する。

〈教授〉は手を上げてそれに応え、一番の奥の席につく、ルゥもその右隣に座る。テーブルの上には各人一台ずつ、カメラ付きのノートパソコンが用意されている。

〈DOG〉のメンバーは世界中にいるが、それが一堂に会するということは基本的にはない。意志決定やミーティングは指導者である〈教授〉のいる拠点で行われるが、それはネット回線を通じて全メンバーにシェアされる。

「準備は順調かな？」

〈教授〉はルゥとは反対側の左隣の席にいるアイに声をかけた。

「ええ、順調よ」

アイは、高く澄んだ声で答えた。

彼女は先天性のメラニン欠乏症《アルビノ》で、肌にも体毛にも色素がない。全身が真っ白だ。目、鼻、口がバランスよく配置された容貌《ようぼう》は、美しいというよりも、可愛らしいといった感じか。その姿は神話の登場人物のように神秘的だ。いや、事実、彼女は他の何者も真似できないような神秘を備えている。

「〈彼ら〉の調子はどうだい？」

〈教授〉が尋ねると、アイはかすかに首をかしげた。

「少し欲求不満気味みたい。この間の〈審判〉はすぐに終わっちゃったから。獲物はたった五人で、うち一人は赤ちゃんだったし」

「せっかく北極圏まで付き合ってもらったのに、すまなかったな」

「でもあれはテストみたいなものでしょう?」

「そうだ。次はいよいよ〈彼ら〉に思う存分暴れてもらう。きっと満足できるはずだ。もう少しだけ我慢するように伝えてくれ」

「私も楽しみよ」

アイもまた、シマとともにアヌビスで働いていた。

彼女は、シマが「地獄」と称した場所からやってきた。一二頭の〈彼ら〉とともに。

ネット経由でミーティングに参加しているメンバーが声をあげた。

『あの、みなさん』

『こんなニュースが……』

パソコンのディスプレイに、彼がシェアしたニュースが表示される。

――カルネ・シン、逮捕。

オーストラリアのメレディンという街に潜伏していた〈教授〉が逮捕されたことを伝える速報だった。

「なるほど、私は逮捕されたのか。ではここにいる私は誰なんだろうね?」

〈教授〉が失笑する。

一同からも笑いが漏れた。

捜査当局は、面白いくらいきれいに引っ掛かってくれたようだ。この調子なら〈教授〉

が日本にいることすら突きとめられはしないだろう。

〈彼ら〉が生まれたこの国で行われる、次の〈審判〉の日まで。

2

きみのことを守りたい。俺と結婚して欲しい――

一二月二四日、聖夜まであと十数時間の朝。長谷川隆平《はせがわりゅうへい》が運転する赤いフォレスターは、葛西橋《かさいばし》通りを西へ向かって走っている。カーラジオからは、クリスマス・ソングが流れる。

隆平は、運転席でハンドルを握りながら、今夜口にする予定のプロポーズの言葉を頭の中で反芻《はんすう》していた。

あれこれ考えた末に、平凡な言葉に落ち着いた。

歌の歌詞のような洒落《しゃれ》た言葉なんて言えないし、甘い言葉なんて似合わない。シンプルに想いを告げるのが一番だ、たぶん。

でも、もしかしたら、男が女を「守る」なんて考え方は、古いだろうか。女性差別的だったりするのだろうか。

隆平は人生の大半を男臭い環境で過ごしてきた。子どもの頃から柔道と空手の道場に通い、高校は男子校。大学は柔道のスポーツ推薦で入学し、卒業後は自衛官となり、一昨年除隊するまで、ちょうど一〇年、揉《も》まれ続けた。別に、まるっきり女性と縁のない生活をしていたわけではないし、多少の恋愛経験はある。しかし、かつて深い仲になった女たちからは漏れなく「女心がわからない」との評価をもらってしまっている。

隆平は急に頭をもたげてきた不安を振り切るように、思い直す。

いや、そうは言っても、「守りたい」というのは、偽らざる気持ちだ。時代錯誤の亭主関白を気取りたいわけじゃない。

いまの自分に何か誇れることがあるとすれば、それは「大抵の人間よりは強い」ということだ。幼い頃から武道に明け暮れ、精神と肉体を鍛えた。自衛隊では精鋭揃いで知られる習志野《ならしの》の特殊作戦群に所属していた。隊内での格闘術の大会で優勝したこともある。

自分には、普通の人にはない力が備わっている。それが世間的には「暴力」と呼ばれるもので、一般市民の平和な生活の中では、さほど使い道がないことも承知している。しかし万が一でも、愛する人に危機が迫ることがあるようなら、そのときはこの力で守りたい。

実際にそういうことが起こるかどうかではなく、その想いを伝えるのだ。栞なら、きっと、わかってくれる。

「ねえ隆《りゅう》さん、聞いてる？」

助手席に座る、当の本人――望月栞――から声をかけられ、うろたえた。

眼鏡越しに、奥二重の瞳がこちらを見つめている。

「え、ああ、うん。……お父さんが、また禁煙、始めたんだろ?」

うわの空ではあったが、頭の中に辛うじて引っ掛かっていた情報を、引き出した。

「そう。まあ、今度はいつまで続くかって感じ」

栞は手元で金属製の四角いものを弄《もてあそ》んでいる。ジッポのオイル式ライターだ。彼女が使うのではなく、何度目かの禁煙を始めた父親から「あると吸ってしまう。家から持っていってくれ」と出がけに渡されたのだという。

「それにしてもさ、隆さん、さっきから変な顔して、どうしたの?」

「いや、きみの――」

「え、私の?」

いかん。思わず、頭の中にあった文言を口にしてしまった。まだ早い。

今夜、隆平も栞も気に入っているビストロを予約している。住宅街にある、こぢんまりとした気取らない店だ。野生鳥獣《ジビエ》が名物で、クセの強い肉でも実に上手《うま》く味付けて美味《おい》しく食べさせてくれる。そこで食事をしたあと、指輪を渡し、告げるつもりだった。

筋肉多めの脳で考えた、精一杯のプランだ。これがベストかどうかはわからないが、とりあえず、車を運転しながらぽろっと言うよりましなのは間違いない。

「あ、えっと、きみの……」

「うん、だから私の、何？」

栞は怪訝《けげん》な顔をしている。

どうにか誤魔化《ごまか》そうと、話題を探す。

道路の脇の看板が目に入った。『青海《あおみ》理科大学　直進３㎞』。

確か栞の出身大学だ。そうだこの辺にあるんだった。

「きみの、行っていた大学、こっちの方なんだよな？」

栞はふっと表情を緩め「そうよ」と頷いた。

「でも、どうしたの、急に？」

「あ、いや、ふと思ってさ。……あー、えっと、懐かしい？」

「別に。出勤するときも、この辺は通るし」

「あ、ああ、そっか。そうだよな」

相づちを打ちながら、隆平は内心頭を抱えていた。

いよいよ今夜だと思うと、どうにも舞い上がってしまっているようだ。それなりに、修羅場もくぐってきたつもりなのに。柔道や空手で重要な大会に出たときより、今日の方がずっと緊張している気がする。

「上手くいくといいね」

「へっ？」

思わず、変な声が出た。

「譲渡会よ。たくさん人が来てくれそうでしょ」

「ああ、そっちか」

「そっちって？」

「あ、いや、うん。なんでもない」

慌てて、ごまかした。

栞の口元には、どことなく悪戯《いたずら》っぽい笑みが浮かんでいるような気がする。

もしかして、今夜プロポーズすると、感づかれているのだろうか。

隆平は今年で三四、栞は二九。この歳で恋愛すれば、どうしたって結婚を意識する。

栞は恋愛に関しては隆平よりだいぶ積極的だ。一年半前、どういうタイミングで交際を申し込もうかと悶々としていた隆平の家に、栞がいきなり泊まりに来て付き合うことになった。ひょっとしたら、プロポーズだって向こうからしてくるんじゃないかと思う。

さすがにこればっかりは、こちらからいきたい。男として……というより、プロポーズまで向こう任せでは、一生、尻に敷かれそうな気がする。

ともあれ「そろそろ」と互いに思っているのは間違いないだろう。そこへ隆平が柄にもなくイブの夜に食事に誘ったのだから、気づくなと言う方が無理かもしれない。

密かな煩悶《はんもん》を繰り返す隆平をよそに、栞はリアシートを振り向いて声をかけた。

「せっかく大きなイベントでやるんだから、みんなに、いい里親が見つかるといいね」

シートを倒して荷室とつなげたそこには、大小サイズの違うケージが六つほど積まれ、揺れないようにバンドで固定してある。中型犬が一頭、小型犬が三頭、猫が二匹。それぞれのケージの中でおとなしく、くつろいでいる。コリー系の雑種である中型犬は、隆平の飼い犬のリリエンタール。あとはみな、飼い主に棄《す》てられるなどして行き場をなくしてしまった動物たちだ。

隆平は、視線を道路に向けたまま、相づちを打った。

「ああ、そうだな」

今日は、夜のプロポーズの前にも、大きな仕事がある。譲渡会でこいつらに新しい飼い主——里親——を、見つけてやることだ。

隆平が動物愛護団体「ウィズ」に参加したのは、自衛隊を辞めて、浦安《うらやす》にある民間の警備会社に勤めるようになってすぐのことだ。

高校と大学では寮、自衛隊では駐屯地と、隆平はずっと集団生活をしていた。三〇を過ぎて初めて独り暮らしをすることになったのだが、これがどうにも落ち着かなかった。すると会社の先輩から「犬でも飼ったらどうだ」と勧められた。

悪くないアイデアに思えた。これまで環境が許さなかったので、隆平はペットを飼ったことはなかったが、動物自体は好きだったのだ。住んでいるマンションは、出るときにしっかり原状復帰することを条件に、一匹までペットを飼ってもいいことになっていた。飼うなら猫より犬がいい——、別に比べたわけじゃないのだが、単純な好みでそう思い、とりあえずネットで「犬　ペット」などのワードで検索してみた。

するとそこで隆平は、日本は犬と猫を合わせて二〇〇〇万匹以上が飼われている、世界でも有数のペット大国でありながら、その内実は決して誉められたものではないことを知った。

この国では飼われているペットの数が多い反面、棄てられるペットの数もまた多い。棄てられ行き場を失った動物たちは、行政によって殺処分されるという。本来、愛されるために生まれてきた命だというのに。

その一方で、棄てられた動物たちを助けたり、現状を改善するための活動をしている人がいることも、隆平は知った。

どうせ犬を飼うなら、俺も助ける側に回りたい。

隆平はごく自然にそう考え、ネットで情報発信していたウィズを訪ねた。そしてそれが、栞と出会うきっかけにもなった。

隆平が初めてウィズの例会に見学に行ったとき、同じ浦安在住ということで、栞が団体の活動などを説明してくれた。そのとき波長が合ったというか、話が弾み、世間話や身の上話に花が咲いた。隆平が初対面の女性とそんなふうに和気藹々《わきあいあい》となるのは、非常に珍しい、というか初めての経験だった。

栞の実家は、隆平の自宅マンションからほど近いところにある個人経営の動物病院で、獣医である彼女の父親が、ウィズの設立時から参加していたそうだ。

禁煙に何度も失敗しているという栞の父親は「最低限、食えるだけ稼げれば、それでいい」という考え方で、そこら中に野良犬がいた昭和の頃から、行き場のない動物を保護する活動を熱心に続けていた。栞も高校生になる頃にはウィズの活動を手伝うようになり、いまでは父親は高齢で無理が利かなくなったこともあり、獣医の仕事に専念し、ウィズの方は栞が受け持つようになったという。

「私、小さな頃からあんまり女の子っぽくないって言われてて……」と苦笑いする栞は、昔からスカートが嫌いとのことで、その日も黒いジーンズにブルーのストライプのシャツという出で立ちだった。大学も女子の少ない工学部出身で、勤め先は総合ＩＴベンダーのソフトウェア開発部門。そこで化合物の特性を予測するシミュレーション・ソフトの設計をするシステムエンジニアなのだという。

少なくとも隆平の目にはジーンズもシャツもよく似合って見えたし、携わっている仕事も立派だと思った。というか、隆平が過ごしてきた男子体育会系の世界から見れば、ぶっちぎりで女子である。

栞が設計しているソフトは、特定の化合物が生体にどのような薬効、あるいは毒性を持つかを予測するものだ。主な取引先は製薬会社や化粧品会社で、こういったソフトを使うことで、薬品や化粧品を開発する際のコストを抑え、かつ動物実験を減らすことができるのだという。

「やっぱり私は好きなんですよ、動物が。好きだったら、助けたいって思うのは自然でしょ。まあ、結局、あの父の娘ってことですかね。いまの会社に就職したのも、動物実験を減らすことにつながる仕事だから……って、なんか、かっこつけちゃってますね、私」

そんなことを言って栞が笑ったとき、どうしてだろう、色気も何もない台詞《せりふ》なのに、隆平はもう恋に落ちていた。

あとから知ったことだが、栞も初対面から隆平に好意を抱いていたという。どういうところがよかったのか訊いてみると、「言葉にするのは難しいんだけど、隆さん、すごく芯が強そうな感じがしたから。別に身体がゴツイとか、元自衛官とか、そういうことじゃなくて、もっと、人間の中身的な意味で。いつも自分がベストと思う選択をできる人って感じ。それは間違いじゃなかったって、私、思ってるよ」とのことだった。

栞は「芯が強い」と言ってくれるが、裏を返せば「融通が利かない」ということかもしれない。自衛隊を辞めることになったのだって、そういう性質が災いしてのことだ。が、それで好きな人に好かれるのなら、まあ、いいだろう。

普段は個々のメンバーがそれぞれに活動をするスタイルをとるウィズだが、月に一度ほどのペースで、それぞれのメンバーが保護している動物を一堂に集めて里親を募る「譲渡会」を行っている。

譲渡会は、いつもは休日に公園やホールで行うのだが、今回に限って別のイベントの一部として開催されることになった。それが、今日から始まる「海の森クリスマスECOフェスタ」だ。

前方に、通りの名前にもなっている葛西橋が見えてきた。あれを渡ると江東区。江戸時代から埋め立てが始められた、東京のベイエリアだ。

橋に差し掛かろうというあたりから、都心へ向かう車の列がずらりと連なり、やや渋滞気味になってきた。マイカーらしきセダンが多い。きっと通勤時間にかぶっているからだろう。

この橋の先で明治通りとの交差点を左に折れ、道なりに進めば夢の島に至る。かつてゴミ処分場の代名詞だった埋め立て地も、いまは整備されて小ぎれいな街に変貌《へんぼう》している。そこからさらに南へ向かい、東京ゲートブリッジを渡った先、東京湾にあるのが、中央防波堤埋め立て地——通称「海の森」だ。

夢の島と同じようにゴミで地面をつくった人工島だが、緑化されて自然公園になっている。公式サイトによれば「循環型社会のシンボル」とのことだ。二〇二〇年の東京オリンピックでは、ここでも様々な競技が行われる予定だという。

ＥＣＯフェスタでは「持続可能な社会を目指して」をスローガンに、さまざまな催しが企画されている。その初日のラインナップにウィズの譲渡会も含まれているのだ。ウィズがやっているような活動が、エコと言えるのかは微妙なところだろうが、ともあれ代表の雨宮《あまみや》という男が、話を持ってきた。

「まあ、あのイベント自体は、アレだけどね……」

栞がため息とともに、つぶやきを漏らした。

彼女はＥＣＯフェスタそのものには、釈然《しゃくぜん》としないものを感じているようだった。スポンサーにアヌビスという、よくない噂の絶えない大手ペット流通企業の名前があるからだ。しかもあろうことか、ＥＣＯフェスタでは、ウィズの譲渡会とは別に、このアヌビスがペットの販売会を行うのだという。

行き場のない動物の命を救うための譲渡会と、動物を商品として売り買いする販売会は、やっていることは似ていても、思想的には正反対の行いだ。そもそも、安易なペットの売買こそが、捨て犬や捨て猫を発生させる元凶とも言える。

「確かになあ。エンジェル・テリアだっけ？　今日、あの犬も、売るんだろ」

エンジェル・テリアというのは、今年の頭にアヌビスが売り出したオリジナルの小型犬だ。綿のような白い毛に包まれ、生後四週程度の姿のまま成犬になることから「一番可愛らしいときで時間を止める犬」などと言われている。

日本のペット市場には、小型犬に極端に人気が集中するという傾向がある。これは、コンパクトで可愛らしいものが好きだという日本人の嗜好《しこう》と、都市部を中心にした住宅事情によるものだろうと言われている。そういった市場の傾向を徹底的にリサーチして品種改良されたというエンジェル・テリアは、発売後すぐに評判になり、スマートフォンのＣＭに起用されたことで人気が爆発した。

「みたいね。ああいう犬をどうやってつくったか考えると、本当、おぞましいわ」

栞は重たい口調で言う。

アヌビスはエンジェル・テリアを生産する過程で、大量の奇形や障碍のある人を生み出し、殺処分していると噂されている。

必要な臓器を小さな身体に収めるため、小型犬の品種改良や繁殖はただでさえ難度が高いとされている。幼犬の姿のまま成犬になる犬などというのは、相当無理な交配を繰り返さなければ、つくれないだろう。

「せめて、アヌビスでペットを買おうと思った人が、少しでもうちのブースで足を止めて、考え方を変えてくれればいいんだけどねえ」

ウィズの例会でも、ＥＣＯフェスタへの相乗りは議論になった。栞などは最初、反対の立場を取っていた。しかし集客力のあるイベントに乗っかれば、分母が大きくなる分、より多くの動物に里親が見つかる可能性が高まるのも事実だ。また、ウィズの譲渡会では、ただ里親を探すだけでなく、ペットを責任もって飼ってもらうための講座や、ペット問題を解説したパネル展示などの啓蒙活動を行う。ペットを買うためにイベントに足を運ぶような人をこそ、積極的に啓蒙するべきだという意見も一理あった。

結局、栞をはじめとする反対派は、「実利を取るべきだ」という代表の雨宮の意見に折れて、参加に同意することになった。

「そうだな。やる以上は、意義のあるものにしたいよな」

隆平は前を向いたまま頷いた。

その視線の向こうに、白いセダンの車体と、その上に広がる冬晴れの澄んだ空の色が見えた。

海を間近に広く緩やかに流れる川にかかる橋の上を、その流れよりもさらに緩やかに、歩くのとあまり変わらないくらいの速度で車は流れる。前方上方に、橋の上を交差する首都高が見える。フォレスターはその影の中にゆっくりと入っていく。

イベントのオープニングは午前一〇時だが、ウィズのメンバーは準備もあるので余裕を持って、八時半には現地集合することになっていた。

ラジオはニュースコーナーに切り替わり、淡々としたキャスターの声が流れる。

『次は海外の話題です。オーストラリア南西部の街メレディンで、オーストラリア警察とFBIの合同捜査チームが逮捕した、テロ組織〈DOG〉のリーダー、カルネ・シンと思われていた男性は、無関係の別人であることが判明しました――』

「え、別人？」と、栞が小さな声をあげた。

少し前に〈DOG〉のリーダー、カルネ・シンがオーストラリアで逮捕されたという報道があったのだが、誤認逮捕だったというのか。

『――捜査当局によりますと、この男性と〈DOG〉の間にはなんらつながりはなく、納税者番号をはじめとする個人IDが書き換えられていた模様です――』

どうやら、まったく無関係の第三者の個人情報を偽装することで、影武者のように仕立て上げ、まんまと捜査当局を嵌《は》めたようだ。

「個人IDの書き換えなんてできるのか……」

独り言のように呟くと、栞が口を開いた。

「これ、たぶん、役所にシンパがいるんじゃないかな」

「シンパ？」

「うん。海外ではああいう過激な動物愛護思想にも一定の支持があったりするからね。IDの漏洩《ろうえい》じゃなくて、書き換えってことは、データベースに直接侵入されたってことでしよ。オーストラリアの事情はよく知らないけれど、国民の個人情報のデータベースに、そうそう外部から侵入できるとは思えないもの」

なるほど。そういうものか。

「でも、シンパがいるってことは、そこから追えるかもしれないな」

「逃げられなければね」

先日のメイヤーフーズの事件でも、会社に潜伏していた〈DOG〉のメンバーが手引きをしていた。そのメンバーは事件後、捜査の手が伸びる前に姿を消してしまったという。いまのところ、アメリカを中心とする捜査当局は〈DOG〉とカルネ・シンに手玉に取られていると言っていいだろう。

「なんにせよ、早く捕まって欲しいもんだよな」

憮然《ぶぜん》とした様子の栞に言ってみると、こくりと頷いた。

付き合うようになってから聞いたことだが、栞も一度は父親と同じ獣医の道を志したことがあるのだという。が、現在、日本の獣医学部では動物実験が必修のカリキュラムに組み込まれている。つまり動物を助ける仕事に就くためには、必ず動物を殺さなければならないのだ。人間の医学部では人体実験などしないのに、これは大きな矛盾だ。中学や高校の生物の時間でやる蛙や鮒の解剖でさえ可哀相でできなかった栞は、自分にはとても無理だと思い、獣医学部への進学をあきらめたそうだ。

この経験がいまの仕事にもつながっているし、学生時代には独学で欧米の動物愛護思想を学び、カルネ・シンの著作『人間中心世界の終焉』にも触れたという。そんな彼女だからこそ、〈DOG〉が殺人も辞さなくなったことに、憤りを覚えているようだ。

動物を無用に虐待することは、隆平だってもちろん反対だ。アヌビスのような、ペットを商品としか考えていない企業のあり方にも反発を覚える。けれどだからといって、家畜の肉を食べることや、たくさんの人を救うための実験まで間違っているとは思えない。今日だって、動物を助ける活動をしたあとで、レストランでジビエを食べることになっている。

そういうある種の曖昧さを抱えているのが人間だと思う。種差別《スピーシズム》などという概念を振りかざし、そこを否定するのは、どれだけ理論武装をしたところで、どこか子どもじみたナイーブさを感じる。

ゆっくりでも車の列は確実に前進してゆき、橋を渡りきった。少し地上より高くなった高架から、街並みが見渡せる。

川沿いには工場が並び、その向こうにはいくつもの民家が見える。壁にイルミネーションをつけている家や、ベランダにサンタの風船を飾っている家もある。ちょうど進行方向の右側に、背の高いマンションがあり、こちらを見下ろしている。

そこには静かで平和な冬の街並みが広がっていた。

3

「お、フォレスターだ」

テレビで情報番組を観ながらトーストをかじっていると、父が窓の外を見て急に声をあげた。つられて梶川結愛《かじかわゆあ》も、そちらを覗き込む。

荒川のほとりに建つマンションの六階。ダイニングからは、葛西橋が見下ろせる。千葉方面から都心へ向かう方の車線に、車がずらりと列をつくっていた。

「ほら、あの赤いやつ。うちと同じだから、結愛にもわかるだろ?」

確かに父が乗っている車はフォレスターというらしい。ＳＵＶといって山道でもすいすい走れるのだと父は自慢げに言うけれど、結愛の記憶によれば山道をドライブしたことなどない。たぶんこの先もないような気がする。

結愛は「ふうん」とだけ相づちを打った。

「なんだよお、反応薄いなあ」

「しょうがないわよ。結愛は車にそんな興味ないもの」

母の言うとおりだ。普通の女子中学生は、色が違えば車の見分けなんてつかない。あの赤い車がうちのと同じなんて、言われなきゃ絶対に気づかなかった。大体、父親なんて話しかけられるだけでも、ちょっとウザい存在なのだから、「ふうん」でも返事をしただけましだと思ってもらいたい。

「ユキちゃんは、そんなことないよなあ。ブーブー好きだよなぁ」

父はトレー付きのベビーチェアで離乳食を食べている妹の結紀《ゆき》に言った。

結紀は「ブーブ、しゅきぃ」とたどたどしく答える。

お餅みたいなふっくらした頬が、ほんのり桜色に染まっていてとても可愛らしい。

まだ二歳の結紀は、車のおもちゃがお気に入りだ。父は「なあ」とまなじりを下げる。

いまでこそ元気に離乳食を食べているこの妹は、生まれてすぐのとき、心臓に病気が見つかった。手術をしなければ長く生きることはできず、また、その手術も必ずしも成功するとは言えないと、医師に告げられた。

あのとき家族にできることは、祈ることだけだった。梶川家には特に信仰はなく、結愛も特定の神様を信じてるわけではなかったけれど、結紀の病気が見つかってからは毎日、夜寝る前に手を組んで「どうかユキちゃんを助けてください」「私の妹を生かしてくださ い」とお祈りをした。父や母もそれぞれに、自分のやり方で祈っていたのだと思う。

それが通じたのか、手術は見事に成功し、結紀は生きられることになった。術後の経過も順調で、来年からは幼稚園にも通うことになっている。本当によかったと思う。

「ユキちゃんだって、すぐに興味なくすわよ」

母が苦笑した。結愛も同意見だ。父は「そんなことないよぉ」とおどけて口を尖らせる。

一二月二四日。結愛の通う中学校は、昨日から冬休みに入っている。休みの日、それも今日みたいな冬の日は、一〇時くらいまでは寝ていたいところだけれど、学校がある日と三〇分しか違わない七時半に起きた。もちろん、それには理由がある。

朝ご飯を食べ終え、各々自分の食器を引くと、母が自分と父にコーヒーを、結愛にはミルクティーを淹れてくれた。結紀には幼児用の紙パックのミックスジュースにストローを差して渡す。

白に近いベージュの液体に口をつけて、そろそろ準備しなきゃと思っていると、テレビの中で司会者が言った。

『今日は、あの「動物と話せる美女」カレンさんにお越しいただいてます』

結愛は思わず「あ」と声をあげた。

「しろい、わんわん！」

結紀も嬉しそうに身を乗り出す。

スタジオに白い小型犬を抱いた背の高い美人が現れた。ゆるやかにウェーブしたブラウンの髪と、日本人離れした彫りの深い顔立ち、アーモンド型の大きな瞳。スタイルも抜群でファーコートを着ていても胸の膨らみがはっきりわかる。

『動物バラエティ番組でご活躍中のカレンさんは、動物と会話ができるとのことですが』

『はい。私には動物の考えていることが声として聞こえます。しかし、この能力は、人間が本来持っているものなんです』

カレンは毎週土曜日にやっている『ハッピー・アニマル』というテレビ番組に出演している女性タレントだ。日本人の母と、ドイツ人で動物学者の父の間に生まれ、幼い頃から色々な動物に囲まれて育ったのだという。動物の心の声を聞く能力があり、番組ではその力を活かして、ペットを飼っている視聴者の悩みに答える「きみの声を聞かせて」というコーナーを持っている。

「しかし、この人の言うことは本当なのかねぇ」

父が首をひねる。

「私はあると思うわよ」と、母。「そうだよ!」と、結愛も母に同意した。

車には興味がない結愛だが、可愛い動物には大いに興味がある。

『ハッピー・アニマル』は毎週欠かさず観ている大好きな番組だ。特にカレンのコーナー「きみの声を聞かせて」は、毎回、彼女がペットの声を聞くことでアドバイスをして、飼い主と一緒に困難を乗り越えてゆく様子が描かれていて、とても感動できる。あれが嘘なわけない。美人で不思議な力を持っているカレンは、結愛にとってあこがれの人だ。

このマンションはペットOKで、梶川家でもかつてミニチュア・ダックスフントを飼っていたことがある。名前はジャック。元は母が実家で飼っていた犬で、結婚したときに連れてきたという。

結愛にとってジャックは生まれたときから一緒にいた家族の一員だった。母と一緒に散歩に出かけたり、公園で遊んだり、冬の夜は同じ布団で寝たり、いい思い出がたくさんある。けれど四年前に、癌で死んでしまった。母が飼い始めたときから数えて一五歳、人間でいえば七六歳だという。獣医師は「ジャックくんは天寿をまっとうしたんですよ」と言ってくれたけれど、あのときは本当に悲しかった。

結愛はカレンの「きみの声を聞かせて」を観るたびに、ジャックのことを思い出して少し泣いてしまう。四年前にはまだ番組自体なかったけれど、もしあったら応募して、カレンにジャックの声を聞いて欲しかったと思う。

『――そんなカレンさんですが、今日はイベントの告知に来て下さったんですよね』

「あ、これって、もしかして……」という、母の言葉にも呼応するように、画面の中でカレンが答えた。

『はい。今日から、海の森で開催される「海の森クリスマスECOフェスタ」のオープニング・セレモニーに、私も出演させていただくんです。いま、私たちは環境を破壊する社会から、環境を守る持続可能な社会への転換点に立っています。多くの動物たちも、人間との共存を求めて声なき声をあげています。是非、皆さんも会場にいらしてその声に耳をすませて下さい』

「やっぱり」

「そうか、この人も出るんだっけ」

父はテーブルの上に置いてあったチラシを手に取る。

結愛はカレンが出てきた瞬間、今日の告知だとわかった。このECOフェスタこそが、結愛が早起きした理由でもあるのだ。

結愛の通う区立新砂《しんすな》中学校は「環境教育推進モデル校」というよくわからない何かに指定されていて、それが巡り巡って、代表で一クラス、このECOフェスタのオープニング・セレモニーに招かれ、『大地讃頌』の合唱を披露《ひろう》することになったのだ。

そういうことをするにしても、公立の中学校でなく、ちゃんとした少年少女合唱団とか、もっと適任があるような気もするけれど、地元の生徒が歌うというのが重要らしい。そしてその代表には、秋の校内合唱コンクールで金賞を取ったクラスが選ばれることになり、結愛の二年一組がその座を射止めたのだ。なお、生徒たちの間では、一番上手かったのは三年二組だが、受験の準備への配慮で、二年生のクラスが選ばれたのではないかと噂されている。

ともあれ、そんなわけで結愛もECOフェスタのオープニング・セレモニーに出ることになった。「めんどくさい」とか「恥ずかしい」とか言う子も結構いて、結愛もそうなのだけれど、会場でカレンに会えるかもしれないのは嬉しい。

司会者がECOフェスタの内容をざっと紹介している。

『ECOフェスタでは、さまざまな催し物が開かれますが、カレンさんがイメージキャラクターを務めているアヌビスも、大人気のエンジェル・テリアをはじめとするペットの販売会を行うんですよね』

『はい。この子も、早くみんなに会いたいって言ってます』

カレンは結紀が「しろい、わんわん！」と言った犬を抱き上げてみせた。

カレンの着ている黒いファーをバックに、ふわっふわの白い毛に包まれた小さな体が、よく映えている。愛嬌たっぷりのまん丸顔に、くりっとしたあどけない瞳。おもちゃのように可愛らしく動くその様は、見る者のハートを例外なく溶かすだろう。

その小型犬、エンジェル・テリアは、普段はアヌビスの直営ペットショップで予約をしないと買えないのだが、ECOフェスタの会場で特別に販売するのだという。

「絶対、お願いだからね！」

結愛は念を押すように言った。

今日は、父が有給を取って会社を休み、家族で結愛の合唱を聴きにECOフェスタに来る。そのときついでにこのエンジェル・テリアを買ってもらうことになっていた。

ＣＭを見て一目惚れしてしまった結愛が、ダメ元でクリスマスプレゼントにねだってみたところ、母も、結紀の情操教育のためにもまた犬を飼いたいと思っていたらしく、一緒に父を説得してくれたのだ。

かなり人気があるので、うっかりしていると売り切れてしまうかもしれない。結愛としては、この際、合唱なんて聴かなくていいから、ちゃんとエンジェル・テリアをゲットして欲しいと思っている。

父は「わかってるよ」と苦笑しながら、コーヒーを飲み干した。

「結愛、そろそろ、準備しないと遅刻しちゃうんじゃない？」

母に言われて、改めてテレビ画面の端っこに出ている時刻表示を見ると、八時一〇分を過ぎていた。

八時四〇分までに学校の校庭に集合して、バスで海の森へ向かうことになっている。

「あ、やばっ」

学校はそんなに遠くないけれど、制服に着替えて髪をとかしていたらギリギリだ。

結愛は慌ててクローゼットへ向かった。

4

茶色い髪が強い風に煽《あお》られ、流れるようになびいている。

テレビ局の裏口から生放送を終えたばかりのカレンが出てきて、こちらに向かって歩いてくる。

路肩に停車した黒塗りのレクサスLX570の窓から、男はそれを眺めている。

よほど風が冷たいのだろう、カレンはやや俯き加減になり、黒いファーコートの襟《えり》を手で閉じるようにしている。彼女のあとから付いてくるドッグキャリーを抱えた若い男はマネージャーだ。

運転手の山口《やまぐち》が車を降りると、リアのドアを開けて、カレンを迎え入れる。

「ああ、寒いったらありゃしない」

わずかな距離を歩いただけだが、男の隣に乗り込んできたカレンの耳たぶは赤くなっていた。

「ごくろうさん」

カレンは不機嫌そうな顔で一瞥《いちべつ》するだけで応えない。まあ、いつものことだ。

マネージャーは、ドッグキャリーを抱えたまま助手席に乗り込む。

イベントの会場がお台場《だいば》の目と鼻の先なので、男がピックアップして一緒に向かうことになっていた。

「じゃあ、向かいます」

運転席に戻った山口は、車を発車させる。ハイブリッドタイプのフラッグシップモデルは、水牛のような力強い外観に似合わず、水面を滑るかのごとく静かに走り出す。

車はレインボーブリッジを背に、広い四車線の道を進む。ビルと倉庫が並ぶ青海《あおみ》の街並みが窓の外を流れてゆく。

「ああ、そう言えば、呉松《くれまつ》のやつがな、そのうちおまえと飯を食いたいんだとよ」

男が眠たそうな目で窓の外を眺めているカレンに声をかけたのは、レクサスがトンネルに入ってすぐだった。青海の暁ふ頭公園と海の森をつなぐ第二航路海底トンネルだ。オレンジのトンネル灯が、一定の間隔でカレンの整った顔を照らしている。

「誰よ？　そのクレマツって」

カレンはゆっくりこちらを向いて尋ねる。

「今日のセレモニーで挨拶する環境大臣だ。そのうち総理になりそうな男だぞ。間違っても本人に『誰？』なんて訊くなよ」

今秋、政治資金スキャンダルで辞任した前大臣に替わって、総務相と兼務する形で環境相となった呉松真《まこと》は、政界のサラブレッドとかプリンスとか呼ばれる存在だ。総理大臣経験者の祖父と、与党最大派閥の長であった父を持つ血筋のよさと、クリーンなイメージ、そしてまだ四〇代の若さが相まって、主婦層を中心に有権者の人気も高い。党内でも着実に地位を固めており、数年内に首相の座を射止めると目されている。

「ああ、あの、カンバーバッチの出来損ないみたいな馬面ね。見りゃわかるわよ」

「一応、イケメン大臣ってことになってんだぜ」

「あんたに比べりゃ、そうかもね」

カレンの軽口に、男は含み笑いで応えた。

男の容貌は、確かにイケメンなどという言葉とはだいぶ遠い場所にある。浅黒いざらりとした肌に、曲がった鼻と、薄い唇。くぼんだ眼窩《がんか》には三白眼が収まっている。しかし男はこの自分の顔を気に入っていた。見た目の迫力だけで優位に立てることは、案外ある。

「あいつと、寝ろっての？」

「平たく言やあ、そういうことだ。おまえのファンなんだと」

カレンは小さく舌打ちをしたあと、不愉快そうに「別にいいけど」と応じた。

男はその様子に、ぞくりとした官能を覚える。

「それからな、呉松は相当な食道楽で、食ってみたいそうだ」

「何をよ？」

「エンジェル・テリア」

「はあ？」

カレンは顔をしかめた。

男はますます官能を覚える。

この女は嫌悪を湛えるほどに美しくなる。

「それ、本気？」

「ああ。世界中の珍味を胃袋に入れるのが夢らしい。まあ、食わせてやるさ、売るほどあるんだからな」

「最低ね」

「どうしてだ。おまえだって別にベジタリアンってわけじゃない、普通に肉は食うだろ？」

「牛や豚と、犬は違うわよ」

「いや一緒だね。犬食だって立派な食文化だ。日本でも昔は普通に食ってたし、俺の祖国には、補身湯《ポシンタン》っていう有名な伝統料理がある」

「何が祖国よ。あっちの言葉すら話せないくせに」

カレンは吐き捨てるように言った。男は再び、含み笑いで応じた。

男は朝鮮半島にルーツを持つ、在日コリアン三世だ。いや、だったというべきか。すでに帰化して日本国籍を取得している。そのとき、金天秀《キムチョンス》という民族名を棄て、それまで通《つう》名《めい》として使っていた安東秀雄《あんどうひでお》が本名となった。

この姓の由来は、一族の発祥の地とされている朝鮮半島南東部に位置する都市、アンドン《安東》なのだという。が、安東自身はその街に一度も行ったことはないし、ハングルだって満足に読めない。日本で生まれ、日本で育ち、日本でビジネスをしている。

安東は今日から開催される「海の森クリスマスECOフェスタ」のスポンサー、大手ペット流通企業アヌビスの代表取締役だ。モグリのペットブローカーから始め、一代で業界トップの企業にまで育て上げた。

「ちょうどいいから、おまえとの会食の席で、エンジェル・テリアの犬鍋でも出してやろうか」

「私は死んでも食べない。あの子たちを食べるくらいなら、私があんたを殺して食べてやるわ」

カレンの大きな瞳にトンネル灯のオレンジが反射し、殺気が静かに燃えるようだった。

この女は本気だ。この女にとっては、権力者に股を開くことは我慢できても、犬鍋を食うことは我慢がならないということか。無理強いすれば、本当にこちらを殺しにくるだろう。

まあ、こいつに食われるのも悪くないがな。

安東は臍《へそ》の下が熱くたぎるのを感じた。

「安心しろ。犬なんか食わせねえよ」

言って安東は、カレンの肩を抱くと強引に口を吸った。

カレンは安東を受け入れ、舌が絡まる。その粘性の快楽は味わう間もなく途切れ、舌に鋭い痛みが走った。

嚙まれた。歯が、舌に食い込み、ひっかく。

安東はたまらず、口を離した。かすかに鉄の味がする。

「てめえ」

一瞬、怒りが湧くが、それはすぐに理性で冷やされる。

カレンは安東が暴力に訴えることはないと知っている。この女の美貌は安東にとっての武器でもある。激情に駆《か》られて傷をつけるような真似はしない。特にこのあとセレモニーに登壇しなければならないこのタイミングでは、絶対に。

それを知っているからこそ、カレンは怯える様子もなく、すました顔と冷たい目でこちらを見ている。

安東は声をあげて笑った。

それはつまり、俺を信じているってことじゃないか。

「呉松とヤるときは、こんなことすんなよ？」

笑いながら言うと、カレンはそっけなく「わかってるわよ」と、顔を背け、再び視線を窓の外に向けた。

運転手の山口もカレンのマネージャーも、そんなやりとりには慣れっこなのか、我関せずという態度でまっすぐ前を向いている。


安東の前に、この女が現れたのは、三年ほど前のことだ。

昔、世話になった知人から「あんたと会って話がしたいって女がいるんだ」と紹介された。ただその知人も別の人間から紹介されたようで直接の知り合いではないという。「よくわからんが、なかなかの美人だから、会って損はないだろう」とメールで送られてきた写真を見ると、なるほど確かに、美しく整った顔をした女だった。

とりあえず、都内の個室レストランで食事をすることになり、その夜、身体の関係を結んだ。

安東はすぐに気づいた。この女の美しさは、戦うための機能美だ、と。こいつは、俺を頼りに来たのではない、利用しに来たのだ。飼い慣らせるようなタマじゃない。気を抜いていると、こちらがのど笛を噛みちぎられる、そういう獣だ。

そんな女だからこそ、手元に置きたいと思った。女に対してこんな欲望を覚えたことはそれまでになかった。

「俺の女になれ。悪いようにはしない」

安東がストレートに言うと、ひとしきり笑って「いいわ」と、頷いた。顔に従順そうな笑みを浮かべつつ、その全身から殺気が滲んでいた。

「実はね、あなたに会えって言われたのよ」

一晩中交わった翌朝、そう言った。

「誰に？」

「犬に」

「犬？」

「そうよ。あなたのお店で売れ残っていた犬に。『この会社のオーナーに会ってみろ』って言われたの」

動物の心の声を聞き、話をすることができるのだという。冗談やネタではなく、本気で自分にそういう能力があると信じているようだった。

ちょうどこの頃、アヌビスが民放キー局で始まる新しい動物番組のスポンサー兼スーパーバイザーを務めるという話が進行していた。そこで安東は、番組プロデューサーに紹介し、彼女が視聴者のペットの声を聞くコーナーの企画を提案した。その能力を本気で信じたかどうかは不明だが、プロデューサーは面白がって企画を採用した。

こうして、この女はカレンという芸名で番組にレギュラー出演することになった。

父親はドイツ人、母親は日本人ということになっているが、嘘っぱちだ。日本人にしては彫りが深く、髪も目の色も茶色いので、どこかで欧米人の血が混じっているのかもしれないが、本人もわからない。それどころか、水商売をしていた母親の私生児で、どこの誰が父親なのかも知らないという。

カレンが本当に動物の声を聞く力を持っているのか、未だにわからない。本人には言わないが、安東は、おそらく単なる思い込みに過ぎないと考えている。しかし真偽はどうであれ、テレビで彼女を見て信じた者は少なくないようだ。

いまではその動物番組『ハッピー・アニマル』は、国民的な人気番組となり、カレンは「動物と話せる美女」としてブレイクを果たした。

その宣伝効果はきわめて大きく、アヌビスの業績は更に伸びた。

また、テレビの力でカレンの知名度が飛躍的に上がっていくにつれ、安東の周辺には彼女をものにしたいと考える男どもが群がるようになった。カレンはそんな連中に対して、いわゆる「女の武器」を駆使することを厭わなかった。無論、安売りはしない。安東が「こいつは」と思う有力者を選別し、セッティングをした。

嫉妬は湧かなかった。どうせ、男に惚れるような女じゃない。

カレンは好きでそんな高級娼婦のような真似をしているわけじゃないのだろう。かといって安東のためでもない。きっと自分のためだ。自分の武器を最大限利用し、有力者に取り入り、いつか安東さえ噛み殺して、もっと上へ行くためだ。それはわかりきっている。

やがて車はトンネルを抜ける。

白い光が射し込んでくる。視界が開け、道の左右に生い茂る緑が見えた。

前方に、巨大なディスプレイ付きのアーチ。そこには「ようこそ『海の森』へ」というメッセージとともに、ＥＣＯフェスタのプロモーションムービーが流れている。

アーチをくぐると、三叉路に差し掛かった。東京湾岸から海の森へ至る三路——安東たちがやってきた第二航路海底トンネル、夢の島方面から架かる東京ゲートブリッジ、大井《おおい》埠頭《ふとう》突端の城南島《じょうなんじま》とつながる臨海トンネル——の合流点だ。

そこを右折して、ゆるやかに湾曲する道なりにしばらく進むと、前方に平たい円柱形の建造物が見えてきた。

ＥＣＯフェスタのメイン会場になる「ロタンダ・シーフォレスト」である。

5

海から吹き付けてくる風は冷たく、生臭い潮《しお》の香りがする。

寒いのと、風に煽られてはだけてしまうのとで、嶋和久《しまかずひさ》は羽織《はお》っていたスタッフジャンパーのジッパーを閉めた。背中には犬のシルエットのロゴマークと「ＡＮＵＢＩＳ」という社名が入っている。

「おー、でっかいですねえ」

一緒に作業をしていた佐藤《さとう》が、目の前の奇妙な建物を見上げて声をあげた。

今年入社して、秋から販売部に配属されたという若手社員だ。まだあどけなさを残した顔にはニキビが浮いている。

「東京ドームより大きいらしいな」

嶋は相づちを打った。

東京湾に浮かぶ人工島、海の森。その西の端に建つ多目的複合施設ロタンダ・シーフォレスト。それは円形建築物《ロタンダ》の名が示すとおり、航空写真で見るときれいな正円形を描いている。直径はドーム球場よりも一回り大きな三〇〇メートル。地上二階建てだが、高さは通常のビルなら八階建て相当の三二メートルもある。

「あ、ほら、あそこに俺たち映ってますよ」

佐藤がどこか嬉しそうに湾曲した建物の壁を指さした。

外壁がすべて鏡張りで、周囲の景色を映すようになっているのだ。そこには、犬のシルエットのロゴマークが入った三台のトラックと、同じマークの入ったグリーンのジャンパーを着て積み荷を降ろしているアヌビスのスタッフたちの姿が、小さく映り込んでいた。

ロタンダ・シーフォレストは海を背にして東向きに建っており、裏手に当たるこちらは、海の森で最も大きな「西駐車場」に面している。

嶋たちは、トラックから降ろした車輪付きのコンテナや台車を押して、搬入口から建物の中へと運び入れてゆく。今日、ここでアヌビスが行う販売会のための資材と、売り物であるペットたちだ。

嶋が押している生体運搬用のコンテナは、八〇センチ×一二〇センチの細長い長方形で、高さも一〇〇センチほどもある。エンジェル・テリアのような小型犬なら八頭、大型犬でも二頭を余裕もって収容できるサイズだ。

強化プラスチック製で、最大一トンまでの衝撃に耐える。まったく中身の見えない黒くて四角い箱だが、スリット構造により通気は確保され、内側には断熱クッションが貼られ、保温性にも優れている。アヌビスが運搬するペットは、安くても一頭数万円、高いものので一〇〇万円近くの値がつくものもあるため、すべて厳重に電子錠で施錠《せじよう》されている。

館内に入ると、また佐藤が「おー」と声をあげた。

かなり天井が高く、屋内に入ったというのに開放感を感じる。入ってすぐのところにあるエスカレーターは、まるで天へ昇る階段のようですらある。できたばかりだけあって、壁や床はきれいな光沢を放っており、なかなか心地いい。

館内図によれば、ロタンダ・シーフォレストはドーナツ状の回廊構造になっており、一階と二階を行き来するためのエスカレーターは、東西南北それぞれ計四ヵ所に設置されているようだ。回廊の一階部分はイベントスペースで、二階部分はモールとフードコート。建物自体には地下もあるが、こちらは、施設の管理区域で、一般客は立ち入ることができない。

ドーナツの穴に当たる中心部分は、一、二階ぶち抜きの大ホールで、最大収容人数は二〇〇〇人。コンサートをはじめとした大型イベントに対応しており、ＥＣＯフェスタのオープニング・セレモニーも、ここで開催されることになっている。

搬入口を入ったところでは、今日の販売会の仕切り役である販売部長の三条《さんじょう》が声を張ってスタッフたちに指示を出していた。

「さあ時間ないよ、さくさく行こう！　会場はそこのＡホールだからね」

イベントスペースである一階には、中央の大ホールの他にも、外壁に沿って七つの小ホールが連なっており、これらにはＡからＧまでアルファベットが振られている。アヌビスがペットの販売会を行うＡホールは、その中で一番広く、搬入口のすぐ近くにある。

「あ、嶋ちゃん、ごくろうさま」

三条が嶋に気づいて、ぺこりと頭を下げた。

「おつかれさまです」と挨拶を返す。

嶋の所属は育成部で、今日は販売部の手伝いとして、販売会の準備に駆り出されているかたちだ。

もっとも嶋には、別の目的がある。

アヌビスの社員、育成部主任の嶋としてではなく、〈DOG〉のメンバー、シマとしての目的が。


もうすぐだ。もうすぐ、この箱が開かれる。〈審判〉が始まる。

シマは何食わぬ顔をして生体運搬用のコンテナを押してゆく。黒くて四角い、文字通りのブラックボックスを。

「黒いコンテナの中には、大事な商品が入ってますからね。急がないで、ゆっくり、ゆっくり運んでください！」

背後から三条の声が聞こえた。今更ではあるが、生きものを平気な顔で「商品」と呼ぶ図太さに、シマは苦いものを覚えた。

だが、それも今日までだ。

やっと、これまでやってきたことのすべてを清算することができる。

シマは軍手の中の掌に汗が滲んでいるのを自覚した。気がつけば、心臓も早鐘を打つように鳴っている。

もしかして、俺は後悔しているのだろうか？

湧き上がる迷いにも似た雑念を、シマはすぐに振り払う。

正しいことをするのに、後悔などあるはずもない。

すべては幸福最大化のためだ。

そうだ、正しい。カルネ・シンは正しい、〈DOG〉は正しい、俺は正しい――

「あれ？　嶋さん、なんか変じゃないですか？」

不意に隣で台車を押していた佐藤から声をかけられ、思わず「えっ！」と大声をあげてしまった。

「わ、びっくりした」

声をかけた佐藤の方も驚いたようだ。

「す、すまん。ちょっと……、考えごとしてたところだったんで」

シマは、どうにか苦笑いの顔をつくった。

「それで、変って、何がだ？」

偽装は完璧に施《ほどこ》されているはずだ。まさか、何かに気づいたわけでもないだろうが。

「あ、いや……」佐藤は、やや遠慮がちに、シマの手元を指さした。「その軍手、逆ですよね」

指摘され、シマは自分がしている作業用の軍手に裏地の縫《ぬ》い目が見えていることに気づいた。表裏逆にはめていたようだ。

「ああ」

思わず声が漏れた。

「いかんな。なんだか今日は、ぼうっとしているみたいだ」

「朝、早かったですからね。俺も眠いっすよ」

「そうだな」

本当は眠気など感じようもないほど高揚しているのだが、そういうことにしておこう。

「俺、今朝は久々に、親に起こしてもらいましたよ」

佐藤は照れくさそうに笑う。

「実家暮らしなのか？」

「はい。両親と、祖母《ばあ》ちゃんと、四人です。やっぱ楽なんでね、つい甘えちゃうんですよね」

口調からは、このニキビ面の青年が、平凡で幸福な家庭で暮らしていることが想像できた。

シマは内心で「すまんな」と詫《わ》びていた。

おまえはもう、親にも、お祖母さんにも会えないんだ。

6

マンションのエントランスから表に出ると、チクチク尖《とが》ったような冬の冷気に頬を撫《な》でられた。空はこぼれ落ちそうなほどに青い。

梶川結愛は両手に息を吐いて温める。

天気予報によれば、今日は一日中よく晴れるのに、気温は上がらず特に朝晩は冷え込むという。ホーシャレーキャクという現象が起きるらしい。まあとにかく寒いということだ。

最初の角のところで、クラスの女子四人が歩いてくるのが見えた。いつも朝一緒に登校する子たちだ。

「結愛っち、おはよう!」

四人のうちの一人、長い髪をポニーテールにしている新田《にった》ヒカルが笑顔で声をかけてきて、あとの三人はそれに倣《なら》うように「おはよう」と口にする。

結愛も「おはよう」を返し、集団の中に混ざった。

「ねえ、結愛っち、昨日見た?」

ヒカルが話を振ってきた。目的語が省略されていたけれど、人気アイドルグループが司会を務めるバラエティ番組のことだとわかる。

「見た、見た」

「新曲、超よくない？」

昨夜の放送では最後にミニライブをやったのだが、その中で新曲を披露したのだ。

「うん、すごいよかった！」

「だよねえ、いまさ、みんなでその話しててさ――」

ヒカルは風で乱れた髪をかき上げる。左手の手首に嵌めている銀色のブレスレットが見えた。彼女がいつもしているやつだ。ブレスレットにぶら下がっている土星みたいな輪っかのある星と十字架が組み合わさった可愛らしいチャームが揺れる。

ヒカルは、曲の途中で特にお気に入りのメンバーのラップが入るところが最高だと言った。

やっぱヒカルちゃん、わかってるなあ。

結愛もまったく同じことを思っていたので、嬉しくなった。

いつもの風景。楽しいお喋り。寒くて耳が痛いのも忘れさせてくれる。

一年のとき、他の小学校出身の子ばかりのクラスに入ってしまって、馴染《なじ》めるかどうか心細く思っていた結愛に、屈託《くったく》なく話しかけてくれたのがヒカルだった。

「梶川さん、だよね？　そのバッグ、超かわいくない？」とヒカルは、岡山にいる祖父母が入学祝いに送ってくれたツイードチェックのバッグを誉めてくれた。それから、まるで長年の友達みたいに自然に色々な話をして、すごく盛り上がった。気づくと周りにいっぱい人が集まってきていた。帰りもみんなで一緒に帰って、別れ際ヒカルは「結愛っちと仲よくなれてよかった」と笑った。あのとき、結愛は中学校でもきっと大丈夫と思えたのだ。

結愛がくだんのアイドルグループを好きになったのも、ヒカルの影響だ。アイドルグループ自体もいいと思うけれど、それ以上にこうして、次の日にヒカルとお喋りするのが楽しい。そう思っているのは、結愛だけじゃないと思う。

ヒカルは空気をつくるのがとても上手で、周りにはいつも自然に人が集まる。ヒカルと楽しく喋っていると安心できるし、集団で何かを決めるときみんなヒカルの意見を尊重する。一年のときも、二年になってからもヒカルはクラスの中心だ。

結愛が加わり五人になった集団でぞろぞろ道を歩いていくと、少し先に、見知った背中を見つけた。

猫背気味に歩くひょろりとした痩せ形の男子。クラスメイトの氏家拓人《うじいえたくと》だ。

「うわっ、あいつ来たんだ」

ヒカルも拓人に気づいたようで、あからさまなうんざり声で言った。

拓人のことをひと言でいえば「嫌われ者」だ。クラスの女子ほぼ全員と、男子のほとんどから嫌われている。特にヒカルは拓人のことが大嫌いだ。

「キモッ、朝からテンション下がるわ」

「ウザいね」

「よく来れるよね？」

みんな、拓人のことを悪し様に言う。結愛は何も言わずに、ただ調子を合わせて頷く。

頷きながら、結愛は自分に「しょうがないよ」と言い聞かせていた。

しょうがないよ。拓ちゃんが、空気を読めないのがいけないんだもの。

「しょうがないいんじゃね？　だってあいつ、空気読めないいんでしょ？」

結愛が思っていたことと、ほぼ同じフレーズを誰かが言って、みんなが声を出して笑った。結愛もやっぱり調子を合わせて笑った。

でも、本当は少しも楽しい気分にならない。

苦くて黒くてもやっとしたものが、胸に広がる。

「てかさ、宗介《そうすけ》に聞いたんだけど、結愛っち、昔、あいつにチョコあげたことあるんだって？」

ヒカルに言われて、結愛は心臓がどきりと鳴る音が聞こえたような気がした。

結愛と拓人は幼なじみだ。小さな頃に、確かにそういうことがあった。

「うわっ」

「まじ？　引くわ」

みんなが、半笑いではやし立てる。

結愛は慌てて弁解した。

「や、やめてよ。ずっと昔、小一とかのときだよ。そ……、内海《うつみ》くんにもあげたもの」

宗介くんと言いかけて、ヒカルの手前、内海くんと言い直した。今年の夏休みからヒカルと付き合い始めたクラスメイトの内海宗介も、拓人と同じく、結愛の幼なじみだった。

結愛、拓人、宗介の三人は、まだ幼稚園に上がる前に、ちょうど同じタイミングで母親同士が公園デビューしたのがきっかけで知り合った。幼いなりの屈託のなさで、小学校の低学年くらいまでは、かなり仲よくしていた。当時まだ元気だった飼い犬のジャックともよく一緒に遊んだ。特に拓人は、ジャックになつかれていたのを覚えている。

バレンタインデーに、結愛は拓人と宗介にチョコレートをあげたことが何度かある。でも、別に恋愛感情があったわけじゃない。「仲よしなんだからあげたら」と母が買ってきたのを渡しただけなのだ。結愛は中二になったいまだって、まだ初恋を経験していない。

もっとも、そんな幼なじみ同士の「仲よし」な関係は、小学校の中学年くらいで自然に消滅してしまった。これといった理由があるわけではなく、結愛は女子と遊ぶようになり、拓人と宗介も、一緒にいることはなくなった。三人は、ばらばらになって、ただの同級生同士になった。まあ、幼なじみには割とよくあることだと思う。

「じゃあ、黒歴史ってやつだね」

ヒカルはどこか悪戯っぽく言った。

結愛の胸の裡《うち》では、宗介がチョコのことを覚えていたことのくすぐったさや、それをヒカルにどんなふうに話していたのかというもやもや、そして黒歴史という言葉で思い出を上書きしてしまうことへの座りの悪さが、渦巻いた。

でも、そのどれも言葉にするにはあまりに曖昧で、みんなから「拓人にチョコをあげたヤバいやつ」と思われたくない、というはっきりした気持ちに塗りつぶされた。

「う、うん。黒歴史、黒歴史」

何度も頷きながら結愛は、少しだけ惨《みじ》めな気分になった。

とぼとぼ歩く拓人の歩調はゆっくりで、どんどん背中が近づいてくる。

「みんな、息止めよ。ウジ菌が感染《うつ》るよ」

ヒカルはみんなに言う。大きな声で、たぶん拓人にも聞こえるように。

拓人が声に気づいたのか、ちらりと後ろを窺った。

みんな、くすくす笑いながら、これ見よがしに手で口を押さえ、早足になって拓人を追い越す。結愛もみんなに倣って手で口を押さえる。気持ち遠慮がちに、手をグーにして、袖口でちょっとだけ口元を隠すようにして。別にそんなふうにしたって、やっていることは変わらないのに。

しょうがない、しょうがない、しょうがない。

だって拓ちゃんが悪いんだもの。よりによって、ヒカルちゃんにあんなこと言うんだから——


拓人が「嫌われ者」になったのはごく最近のことだ。昔、結愛と仲よくしていた頃は、むしろ「人気者」だったくらいだ。

拓人にはちょっと不思議な特技があった。間違い探しと暗算の達人なのだ。

よく子ども向けの雑誌やファミレスのメニューにあるイラストの間違い探しをやらせると、拓人はどんな難問でもあっという間に見つけてしまう。暗算はもっとすごかった。四桁くらいまでの計算なら、電卓を打つより速く答えてしまうのだ。休み時間などに、男子がよく「拓ちゃんVS.計算機」なんて、テレビのバラエティみたいな感じでやっていて、人だかりができていた。

ただ、拓人が不思議なのはそれだけではない。内向的と言うのか、ときどき自分の世界に没頭してしまい、ぶつぶつ独り言をいったりする。「拓ちゃん、何言ってるの?」と訊いてみても、不思議そうに首をかしげるだけなので、どうやら自分が独り言をいっている自覚も薄いらしい。また、人と話をするときも、やたらと吃音《きつおん》が出て、聞き取りづらい上に、わけのわからないトンチンカンなことを言ったりする。

たとえば小三のとき。休み時間、ある男子が父親から教わったという「ろくむし」という遊びをやってみることになった。ルールを説明したその男子が「何かわからないことない？」と尋ねると、拓人は「あ、あ、明日は、は、晴れる？」と尋ね返した。確かにそれは「わからないこと」なのだが、ろくむしとはまったく関係がない。

みんな、拓人がふざけているのかと思って笑ったが、どうもそうではないらしい。本人はいたって真面目《まじめ》に訊いているようだった。

ちょうど結愛が、あまり一緒に遊ばなくなった頃から、こんなことが増えていった。拓人はときどき、すごく見当外れなことを口にする。なんというか、空気が読めないのだ。その上、吃音が多いので、円滑《えんかつ》なコミュニケーションが取りづらい。それでいて、計算だけは異常に速いのだから、どこか人間味が薄いような印象すら漂う。

小学校の高学年になる頃には、拓人の周りに人だかりができることはなくなった。それでも拓人は「人気者」ではなくなったけれど「変わり者」くらいのポジションで、小学校生活を送っていた。

やがて中学に上がると、拓人がどうしてそんな「変わり者」なのかがわかるようになった。

拓人が普通の子と違うことは、彼の親も気にしていたようで、進学のタイミングで発達の専門医に診《み》てもらったのだ。そこで拓人は「自閉症スペクトラム」という舌を噛んでしまいそうな名前の発達障碍だという診断を受けたという。

一年の一学期の最初の方で、学年集会に保健の先生がやってきて、そのことを説明した。

結愛は「自閉症」という言葉だけはどこかで聞いたことがあって、語の感じからなんとなく、引きこもりの人のことを指すのかと思っていたが、ぜんぜん違った。

自閉症というのは、生まれつきの障碍で、なったり治ったりするものではないようだ。自分の世界に没頭しやすくコミュニケーションが上手く取れないのが代表的な症状だが、その現れ方にはかなり幅があり、典型的な自閉症とは言えないケースも多くある。そこで下に分布範囲《スペクトラム》とつけて、自閉症っぽい障碍をまとめて呼ぶことになった――ということらしい。

診断にまつわる細かい話はよくわからなかったが、要するに拓人に独り言が多かったり、喋るときに吃音が出たり、空気を読めなかったりするのは、この障碍の症状なのだという。また、間違い探しが得意だったり、暗算が異常に速いのも、稀にこの障碍を持つ子に現れる特徴だという。

「氏家くんには特別な配慮が必要な個性があります。みなさん、支えてあげましょう。決して馬鹿にしたりしてはいけませんよ」

保健の先生は、「障碍」ではなく「個性」という言葉を使って、みんなに呼びかけた。

結愛のように小学校から拓人と同じだった子たちはみんな、このとき謎が解けたような気分になった。中学から一緒になった子たちは、「へえそうなんだ」と少し興味深そうに、新しい同級生についての話を聞いていたようだった。

けれど、そういう事実の理解とは別の次元で、みんな戸惑ってしまった。

特別な配慮って、何をすればいいんだろう？　拓人にどう接すればいいんだろう？

それまで、小学生のときは、拓人が空気を読まずに変なことを言ったとき、みんな笑ったり、突っ込んだりしていた。ケースバイケースだけれど、それで場がなごむこともないわけじゃなかった。でも、拓人に障碍があるとわかって、それを笑うのは馬鹿にしていることになるんじゃないだろうか。差別なんじゃないだろうか。

保健の先生は言いっ放しで、具体的にどうすべきかは教えてくれなかった。他の先生たちも、生徒と同様に戸惑っているようだった。

結局、どうなったかというと、みんな、拓人のことはスルーするようになった。シカトではなく、スルー。別の言葉で言えば、腫《は》れ物扱い。みんな拓人のことを避けつつ、でも気を遣っていたのだ。

そんな状況で、なんとなく、少しずつ、みんなの拓人に対するストレスが溜まっているようだった。特定の誰かじゃない、みんなだ。

みんな、口に出さないけれど「拓人がいなければ、もっと気楽にやれるのに」と思っているのが感じられた。

そしてそれは今年、中学二年の夏休み明け、席替えのときに爆発した。くじ引きでヒカルと拓人が隣の席になった。たぶんヒカルは、拓人の隣にはなりたくなかったのだと思う。けれど、そんな態度は微塵《みじん》も出さずに、「よろしくね」と笑顔で挨拶していた。

対して拓人は、怪訝な顔をして鼻をひくつかせたあと、ひとこと、言った。

「臭い」

別にヒカルは臭くなんかない。ただ、いつもフローラル系の香りを身に纏ってはいる。デオドラントスプレーの匂いだ。

休み時間ごとに、ヒカルはトイレに行ってシュッとやっている。体育のときは、着替えのとき必ずクリームも塗っている。体質的に汗をかきやすく、そのことを気にしているからだ。それはクラスの女子は大抵知っていて、ヒカルの前で体臭関係の話題は禁句になっていた。

そんなヒカルに、拓人は「臭い」と言ってしまった。いや、そうでなくても、女の子に面と向かって言っていい言葉じゃないだろう。

たぶん悪気はなかったのだと思う。本当はヒカルに対して言ったわけでもなく、ただ感じたことを口に出しただけの独り言だったのかもしれない。こういうことを言ってしまうのが、まさに空気が読めないということだ。要は障碍の症状なのだ。

けれど、最悪だった。

結愛も、これはいくらなんでも拓人が悪いと思った。クラスの大半もそうだったと思う。

ヒカルはその場で泣き出し、拓人をなじった。

「ふざけんな！　あんた、ジヘーショーだかなんだか知らないけど、なんでも言っていいと思ってんのかよ！　ショーガイがあるから、他人を傷つける権利があるのかよ！」

宗介が飛んできて「てめえ、いい加減にしろ！」と、両手で拓人の胸ぐらを摑んだ。昔は結愛よりも小さかった宗介は、小学校の六年間でぐんぐん背が伸び、体つきも逞《たくま》しくなった。いまではクラスで一番背が高く、所属する野球部でも一年のときからレギュラーとして活躍しているという。宗介が腕を伸ばすと、拓人の身体は吊られるように宙に浮いた。

それを見て担任の佐山《さやま》先生が慌てて止めに入った。

佐山先生はまだ若い女の先生で、宗介の方が身体が大きい。たぶん、力も宗介の方が強いだろう。けれど先生が少し震えた声で「や、やめなさい！」と叫ぶと、宗介は黙って拓人を降ろした。

結局、そのあと先生が拓人に謝らせ、ヒカルが謝罪を受け入れたという形で、その場を収めた。

が、みんなの気持ちは収まらなかった。

拓人は事態を飲み込めていないようで、謝っているというより、仕方ないので「ごめんなさい」と口にして頭を下げただけのように見えた。だからその日の放課後、川の水が海へ注ぐような自然な流れで「ちゃんと謝らせよう」ということになった。

けれどいまから思えば、あれはつるし上げとか、いじめ、もしかしたらリンチと呼ばれるものだったのかもしれない。

途中で先生や他のクラスの子に見られないように廊下に見張りを立て、教室で拓人を取り囲んだ。女子を中心にみんなが拓人を責めた。「あんたが悪い」「障碍を盾にするな」「ちょっとは他人のことも考えろ」。このときは結愛も熱に浮かされたような気分で、拓人に言った。

「みんな迷惑してるんだよ！」

迷惑。

言葉が先に出て、結愛は自分の気持ちに気づいた。空気が読めなくて、しかもそれは障碍だからこっちが気を遣わなくちゃいけない。そんな拓人のことを迷惑と思っていたのだ。主語が「みんな」になったのは、その場にいるクラスメイトたちも同じ気持ちのはずだという確信があったからだった。

案の定、「みんな」は結愛に同調し、ますます責めた。

ヒカルの件はきっかけに過ぎず、それまで拓人に気を遣うことで溜めていた鬱憤《うっぷん》を晴らすかのようだった。

やがて宗介をはじめ数人の男子が「こいつは、身体に教えてやらないとわかんねえんだよ！」と暴力を振るい始めた。「ヒカルの心はもっと痛かったんだぞ！」とか、そんなことを言いながら、跡が残らないように、顔ではなくお腹を殴っていた。拓人は　発殴られるたびに、苦しそうにのたうち回り、泣きながら「ごめんなさい」を繰り返した。

それを目の当たりにしたとき、のぼせたように熱くなっていた結愛の胸に、昏《くら》くて冷たい水滴が落ちたような気がした。宗介と拓人。昔、仲よく遊んでいた二人。その片方が一方的にもう片方を殴っている、その光景は決して気分のいいものではない。有《あ》り体《てい》に言えば、引いたのだ。さすがに、やり過ぎなんじゃないかと思えた。

が、その一方で、悪いのは拓人だという思いも、消えなかった。

拓ちゃんは、言ってはいけないことを言って、ヒカルちゃんを傷つけた。みんなに迷惑をかける拓ちゃんが悪い。だから、少しくらい痛い思いをするのはしょうがない。

結局、結愛はみんなと一緒に、その様子を黙って見ていた。

最後に、拓人は制服を脱がされパンツ一枚だけの裸で土下座をさせられ、その様子を携帯で撮られた。それが、みんなの望む「ちゃんと謝る」だったのかは、よくわからない。

もしかしたら、違ったのかもしれない。なぜなら、それでも拓人は許されなかったから。

いや、そもそも、許すという選択肢はなかったのかもしれない。

とにかく、この日を境に、拓人はみんなから露骨に敵意を向けられる存在になった。かつて「人気者」だった拓人は、「変わり者」から「腫れ物」を経て「嫌われ者」になった。

もうみんな、拓人に気を遣ってスルーしたりはしない。「ウザい」「ウジ菌」「欠陥人間」「存在が迷惑」そんな言葉を投げかける。拓人のことはどんなに悪く言っていいし、障碍のことも馬鹿にしていい、そういう空気が二年一組にできあがった。

けれど、この空気は、酷く濁《にご》っていて重い。

拓人は何を言われても、言い返したりしない。先生に相談したりした様子もない。ただ、泣くのだ。授業中や、休み時間に、机に突っ伏して、しくしく泣くのだ。

やがて拓人は学校をよく休むようになった。学校や親は薄々感づいているのかもしれないけれど、いまのところ表だって問題にはなっていない。

これでいいのかな？　と思ってしまう。拓人が可哀相にも思える。確かに拓人は悪かった。でも、もうこっち側、結愛も含めた「みんな」がもっと悪いように思える。

本当は、心の底の方ではわかっている。

正しくないことをしている。昔、仲よかった幼なじみに。

でも、やめようと言い出せない。それどころか、「ウジ菌が感染る」と言われれば、みんなと一緒になって、口元を押さえてしまう。

ときどき、拓人を殴った宗介は、どんな気分でいるのか想像してみるが、上手くいかない。ヒカルが傷つけられたことで、まだ怒っているのだろうか。悪いのは拓人だから、当然と思っているのだろうか。自分は正しいと思っているのだろうか。それとも少しは後ろめたさを感じているのだろうか。わからない。かといって、こういう話をヒカルを飛び越して、直接、宗介にするのは気が引ける。いまはもう、特別仲よくもない同級生の一人だ。

ただ、この空気の重さは感じていると思う。宗介に限らず、ヒカルや、他のクラスメイトたちも。拓人が来ていない日は、空気が軽い。みんな、どこかほっとした表情を浮かべている。

例の合唱コンクールの日も、拓人は休んだ。二年一組が金賞を取れたのは、拓人がいなかったので、みんなリラックスして力を出せたからじゃないかと、結愛は思っている。

——なのに。

なのにどうして、今日は来たの？　拓ちゃん、もうずっと学校に来なければいいのに。そうすれば、嫌な目に遭うこともないし、泣くこともない。私も、みんなも、気が楽なのに。

手で口元を押さえ、足早に拓人の横を通り過ぎるとき、結愛はそう思った。

そしてすぐに、それがやはり「正しくない」考えだと気づき、胸が苦しくなった。

みんなはどうだろう？　ヒカルちゃんは？　他の子たちは？　苦しくないの？

すれ違う一瞬、拓人の顔が見えた。

昔とあまり変わらない、黒目がちな小さな目。頬には、あの頃はなかったニキビが少し。いつも茫《ぼう》とした無表情で、何を思っているのかわからないのは、相変わらずだ。

なのに酷く悲しそうな顔に見えたのは、こちらの心を映しているのだろうか。

7

氏家拓人にとって、世界はとてもやかましい。

車のエンジン音、風が街路樹を揺らす音、頭の上を飛ぶ飛行機の音、どこか遠くの工事現場で重機が鳴らす音。いろいろな音で溢れている。別に耳がいいわけではない。小さな音は聞こえない。ただ普通に聞こえる普通の音が、やかましく感じるのだ。

そんなたくさんの音を切り裂くように、高く尖った声が響いた。

「みんな、息止めよ。ウジ菌が感染るよ」

女子の集団が足早に拓人を追い越してゆく。

みな一様に、手で口を押さえて、くすくす笑いながら。

その中に、幼なじみの梶川結愛の姿があるのを見つけ、拓人は胸がぺしゃんこに潰れてしまうような気分を味わった。

拓人は空気を読むことが苦手だけれど、他人の心がまったく理解できないわけじゃない。そしてもちろん、拓人にだって心はある。

たとえば「ウジ菌が感染る」なんて言いながら口を押さえて走る女子が、自分のことをばい菌扱いしているのだということは、わかる。自分が嫌われていることは、わかる。

他人に嫌われることのつらさを、拓人の心は確かに感じている。

嫌われるのはつらい。どういうわけか、中でも結愛に嫌われるのは、特につらい。

やっぱり来ない方がよかったのかもしれない。合唱コンクールの本番だって、休んだんだから。もっとも、だからといって家が居心地いいわけでもないけれど。

そう思うと同時に、鼻の奥がツンとして、視界が歪《ゆが》んだ。

泣きたくなんかない。でも、意志の力で止めることができない。手で涙を拭うと、学生服の袖口が濡れて、白くて汚らしい線ができた。

先を行った女子の集団は、歩調を緩めたけれど、こちらを振り向こうともしない。泣いているのを結愛に気づかれなかっただけ、ましだったか。

いや、もう今更か。泣いているところなんて何度も見られているし、パンツ一丁で土下座しているところも見られた。

拓人は俯き地面を見ながら、歩く。

どうして、こんなことになってしまったのだろう？

一番の理由は、たぶん、二学期になって隣の席になった新田ヒカルに「臭い」と言ってしまったことだ。

ヒカルからは、柔軟剤とか芳香剤からするのと同じような匂いがした。もしかしたら「いい匂い」なのかもしれないけれど、拓人はそうは思わない。音と同じように、匂いも気になってしまう。臭いと思ったら、それがそのまま口から出てしまった。

あんなこと、言わなければよかった。後悔しても遅いけれど、気をつければ防げたかもしれない。

定期的に通っている療育センターの担当ケースワーカーによれば、自閉症スペクトラムのような発達障碍は、病気のように「治す」ことは難しいけれど、工夫や訓練で社会に「適応」させることはできるという。独り言のコントロールも、その一つだ。意識すれば抑えることができる。ただし、常に意識し続けるのはとても疲れるので、授業中や人が周りにいるときに限って、極力気をつけるのが目標だった。

あのときは、普通の授業じゃなくてホームルームで、席替えがあったので、みんなわいわいと喋っていた。だから、油断していた。ほとんど無意識だった。ヒカルが泣いて、ものすごく怒っていて、それで自分が独り言をいってしまったことと、ヒカルを傷つけてしまったことに気づいた。

でも、「臭い」と言われて、泣くほど傷つくその気持ちはよくわからない。それから、傷ついたヒカルだけでなく、他のクラスメイトたちがすごく怒ったのもよくわからない。

一番怒っていたのは、たぶん内海宗介だ。結愛と三人でいつも一緒に遊んでいたもう一人の幼なじみ。その宗介がヒカルと交際しているのは拓人も知っていた。だから、彼女を傷つけられて特に怒った——という理屈は、とりあえず理解できる。

ただし、その怒りそのものがよくわからない。あんなふうに、胸ぐらを摑んだり、殴ったりするほど激しく怒ることが、どういうことか、わからない。一緒になって糾弾したクラスメイトたちの怒りについても同様だ。まるで食べたことのない料理の味のよう。

あの日、クラスメイトたちは色々な言葉で拓人を責めた。けれど、たくさんの人がいっぺんに発した言葉は、拓人には上手く聞き取ることができない。ただひたすらにやかましい、音の濁流《だくりゅう》に呑み込まれてしまう。

わかるのは、みんなが怒っているという事実。ばい菌のように嫌われてしまったということ。そして自分の存在が「迷惑」だということ。それを拓人に教えたのは、結愛だった。

——みんな迷惑してるんだよ！

濁流に混ざった礫《つぶて》のように、結愛が発したあのひと言だけははっきりと聞こえ、拓人にぶつかってきた。

ものごころがつく前から仲よくしていた女の子。あまり一緒に遊ぶことがなくなってからも、拓人は同じクラスに結愛がいると、なぜか、ほっとした気持ちになれた。そんな相手から、知りたくなかった事実を突きつけられた。

迷惑。

やっぱり、みんなと違うということは、迷惑なんだろうか。

同じ星の同じ国で同じ言葉を喋っているのに、拓人はみんなと違う。正式に発達障碍の診断を受けたのは中学に上がる直前だったけれど、それよりずっと前から気づいていた。拓人にわかることが、みんなにはわからなくて、みんなにわかることが、拓人にはわからない。

拓人がわかるのは「カタチ」。この世のすべてのものは、固有のカタチがあるということ。当たり前のことだけれど、拓人にはそれが当たり前とは言えないレベルでわかる。みんながわからない、カタチの違いがわかる。

たとえば、雑誌に載っている間違い探しクイズなんて、一目見れば瞬間的に全部の間違いが目につく。

さらに、実体を持たない数みたいなものにも、カタチがあることが拓人にはわかる。

「1」とか「2」という文字の「形」ではなく、数の概念、そのものの「カタチ」が拓人には見えるのだ。そして数のカタチが見えれば、計算の答えもすぐわかる。これは、拓人にはトマトを見て赤いと感じるのと同じくらい当たり前のことなのだけれど、普通はそうではないらしい。

小さな頃、よくクラスメイトたちに「間違い探しと暗算の達人」なんて言われたけれど、どちらもカタチを見ているという意味で、拓人には同じことだった。

拓人を診断した発達の専門医は、カタチの違いに敏感なことを「過剰特異性」と言うのだと教えてくれた。

一方で拓人にわからないのは「空気」だ。特に会話しているときに流れる空気の変化は、本当にわからない。

拓人から見れば、同じ言葉はいつでも同じカタチをしている。だからいつも言葉の意味は一定だ。いついかなるときも「バカ」はけなし言葉だし、「えらい」は誉め言葉だ。ところが、みんなにとっては違う。「バカ」と言って誉めることもあれば、「えらい」と言ってけなすこともある。大人は贈り物をするときに、それがいいものでも「つまらないものです」と言う。

言葉は数と違って、どんな場面や気持ちで発せられたか、つまりその場の空気によって意味が変わる。けれど拓人にはそれがよくわからない。

さらに空気はときに、同じ場所にいる人たちに感染してゆくことがある。喜び、感動、怒り、悲しみ、不安。ポジティブなものであれ、ネガティブなものであれ。感情は空気となって広がり、その場にいる人たちは同調してゆく。そして人は「みんな」になる。単に同じ教室にいるクラスメイトではなく、単に同じ作業をする仲間でもなく、空気を共有する、みんな。

しかし空気がよくわからない拓人は、みんなに入れない。別にそれで寂しいわけでも、孤独なわけでもない。拓人自身には、みんなに入りたいという欲求はない。空気を共有できなくても、楽しいときは楽しいし、悲しいときは悲しい。それでいいと思っている。

いや、いた。それは過去形だ。

みんなから一斉に敵視されることがこんなにつらいとは思わなかった。囲まれて腹を殴られるのがこんなに痛いとは思わなかった。「迷惑」と言われることがこんなに苦しいとは思わなかった。

あの日以来、拓人はときどき仮病を使って学校を休むようになった。当然、親はいぶかしんだが、本当のことは言えなかった。担任の佐山先生も、何かあったことに気づいているようだが、いまのところ何も言ってこない。

拓人は、客観的に見れば一〇人が一〇人「いじめられている」と判断するような状況に置かれ、苦しんでいた。しかしそれでいながら、自分が被害者だという意識は持てなかった。むしろ、恐れていた。このことが大人たちにばれてしまうことを。特に母親に。

拓人の母親の口癖は「もっと普通にして」だ。拓人の人と違う部分が目立つようになってから、よく言うようになった。でも拓人はどうしたら自分が「普通」になれるのかわからずに困ってしまう。だからどうしようもできずにいると、母親は「どうしてよ！」と大声でわめいて泣いたりする。何が悲しいのかよくわからないけれど、それを見るのはとてもつらい。中学に上がる直前、発達障碍の診断をもらったときなどは病院からの帰り道で「一緒に死んじゃおうか」なんてぽつりとつぶやいた。幸い、いまのところ、それはまだ現実になっていないけれど、母親は拓人に障碍があり普通でないということが、嫌で嫌で仕方ないようだ。

いじめを受けているということも、母親が望む「普通」と違うのは、拓人にも想像がつく。だから今日、休まなかった理由の一つは、母親にこれ以上怪しまれないためだ。

担任の佐山先生からは、しつこいくらいに「合唱コンクールは残念だったけれど、ＥＣＯフェスタでは氏家くんもみんなと一緒に歌おうね」と言われていた。クラスメイトたちと顔を合わせるのは気が重いけれど、今日みたいなイベントのときは基本的にずっと佐山先生の目があるから、露骨に嫌なことを言われたり、囲まれて殴られたりはしないだろう。

拓人にとっては、家も学校も、どちらも同じくらいやかましくて居心地が悪い。どちらも自分の居場所と思えない。

ちゃんと空気が読めてみんなの中に入れていたら、母親の望むように「普通」にできたら、きっと、こんなことにはならなかったと思う。

自閉症スペクトラムなんて、なかったら。

この障碍の原因は脳にあるという。生まれつき、脳の配線が普通の人と違うから、色々なことの感じ方が違うのだという。

何か悪いことをしたわけでも、頼んだわけでもなく、偶然そういうふうに生まれたということだ。誰も悪くない。強いて言えば、神様、あるいは、世界が悪い。

そう思うといつも、身体の中に血とは別の、もっとどろりとして熱を帯びた、マグマのような体液が渦巻いているような錯覚を覚える。

怒り、だろうか。悲しみ、だろうか。

わからない、わからないけれど、本物のマグマのように、ふつふつと煮え、いつか爆発してしまうように感じる。

拓人は、心のどこかに、その爆発を待っている自分がいるのを自覚していた。

療育センターのケースワーカーや、学校の保健の先生は、拓人の障碍を「個性」だと言う。自閉症系の障碍を持った人の中には、その個性を活かして、大成功した人がたくさんいると言う。

でも、いまのところ、拓人はそんなふうには思えない。

むしろ、拓人の心に響くのは、少し前にネットで見かけたテロリストの言葉だ。

――ヒトの場合、平均でも一〇〇を超える遺伝上の変異を抱えて生まれてくる。すべてのヒトは……いや、すべての動物は突然変異体《ミュータント》なんだよ。

アメリカの畜産企業の経営者一家を襲ったテロ組織〈DOG〉がネットに公開した動画に出てくる文言だ。

テロリストの主張に共感したわけではないけれど「突然変異体《ミュータント》」という言葉が気に入った。

障碍でも、個性でもなく、突然変異体《ミュータント》。その響きには、身体の中に渦巻くこのマグマが爆発したとき、世界を丸ごと壊せるような力強いイメージがある。

ああ、そうか、僕はこの世界を壊してしまいたいんだ。

拓人は顔を上げると、青い空が割れて世界を壊してしまう怪物が出現するのを想像した。龍と虎とライオンと蛇と、その他色々な猛獣を合体させたような巨大な突然変異体《ミュータント》の怪物。

映画やゲームで観たことのあるシーンを、現実の世界に重ね合わせる。

怪物はその口から炎を吐き出す。人も車も建物も、すべてが焼き払われる。この道の先にある学校も、まだ背中が見えるさっき口を押さえて通り過ぎた女子たちも、その中にいる結愛も、何もかも。この視界に収まるもの、いやこの世界のすべて。

全部一緒に壊れてしまえばいい。

決して健全な想像ではないのはわかっているけれど、こういうことを考えていると妙にすっきりする。すべてが壊れた世界にこそ、居場所があるような気がした。やかましくない静かな、自分の居場所。

拓人の視界に、怪物とは別の巨大な獣が出現した。

真っ白い、犬。

それは拓人が想像した幻ではなく現実、ただし写真だ。

少し前の交差点をゆっくりと通過してゆく、ラッピングバス。その車体にスマートフォンのCMでもお馴染みの白い小型犬、エンジェル・テリアの姿が大きくプリントされていた。

ECOフェスタでは、アヌビスがあの犬を売るという。実はそれが、今日、拓人が休まなかったもう一つの理由だ。

かといって別に、エンジェル・テリアが欲しいわけじゃない。拓人の住むマンションはペット禁止なので飼うことができない。

ただ一度でいいので、この目であの犬を見てみたいと思っていた。

なぜなら、CMで見る限り、拓人にはあの犬がすごく変なカタチに見えたから。

かつて結愛がジャックというミニチュア・ダックスフントを飼っていて、公園などでよく遊んだ。エンジェル・テリアは、あのジャックや、あるいは町でみかけるどんな犬とも、カタチが全然違うのだ。

それは犬種が違うというレベルの違いとは思えない。

四本足で立つ姿や、ふわふわの体毛、巻き気味のしっぽに、やや大きめの頭部。エンジェル・テリアの全身のフォルムは、確かに犬の特徴を備えてはいる。世間には、あれが犬であることを疑う声はないようだ。しかし拓人から見れば、決定的にカタチが違う。あれは普通の犬ではない。

あれはなんなんだろう？　純粋に興味があった。

もしかしたら、直接カタチを見れば、もっとわかるかもしれない。

そう、思ったのだ。

8

「結構ギリギリじゃん。道、意外と混んだね」

栞がシートベルトを外す。

「早めに出て正解だったな」

相づちを打ちながら、長谷川隆平はサイドブレーキを引いてエンジンを切った。ラジオから流れていたドラマ仕立てのCMが、結末を迎える前にぷつりと途切れた。

隆平が運転するフォレスターが集合場所の「西駐車場」に到着したのは、集合時間の五分ほど前だった。

しかし見る限り、ウィズのメンバーは代表の雨宮とほか数人がいるだけで、まだ揃っていない。

「みんな遅れてるっぽいねぇ。雨宮さんが怒んなきゃいいんだけど……」

栞は不安げにつぶやいてドアを開けると、一転「おはようございます！」と快活な声で挨拶をしながら先に降りてゆく。

続いて隆平も運転席から降りる。

サッカーのグラウンドが二面、いや三面は入りそうな広い駐車場に、まばらに車が駐まっている。その一番奥に大きな建物が鎮座している。

ロタンダ・シーフォレスト。地上二階建てで、屋根は丸みを帯びたドーム型。壁面は、窓も含めてすべて鏡張りだ。それらは建物の周りがきれいに映り込むように調整されており、景色がせり上がっているような不思議な印象を与える。

ここ西駐車場は、その裏手にあたり、搬入口に隣接している。

搬入口の前には数台のトラックが駐まっていた。見覚えのある犬のシルエットのロゴマークが付いている。ペット流通企業アヌビスのものだ。連中のペット販売会は、あのロタンダ・シーフォレストの中で行われるという。

対して、ウィズが譲渡会を行うスペースは屋外の自然公園にある。公園内では車による移動ができないため、動物たちや必要な資材は、ここから運ぶことになっていた。

道が混んでいたせいか遅れた者が多く、大方のメンバーが揃ったのは、集合時刻を過ぎてからだった。

各々の車から動物を入れたケージや、持ち寄った資材を降ろしてゆく。

作業をするみんなの間に、少しだけ重い空気が流れていた。

栞が危惧したとおり、時間にうるさい代表の雨宮が、遅刻者が多いことで不機嫌になっていたからだ。その上、二人ばかり、大学生のメンバーがまだ来ていなかった。電話で連絡があったが、彼らは道路事情とは関係なく寝坊したそうだ。それがますます雨宮を苛立たせているようだった。

誰かに当たり散らしているわけでもないのだが、むすっとした顔つきには「怒っている」とはっきり書いてあった。「口より手を動かしてください」とか「そっちじゃなくて、こっちに置いてください」とか、指示を出す声も尖っていて怒気を孕《はら》んでいた。

そして何より、雨宮は巨漢である。隆平も一八五センチ九〇キロと、日本人ではかなり大きな方だが、雨宮はそれよりも更に一回りは大きい。多少腹は出ているが、その分胸板も分厚く、だらしなく肥っている感じはしない。特定のスポーツはやっていないが、週二度ジムに通い鍛えていると聞いたことがある。眉が濃く目鼻の大きな顔つきにも、奇妙な迫力がある。

そんな雨宮が不機嫌な態度を取っていれば、周りはプレッシャーを感じてしまう。みんな気を遣い、これ以上、怒らせないようにとテキパキ作業を進める。

雨宮には、こういうところがある。普段はにこにこしていて人当たりもいいのだが、その反面、神経質で、少しでも気に入らないことがあると、途端に機嫌が悪くなる。意図的にやっているのかはわからないが、態度に滲ませ威圧感をかもす。周りはそれを忖度《そんたく》して、結果的にコントロールされることになるのだ。

栞などは、いつも「雨宮さん、基本、いい人なんだけどね、私はちょっと苦手。すぐぴりぴりするから、すごい気づかれしちゃう」などと、こぼしている。

栞は父親がウィズの設立メンバーの一人ということもあり、古参のメンバーらに推される形で、団体の副代表を務めている。副代表は代表と違い持ち回りの役職であり、さほど負担もないようだが、代表の雨宮と関わる機会は増える。結果、いつも彼に気を遣うことになり、気が休まらないようだ。

今日も、横目でちらちらと雨宮の様子を窺いながら、小さくため息を漏らしていた。

その気持ちはわかるし、雨宮の振る舞いは誉められたものではないのかもしれない。栞のような女性が大男から感じるプレッシャーは、自身も大男の部類である隆平が想像するよりずっと強いだろう。

が、その雨宮がかなり上手く集団をまとめているのも事実だ。体育会系の部や自衛隊といった、これまで隆平が所属した組織にも、彼と似たようなタイプのリーダーが結構いた。

そもそも、感情を態度で示して周りに気を遣わせるには、迫力だけでは駄目で、ある程度の人望が備わっていなければならない。栞が「基本、いい人」と評するように、雨宮は別に悪辣《あくらつ》なことをするわけじゃない。第一印象は、むしろ柔和で上品だ。無論、暴力を振るうこともない。

また雨宮は、現役の獣医師で大手動物病院の経営者でもあり、ウィズの活動にも非常に熱心だ。かつて栞の父がやっていたように、保護した犬や猫を自身の病院で預かったり、病気や怪我があれば治療を引き受けたりしている。地元の青年会議所でも理事を務めており、今回のECOフェスタ参加のような大きな話を持ってくる政治力もある。

なんだかんだ言って、ウィズのメンバーの中では、雨宮が一番、代表に相応しく思える。この点は、しぶしぶであれ栞も同意見のようだ。

その雨宮が、ずっとむすっとしていたかと思えば、突然、「おおっ！」と素《す》っ頓狂《とんきょう》な声をあげた。視線は少し離れたところにある関係者スペースに向けられている。そこには黒塗りの大きな車が駐まっていた。

車はいま駐車場に入ってきたばかりで、四人の男女が降りたところのようだ。うち二人は有名人なので、遠目にも誰かわかった。

一人は、アヌビスの代表取締役。確か、安東といったか。一般的な知名度はさほどでもないが、動物に関わる人間には顔も名前もよく知られた存在だ。アヌビスを急成長させたペット産業の雄として、あるいは動物を消費財のように扱う悪名高い経営者として。とかく毀誉褒貶《きよほうへん》が激しい人物だ。スーツとシャツは、どちらも黒。首に白いマフラーを巻いている。

もう一人は、アヌビスのイメージキャラクターを務める、カレンというタレントだ。テレビの人気動物番組に出演しており、動物と話せる……らしい。彼女は今日、ロタンダ・シーフォレストで開催されるオープニング・セレモニーに出演するはずだった。

あとの二人は運転手とマネージャーだろうか、どちらも若い男で鞄や荷物を持って安東とカレンのあとに付いている。

「私、ちょっと挨拶してきますんで」

雨宮は近くに駐まっていた車のサイドミラーを覗き込み、手で髪を整えると、喜々とした様子で二人のところへ向かってゆく。

「何あれ？」

栞が眉をひそめる。

そんなふうに尋ねられても、こっちだってよくわからない。隆平は「さあ?」と首をひねるよりなかった。

アヌビスなんて、ウィズのような動物愛護団体にとっては敵のようなもののはずだ。そういう相手に会いに行く態度ではない。

すると、奥野《おくの》という年配の女性メンバーが教えてくれた。

「ああ、カレンさんよね? 雨宮さん、あの人の大ファンなのよ。彼女のカレンダーや、写真集まで持ってるんだから」

奥野は悪戯っぽく笑った。彼女は長年、広報の責任者を務める古株で、同じ地区で活動する雨宮のこともよく知っている。

「そうなんですか?」

なんだか意外だった。雨宮と芸能人の話をしたことなどないのだが、なんとなく、そういうものには興味がないのではないかと思っていた。

「って、カレンの写真集なんて出ているんですか?」

栞が尋ねる。確かにそれも意外だ。

「出てる、出てる。あんだけスタイルがいいんだから、そりゃ出るわよ。まあ、動物と一緒の写真ばっかで、露出は少ないらしいけどね。でも、雨宮さんは、そこはどうでもいいみたい」

「男の人って、むしろそこが大事じゃないの？　ねえ、隆さん」

急に振られて、やや答えに詰まる。

「え？　ど、どうなんだろ？」

奥野は苦笑いする。

「一般論はともかく、雨宮さんの場合はさ、あのカレンて人のこと、崇拝しちゃってるからね。お布施《ふせ》みたいなもんなのよ」

「崇拝……、ですか」

「そうそう。あの動物と話せるって超能力？　あれにすごい感動しているみたいでさ」

「雨宮さん、あれ、信じてるんですか？」

栞が顔をしかめた。

「まあいいじゃない。夢があってさ」

奥野は自分の車から降ろしたケージを運んでいった。

「夢って……。雨宮さん、獣医でしょう？　よくあんな非科学的なの信じるよねぇ」

栞はあきれ声で言う。

科学にそれほど詳しくない隆平も、動物の声を聞いて話をするなんていうのは信じがたいと思う。

ただ、やはりテレビの影響力は大きいのだろう。世間的にはカレンのことを信じている人は結構いるようにも思える。崇拝しているかどうかは、別にして。

「まあ、雨宮さんは、雨宮さんだよ。どうであれ、譲渡会が上手くいけばいいじゃない。俺たちは俺たちで、一生懸命やろう」

隆平は明るい声で言うと、フォレスターの荷室からケージを降ろす。

こっちとしては今夜予定しているプロポーズのためにも、栞にはなるべく気分よく過ごしてもらいたいところだ。

「そうね……」

栞は、釈然としない様子だったが肩をすくめて作業を手伝い始めた。

9

こいつは……。

安東秀雄は目の前にいる大男に、得体の知れない気味の悪さを感じていた。

「どうも、どうも、おはようございます。よく晴れて、まるで神様もイベントの成功を祈ってくださっているようではありませんか」

男はパーツの大きな陽性の顔に、にこやかな笑みを満面に湛えている。脂性なのだろう、おでこや頬がてかてかと光っていた。

ECOフェスタに参加する動物愛護団体の代表で、確か雨宮といったはずだ。打ち合わせで一度だけ顔をあわせたことがある。

ロタンダ・シーフォレストの裏手にある西駐車場でカレンと一緒に車を降りたところに、駆け寄ってきた。

友好的な態度と裏腹の威圧を感じるのは、巨漢だからだけではあるまい。笑顔を浮かべる雨宮の、しかし目は笑っていない。

「どうも」

安東はとりあえず会釈を返す。

動物愛護団体というのは何かというと、売り方が悪いだの、繁殖の方法が悪いだの、会社に抗議してくる。ときに署名を集め、商業的な生体販売を規制するように政府に求めることもある。

安東からしてみれば、そんなのは偽善以外の何ものでもない。

人間にとって動物は紛《まぎ》れもない消費財だ。牛や豚を食べることで消費するのと同じように、犬や猫は可愛がることで消費しているのだ。ならば、大量生産して安定供給するのが企業の役目ではないか。いらなくなったら、それはゴミだ。捨てればいい、殺して燃やせばいい。牛豚を殺し肉を食い、その一部を残飯として捨てている社会において、犬猫の殺処分を問題視するのは滑稽《こっけい》ですらある。

そうは思っているものの、無論、本音を大っぴらに言うほど安東は馬鹿ではない。アヌビスだって企業イメージをアップするために、ペットの遺棄を減らすための取り組みはやっている。まあ、形だけではあるけれど。

「御社のエンジェル・テリア、すごい人気ですねえ。今日はあの子を目当てに来場される方もさぞ多いことでしょうね。みなさん、責任もって最後まで飼ってくれればいいんですが。あれだけ可愛いんですから、心配ありませんかねえ。ともあれ、たくさん人が集まるんですから、うちで保護している子たちにも、里親が見つかることを願うばかりです」

雨宮は早口で、お世辞《せじ》とも厭《いや》みともつかないことを言う。

この男が安東に敵意を抱いているのは間違いないはずだ。けれどそれを態度には微塵《みじん》も出さない。

やはり気味が悪い。

蛇、だな。

雨宮は江東区にある大手動物病院の経営者で、地区の青年会議所では理事を務めているという。そのコネをフル活用して、今回のＥＣＯフェスタに参加することになったようだ。

利を取るために、自分たちが敵視する企業がスポンサーになっていることを度外視して、イベントに食い込んできた。

偽善者は偽善者でも、筋金入りの偽善者――、蛇。それも人を丸呑みしかねない大蛇だ。だから気味が悪いのだ。

雨宮は安東の後ろに控えるカレンに向かって一歩進み、深々と頭をさげ、いやにかしこまった調子で挨拶をした。

「カレン様、ですね。私、動物愛護団体ウィズの代表を務める、雨宮という者です。いつもテレビであなたの奇跡のような力を拝見して、感動しております。今日はお目にかかれて大変光栄です」

「初めまして。よろしくお願いします」

カレンは笑顔で応じる。

「もったいないお言葉、感激です」

雨宮は我が身を抱く、大仰な仕草をしてみせた。心なしか、声にも酔ったような熱の響きがあった。

カレンは一瞬だけ面食らった様子をみせたが、すぐにいつもの外面を取り戻し、微笑んだ。

カレンに鼻の下を伸ばす男など珍しくもないのだが、雨宮は妙に安東の鼻についた。

「我々は、打ち合わせがあるので」

安東はカレンを促した。

一刻も早く、雨宮とカレンを引き離したかった。この大蛇をこの女に近づけない方がいい。勘がそう告げていた。

「オープニング・セレモニー、楽しみにしていますので」

雨宮は大げさにぶんぶんと手を振る。

カレンも「ありがとうございます」手をひらひらと振り、安東と一緒に歩き始めた。そのあとを、荷物を抱えたマネージャーと運転手の山口が追いかけてくる。

駐車場を横切り、スタッフ用の搬入口からロタンダ・シーフォレストの中へと入ってゆく。

館内は天井の高い回廊になっており、白に近い薄緑の壁面には、いくつもの三角形をつなげた幾何学模様があしらわれていた。

まだ一般客の姿はないが、イベントのスタッフが準備のため、忙しそうに行き交っていた。

楽屋へ向かう途中、アヌビスが販売会を行うAホールの前を通りがかった。スタッフたちが、ホールの中に資材を運んでいる。

その一人が安東たちに気づき「社長、カレンさん、おはようございます！」と挨拶をした。販売部長の三条だ。三条に倣うように、他のスタッフたちも「おはようございます！」と頭を下げる。販売部だけでなく、育成部の面々の顔もあるようだが、全員の名前までは把握していない。

安東は手を上げて「おう、ごくろうさん」と応えた。一緒にいるカレンも手を振って愛想を振りまく。

「どうだ、調子は？」

「ちょうどいま搬入が終わり、会場の設営を始めるところです」

三条は気をつけをして答える。

「そうか。予定どおり、やれそうか」

「はい、問題ありません！」

三条は几帳面で確実に仕事をこなすタイプの男だ。こいつがこう言うなら、本当に問題ないのだろう。

「あの」と声がして顔を向けると、スタッフの一人が、荷物を持っているカレンのマネージャーに声をかけていた。やや印象が薄いが、確か、育成部の主任の嶋という男だ。

「その子、どうですか？　移動で調子悪くとかしてないですか？」

嶋はドッグキャリーの中にいるエンジェル・テリアのことを聞いているようだ。先ほどカレンと一緒に情報番組の告知にも出演した犬だ。このあとのオープニング・セレモニーでも、カレンと「会話」することになっている。

こういったイベントやテレビ番組に出演する動物は、育成部が見た目のよさや、扱いやすさを考慮して選ぶことになっていた。

「ええ、大丈夫みたいです」

マネージャーはドッグキャリーを少し持ち上げて答えていた。

「すごくいい子よ。セレモニーでお話しするのが楽しみだわ」

カレンが横から付け足すように言う。

「それは、よかったです」と嶋は、安心したような笑顔を浮かべた。

「あとで顔出すからよ、よろしくな」

三条にそう言って、安東はその場を立ち去ろうとした、そのとき。不意に得体の知れない寒気を覚えた。

まるで誰かに背中を冷たい刃で撫でられたような——殺気と言っていいかもしれない。

誰だ？

安東は思わず振り向いた。

「ど、どうされましたか？」

三条が恐る恐るといった様子で尋ねる。

「いや……」

もう消えていた。

安東が振り向いた先に見えたのは、Ａホールの開いた扉と、その中に並んでいる黒い生体運搬用のコンテナだ。周りにいるのはアヌビスのスタッフだけで、様子のおかしい者など誰もいなかった。

気のせいか……。

「なんでもない。じゃあな。行こうぜ」

安東は肩をすくめて回れ右をすると、カレンたちを促し、楽屋へと向かった。

10

安東のあとを追いその場を立ち去るとき、運転手の山口は、さり気なくシマに囁《ささや》いた。

「いよいよ、ですね」

この一瞬だけ、安東から信頼される運転手の山口ではなく、〈ＤＯＧ〉のメンバー、ヤマグチの声になっていた。

シマは、無言で小さく頷いた。

ああ、いよいよだ。いよいよ、始まる。

「じゃあ、設営やるから、みんな、一回、中に集まって」

三条のかけ声で、アヌビスのスタッフたちは一旦、Aホールの中に入ってゆく。シマもそれに続く。

ホール内部は回廊と同じく天井が高く、広さは一般的な体育館より一回りほど広いくらいだろうか。奥に運んだ資材と、生体運搬用のコンテナが並べてある。

「最後の人、扉、閉めてね」

三条に促され、一番最後に入った者が扉を閉めると、途端に喧騒《けんそう》が途絶えた。コンサートを行う大ホールはもちろん、ここAホールをはじめとする小ホールも、しっかりとした防音が施されており、扉を閉めればかなりの音が遮断される。

逆に、こちらで騒ぎが――たとえば、誰かが悲鳴をあげるような騒ぎが――起きても、ホールの外にそれが伝わることはないだろう。

「では、段取りを説明します。全員、ここに整列」

スタッフたちが三条と向かい合うかたちで列を作る。

シマもその一番後ろに加わる。

「ケージの配置はプリントのとおりで、前のペット博のときとほぼ同じ。販売部はわかってるよね。応援のスタッフはわかんないことあったら、聞いてください。あと、今日はエンジェル・テリア目当てのお客さんがかなり来ると思うんで、専用ブースを――」

三条が一同に段取りの説明を始める。

シマはおもむろに列を離れると、閉まった扉の前へ向かった。

全開にすれば、四人くらいが並んで出入りできそうな大きな両開きの扉だ。目線の高さの位置に窓がついているが、カーテンで目隠しできるようになっている。

シマはそのカーテンを閉めて、扉の開閉ハンドルの下に付いている大きなサムターンを回した。

鍵がかかるガチャッという音がホールに響いた。

一同が気づいて、こちらを向いた。

「あれ？　嶋ちゃん、何やってんの？」

三条がぽかんとした顔で尋ねた。

ちょうど二四人か——シマは、答えずにそんなことを考えていた。

いまこのホールには全部で二五人のヒトがいる。シマを除けば二四人。〈彼ら〉は一二頭なので、一頭につき二人ずつで、ちょうど割り切れる。そうなるように仕組んだわけではない。純粋な偶然だ。どこか、運命めいたものを感じる。

シマは小声で呟いた。

「こちらシマ。〈彼ら〉を『箱』から出します」

シマの右耳には、小さなイヤホンのようなものが嵌まっている。口元にマイクがなくても内耳の細かな振動で通話ができる骨伝導式のインカムだ。髪で耳元は隠れてしまうので、彼がそんなものを装着していることは、だれにも気づかれない。

シマはジャンパーのポケットから細長い機械を取り出す。コンテナのキーだ。電波式のリモコンキーで、コンテナのナンバーを入力して解錠する仕組みだ。

「な、なあ、嶋ちゃん？　どうしたの？」

三条が重ねて尋ねる。他の者たちも戸惑ったように顔を見合わせている。

シマはそれにも答えず、手早く「００１」から「０１２」まで、リモコンにナンバーを入力してボタンを押した。

ピッ、という小さな電子音が何度も響き、ホールの奥で錠の外れたコンテナが自重で開いてゆく。

「え、コンテナ、開けちゃったの？」

三条はコンテナの方を振り向いた。

そして、息を呑み、絶句するのがわかった。

本来であれば「００１」から「０１２」までの一二のコンテナの中には、エンジェル・テリアが入ったケージが八つずつ収納されているはずだった。しかし、開いたコンテナの中にケージはなく、一つから、一頭ずつ、全部で一二頭の獣が、静かに這い出てくる。

女性スタッフの一人が「ひっ」と悲鳴をあげた。それを皮切りに「何あれ？」「え、犬？」「違う……よね？」と、戸惑う声が広がる。

誰一人として〈彼ら〉を名状することなどできそうにない。

その表情には、一様に、見てはならない異形のものを見てしまったような怯えと、それが自分たちに害を与える存在ではないと思いたがる願望とが、湛えられていた。

「ちょ、ちょっと、嶋ちゃん、あれ……何？」

三条が震える声で尋ねる。

「わかりませんか？　三条さんは見たことがあるはずですよ」

「え？　いや、俺はそんなの知らないって」

無理もない。三条が知っているのは生まれたばかりの〈彼ら〉の姿だけだ。

シマは手を大きく振り、〈彼ら〉に対して「いいよ」と合図をした。

〈彼ら〉は一斉に駆け出すと、一同に襲いかかった。

ホールに悲鳴が反響する。

あのニキビ面の若手社員、佐藤が、反射的にこちらに逃げてこようとして、シマと目が合った。しかしほんの数歩も走らぬうちに、床に押し倒されていた。

次の瞬間、佐藤の口からは声にならない断末魔の叫びが漏れ、身体からは鮮血が噴き出していた。

シマが思ったとおり、彼はもう二度と親にも、お祖母さんにも会えないのだろう。

だって〈彼ら〉に食われてしまうのだから。

11

えっ？

フォレスターの荷室から最後に残ったケージを降ろしたとき、長谷川隆平は不意に、奇妙な感覚に囚われた。

それは吹き付ける風のように、はっきりと五感を刺激するものではない。もっとほのかな、強いて言葉にすれば「気配」だろうか。どこかで何かが起きたというような漠とした、気配だ。

しかしそれは捉えたと思った途端に失われ、消えてしまった。具体的にどこで何が起きたのかもわからない。

なんだ、いまの？

顔を上げて周囲を確認する。

広い駐車場の片隅でウィズのメンバーたちが、各々の車から荷物を降ろしている。挨拶をして戻ってきた代表の雨宮は、さっきとは打って変わって上機嫌になっていた。遅刻した大学生の二人組が到着し、恐る恐るの体《てい》で雨宮に詫びたときも、にこにこ顔で「これからは気をつけてくださいね」と注意しただけだった。お陰で、場の空気はさっきより軽くなっている。

不審なものや人は何もない……、と思う。

錯覚、だろうか？

ともあれ、いまは準備だ。

隆平は地面に降ろしたケージを開く。すると中から、茶色と白の長い毛並みの中型犬が飛び出してきた。隆平の飼い犬、リリエンタールだ。

リリエンタールは隆平の足もとにまとわりつき、「おん！」と鳴いた。動物と話すことはできない隆平だが、リリエンタールが「待ってました！」と言っているのはわかる。

「よーし、リー、いい子だ。ちょっと待ってろよ」

首の後ろのところを撫でてやると、リリエンタールは気持ちよさそうな顔をして、その場でちょこんと座る。

隆平がウィズに加入するのと同時に、当時、保護していた中から引き取った一頭だ。無責任な飼い主に捨てられ、路地で死にかけていたという。酷い目に遭った記憶がトラウマになっているのか、最初はなかなかなついてくれなかったが、およそ二年かけて信頼関係を築いた。いまでは紛れもなく自分の家族と思える存在だ。

隆平はおとなしく座っているリリエンタールの首輪にリードを付ける。続けて、また別のケージを開けて、中にいる犬を外に出す。こちらは、保護したばかりの犬で、リリエンタールのように言うことを聞いてはくれないので、しっかりと抱き上げ、押さえておく。栞が横から、この犬にもリードを付ける。

譲渡会を行うスペースまで、すべての動物をケージごと運ぶのは大変なので、大きめの犬については歩かせることになっていた。

他のメンバーたちも、同じように連れてきた犬たちをケージから出して、リードをつないでいる。

そうしているうちに、駐車場の手前の方に駐まったバスから、学生服を着た集団が降りて、ぞろぞろ歩いてきた。搬入口の方へ向かっているようだ。

そう言えば、今日のオープニング・セレモニーで地元の中学生の合唱があった気がする。彼らがそうなのだろう。

「みなさん、準備はよろしいですか。そろそろ、第一陣、行きますよ」

雨宮が声をかけた。

そもそも動物の数が人間より多く、その他にも空になったケージや、受付に使う折りたたみテーブルなど資材もたくさんある。すべていっぺんに運ぶのは不可能なので、何度かに分けてピストン輸送をする。

雨宮が先導するかたちで、メンバーたちは移動を始めた。

途中で中学生たちとすれ違う。制服を着た集団は、列をつくらずに、ややばらけながら歩いていた。先頭のスーツ姿の女性が引率の教師なのだろう。

数人の女子が歩く犬たちに足を止めて「すごーい」とか「可愛い！」などと声をあげた。

雨宮も足を止め、愛想よく声をかけた。

「この子たちは、みんな無責任な飼い主に捨てられてしまった子なんです。新しい飼い主を探す譲渡会を、あっちの公園でやってますから、よかったらあとで来てくださいね」

女子中学生たちは、顔を見合わせる。その中の一人、ポニーテールの女の子が「はーい。頑張ってくださいね」と明るく答えると、他の子たちもそれに倣うように、頷いていた。

そんな様子に和んでいると、隆平の傍を歩いていた、奥野が「あれ？」と声をあげて立ち止まった。

見ると、止まったのは彼女ではなくて、彼女が連れていた犬だった。突然、座り込んでしまったようだ。

「ちょっと、タロくん。どうしたの？　ほら」

奥野は声をかけるが、その犬――タロ――は、立とうとしない。

タロは奥野が保護している犬だが、でっぷりと太っていて体重は二〇キロを超えていそうだ。小柄な奥野がリードを引いてもびくともしない。

「大丈夫ですか？」

隆平は声をかける。栞も立ち止まり、覗き込んだ。

「この子、なんでか、急にヘソ曲げちゃって……」

「どうした？ なんか怖いの？」

栞がしゃがみ込み、タロを撫でる。しかし、タロはぷいとそっぽを向いたまま反応しない。どうやら、歩きたくないようだ。

犬は基礎的な運動量の多い動物である。都会で人に飼われる犬は、身体を動かさないことがストレスになりがちだ。彼らにとっては、じっとしているよりも、動いている方が楽なのだ。だから犬がこんなふうに止まってしまって動かなくなるときは、何かしらの理由がある。それがわかれば、話が早いのだが……。

「ねえ、タロ、タロくん、どうしたの？」

奥野と栞が声をかけるが、無論、タロは教えてくれない。もし本当に、動物と話す能力なんてものがあるなら、こんなときに使いたい。

「しょうがない。俺が抱いていくよ」

軽くはないけれど、隆平にしてみたら大変というわけでもない。ベンチプレスならタロ五頭分くらいまで上げられる。

隆平は、自分の連れていたリリエンタールのリードを栞に預けると、タロを後ろ側から抱きかかえる。タロが必死にその場で身体を突っ張るのを感じた。

本当に動きたくないようだ。そう思うと可哀相だが、このままここにいるわけにもいかない。先頭の雨宮はもうだいぶ先に行ってしまっている。

隆平が力を込めて持ち上げようとしたとき、背後から「あ、あ、あの……」と声をかけられた。

振り向くとそこには、学生服を着た男の子が立っていた。集団から離れてきたのか。

男の子は黒目がちな小さな目を合わせようとせずに、少し吃《ども》った調子で「ま、ま、待ってて」と言うと駆け出した。そして斜め前に停まっていた白い車の前で立ち止まる。

すると、あれだけ強情に動こうとしなかったタロが、すっと立ち上がったのだ。

みな、一様に目を丸くし「えっ」という声をあげた。

立ち上がったタロは、すたすたと歩き始め、奥野は半ばリードに引きずられるように、ついてゆく。

「あ、ありがとう！」

奥野は、その男の子に向かって礼を言った。何が起きたのかはわからないが、あの子の振る舞いが、タロの機嫌を直したのは間違いなさそうだ。

男の子は奥野に会釈で応え、歩くタロを見送るようにすると、車の前を離れ、先を行く中学生の集団に向かった。

「あの、きみ」

栞が声をかけたが、男の子は一瞥しただけで、立ち止まらず、行ってしまった。

彼はいま、何をしたんだろう？

隆平は、狐にでもつままれたような不思議を感じていた。

12

音が響く。

ぐちゃぐちゃ、ぐちゃぐちゃ、ぐちゃぐちゃ。〈彼ら〉が肉を食《は》む音だ。

がりがり、ごりごり、がりがり。〈彼ら〉が骨を削《けず》る音だ。

ずるずる、ぴちゃぴちゃ、ぴちゃぴちゃ。〈彼ら〉が血をすする音だ。

臭いが漂う。

錆《さ》びた鉄を煮詰めたような、濃厚な血の臭い。

散らばった臓物が漂わせる、目に染み入るような腐臭。

そして〈彼ら〉自身が発する獣の臭い。

殺戮《さつりく》の時間は瞬く間に終わり、食事の時間が始まった。

その様子を、シマは呆然と見つめていた。

時間の流れは常に一定のはずだが、ヒトの主観的な時間感覚は、状況によって伸び縮みするという。これはヒトという種が、適者生存を繰り返す中で獲得してきた能力だ。一流のアスリートには、競技中にまるでスローモーションの中にいるように感じられる「ゾーン」と呼ばれる状態に入った経験のある者も少なくない。無論それは、長年の研鑽《けんさん》によりたどり着く境地であり、一朝一夕にできることではない。が、一般人であっても、交通事故に遭ったときなどに、同じような経験をすることがあるという。死に直面したときに生存本能が強く刺激されることで、一時的に集中力が高まり、時間感覚が引き延ばされるのだろう。

このときのシマが、まさにそうだった。

当事者ではないが、死に直面した。シマの目の前で、それは起きた。名状しがたき〈彼ら〉が、名状しがたき死を与えた。シマと同じアヌビスのスタッフジャンパーを着た二四人に。

〈彼ら〉が駆けだしてから、二四の命が奪われるまでは、おそらくあっという間だったろう。この閉ざされた空間の中で、誰一人、逃げることも抵抗することも叶わず肉塊と化した。

実時間にしたら数分の出来事が、しかしシマには、永遠にも感じられた。圧倒的で一方的な暴力の一部始終を、シマは引き延ばされた時間の中で見つめていた。

こうなることはあらかじめわかっていたにも拘わらず、その体験はヤスリのようにシマの神経を削った。

〈彼ら〉は凱旋《がいせん》するかのように、ゆっくりとホールを歩き回りつつ、ときどき肉を食う。屠《ほふ》ったヒトの肉を、ついさっきまで喋り笑っていた者たちの肉を。

そのうちの一頭が、何かビー玉のようなものを蹴飛ばし、シマの前にころころと転がってきた。それが誰かの眼球だと気づいたとき、シマは猛烈な吐き気に襲われ、その場で胃の中にあるものをすべて戻してしまった。

『シマ、どう？　そちらの様子は？』

耳の奥で声。インカムから仲間の一人、ルゥが呼びかけてくる。〈教授〉とともに来日した〈DOG〉の幹部だ。

とっさに応答することができなかった。

『シマ？』

「は、はい」

『そちらはどうなっているの？「箱」は開いたの？』

ああ、いけない。報告するのを忘れていた。

「はい……〈彼ら〉はすべて、『箱』から出ました。予定どおりです」

シマはどうにか絞り出す。

そうだ、予定どおりだ。自分の感情が、まったく予定にない乱れ方をしていることを除けば。

『シマ？　どうしたの？　大丈夫？』

大丈夫なわけないだろう！

思わず怒鳴り散らしてしまいそうになり、シマは慌ててこらえた。

ルゥに当たってどうする。

これは〈審判〉。裁きだ。いや、戦争だ。かつて、奴隷を解放する戦争があったのと同じように、俺たちは動物を解放する戦争を仕掛けているんだ。戦争が悲惨なのは当たり前だ。けれど悲惨だから間違っているというわけではない。正しい目的のために、乗り越えなければならない悲惨さがあるのだ。

「大丈夫……」

うめくように答え、深呼吸してから、もう一度、今度はしっかりした声で言った。

「大丈夫です、心配ありません」

『じゃあ、時間まで、そこで〈彼ら〉と待機をお願い』

ここで？

〈彼ら〉が喰《く》い散らかした死体に囲まれて？

そうだ。これも予定どおりだ。最初からそういう段取りだったじゃないか。

『シマ?』

「あ、はい。了解しました」

シマは答えると通信を切り、閉じた扉に背をあずける。そのままずるずると背中を滑らし、床にへたり込むと膝を抱えた。

乗り越えろ、乗り越えろ、乗り越えろ。

ギュッと目を閉じて、自分に言い聞かせる。何度も、何度も。

正しさのために、乗り越えろ。まだ始まってもいないのだから。

この扉が開いたあと流れる血は、ここの比ではないのだから。

13

壁一面に張り巡らされた鏡が周りの景色を映し、まるで透明になったかのように全体像をぼやかせている。しかし、そこに巨大な建物があることは、確かにわかる。

正面から見ると、ロタンダ・シーフォレストは、なんとも不思議な建物だ。公式サイトやパンフレットでは「緑豊かな海の森公園に溶け込むように調和する」と謳《うた》われているが、長谷川隆平には、調和というのとはちょっと違うんじゃないかと感じられた。

むしろ、迷彩。確かに景色の中に隠れてはいるが、その存在感は隠しようもなく染み出ている。まるで精緻《せいち》な三色迷彩を施して隠れている戦車のよう。

ウィズが譲渡会を行うスペースは、このロタンダ・シーフォレストの正面側、およそ二〇〇メートルほどの位置にあった。シャトルバス乗り場から、ロタンダ・シーフォレストへ向かう動線の途中にあり、場所としては悪くない。先ほどから、早めに来た一般客が、ちらほら歩いている。あちらではアヌビスの販売会が行われるが、値段は決して安くない。高額なペットの購入をあきらめた人が、こちらで里親になる決意をしてくれるかもしれない。

みんなでケージを並べて、テントを張ってブースをつくる。ブースの脇には、ペット遺棄の問題や、飼い方のポイントなどを解説したパネルを設置する。

隆平は他のメンバーが二人で運ぶ資材を一人で軽々取り扱い、慣れた手つきでテントを組み立ててゆく。

「いやあ素晴らしい。やっぱり、長谷川さんがいると、早いですね」

雨宮に声をかけられた。彼はさきほどから、ずっと上機嫌のままだ。

「ほんと、ほんと」「元自衛隊なんでしょ？　さすがだねえ」などと、他のメンバーも調子を合わせる。

「力仕事くらいしか、貢献できませんから」

隆平は苦笑いした。

謙遜ではなかった。譲渡会というのは、単に会場をきれいに整えて、ペットを欲しい人にあげればいいというものではない。むしろそこから先が重要だ。

ウィズが保護している動物の大半は、かつて飼い主に棄てられている。いい加減な人にもらわれ、もう一度棄てられてしまうのはあまりにも不幸だ。里親希望者には、事前説明は念入りにするし、趣旨をよく理解してもらえないようなら、こちらから断ることもある。また、動物を譲渡して終わりではなく、しばらくは様々なサポートを行う。こういった本当に大事な部分の活動については、力仕事ほどは貢献できていないと、隆平は思っている。

「でもやっぱり、男の人はたくましくなきゃね」と言うのは、奥野だ。「うちの人なんか、ごろごろしてるばっかで、太っちゃってねえ。こないだ、タロの散歩に付き合ってもらったら、ちょっと歩いただけでバテバテになっちゃって、情けないったらありゃしないの」

奥野は夫のグチを言ったあと、すぐ傍にいた栞に向かって余計なひと言を付け足した。

「長谷川くんが旦那さんなら、どんなことからでも守ってくれそうで、栞ちゃんも安心でしょ」

な、何言ってくれてんですか！

隆平と栞が付き合っているのは、周知の事実で、ときどき、こんなふうにからかわれることがある。特に奥野のような年配の女性メンバーは、その傾向がある。が、なんとも間が悪い。今夜、こっちはまさに「きみのことを守りたい」というフレーズでプロポーズする予定なのだ。

当の栞は「さあ、どうでしょ？」とさらりと受け流す。そして、隆平に意味ありげな笑みを向ける。

て、その表情は、どういう意味なんだ？　やっぱ、プロポーズするつもりだってばれてるのか？

ポーカーフェイスを装い黙々と作業しつつ、内心狼狽《ろうばい》する隆平なのだった。

「おっと、そろそろ開場しますね。望月さん、岸《きし》さん、行きましょうか」

雨宮が、栞ともう一人、岸という男性メンバーを呼んだ。岸は栞とともに、持ち回りの副代表を務めている。

このあと、ロタンダ・シーフォレストで催されるオープニング・セレモニーには、ウィズも来賓として招かれていた。ただし、セレモニーが開始される午前一〇時には、こちらの譲渡会も始まるため、代表の雨宮と、二人の副代表だけが行くことになった。

栞は作業する手を止めると、隆平にだけ聞こえるような小声で「別にぎりぎりでもいいのに」とつぶやいた。

開場は九時三〇分で、スタートまでは三〇分も余裕がある。

そもそも栞はセレモニーには興味がなく、その上、くだんのカレンが登壇してパフォーマンスをするというので、あまり気乗りがしないようだった。

そのとき隆平は再び、先ほどと同じ妙な気配を感じた。

しかしそれは、またもすぐに消えてしまう。

なんなんだ？　これは。

それは本当に一瞬で、どこから発せられていたのか辿ることもできない。

「ねえ隆さん、どうしたの？」

栞がこちらを見上げていた。

「あ、ううん。なんでもない。まあ、せっかくなんだから、セレモニー楽しみなよ」

「そうね。じゃあ、またあとでね」

栞は肩をすくめ、雨宮の元へ行く。

「では、みなさん、セレモニーが終わるまで、こちらをよろしくお願いしますね」

雨宮は歌うように言うと、栞と岸を連れて、ロタンダ・シーフォレストへと向かっていった。

隆平はその背中を見送った。若干の胸騒ぎを覚えながら。

14

嬉しい。とても嬉しいんだけど、なんだか居心地が悪い。

梶川結愛は、そんな奇妙な気分を味わっていた。

ECOフェスタのオープニング・セレモニーが行われるロタンダ・シーフォレスト大ホール。その裏にある楽屋の中で一番広い大部屋が、新砂中学校二年一組一同の控え室だった。出番がくるまで、ここで待機することになっている。

大部屋に入る前に一度、段取りの確認として舞台に整列した。リハーサルは学校の体育館でしかやっていないので、大ホールの舞台に立つのは初めてだったが、その大きさにびっくりした。おまけに司会進行をするのは、テレビで見たこともある、フリーの女子アナだ。客席のちょうど最前列の真上あたりに寸詰まりの大砲みたいな大きな照明が吊ってあり、見つめるようにこちらを向いている。舞台の袖には、髭にサングラスでカーディガンを肩にかけた、いかにもという感じの演出家がいて、スタッフに指示を出していた。

正直、「私たち、マジでここで歌うの？」って感じだ。

担任の佐山先生は「東京ドームや武道館に比べれば全然だし、NHKホールや渋谷公会堂よりも小さい」なんて言っていたけれど、二年一組はアイドルグループでもバンドでもないので、比べる対象がおかしい。というか、そう言いつつ先生も手が震えていたのを、結愛は見逃さなかった。

さすがにみんな緊張してしまったようで、あまりお喋りもなく、おとなしく用意されたパイプ椅子に腰掛け、所在なさげにしていた。ヒカルですら、表情を硬くしていた。いつもと変わらないのは拓人だけだ。拓人は特に緊張した様子もなく、部屋の隅で独り、表情のない顔つきで、ぼんやりとしている。

結愛はこういうのを「お通夜《つや》みたい」と言うのかな、と思った。

しかしある来訪者が、そんな空気を一変させてくれた。

ドアがコンコンと二度ノックされ、返事を待たずに「ごめんくださあい」という声とともに、開いた。

結愛は、その声だけで「え、もしかして？」と思った。同じ声を朝、食卓で聞いていたし、会場で会えるかもという期待もあった。

果たして、スパイシーな香水の匂いと一緒に、思ったとおりの人が現れた。結愛にとっては憧れの人、カレンが、今朝、テレビに出ていたときと同じ、黒いファーコートを着てそこに立っていた。

自分の楽屋から挨拶に来てくれたのだ。

全員の視線が彼女に注がれたけれど、みんな呆然としたように、ひと言も喋らなかった。

本物のカレンは、テレビで観るよりずっときれいだった。だから、みんな息を呑んだのか。それとも急に有名人が部屋に来て驚いたのか。まさかカレンが誰かわからない人はいないだろう。

「新砂中のみなさん、初めまして、カレンです。今日のセレモニー、一緒に頑張りましょうね」

そんなことを言って、カレンはぺこりと頭を下げた。

「あ、ああ、はいっ！」と、変な声で返事をしたのは、佐山先生だった。

「ほ、ほら、みんなもご挨拶！」

先生に促されて、みんな我に返ったように、「初めまして」「よろしくお願いします」などと、口にした。

結愛もそれに倣い「初めまして」と声を出した。

大ファンなんです！『ハッピー・アニマル』の「きみの声を聞かせて」毎回欠かさず観てます！——言葉は頭の中に浮かんだだけで、口から出てきてはくれなかった。

そんな結愛をしり目に、一人の女子が、カレンの前に一歩踏み出して、興奮気味に話しかけた。

「あ、あの、あたし、カレンさんの大ファンなんです！テレビ、いつも観てます！」

結愛が言いたかったことと、ほとんど同じことを言ったのは、ヒカルだった。

「本当、嬉しいわ！」

カレンが両手を広げて少しオーバーな感じで喜びを表現すると、そのままヒカルをハグした。

「きゃっ」とヒカルは、嬉しそうな悲鳴をあげる。

その様子を目の当たりにして、結愛は違和感を覚えた。

なぜなら、ヒカルは動物が嫌いなのだから。

ヒカルは、可愛い子猫や子犬の写真ならＯＫだけれど、生きている動物には絶対近づきたくないと、いつも言っている。理由は「なんか臭いし、不潔な感じがするから」だそうだ。

動物嫌いのヒカルは「きみの声を聞かせて」どころか、『ハッピー・アニマル』だって観ていないはずだ。ヒカルはテレビの話が大好きだけど、これまで『ハッピー・アニマル』の話をしたことがない。そんなヒカルがカレンのファンだなんて、初耳だ。

「あなたお名前は？」

カレンが尋ね、ヒカルは「ヒカルです！　新田ヒカル」と答えた。明るく、屈託のないいつもの調子で。

「ヒカルちゃんね？　とっても素敵な子ね！」

カレンは、ヒカルのことをファーストネームで呼んだ。

ずるい。

そんな思いが湧いてきて、結愛は戸惑った。

本当はファンじゃないのに、カレンと仲よくするヒカルをずるいと思ってしまった。私の方が、ずっとファンだし、テレビだってちゃんと観てるのに、と。

戸惑いはすぐに自己嫌悪に変わった。

カレンは最近ではクイズ番組なんかにもよく出ている。そういうのを観て、ヒカルがファンになったたって、不思議じゃない。ヒカルをずるく思うなんてお門違いだ。

「ねえ、みんな、私、ちょっとだけ、ここにいてみんなとお喋りしていい？」

言えばいいんだ。「私もファンなんです！」って。けれど、声を出すことができない。

カレンは、一同を見回して言った。

「もちろんですよ！」

真っ先にヒカルが答えた。カレンは少し苦笑すると、佐山先生に視線を送り、「先生、いいですか？」と尋ねた。

「あ、え、はい。か、構いません。みんな、喜びますから。あの、こちら、どうぞ」

先生はやや緊張気味に、カレンに自分の椅子を勧める。

「ありがとうございます」

カレンはにこやかにお礼を言うと、遠慮せずに椅子に座る。

「ちょ、ちょっと待ってくださいね。お茶の用意しますから」

先生は慌てて、イベントのスタッフが部屋に用意しておいてくれた、ペットボトルのお茶をプラコップに注ごうとする。

「お構いなく、私、これしか飲まないので」

カレンは手に提げていたピンクの小さなハンドバッグから、ペットボトルを出して振ってみせた。ミネラルウォーターのようだ。

「でも、ありがとうございます。先生、とてもよく気が利くんですね」

「ああ、いえ、とんでもないです。そんな」

先生は嬉しそうに恐縮してみせた。でもその様子は、生徒の結愛からすれば、なんとなく情けなくも感じられた。

カレンと佐山先生は、たぶん同い年くらいだろう。なのに、あでやかな黒いファーコートから伸びる長い足を組んで椅子に腰掛けるカレンと、その傍らで、地味なパンツスーツ姿で所在なさげに立っている先生は、まるでお姫様と召し使いのように見えてしまう。ファッションだけでなく、顔つきや、立ち居振る舞い、全身から発するオーラの、すべてにおいて。

カレンの周りに、クラスメイトたちが集まった。真正面には、当然のようにヒカルが陣取る。

「実はさ、私の楽屋に、いま政治家のオジサマが来てるのね。ちょっと堅苦しい感じで、逃げ出してきたの。だから、しばらくかくまって」

カレンは、ややフランクな口調になって、悪戯っぽい笑みを浮かべた。

「それって、そのオジサンがウザいってことですか？」

ヒカルが訊くと、カレンは「まあね」とウィンクした。

一同から笑いが漏れる。

「あの、カレンさん、コントレックスってやっぱいいんですか？」

続けてヒカルは、結愛の知らない固有名詞を口にして、カレンに尋ねた。

「うん。私には合ってるかな。私、牛乳が飲めないから、カルシウムの補給になるしね。でも、かなり硬いから、合わなくてお腹壊す人も多いみたい。そうじゃなくてもヒカルちゃんくらいの子には、硬水は早いかな。一〇代のうちは、飲むんだったら軟水がいいと思うよ」

「軟水って、ボルヴィックとか？」

「そう。あと南アルプスの天然水とか、い・ろ・は・すとか、国産のやつはほとんど軟水だから」

途中から、どうやらミネラルウォーターの話らしいとわかった。

結愛にとってミネラルウォーターは、味の付いていない飲み物が欲しいときに飲むものだ。硬水か軟水かなんて気にしたこともないし、どう違うのかもよくわからない。でも、カレンが薦めているので、これからはミネラルウォーターを買うときは国産のやつにしようと、密かに思った。

「あと、あたし、テレビで見て、いつも思ってたんですけど、カレンさん、ヴィヴィアン好きですよね？」

また、知らない固有名詞だ。

「わかるの？」

「はい、指輪とかネックレスとか」

「今日はこのコートも、ヴィヴィアンよ」

「あ、そうなんですね。すごい」

どうやら、ブランドの名前のようだ。

「でもヒカルちゃん、中学生でしょ？　ヴィヴィアンの服なんて着ないでしょ」

「あー、でもママが超好きで、お下がりもらったりするんすよ。あと、これ、誕生日に」

ヒカルは制服の袖を少しまくって銀のブレスレットを見せた。

「お、ヒカルちゃん、生意気じゃん」

「へへ」

カレンの言葉に、ヒカルは嬉しそうに、照れ笑いをしてみせた。

結愛はヒカルがいつもあのブレスレットをしているのは知っていたけれど、それが、そのヴィヴィアン?とかいうカレンも愛用するブランドのものだということは知らなかった。ヒカルはこれまで、そんな話を一度もしたことがないし、カレンだって、結愛の知る限りテレビでファッションの話をしたことはない。

友達と憧れの人が、自分の知らない話で意気投合している。その景色に結愛は、奇妙な疎外感を覚えていた。

「あたし、テレビでカレンさん見てて、いつもすっごいセンスがいいって思ってたんです」

「まあ、テレビに出るときはスタイリストさんがついているしね」

「でもでも、テレビ出てる人でも、ダサい人いっぱいいますもん」

カレンとヒカルの会話は弾んでいるけれど、結愛はまったくついていけなかった。

本当は、結愛にだってカレンと話したいことはたくさんあった。美容やファッションじゃなくて動物の話がしたかった。「いままで話した動物の中で、一番印象に残っているのはなんですか?」「プライベートで、何か動物を飼っていますか?」「今日のセレモニーでは、やっぱりエンジェル・テリアの声を聞くんですか?」そんなことを訊きたかった。そして、できれば、昔、飼っていたジャックの話を聞いて欲しかった。

でも、カレンとヒカルに割って入ることなんて、できなかった。二人が笑っているときに、一緒になって中途半端な笑みを浮かべるのが精一杯だった。

それは何も結愛だけではない。他のクラスメイトたちも、先生だって、なんとなく楽しそうな笑顔をつくっているだけで、ひと言も喋っていなかった。

みんな同じ、なのに結愛は寂しかった。

喋っているのは二人だけ。黙っている人の方が多いのに、疎外感は募るばかりだ。憧れのカレンが楽屋に来てくれたことはとても嬉しいのに、居心地が悪い。

「そうね、ヴィヴィアンとかは、昔から好きでこっちが指定してるけどね。センスって、結局、人それぞれじゃない。だから、私がセンスいいって思うなら、それはヒカルちゃんと私の感性が合ってるのよ」

「ヤバい！　それ、超、嬉しいですよ」

動物嫌いのヒカルちゃんと、カレンさんの感性が合うわけない——そんな嫉妬《しっと》にも似た思いが頭をよぎった、そのときだ。

ふと視界の端で、部屋のドアが開け閉めされるのが見えた。

拓人だった。カレンを囲む輪に加わっていなかった拓人が、一人で部屋を出ていくのが見えた。トイレだろうか。

気づいたのは結愛だけのようだ。先生も気づかなかったようで、カレンの座る椅子の横に立ち、手を前に組んで、二人の会話を見守るように聞いている。本当に召し使いみたいだ。

拓人が出ていったことに、誰も気づかなかった——と思っていたら、しばらくして、今度は宗介が「トイレ」とひと言、傍にいた男子に告げて椅子から立った。

宗介は部屋を横切り、外へ出ていく。拓人のときと違い、みんな気づいたろうけど、特に何も言わず、見送った。

別にトイレに行くのは不自然なことじゃない。でも、結愛は胸騒ぎを覚えた。

まるで、拓人を追いかけるようなタイミングだ。

宗介も拓人が出ていったことに気づいていたんだろうか。拓人に何か言いに……もしかしたら、何かしに行ったんだろうか。

教室で宗介が拓人を殴ったときの様子が、脳裏に蘇った。今日はまさか、怪我をさせるようなことはしないだろうけど……。

ヒカルは、宗介《カレシ》が部屋を出ていったのも大して気に留めず、カレンとのお喋りに夢中だ。

結愛は妙な苛立ちを覚えた。自分が腹を立てる筋合いのことではないと、わかってはいたけれど、ますます居心地が悪くなった。

しばらく我慢するようにその場にいたけれど、やがて結愛も隣にいた子に「私、トイレ行ってくるね」と小さな声で言って、席を立った。

15

氏家拓人はやかましい大部屋を出て、楽屋の廊下を歩いてゆく。左右の壁はクリーム色で、回廊に比べると天井が低い。床のところどころに、段ボール箱が置いてある。

大部屋の二つ隣の個室の前を通ると、中から声が聞こえた。

「おいおい、カレンちゃん、どこ行ったんだよ？　わざわざ私が挨拶にきて、これはないんじゃないか？」

「呉松先生、女性は色々準備がありますから。それに、今夜、一席設ける予定ですので。そのときごゆっくり」

どちらも男の声で、文句を言っているふうなのは、張りがあってよく響く感じ、一方、答えている方は、低くくぐもるような感じだ。

見ると、部屋のドアには『カレン様』と書いた紙が貼ってあった。いま大部屋に来ているカレンの個室のようだ。

拓人は、カレンが「動物と話せる」という触れ込みでテレビに出ているタレントだということは知っていたけれど、本当にそんなことができるのかどうかも含めて、特に興味はなかった。

ただ、さっき彼女が部屋に入ってきたとき、「臭い！」とは思った。たぶん、香水の匂いだ。危うく口に出そうになったけれど、前に新田ヒカルに言ってしまったことを思い出し、踏みとどまった。

あのときの新田ヒカルよりも、更に強く刺激的な匂いをカレンは身に纏っていた。動物は、人間よりずっと鼻が利くはずだ。もし声が聞こえるなら「嫌だ！」とか「臭い！」とか言われないのだろうか？

拓人は、廊下の突き当たりにある出口から、回廊に出てゆく。

まだ開場していないはずだが、準備中のスタッフとおぼしき人々が行き交っていた。ECOフェスタ期間中は、ここロタンダ・シーフォレストと外の公園部分を含む海の森全体で、様々な催し物が開催されるという。

ここはここで、やかましい。たぶんこの世に、拓人が静かに感じるところなどないのだろう。

トイレはどこだろう？

すぐそこの壁に、館内案内のプレートがあるのに気づいた。そこにはフロア全体が模式的な地図で描かれている。大ホールを中心としたドーナツ形の回廊と、その壁に沿って並ぶ小ホール。トイレはフロアに四ヵ所あった。

拓人はわざと遠くのトイレに行ってみることにした。

尿意はあるけれど緊急事態というほどではないし、大部屋に早く帰りたい理由もない。本番に間に合えば、文句は言われないだろう。

楽屋から出てすぐのところにあるAホールの前に、「アヌビス　ペット販売会」と書かれた立て看板があった。拓人はその前で足を止めた。

例のエンジェル・テリアはここで売られるのだろう。普通の犬とはカタチの違う不思議な犬。

しかしAホールの扉は閉じたままで、アヌビスのスタッフらしき人の姿もない。まだ中で準備をしているのだろうか。

どのみちオープニング・セレモニーが終わったら、自由時間がある。そのときにここに来れば、エンジェル・テリアを見ることができるだろう。

拓人は再び歩き出して先へ進む。他の小ホールでも、自然エネルギー展や、エコ家電展、リサイクルビジネス展などが行われるようで、それぞれのスタッフが準備を進めていた。

しばらく歩き、回廊を半周と少し進んだあたりで、拓人の視界に、突然、とてもきれいな絵が飛び込んできた。

それは紙やカンバスではなく、液晶画面に映し出される絵――CGだった。

エントランス脇のオープンスペースだ。大きな液晶ディスプレイが何台か設置され、そのうちの一つに、不思議な渦巻きのような図形がいくつも組み合わさった映像が映し出されていた。

図形はゆっくりと、それこそ生きもののように動き、その姿を変えている。森に吹く風や、波のさざめき、あるいは空を漂う雲のように、一瞬たりとも同じ表情は見せず、しかし全体としては絶妙の調和を描いている。

それは規則的な直線と曲線だけで構成された図形なのだが、拓人には雄大な自然の景色と同じような、美しいカタチとして見えた。

拓人はまるで飲み込まれるように、その前に立ち尽くしていた。

「ねえ、きみ」

急に背後から声をかけられて振り向くと、そこには見知らぬ二人組の姿があった。男と女。二人とも、白衣を着ている。

男の方は「お爺《じい》さん」か「おじさん」か、迷うくらいの感じだ。よくわからないけれど、六〇歳くらいだろうか。ぎょろりとした大きな目をしている。背が低く小柄で、中二の平均よりも少し小さい拓人と目線の高さは同じくらいだ。

もう一人の女の方は、なんというか、真っ白だった。着ている白衣だけでなく、肌の色も、そして髪や眉の色も。目と唇だけが薄く赤みがかっている。ただし白髪だからといって老人には見えない。なんだか不思議な感じのする人だ。

「それ、気になる?」

真っ白なその女が尋ねた。

拓人が頷くと、女は重ねて尋ねる。

「どの辺が?」

「え、あ……、と、と、とても、き、き、ききれいで」

もともと吃音のある拓人だが、初対面の人と話すときは、特に強く出てしまう。

「きれい、か。もう少し何か具体的に感じたことはない?」

拓人は少し考えて、素直に思ったままを口にした。

「し、し、し、自然」

「自然? って、海とか山とかの自然? きみは、この映像から、そういうものを感じるの?」

女は面白そうに尋ねた。

「は、は、はい。か、か、か、カタチが、お、同じ」

どうしても吃音が出てしまうし、カタチのことを上手く説明もできない。言いながら、拓人は伝わらないのだろうと思っていた。

が、女は「へえ、すごいじゃない」と感心したような声を漏らした。

拓人は逆に戸惑ってしまった。

「この映像のタイトルは『オルタナティブ・ネイチャー』――もうひとつの自然、というの。まさに、アルゴリズムを使って自然を描いたんだよ。ですよね？」

女は男に同意を求める。

「ああ。フラクタルの持つ自己相似性は、自然界の至るところに出現する」

男は、拓人のことをじっと見て続けた。

「この映像に自然を見たというのなら、むしろきみは、本質を見たと言えるだろうね」

フラクタル？　自己相似性？

よくわからない言葉を次々投げかけられて、拓人はきょとんとしてしまった。

「私たちは、ここで、こういう展示をするんだ」

男は壁に設置してあるパネルを指さした。『自然が生み出すテクノロジー　青海理科大学・生体工学科』と書かれている。

女があとを引き取るように口を開いた。

「私たちはすぐそこにある大学で、生体工学《バイオニクス》を研究している者なの。こちらがうちの教授で、私は学生。今日は生物のもつ機能や、自然の構造を応用したテクノロジーについての展示をするのよ」

女は、白い指を伸ばして、ＣＧを表示しているディスプレイをさして続けた。

「いま、きみが見ていた『オルタナティブ・ネイチャー』はね、部分を拡大すると全体と同じ形をしている図形、あ、それがいま先生が言っていたフラクタルっていうやつなんだけど、これを幾つも組み合わせてつくったものなの。このフラクタルは、元は数学の概念で厳密に定義するのがすごく難しいんだけれど、自然の造形の中には結構たくさんあるのね。たとえば、地形。凸凹《でこぼこ》とした海岸線なんかは、遠目にはまっすぐに見える部分でも、近づいてみると、そこはそこで小さな凸凹の集まりだったりするわけ……って、わかる？」

拓人は頷いた。言葉の意味以上に、感覚として、自然界にそういうカタチがたくさんあることはわかる。

「オッケー。これはね、そのフラクタルを集めることで、概念としての自然を表現しようとしたものなの」

概念としての自然。そういうことか、とは思うけれど、言葉で言われるよりも、映像を直接見た方が、拓人にとってはわかりやすい。

「このCGは少しずつ動いているでしょう？　一つ一つのフラクタルが常に自分と同じ形を複製して、より大きな全体をつくっていくように、アルゴリズムが組んであるの。ただコピーを繰り返しているだけなんだけれど、それによって起こる全体像の変化は、誰にも予測できないの。数時間後、このCGがどうなっているかはわからないってわけ。コピーを繰り返しているだけなのに変化を予測できないって、なんだか、生命の進化みたいでしょう?」

拓人は相づちも打たずに画面に見入った。

「ところできみはあれよね、オープニング・セレモニーで合唱する中学校の生徒さんでしょ?」

「あ、そ、そ、そうです」

拓人が頷いたとき、館内スピーカーから、短いメロディアラームが鳴り、女性の声でアナウンスが流れた。

『九時三〇分になりました。ただいまより、ロタンダ・シーフォレスト開場いたします』

「あ、もうお客さん、入ってきちゃうね。きみも戻った方がいいんじゃない?」

そうだ。そもそも、トイレに来たんだった。そう思った途端、尿意がぶり返してきた。セレモニーのスタートは一〇時で、合唱はその更に二〇分ほどあとなので、まだ時間的な余裕はあるが、そろそろすませて、楽屋に戻った方がいいだろう。

拓人は、男と女にぺこりと頭を下げて、その場を離れる。「よかったら、またあとで見に来てね」という声を背中に受けて、足早に回廊を進んでいった。

16

『九時三〇分になりました。ただいまより、ロタンダ・シーフォレスト開場いたします』

そのアナウンスを合図にしたかのように、三メートルほど前を無言で歩いていた宗介が急に立ち止まり、振り返った。梶川結愛もつられて立ち止まる。

宗介は不機嫌な表情で、こちらに向かい距離を詰めてくる。身体が大きい宗介だけに、迫力がある。結愛は身がすくむのを感じた。

目の前まで来た宗介が口を開いた。

「なんで、ついてくんの?」

「それは……」

結愛は、思わず俯いてしまった。

宗介に続いて楽屋の大部屋から出た結愛は、とりあえず、一番近いトイレへと向かった。すると、ちょうど男子トイレの出入り口から、宗介が出てくるのが見えた。先に大部屋を出ていった拓人の姿はない。

宗介は何かを探すように辺りを見回すと、楽屋の方には戻らず、回廊を歩き始めた。

結愛はその様子から、やはり、宗介は拓人を追いかけて部屋を出たのではないかと思った。一番近いトイレに拓人がおらず、探すつもりなのではないか。

結愛は少し迷ったが、宗介のあとをつけてみることにしたのだ。

一度、宗介の視界に入ったような気はしていたが、やはり気づかれていたようだ。

「なんで？」

宗介が重ねて尋ねる。

結愛は意を決して顔を上げ、質問に質問を返した。

「宗介くんこそ、どこ行くの？」

逆に訊かれたのが意外だったのか、宗介は、やや怯んだように、視線を外した。

「拓ちゃんのこと、探してるの？」

宗介はばつが悪そうな顔になり、一度だけ「ちっ」という舌打ちを返した。それはまるで「図星だ」と言っているようだった。

「拓ちゃんを見つけてどうするの？　また……前みたいに、ぶったりするの？」

宗介は「ちげーよ」と、答えた。低く、不機嫌な声だった。

「じゃあ、何を……」

「なんだっていいだろ！　おまえに関係ねえじゃんか。どこに行こうと、俺の勝手だろ！もう開場してんだから、用がないならおまえは楽屋戻れよ！」

宗介は強い口調で言った。昔と違って、いまの宗介にこういう態度をとられると、怖い。けれどそれ以上に「関係ない」と言われたことに、無性に腹が立った。結愛は勢いで言い返す。

「じゃ、じゃあ、私がどうするかだって、私の勝手じゃない！」

言いながら、なんとなく懐かしさも感じた。昔は仲がよかった分、こんな言い合いもよくしていた。宗介はチビのくせに気が強くて、その反面、泣き虫だった。言い合いは、いつも最後、宗介が泣いて終わったものだ。

けれどもちろん、大きくなった宗介は泣いたりしない。ぷいとそっぽを向くと「勝手にしろ！」と踵を返して、再び歩き始めた。ただし、さっきより大股で。

じゃあ、勝手にしてやる！

結愛は宗介のあとをついてゆく。

かつて、チビだった宗介は、足が遅かった。かけっこは結愛の方がずっと速かったはずだった。なのに、背が伸びたいまの宗介が大股で歩くのについていくには、結愛は小走りになる必要があった。

17

譲渡会の準備はスタート時刻の一〇分前、九時五〇分には一通り終了した。会場となるスペースの周りには、興味を持った一般客が、集まってきている。

こちらは屋外だし厳密に開始時刻を合わせる必要もない。予定より少し早いが、もう始めてしまうことになった。

長谷川隆平は数人のメンバーとともにスペースの前に立ち「こちらでペットの里親の募集をしております!」と、呼びこみながらビラを配っていた。

そのさなか、またも奇妙な気配を感じた。

これで何度目だろう?

隆平は、集まってくる客にビラを渡しながら、辺りを見回してみる。

やはり特におかしなところはない。

遠くで誰かが談笑する声が聞こえる。冷たく澄んだ冬の空気が、潮の香りを海から運んでくる。東京湾独特のかすかな生臭さとともに。

よく晴れた午前中、海の森公園の穏やかな景色が広がっている。雲一つない空はあまりに青すぎて、逆に隠し事をしているかのようだ。

この気配は、なんなんだ?

常に一瞬だけ、頬を撫でるように訪れ、確かめる間もないほどすぐに消えてしまう。秘密にしているものが、わずかに漏れているかのよう。

これだけ続くと、錯覚とは思えない。

何かが起きる前触れや遠くにあるものの存在を、頭より先に身体が感じるということは、心身の修練を長年続けていると、時折、起きるようになる。

この広い海の森のどこかから、気配が満ちてきている。何かがある。何かはわからないけれど、強烈な存在感を持った何かが――そんな中途半端な感触は、隆平に胸騒ぎだけを覚えさせる。

「なーんか、みんな、今日は落ち着かないみたいねえ。大きな会場で緊張しているのかしら」

一緒にビラ配りをしていた奥野がのんびりと言った。連れてきた動物たちのことだ。そうだ、なんの変哲もない景色の中で、普段と違うことが一つ。犬も猫も、どこか落ち着かない様子で、せわしなく身体を動かしている。

もしかして、あいつらも、この何かを感じているのだろうか？

実際、動物は人間よりも鋭敏な感覚を備えている。隆平がうっすらとしか捉えられないこの奇妙な気配を、もっとはっきりと感じているのかもしれない。

大きな地震が起きるときなど、動物は人間よりも先にその前触れを察知するという。この海の森は埋め立て地だ。オリンピックの競技会場にもなるのだから、それなりの耐震対策が施されてはいるだろう。しかし、超大型地震に見舞われた際には、やはり液状化の危険があるのではないか。少なくとも津波の被害は免れないだろう。

隆平はブースとして設置したテントまで行き、その支柱にリードでつないでいるリリエンタールの前にしゃがみ込むと、頭を撫でてやりながら、小声で尋ねた。

「なあ、リー、おまえも感じるのか？」

リリエンタールはその問いに答えるかのように鼻先を突き出した。

その先にあるものは、緑に潜む迷彩のような建物、ロタンダ・シーフォレストだった。

つられて隆平がそちらを向いたとき、また一瞬、気配がした。

あそこだ！

そう思ったときは、例によってもう消えてしまっていたが、隆平の感覚は確かにそれを捉えていた。見えもせず、聞こえもせず、嗅げもしない、何かを。

ちょうど意識を向けていた瞬間だったから感じ取ることができた。このかすかな気配の出所は、あの建物だ。さっき、栞たちが向かった先。

あそこで、何かが起こるのか？

隆平は、確信に近い感触を得たが、気配はどこまでも、ただの気配だ。人に説明するのは難しい。

でも、万が一、事故でもあったら……。

隆平はスマートフォンを取りだし、栞に電話をかけてみる。が、つながらなかった。

もうすぐ、オープニング・セレモニーが始まる時間だ。携帯を切っているのかもしれない。

　行ってみるか。

　とりあえずこちらの人手は足りているので、少しなら抜けても迷惑になることはないだろう。

　気のせいかもしれないが、もし何かあったとき、栞を守るのは俺の役目じゃないか。何もなければそれでいい。

　隆平は立ち上がり、テントにいるメンバーに声をかけた。

「あの、すみません、俺、ちょっと、栞のところ、行ってきます」

「どうしたの？」

　なんだか妙な気配がする——と言っても通じないだろうから、とっさにでっち上げた。

「あ、えっと、いま、栞から電話があって、忘れ物したみたいで、届けて欲しいって」

「そうなんだ。了解」

　具体的に何を忘れたことにするかは考えていなかったが、特に訝しむこともなく流してくれて助かった。

　手ぶらで行くのはおかしいので、隆平は一応、テントの荷物置き場から自分のボディバッグを持ち、肩からかける。

　リリエンタールの頭をもう一度撫でてやり「ちょっと、行ってくるな」と声をかける。

ロタンダ・シーフォレストへ向かって足を踏み出す。自然と小走りになった。

背中から「おん！」と、リリエンタールがひと吠えするのが聞こえた。

18

時間だ。

ずっと膝を抱えていたシマが顔をあげたとき、ちょうど耳の奥からルゥの声がした。

『シマ、時間よ。扉を開けて』

シマはふらふらと立ち上がる。ずっと同じ姿勢で座っていたからか、腰と太腿にかすかな痺《しび》れを感じた。

ホールの床と壁のあちこちが血の赤で染まっている。もうヒトの原形を留めている死体はない。引き裂かれた服と、ぐしゃぐしゃになった肉と、骨、それから髪の毛らしきものが散らばっている。

その中に立つ一二頭の〈彼ら〉が、気づいてこちらを見上げる。

言葉などなくても、そのたたずまいから、ぱんぱんに膨らんだ期待が伝わってくる。

もっと狩らせろ、もっと食わせろ、と。

これだけやってまだ足りないのか。否、これからが本番だ。

『いよいよ、開幕だな』

〈教授〉の声だった。

そこには、電子機器を通しても隠しきれない、興奮の甘い響きがあった。

もう止まらない、止めようもない。

すべて望んだことじゃないか。あの地獄でアイに出会い、彼女と一緒に戦うことを決めたときから。

種差別《スピーシズム》を克服し、幸福最大化の理想を実現するんだ。そのための〈審判〉だ。

乗り越えろ、乗り越えろ、乗り越えろ。

シマは扉の方を向く。

この向こうはどうなっているのだろう？　もうすでに開場しているはずだ。たくさんの客が行き交っているのだろうか。エンジェル・テリアを求める人々が、この扉の前に詰めかけているかもしれない。だとしたら、なんの誘導もなく、ずっと扉が閉じたままなので、訝しんでいることだろう。

乗り越えろ！

意を決して、シマは扉のサムターンを回した。

19

「ねえ」

梶川結愛は、無言で立ち尽くしている宗介に声をかける。

宗介は振り向きもしない。

「ねえってば、始まっちゃうよ！　早く戻んなきゃ！　拓ちゃんも！」

宗介が見下ろす視線の先には、壁を背にして俯く拓人がいる。辺りは入場してきた一般客が行き交っていて騒がしい。

拓人の姿を発見したのは、正面エントランスのすぐ傍、楽屋から回廊を反時計回りに四分の三周ほど歩いた辺りだった。

結愛と宗介がエントランスの脇にあるトイレの前を通りかかったとき、ちょうど拓人がそこから出てきたのだ。

互いにほぼ同時に気づいたようで、宗介は「おい！」と声をかけ、拓人は小さな目を大きく見開いて、あからさまに身をすくめた。

宗介は大股で拓人に近づき、拓人は後じさった。回廊の壁に追い詰め、追い詰められるようなかたちで、二人は対峙した。

二人が並ぶと、大きくて逞しい宗介と、痩せ形の拓人の体格差が際立つ。

拓人は涙目になって、俯いた。きっと怯えているのだ。

それは無理もないと結愛は思った。夏休み明けのあの日のことは、結愛の脳裏にだって苦く焼き付いている。殴られた拓人はもっと深く、身体の痛みと一緒に覚えているのだろう。

宗介は「あのさ……」と、何か言いかけた。拓人はびくっと、身体を震わせた。すると宗介は途中で、言葉を止めて押し黙った。そしてじっと拓人を見下ろす。拓人は俯いたまま顔を上げない。二人はまるで彫刻のように固まってしまった。

結愛のいる斜め後ろの位置からも、宗介が不機嫌な顔をしているのがわかる。いまにも、あの日のように拓人の胸ぐらを摑み、殴り飛ばしそうな雰囲気だ。

さっき「ぶったりするの？」と訊いたら宗介は「ちげーよ」と答えていたし、三人とも制服を着ているからか、ときどき、こちらを物珍しそうに見て通り過ぎてゆく人もいる。さすがにここで暴力は振るわないと思いたい。でも万が一そうなったら、結愛には止めることはできないだろう。

それに時間も問題だ。もうすぐ一〇時。オープニング・セレモニーが始まってしまう。結愛たちの出番は開始二〇分後だけれど、さすがにもう楽屋に戻っていないとまずい。

「ねえってば！　戻ろうよ」

結愛は再度声をかける。

大きな舌打ちが聞こえたかと思うと、宗介が振り向いた。

「だったら、おまえ、先に行ってろよ！」

結愛は面食らった。宗介の語気が強かったからではない。正面を向いた宗介の顔は、確かに不機嫌ではあったけれど、それ以上に、酷く困っていたからだ。まるで、いまにも泣き出してしまいそうなほど。

それは見覚えのある顔でもあった。

昔、まだ宗介が結愛よりも小さくて泣き虫だった頃。口喧嘩で何も言い返せなくなったとき、いつも宗介はこんな顔になった。

なんでこんな顔をしているの？　もしかして宗介くん――

そう思ったのは、結愛自身にも、そういう気持ちがあったからだった。

――あの日のことを、拓ちゃんに、謝りたいんじゃないの？

「あ、あの……」

何か言わなくちゃと思い、口を開いたそのときだった。

突然、きゅるきゅると金属が擦れる大きな音が響いた。

結愛は思わず、音のする方に顔を向けた。宗介も。そして拓人も顔を上げた。

エントランスの上の方から、何かシャッターのようなものが下がってくるのが見えた。

その内側に立っている肥った警備員が「えっ？　なんで？」と素っ頓狂な声をあげていた。

20

近づくほどに気配は濃度を高める。その源《みなもと》は、やはりあそこだ。前方に見える建物、ロタンダ・シーフォレストだ。間違いようもない。

長谷川隆平は歩みを早め、ほぼ駆け足になる。

エントランスには吸い込まれるように客が集まっていた。

隆平がすぐそこ、およそ三〇メートルほどの位置まで近づいたときだ。

エントランスの上部から銀色の大きな壁が、音をたてながら、ゆっくりと下りてくるのが見えた。

いままさに中に入ろうとしていた客が、驚いた様子で足を止めた。あとに続く人たちもみな立ち止まり、それを見上げた。

「何これ？」「シャッター？」「え、閉まるの？」

防火扉だ。隆平は「やっぱり」と思った。事故か何かがあって、火災が発生したんだ。

しかし、警報も放送もない。もしかしたら、館内の電気系統にトラブルが生じているのかもしれない。

エントランスの手前に二人いた制服を着た警備員らも、状況を把握できていないのだろう。困った様子で互いに何か言い合い、客たちに声をかけた。

「防火扉が下りてきています！　館内で、火災が発生した可能性があります。みなさん、退がってください」

客たちは戸惑いながらも、警備員の指示に従う。建物の中に入るはずの人が後退したことで、エントランス前は人口密度が上がり、人混みができた。

防火扉は、大人の胸の位置くらいまで下がっている。

隆平は人の流れに逆らい、全力疾走した。

詳しくはわからないが、この建物の中で事故か災害が起きているのは確実だろう。そして栞はまだ、中にいる可能性が高い。

館内の人々は裏側の駐車場の方へ避難しているのかもしれないが、それならそれでいい。とにかく栞を探す。

防火扉は、もう隆平の腰より低い位置まできてしまっていた。

「あ、ちょっと、あんた。待ってください！」

隆平に気づいた警備員が声をかけた。

しかし隆平はスピードを落とさず、その脇を通り過ぎる。

間に合え！

隆平は、思い切り踏み切ると、スライディングした。

身体が床を滑り、防火扉の下をくぐる。足から入って、顔が通るとき、すぐ目の前に扉の底面が見えた。想像以上にぶ厚い。五〇センチはあるんじゃないか。

間一髪で、隆平の全身が館内に入りきる。その直後、どわん、という音とともに、防火扉が閉まり切ったのがわかった。

二秒、いや一秒、タイミングがずれていたら、頭を潰されていたかもしれない。

肝を冷やしたのも束の間、足の先に何か触れたと思ったら、誰かの背中が倒れ込んできた。滑り込んだ先にちょうど立っていた人がいて、転ばせてしまったかたちだ。

「わっ」「うおっ」

隆平はとっさに、倒れてきた背中を支える。それは思った以上に重く、汗で湿っていた。少しすっぱい臭いもする。

「びっくりしたああ」

頭の上から声が聞こえた。甲高いが、男のそれだ。互いに仰向けの状態で重なり合っているので、隆平の視界には、汗染みと塩の浮いた背中しか見えない。

「す、すみません。起き上がってもらっていいですか」

隆平はベンチプレスの要領で両腕に力を込めて、思い切り肘《ひじ》を伸ばした。

「わっ、おっと、すげえ！」

男は声をあげて立ち上がった。

ふっと腕が軽くなる。そのまま、隆平も身体を起こした。

転ばせてしまったのは、警備員のようだ。表にいた二人組と同じ警備会社の制服を着ていた。ただし、体重は二人分以上ありそうだ。背中を押したとき、かなりの重量を感じた。極端に横に大きい身体に、子どものような童顔が乗っかっている。胸元に「高《たか》松《まつ》」と名前の入ったネームプレートをつけていた。

「すみません。お怪我ありませんでしたか？」

隆平が詫びると、高松というらしいその肥った警備員は苦笑した。

「いやいや、こちらこそ、すみません、重かったでしょう。すごいですね、僕、大人になってから人に身体を持ち上げられたの初めてです」

高松は「あ」と声をあげて思い出したように、付け足した。

「それはそうと、危ないから、防火扉が下りているときに、あんなふうに、滑り込んじゃ駄目ですよ」

「ああ、すみません。つい……。あの、何があったんでしょうか？」

隆平は尋ねた。

「それが、わからないんです。突然、閉まってしまって……」

高松は眉をハの字にして、防火扉を見やった。

エントランスの内側には、天井の高い開放感のあるフロアが広がっていた。正面に大きなエスカレーターが見える。フロアの壁は淡い緑で、壁面はゆるやかに湾曲しているようだ。隆平はロタンダ・シーフォレストの中に入るのは初めてだったが、パンフレットで、中がドーナツ形の回廊になっていることは知っていた。

外との光量差のせいで、最初はずいぶん暗く感じたが、目が馴れてくるにつれて、辺りには結構人がいることに気づいた。避難をしている様子はなく、みな戸惑うような顔つきで、いま閉まった防火扉を眺めている。

少し離れたところにいる学生服姿の三人組に目が留まった。おそらく、さっき駐車場ですれ違った中学生たちだろう。

背が高い男子と、髪をおさげにまとめた女子、そして痩せ形の男子――隆平はそれが駐車場で座り込んでしまったタロに何かをして機嫌を直した子だと気づいた。

あのとき何をしたのか訊きたかったが、いまはとりあえず、状況の確認が先決だ。まだ栞が館内にいるなら落ち合いたい。

「館内にも放送や警報はなかったんですね？」

隆平が尋ねると、高松は「ええ何も」とかぶりを振った。

とりあえず、見渡す限りどこにも煙は見えず、焦げ臭さもない。このエントランス周辺以外には、騒ぎらしい騒ぎもないようだ。遠く回廊の先まで視線を伸ばすと、離れたところでは何事もなく人が行き交っている。

火災ではなく、防災システムのトラブルだろうか。

そう思ったときだ、隆平は総毛立つような寒気を覚えた。

ここまで露骨なら、はっきりとわかる。これは敵意、あるいは、殺気だ。

空手や柔道の試合で、対戦相手と目を合わせたときに感じたもの、自衛隊時代、レンジャー部隊の模擬戦で、密林の中で待ち伏せ《アンブッシュ》を受けたときに感じたもの。

この強烈な殺気がときおり漏れていたのを、気配として捉えていたのだと理解した。

隆平は、ゆっくりと辺りを見回す。

「どうしました？」

隆平の警戒感が伝わったのだろう、高松が尋ねた。隆平は答えず、全方位に神経を集中させた。

不意に、ブーというブザー音がした。

思わず振り向くと、高松の腰の辺りからノイズ混じりの声が聞こえた。トランシーバーだ。

『館内警備各位、搬入口より一斉通信、防火扉が下りてしまいました、火災でしょうか、トラブルでしょうか、確認お願いします、どうぞ』

高松は慌てて、トランシーバーを口元にもってゆき、ボタンを押した。

「館内警備各位、正面エントランスより一斉通信、こちらも防火扉、下りてます。確認、お願いします、どうぞ」

どうやら、裏手にある搬入口の防火扉も下りているらしい。

再び、トランシーバーからブザー音がした。

『Ｂ１制御室《コントロール・ルーム》より一斉通信、あー、すみません。こちらからは、防火扉の作動、確認できません。本当に下りているんですか？』

「え、ええ？　嘘でしょ？」

制御室《コントロール・ルーム》というのは、おそらく、館内の設備を管理する場所だろう。Ｂ１というから、地下にあるのか。

高松は、トランシーバーに向かって声を張り上げた。

「正面エントランスより、Ｂ１制御室《コントロール・ルーム》。確かに下りてます。確認、お願いします、どうぞ！」

正面と裏の防火扉が勝手に閉まり、しかもそれは、制御室《コントロール・ルーム》から確認できない。

設備を制御するシステムの不調か、いや――

館内に入ってから、はっきりと感じるようになった殺気と合わせて考えれば、単なる事故の類とは思えない。

すべて意図的に、引き起こされている？

殺気を放ち、意図的にトラブルを起こしている何者かがいる。つまりは、「敵」がいる可能性がある。

タッチの差だった。

このとき、その判断に達していたこと。たとえ可能性の一つとしてでも「敵」がいると想定していたこと。それが、隆平の次の瞬間の行動を変えた。

後方から悲鳴とどよめきが聞こえたかと思ったら、物音とともに、猛烈なスピードで何かが近づいてきた——その圧力を感じたとき、隆平はただ振り向くだけでなく、拳を握り込み、脇を締めていた。全身の筋肉に力を込めて、迎撃の準備をしていた。

だからこそ、振り向いたとき、目の前まで迫ってきていたそれの姿に驚くより速く対応できた。襲いくる敵を打ち倒すという単純な戦闘法則に従って、拳を突き出すことができた。そうでなければ、もしも一瞬でも判断が遅れていれば、倒れていたのは隆平だったかもしれない。

振り向きざま、回転運動を活かして放った右回し打ち《フック》は、跳びかかってくるそれに対して、最高のカウンターとなるタイミングで打ち込まれた。

拳に伝わってきたのは、岩でも叩いたかというほどの強烈な衝撃。しかし長年、武道にいそしんできた隆平には、岩ではなく肉であることがわかる。ぶ厚く硬化した筋肉繊維の感触だ。

隆平の拳は、宙を跳んできたそれの横っ面から首にかけての部分を捉えていた。

幼い頃から、何千、何万と巻藁を突き鍛えた拳は、打撃をはじき返そうとする筋肉を、強引に打ち抜いた。

ぎゃおん！　という咆哮《ほうこう》とともに、それは吹っ飛び、床に倒れ込んだ。

一瞬遅れて、周りの「わあ！」とか「きゃあ！」とかいう悲鳴が聞こえた。

床に倒れたそれは、全身を震わせ、ぜえぜえと苦しげな息をしている。

このとき初めて、それが、具体的になんであるかを、隆平の脳は考え始めた。

それは、黒い。全身が夜のような黒に覆われている。

それは、獣だ。少なくとも人間には見えない。

それは、四本足の獣だ。短い尾もある。耳は尖り、鼻先は突き出ていて、口は裂けている。

それには、体毛がない。頭から尾にかけて、全身のどこにも毛が生えていない。ぬめるような光沢を放つ地肌が露出している。黒いのはその色だ。

それの口の中には、太く鋭い牙が見える。一本一本がまるで剣か槍のようだ。あんなもので噛まれたら、ひとたまりもないだろう。

そしてそれは、巨大だ。目算で体長は二メートル、体高も一メートル以上はあるだろうか。しかも肉の付き方が尋常ではない。

それの首筋や背中、四肢の腕や腿にあたる部位は、こんもりと盛り上がっている。異常に発達した筋肉の塊だ。体毛がないため、肌に禍々《まがまが》しく浮き出た筋と血管が見える。

わからない。いや、強いて言うなら――

それは、隆平が日常的に接している動物に似ている。

――犬だ。

隆平は見たことがないが、生まれつき体毛の生えない無毛種《ヘアレス・ドッグ》という犬種があるらしい。しかし……。

しかし、それを犬と認めることを隆平の理性が拒否する。犬にしてはあまりにも巨大で、肉付きがよすぎる。

確実に言えるのは、人を襲う獣だということだ。殺気の源は、これで間違いないだろう。

体重もかなり重そうだ。一〇〇キロか、二〇〇キロか、もっとあるかもしれない。打ちこんだ隆平の拳は、まだ痺れている。驚くべきは、この巨体でとてつもなく素早く動くということだ。あの異常な筋肉量がそれを可能にしているのだろうか。

小型犬でさえ、噛み癖がつけば危険な猛獣となり、ときに人を噛み殺すことすらある。このサイズの獣が人を襲うとなれば、脅威と言わざるを得ない。

高松と数人が、床に横たわる黒い獣を、こわごわ覗き込もうとした。

「近寄るな！」

隆平は叫んだ。

黒い獣の胸の部分がかすかに動いている。まだ息がある。立ち上がって襲ってくるかもしれない。

「みんな、離れて」

隆平は両手を広げ一同を先導するように後じさる。みな、素直に従った。

「あ、あの、これは……？」

高松がうめくように尋ねた。

それはこっちが訊きたいくらいだった。

21

さあ、いよいよだ。

その扉が開かれたとき、ペトロは、期待に身震いをした。

ペトロ――それが彼の名前だった。〈彼ら〉一二頭には、それぞれ個別の名前が与えられていた。与えてくれたのは〈教授〉とアイだ。

皮肉を込めて、ヒトの世界を狂わせた男に仕えた一二人にちなんだという。彼に与えられたペトロという名には「岩の欠片《かけら》」という意味があるのだそうだ。が、彼は由来や意味についてはさほど興味がない。

彼にとって重要なのは、音の響きだ。彼の声帯は、人間の言葉を発するようにはできていない、自分で自分の名を呼ぶことはできない。しかし耳で聞くことはできる。だから名前とは響きがすべてだ。

ペトロ、ペトロ、ペトロ――この響きは悪くない、いや、むしろとてもよい。

ペトロはこの名を気に入っていた。もっとも、彼以外の一一頭も、みな自分の名前を気に入っているようだったが。

ペトロは生後すぐ、ようやく目が開きかけた頃に、ヒトの手によって母親から引き離された。それは酷く寂しく悲しいことだったけれど、幼く身体も小さかった彼にとって、ヒトは、世界のすべてを支配する神のごとき存在だった。抗う術などなかった。

ヒトはペトロを昏く狭い檻に閉じ込めた。そこは、ぬくもりと呼べるようなものは何もない、孤独の空間だった。身体の芯から凍えるほど寒かった。日に一度だけ、ヒトが現れ、食糧が載った皿を檻の中に放り込む。それはまったく味気ないペーストで、量も少なく、ペトロはいつも腹を空かせていた。それでも食べるものを食べれば出るものは出る。檻にトイレはなく、金網状の床に垂れ流すようになっていた。網の目には排泄物がこびりつき、身体も汚れてしまう。四六時中とげとげしい悪臭が立ちこめている。おまけに大量の虫が湧き、それに身体をたかられた。臭く汚く、楽しみも喜びもない、その狭い檻が、ペトロにとっての世界のすべてだった。

やがて多少なりとも感覚が育ってくると、周りにもいくつもの檻が並んでおり、そこに自分と同じ境遇の同胞たちがいることに、ペトロは気づいた。暗がりにぼんやりと見える同胞たちは、みな自分の排泄物で汚れ、虫にたかられ、げっそり痩せた腹にあばらを浮き出させていた。余分に身体を動かすような体力はなく、ぐったりと身を横たえ、うつろに濁《にご》った瞳で虚空を見つめ、口からはときどき苦しそうなうめき声を漏らしていた。いや、ペトロ自身もそうだったのだろう。

あるとき、すぐ隣の檻にいる一頭が、眠ったまま動かなくなってしまった。食糧がきても、起き上がろうとせず、いつもならかすかに聞こえるはずの吐息の音も聞こえなかった。

「なんだぁ、死んじまったのかぁ」

声がしたかと思うと、ヒトの手が伸びてきて、その一頭を摑んで檻から引っ張り出した。

「まあ、どの道〈不良品《ジャンク》〉はみんな処分だけどなぁ」

ヒトの声は笑った。

ペトロは直感的に理解した。「死」を。この世界に、決定的で不可避な終末が存在するということを。そして、間もなく、自分にもそれがやってくるのだということを、理解した。けれど恐怖も悲しみも感じることはなかった。なぜなら、この世界には、苦しいことしかないのだから。

ああ、俺も早く、あんなふうに、なってしまいたい——そんなことすら、願っていた。

しかし、ペトロにそのときは訪れなかった。シマとアイと〈教授〉たちが、助け出してくれたのだ。あの狭い檻から。同胞たちとともに。

本当の世界は、もっとずっとずっと大きく豊かだということを、教えてくれた。

そして、与えてくれた。

温かなぬくもりを、美味しい食事を、虫に悩まされない清潔な寝床を、健やかに成長することを、仲間を、広い場所を思い切り駆け回る楽しさを、この世界に生まれてきた意味を、ペトロという名前を——与えてくれた。

それは、命令に忠実に従うことの十分すぎる理由になる。

が、そうでなくても、狩りは楽しい。かつて神のようにさえ思っていたヒトを狩るのは、実に楽しい。

さっき「箱」から出て駆け出すのと同時に、彼は身体の奥から奇妙な興奮と快楽が湧き上がるのを覚えた。腹が減っていたというのはもちろんある。けれど食欲だけではない。

狩るということ、暴力を振るい蹂躙するということ、そのものが快楽なのだ。

まず「箱」から出たら、目の前にいる獲物たちを狩ること――アイからそう命じられてはいたのだが、ペトロはそれを忘れ、走り、跳び、夢中で獲物の肉に牙をたてた。すべてが震えるように楽しかった。

そしてヒトの肉は、なかなかの美味でもあった。わが物顔でこの世界に君臨している割に、柔らかくて歯ごたえはないが、味そのものは複雑で面白い。食べ比べてみると、それぞれに味が違う。少しずつ色々な味の違いを楽しむのがよさそうだ。

狩りの快楽と食の欲求を満たすには、獲物の数が少なすぎた。

足りない、まだ、全然足りない。もっとたくさんの獲物を狩りたいし、味わいたい。

そう思ったのはペトロだけではないだろう。「箱」から出た部屋もまた、大きな箱であることに違いなかった。

わかっていた。いずれ部屋の扉は開き、外に出ていける。そこには、一二頭ではとても食い切れないほどの獲物が待っているという。それもアイから教わっていた。

ただし扉が開くのを待つ時間は、ペトロにはずいぶんと長く感じられた。かすかに、本当にかすかに、部屋にまだ一人残っているヒト、シマすら襲ってみたい欲望に駆られた。

しかし、無論、ペトロはそれに耐えた。おそらくは他の一一頭も。

シマは仲間だ。彼のことを守りこそすれ、襲うなんてあり得ない。

そのシマは、ずっと扉の前で膝を抱えてしゃがみ込んでいた。小声で何かをブツブツと呟いていたようだが、ペトロにはよく意味がわからなかった。

やがてシマが、おもむろに立ち上がり、部屋の扉に手をかけた。そしてゆっくりと扉を開く。大量の獲物の気配が流れ込んでくる。

もうたまらない。ペトロは仲間たちと飛び出していった。

扉の向こうは、たくさんのヒトが行き交う広い回廊だった。みな、ペトロたちに驚く。まずは全員で扉の前にいたヒトに襲いかかり追い払う。ああ、やっぱり狩りは楽しい。多くのヒトは一斉に逃げ出したが、逃げ遅れている者もいる。

手当たり次第に襲いかかりたい衝動をぐっと抑える。

思う存分、狩りができる時間は、このすぐあとに用意されている。まずは優先的にやることがある。〈彼ら〉は、事前にアイから指示されたとおりに、四頭ずつ三つのグループに分かれて行動を始めた。

そのうちペトロと同じグループの一頭、ヨハネが不意にあらぬ方向を見て走り出した。

その理由は、すぐにペトロにもわかった。

気配だ。ヒトであることは間違いないが、その辺にいるもろくて簡単に狩れるような連中とは違う「強い者」の気配がする。

強い者を放っておくのは危険だ。気づいたら優先的に排除するのが、ペトロたちの任務でもある。だからヨハネは駆け出したのだ。

しかしその数秒後、ぎゃおん！　という咆哮が谺《こだま》した。

やられたのか？

考える間もなく、ペトロは駆け出した。

22

倒れた黒い獣は、まだ息をしているが、とりあえず立ち上がってくる様子はない。

回廊の向こうからざわめきが聞こえる。もしかしたら、獣は一頭だけじゃないのかもしれない。

長谷川隆平は努めて気を落ち着かせて、考えを巡らせる。

この黒い獣の正体は措《お》くとして、なぜ、ここにいる？

ここは東京湾に浮かぶ人工島だ。野生動物が紛れ込んでくるような場所ではない。何者かが連れ込んだとしか考えられない。防火扉を閉めたのも、その何者かだろうか。

意図的に建物を密閉された上で凶暴な獣を放たれた？　獣は全部で何頭いる？

いやそれよりまず、栞だ。一刻も早く、栞の元に行かなければ。オープニング・セレモニーに呼ばれているのだから、大ホールにいるはずだ。

駆け出そうと思ったが、周りにいる人たちが、すがるような目で隆平を見ていることに気づいて、足が止まった。

お年寄りや子どももいる。イベントにやってきた、ごく普通の人々。

この人たちを置いて行くのか？

警備員の高松は顔色をなくしている。頼りになるとは言い難い。

まずはみんなで、どこかへ避難すべきか。いや、そうしている間に、栞が襲われたら……。

逡巡は、しかし濃厚な殺気によって、寸断された。回廊のカーブの向こうから、またも黒い獣が一頭、駆けてきた。

やっぱり、まだいた。

速い！

黒い獣は、まっすぐにこちらへ向かってくる。姿が見えたかと思ったら、もう目の前まで近づいてきていた。

カウンターを入れるタイミングは取れない。

そう判断し、隆平が思い切り横に跳んだのと、黒い獣が跳びかかるために踏み切ったのは、ほぼ同時だった。

間一髪、隆平は、身をかわして床に転がった。

攻撃が空を切った黒い獣は床に着地して、たたらを踏んだ。そして、ゆっくりと振り返り、隆平の方を向いた。

隆平は、すぐに身を起こして構えをとる。

どうやら、この黒い獣は隆平を標的にしているようだった。

なら、俺がこいつを引きつけていれば、みんなを逃がすことができる。

「みんな、逃げろ！　あっちだ！」

獣が現れたのと反対側を指さす。そちらにもいないとは限らないが、ここに留まるよりはましだろう。

一瞬、戸惑いが広がったあと、「は、はいっ！」と、声をあげたのは、高松だった。

「みなさん、はやく！」

彼が先導し、一同ははじかれたように走り出した。

「ぼっとすんな！」

背の高い中学生が、一緒にいた二人の手を引いてゆく。

隆平は、視線を黒い獣から逸らさず、気配だけでそれを見送った。

黒い獣は、じっとこちらを見つめ、間合いを計るように小刻みに動いている。

おそらく、いや、明らかに、この黒い獣が走るスピードは、隆平の全力疾走より速い。

逃げるのは不可能だ。戦って倒すしかない。

だが、できるか？

一頭目をやれたのは、ほぼ偶然、カウンターが入ったからだ。あのときの感触からして、異常に盛り上がった筋肉は見せかけではない。スピードだけでなく、膂力においてもこちらを上回るだろう。おまけに、人間にはない鋭い牙がある。身体能力では、向こうが勝る。

それに、この一頭をどうにかできても、それで終わりじゃないかもしれない。放たれたのが二頭だけと考えるのは楽観というものだ。全部で何頭いるかわからないが、館内が封鎖されているなら、そのすべてを殲滅《せんめつ》しないと、安全を確保できないかもしれない。

せめて何か武器が……。と考え、この館内に拳銃を所持している人間がいる可能性に気づいた。警察官《SP》だ。

確か、オープニング・セレモニーで環境大臣が挨拶をするはずだ。時間からして、もう会場入りしていてもおかしくない。そうならば、銃器を所持したSPが二名以上、必ずついているはずだ。

この世に銃に敵う動物はいない。もちろん使い方次第だが、隆平や十分な訓練を受けたSPが銃を持てば、この黒い獣にも対抗できるはずだ。

SPがいるとすれば大臣が登壇する大ホール付近、そこには栞もいるはずだ。彼女と合流するのと同時に、SPを探して協力を求めればいい。

ただしこのプランを実行するには、ともかく、この状況を素手で切り抜けなきゃならない。

できるか、できないかじゃない。やるんだ。歴史上、熊や牛を素手で倒した武道家だって何人か存在する。

隆平は己を奮い立たせ、隙を見せないように慎重に、肩から提げていたボディバッグを降ろしてベルトを右手に持った。スナップを利かせて振ってみると、バッグの部分が重しになって、ベルトはきれいな円を描いて、回った。殺傷力のある武器になるとは思えないが、目くらましにはなるだろう。

バッグの中には、今夜栞に渡す予定の指輪が入っているのだが、ここを切り抜けないことには、その今夜が来ない。

戦闘の勝敗は、必ずしも身体能力で決まるものではない。人間には、動物にはない知性がある。ただやみくもに暴力を振るうのではなく、状況を分析し、戦術を駆使することで、力や速さの差を埋めることができるはずだ。

この黒い獣の最大の武器であろう牙は、最大の急所である頭についている。一頭目がまさにそうだったが、向こうがこちらの首や頭を狙うなら、跳びあがらなくてはならない。しかしそれは、宙に跳んだ無防備な状態をさらすことでもある。このときカウンターを狙える。

また、四本足で立った状態では、頭の位置は人間よりだいぶ低い。キックの的として理想的な位置だ。人間の足は腕のおよそ三倍の筋力を持つ。上手くキックが入れば勝機は十分ある。

まずは、先手を取る。

隆平は、バッグを思い切り回し、その勢いのまま手を離して、黒い獣に投げつけた。

動物ならば、本能的に反応してしまうはずだ。その隙を突いて、間合いを詰め、回り込んで思い切り頭を蹴り飛ばす——

つもりだったが、黒い獣はすっと後ろに飛び退き、バッグを避けると同時に間を取った。これでは蹴りは当たらない。床に落ちた拍子にバッグの留め具が外れ、中の荷物が散らばった。

黒い獣は、こちらを見つめたまま、小さく顎をあげた。

まるでこちらの意図を見透かし、馬鹿にしているようだ。

そんなわけはない。相手は獣、動物だ。

黒い獣が小さくかがんだ。筋肉の張りから、力を溜めているのだとわかる。

間合いは二メートル弱、先ほどの跳躍《ちょうやく》を見る限り、この黒い獣にとっては十分射程圏内だ。

攻撃が、くる。

先手が取れなくとも、カウンターは狙える。

隆平は拳を握り込んだ。

相手の動きを目で追っていたら間に合わない。予備動作を見極め、タイミングを合わせるのだ。

黒い獣が、ぐっと後ろ足をふんばり、床を蹴ろうとしているのがわかった。隆平の肌はちりちりと空気が焦げるような殺気を感じ取っている。

いまだ！

獣が床を蹴った直後に、隆平はわずかに身体をずらし、拳を振り上げた。

武道では「後の先」と呼ばれる、絶好のタイミングだ。

ドンピシャだ！

と、思ったのも束の間、黒い獣は来なかった。床を蹴ったものの、わずかに数十センチ前へ跳んだだけで、攻撃はしかけてこなかった。

フェイント。

それは、単純であっても、戦術だ。少なくとも二手以上先を読むだけの知性がなければ、こういう動きにはならないはずだ。動物にはできないはずのことを、その黒い獣はやってのけた。

馬鹿な！

驚いている暇はなかった。くるべき標的が来なかったことで、隆平の身体は泳いでいる。黒い獣は、そこにめがけて、今度は跳んでくる。

とっさにできたのは、両腕を十字に組んで頭をかばうことだけだった。

黒い獣の体当たりをもろに食らった。まるでダンプにでも撥《は》ねられたかのような衝撃。九〇キロある隆平の身体が浮いて、吹っ飛ばされた。

精一杯顎を引き、背を丸める。背中から床に落ちるのと同時に、勢いに逆らわず、転がってダメージを逃がす。

めまぐるしく回る視界から黒い獣の姿が消えた。

まずい、まずい、まずい、どこだ、どこにいる、まず起きあがら――

脳からの指令が身体に届くより早く、前足を振り上げて立ち上がった黒い獣の巨体が視界を覆った。黒い獣はそのまま浴びせ倒すように、前足で仰向けに倒れた隆平の胸を押さえた。それだけで、肺が潰されたかと思うほどのすごい力だ。組み伏せられるようなかたちになり、身動きが取れない。

黒い獣は裂けた口を大きく開ける。

鋭い牙が並んだその口から、獣臭とともに血の臭いが漏れてきた。どこかで人を襲ってきた証拠だ。

あの牙を首筋に食らえば終わりだ――そんな絶体絶命と思えるこの瞬間、決定的な勝機が訪れていた。

　組み伏せられてはいるが、両手は自由に動く。そして、拳の届く位置に、腹がある。内臓を収めているそこは、どんな動物でも、必ず急所になるはずだ。

　隆平は拳を中指の第二関節だけを尖らせた形で握り込んでいた。中高一本拳。破壊力を一点に集中させ、急所を確実に壊すための必殺拳。型として稽古することはあっても、試合では使うことが許されない。が、これは試合ではない。命のやりとりだ。躊躇する理由はない。

　どれほど厚い腹筋があろうとも、こいつを思いきり打ち込めば、少なくとものけぞらせるくらいのダメージは与えられるはずだ。

　これでも、食らえ！

　隆平は右腕を振り上げた。

　しかし、起死回生の一撃になるはずだった拳は放たれなかった。

　最初に感じたのは、あらぬ方向からの猛烈な力。次いで熱、最後に痛みだった。

　振り上げた右腕に、別の黒い獣が嚙みついていた。

　最初の一頭は、まだ床に倒れている。いつの間にか、もう一頭、駆けつけていたのだ。

「があっ！」

　口から声が漏れ、握り込んでいた拳がほどけた。

その直後、今度は視界の外、左足に衝撃が走った。また噛まれた。更に一頭いるのか。

まずい……。

必死に身をよじろうとすると、視界の隅で何かが動くのが見えた。倒れていた一頭までもが立ち上がり、ぶんぶんと首を振っている。

これで四頭。

一頭だけでも手に余るのに、四頭だ。しかも床に倒された状態で、手足に噛みつかれている。

状況の把握とともに、ぞっとするような恐怖を覚えた。

殺される——

何もできずに。栞を助けるどころか、会うことすらできずに、こんなところで、殺される。

これまでに、試合や訓練で殺気を感じたことは何度もあった。高校のとき、たちの悪い先輩から、落ちるまで絞め技を食らったこともある。あれはある意味、臨死体験だろう。レンジャー部隊の訓練の多くは、命のやりとりを想定したものだった。ときに「死ぬ気で」あるいは「殺す気で」隆平はそれに挑んでいた。

しかし、リアルに「死」を覚悟したのは、これが初めてだった。

圧倒的に冷たく昏い無慈悲な絶望。全身を包むような無力感。そして何より、守るべきものを守れない無念。それらが渾然一体となって顕れる感情が、恐怖だった。このまま何もできずに殺されることの、なんという恐ろしさ。

そのとき、床に転がっている小さな四角い箱が目に入った。

紺色のリングケースだ。さっき投げつけたボディバッグからこぼれたんだ。中には今夜、栞に渡すはずの指輪が収まっている。

冗談じゃない！

恐怖を吹き飛ばすような熱が湧き上がった。

まだ、終わってない。まだ、死んでない。

隆平はほどけた拳を握り直した。

腕に嚙みつかれてはいるが、幸い腱《けん》は切れていないようだ。足もまだ動く。思考だってしっかりしている。あきらめるのは、まだ早すぎる。

幼い頃から長い時間をかけて鍛え上げた隆平の心と身体は、剣が峰に立ってなお、生命力の炎を燃やした。

まず身体を思い切り回転させてこいつらをふりほどく。力ではなく、タイミングだ。獣たちの呼吸を読んで——

その一瞬。

隆平の目の前に、まったく関係のない世界が広がった。

そこには禍々《まがまが》しい黒い獣などおらず、一頭の犬がいた。リリエンタールだ。でも、いまより一回り痩せている。ケージの中でじっとしたまま、呼びかけても応えてくれない。目はガラス玉のように濁《にご》っていて、ぼんやりただ虚空を見つめている。

記憶の風景だと、気づく。

ウィズに加入してすぐ、保護されていたリリエンタールに初めて会ったときの記憶だ。

「この子、虐待を受けていたみたいなの。食べ物も満足にもらえてなかったみたいで、保護されたときは、ガリガリに痩せて死にかけていたの」

やはり出会ったばかりで、まだ「望月さん」と呼んでいた頃の栞が言った。リリエンタールの足と腹には、煙草の火を押しつけたような火傷《やけど》の痕《あと》がいくつもあった。

「犬や猫のような、人間と一緒に暮らせる動物には、本来豊かな感情があるのよ。けれどあまりに酷い目に遭った経験があるとね、感情を殺してしまうの。たぶん一種の防衛本能なんだと思うけれど、自分の殻に閉じこもって、あらゆることに反応しなくなっちゃうの。よく『人間を信頼しなくなる』って言うけど、厳密には少し違うと思う。犬はそもそも『人間』なんていう区分でものを考えないから。理不尽な暴力にさらされ続けた犬は、それを誰が与えるのかなんて考えない。ただただ苦しんで、これ以上苦しみたくないから、感情を殺すの。言わば『世界を信頼しなくなる』のよ」

あんまりだと思った。なんとかしてやりたいと思った。

この犬に、この世界には楽しいこともあるんだと教えてやりたかった。世界を信じてもいいのだと、教えてやりたかった。

リリエンタールは、健康状態もあまりよくないので、栞の父親の動物病院で預かって面倒をみていた。隆平は毎日のように通い、できる限りの世話をするようになった。

最初のうちは、本当に人形かロボットを相手にしているようだった。リリエンタールは、ひねもすうずくまり、眠っているのか起きているのかわからないような状態で過ごし、何をしてもぼうっとしたまま。ときどき、機械のように食事と排泄をする。外に連れ出しても、自分からは動こうとしない。まさに、自分と世界を断絶する殻に閉じこもっているようだった。

くる日もくる日も、リリエンタールは変わらなかった。悲惨な境遇を聞き、衝動的な同情心から世話を始めた隆平だったが、変化のなさに段々と熱は冷めていってしまった。可哀相だけれど、この犬は、ずっとこの殻の中で生きていくのかもしれない。心のどこかでそんなことすら思っていた。

だから、期待をしていたわけではない。その日は、なんとなくリリエンタールの首の辺りを撫でてやっていた。栞から、犬が喜ぶマッサージの仕方は教わっていた。しかし、いつもリリエンタールは無反応だ。このときもそうだった。いつもより長くゆっくり撫で続けていたのは、反応のない相手に対して、こちらもぼんやり何も考えず手を動かしていただけだった。

はっきり言えば惰性《だせい》だった。けれどそこに小さな変化が訪れた。リリエンタールの目が、ガラス玉のように生気がなく濁っていた目が、とろんと潤んで、かすかな光を宿してこちらを見たのだ。まるで「ああ、気持ちいい」と言っているかのように。

ほんのささやかなことだ。コミュニケーションが取れたとは言い難い。それでも、確かに伝わったものがあった。

このとき、隆平は自分が思い違いをしていたことに気づいた。

世界を信じたかったのは、俺の方じゃないか。そして、信じてもいいと教わったのは、俺の方じゃないか。

隆平が自衛隊を辞めるきっかけになったのは、小さな不祥事。尊敬していた先輩が経費の誤魔化しをしていることに気づいてしまったことだった。決して大きな金額ではなかったが、不問にできることでもない。人格者で人望も厚い人だった。それでも魔が差すということはあるのだろう。隆平は勇気を持って告発した。大事ではないので、さほど重い処分もくだらないだろう。その先輩なら、素直に認め、反省してくれると信じてのことだった。

しかし先輩はごねた。自身の人望を逆手に取り、隆平に罪をなすりつけようとさえした。本来、広がるはずもなかった規模で問題は広がり揉《も》めた。最終的にその先輩は、素直に認めていれば受けなかったはずの降格処分を受けた。が、同時に隆平もレンジャーから異動させられることになった。組織の論理だ。この裁定に憤るより前に、気持ちが折れてしまった。どんなつらい訓練にも耐える自信はあったのに。

あのとき、心のどこか見えない部分に、小さな穴が空いてしまったのだ。

それを埋めてくれたのは、おそらく自分よりももっと大きな穴を心に空けている犬だった。

無論、こういうことが一度あったからといって、すぐにリリエンタールの反応がよくなったわけではなかった。しかし少しずつではあるが、確実に変わっていった。まず目が合うようになった。ごく稀にだったのが、ときどきになり、やがて、頻繁になった。散歩に出かけたとき、リードを引かなくても隆平のあとに続いて歩くようになった。やがて隆平の姿を見つけると「おん！」と嬉しそうに吠えるようになった。

呼ばれている。俺のことを呼んでいる。ならば、応えよう。

隆平はリリエンタールを自分の飼い犬として引き取ることを決めた。

記憶の風景は、早回しのように進み、目の前のリリエンタールはいまの姿になった。

もうその瞳は、ガラス玉じゃない。健康状態もすっかりよくなり、しっかりとした身体つきに、つややかな茶色い毛を纏っている。言葉を交わすことはできなくても、心が通じ合っていることは確信できる、最良の友人、あるいは家族。

そのリリエンタールが吠えている、悲痛な声で。

隆平を呼んでいるのだとわかる。けれど、こんなふうに、悲しげに呼ばれたことなど、これまでに一度もない。だから、これは記憶にある風景ではない。

リリエンタールは吠える。まるで「行かないで！」と叫ぶように。

どうしたんだ？　リー、おまえ、どうしてそんなふうに――

思考はここで止まった。

隆平の脳内で再生された、長い長い記憶の幻。しかしそれは、実時間にすればコンマ一秒程度の、刹那の出来事だった。

なぜこのとき、そんな幻を見たのか、隆平にはわかりようもなかった。

隆平を組み敷いていた黒い獣が、その牙を首筋にたてた。超至近距離から口を開いて噛みつくだけの単純な動作は、避ける間も与えてはくれなかった。

太く鋭い牙は、一撃で隆平の延髄を破壊した。

幼い頃から長い時間をかけて鍛え上げた隆平の心と身体は、しかし解剖学的には人体を貫く果敢無《はかな》い線で支えられているだけだった。それが断ち切られるのは、鍛錬に費やした時間とは比べるべくもない、一瞬だった。

【Ⅱ】獣 BEAST

1

厚いブーツの底越しにも、霜を踏むしゃりしゃりとした感触が伝わってくる。吐く息は白く、冷気で顔の肌が突っ張る。

「うーっ、まじ寒いっすね。耳がちぎれそう」

見ると、同行する編集者の小谷《こたに》は、鼻の頭と耳たぶを真っ赤にしていた。

「だから、寒いって言ったじゃないですか」

苦笑しながら、内心、藤原亘《ふじわらわたる》は厚めのダウンだけでなくニットキャップを持ってきておいて正解だったと思っていた。

葉を落とした樹がまばらに生える雑木林は、どこか寂しげで寒気を増す。地面に起伏はなく歩きやすいが、その分、身体が温まることもない。

「ここは関東だけど、関東じゃないですから。新潟《にいがた》とか北陸の気候に近いんですよ」

前を行く案内役の渡辺《わたなべ》が振り向いて言った。

名峰谷川岳を望む町、群馬《ぐんま》県みなかみ。訪れるのは初めてだが「関東地方の天気」で、その名前だけはよく目にする。いつも他の都市と比べて予想気温がだいぶ低いとは思っていた。なるほど、そういうわけか。

一行は町の中心から外れ、辺りに民家も人気《ひとけ》もない丘陵地の小さな空き地にミニバンを駐め、その脇にあるこの雑木林に入った。

目的地には車でもアクセスできるのだが、渡辺によれば、敷地の入り口には門があり守衛が詰めているという。正直に「取材させてください」と言って入れてもらえるものではない。だから、裏の雑木林から歩いて近づいてゆくことになった。

「ほら、あそこです」

渡辺が指さす先の遠く、木々の間からかすかに灰色の建物らしきものが見える。登記を調べると、倉庫ということになっているが、実際はそうではない。

「裏には塀がないんですよ」

「頭隠して尻隠さずってやつですね。案外抜けてますよね」

「そうだね。まあ、こっちとしては助かるけど」

前方に見えるあの灰色の建物は、ペット流通企業アヌビスの「子犬工場《パピーミル》」だ。ついにその場所を突きとめた——

フリーライターの亘は、この一年ほど、週刊誌に不定期で日本のペット産業に横たわる諸問題を告発する記事を連載している。小谷はその担当編集者だ。

もともとは出版社側から提案された企画で、それまで亘は特にペット関係の記事を書いたことはなかったのだが、興味のあるテーマだったので二つ返事で引き受けた。新潟の実家で祖父が柴犬を飼っていて、幼い頃はよく遊んだこともあり、動物には愛着があった。

日本でペットの遺棄や殺処分が社会問題になって久しいが、取材を進める中でわかってきたのは、その背景には、ペットを売る業者と買う飼い主の間に、一種の共犯関係があるということだ。

業者は儲け優先でペットを生産・販売し、飼い主は気軽にペットを買い、最後まで責任もって飼わずに棄ててしまう。問題の根本は、どちらもペットを一般消費財と同じように扱っていることなのだ。

高度資本主義社会においては、大量生産と大量消費は常に正しい。消費財は、需要と供給のバランスに従って、より効率よくつくられ、棄てられるようになる。いまの世界の豊かさは、この市場原理によって支えられている。それは否定できないだろう。

しかし命ある動物を、洋服や家電製品と同じ土俵に上げれば、必ずグロテスクな結果が訪れる。

昨今、世間を騒がしているテロ組織〈DOG〉は「種差別《スピーシズム》」なる概念を持ち出し、動物も人間と同じように扱えと主張している。さすがに、そこまでは思わないが、ペットになるような動物を市場原理に任せた野放図な生産と消費の対象にしていいとは思えない。

これまでの記事には読者から予想以上の反響があり、連載をまとめて書籍化することも決定した。

社会正義などと言うのは口幅ったいが、いまは筆の力で少しでも現実を変えていければと思って取り組んでいる。

そのためにも、是が非でも実態を暴きたい場所があった。

それがアヌビスの子犬工場《パピーミル》だ。

アヌビスは、業界的には後発ながらメディアを巧みに利用して、売り上げを伸ばし、あれよあれよという間にトップに躍り出た企業だ。

経営者の安東という男は、裏社会にかなり近い人間だという。業界紙などに時折写真が載るが、いかにもという強面《こわもて》である。ただ、これはさほど意外なことでもない。

日本のペット産業には、従来から社会の暗部と結びつきやすい傾向がある。戦後、勢力を拡大した暴力団の構成員たちが、力の象徴として立派な犬を飼うことを好んだ。昭和の時代、闘犬の興行を仕切っていたのも暴力団だった。バブル期には高級ペットがフロント企業の投機の対象になった。ゆえに暴力団の身内や関係者が、ペットのブローカー業を行うことは少なくなかったのだ。安東もアヌビスを興す前は、裏社会の人間を相手にしたモグリのブローカーをやっていたという。

安東が、延《ひ》いてはアヌビスが、これまでのペット流通業者と違ったのは、繁殖や品種改良に積極的に携わっていったことだ。

アヌビスは日本で人気の高い小型犬を大量生産し、成長の原動力とした。更には、徹底的な市場調査を行い、消費者が理想的と考える新しい犬種の開発にも着手した。こうしてできたのが、いまではCMにも起用されて大人気を博しているエンジェル・テリアだ。

調べを進めてゆくうちに、亘はネットの匿名掲示板に、元従業員らしき者がアヌビスの内情を書き込んでいるのを発見した。

その書き込みによれば、アヌビスは関東のどこかで、巨大な子犬工場《パピーミル》を運営しているという。

子犬工場《パピーミル》とは、読んで字のごとく、子犬を生産するための工場だ。そこでは、劣悪な環境で何百頭という犬たちが、繁殖を強いられているという。

ただしソースがネットの書き込みでは、単なる噂話の域を出ない。どうにか裏を取ろうと、書き込んだと思われる人物に何度もコンタクトを試み、やっとたどり着いたのが、今日、案内してくれている渡辺だ。

彼は一年半前までアヌビスの子犬工場《パピーミル》で働いていた元社員だった。会社を辞めたときには、離職票と引き替えに「社内の事情を外部に漏らさない」という主旨の誓約書を書かされたという。そんな誓約は法的には無効だろうが、牽制《けんせい》にはなるのだろう。最初渡辺は、亘と連絡を取ることで、会社からなんらかの報復を受けることを恐れている様子だった。

実際、ペットの業界には荒々しい気風があり、渡辺の心配は杞憂《きゆう》とは言い切れないかもしれない。それでも懸念より義憤の方が少し強かったようだ。彼個人が特定されるようなことは一切書かないという条件で、協力してくれることになった。

「僕が辞めたときは、ちょうど『Ａ計画《プロジェクト・エー》』が佳境に差し掛かった頃でした。あ、映画のタイトルと同じですけど、ＡはＡｎｇｅｌのＡです。日本人のニーズに合った、天使のような小型犬をつくろうという計画で。でもその実態は、天使のイメージとは正反対の、まさに地獄で悪魔をつくっているような繁殖の毎日でした——」

渡辺によれば、アヌビスの子犬工場《パピーミル》は、犬を強制的に交配させる「交配場」と、妊娠したメス犬に子犬を産ませる「出産場」、そして生まれた子犬を飼育する「飼育場」の三つの区画に分かれているという。

交配場には「ギロチン台」という通称で呼ばれる、首を板にはめ込み拘束する器具が一〇〇器以上も並べられ、そのすべてにメス犬がつながれている。しかし彼女たちはマリー・アントワネットのように首を切られるわけではない。むしろイングランドの手に落ちたジャンヌ・ダルクだ。発情したオス犬によって犯される。朝から晩まで、何度でも。大抵のメス犬は鳴き声をあげ必死に嫌々をするが、拒否することはもちろん、身動きを取ることもできない。メス犬たちの性器はすぐに真っ赤に腫れ上がってしまうが、日に二度、抗生物質の入った餌《えさ》を与えられ、軟膏《なんこう》を塗り込まれるだけで、休みは与えられない。床は金網になっていて、排泄物は垂れ流し、眠るときもギロチン台につながれたままにされている。

休めないのは、犯しているオス犬も同様だ。薬物によって強制的に発情させられ限界まで精を絞り出される。オス犬、メス犬ともに、生殖能力が低下したと判断されれば、その時点で殺処分される。文字通り死ぬまで交配させられるのだ。

交配場から一時的にでも生きて出てゆけるのは、妊娠が確認されて出産場に送られるメス犬だけだ。出産場には専門の飼育員がおり、出産までのおよそ二ヵ月間と、その後およそ三週間の授乳期間、母犬となったメス犬は、自らが生んだ子犬とともに、十分な栄養を与えられ飼育される。この期間が、この子犬工場《パピーミル》の犬たちが唯一まともな扱いを受ける期間と言えるかもしれない。

一般的に、子犬の情緒を安定させ、健全な発育を促すためには、最低でも八週間は、母犬と一緒に過ごさせなければならないとされている。しかし、授乳期間が終われば、子犬は飼育場に送られ、母犬は再び交配場のギロチン台へ戻される。このとき母犬が暴れることがあるが、それは交配場へ戻るのが嫌なのではなく、生んだばかりの我が子を守らんとする母性本能によるものだろう。子犬の方も、母犬を求めるように弱々しい泣き声をあげることがあるという。しかし子犬工場《パピーミル》の職員は犬の抵抗など慣れっこで、淡々と母犬と子犬を引き離す。

子犬たちが集められる飼育場には、小型のケージが大量に並べられており、それぞれに一頭ずつ子犬を収容している。排泄物は交配場と同じく垂れ流し、与えられる餌は日に一度、最低限の栄養とカロリー分のペーストだけだ。

この飼育場で行われるのは、選別だ。強引な繁殖を行っているためか、奇形や、生まれつきの障碍を抱えた犬、あるいは病弱な犬がかなり多く生まれてくる。そういった犬は売り物にならない。飼育場の環境は子犬にとって劣悪といっていいものだが、それで衰弱死するようなものには用はない。育成部のスタッフや、ときには社長の安東自らが、発育の具合や見場《みば》を確認し「商品」になるか否かを判定する。

商品として選ばれた犬は、日本各地のアヌビスのペットショップに送られ、そこで清潔な環境と栄養を与えられ、見た目を整えた上で店頭に並ぶ。一方、選別に漏れて残った子犬は〈不良品《ジャンク》〉と称され、繁殖能力を失った犬たちと同様に、殺処分されるという。

殺処分は、専用の処分機で行われる。五メートル四方ほどの金属製の箱で、この中に犬たちを追いやり、閉じ込め、高濃度の炭酸ガス《CO_2》を噴霧して窒息させるのだという。

「――ぼくはこの殺処分を担当していました。処分機に入れるとき、犬たちをなだめるために餌をやるんですけど、中にはそれでなついてくるやつもいるんです。自分がこのあとどうなるかも知らずに、こう、足もとにじゃれてきたりしてね……。そういうやつらを、殺すんです。処分機に炭酸ガスを入れると、犬たちはみんな苦しそうに、身体を痙攣させたり、のたうち回ったりするんです。その姿は、本当に不憫《ふびん》で不憫で……」

渡辺は涙ながらに語った。事実だとすれば、あまりに酷い。犬にとってはもちろん、働く者にとっても「地獄」と言っていいだろう。

亘はどうにかして、その子犬工場《パピーミル》を取材できないかと渡辺に相談した。多くの人に訴えかけるためには、一〇〇万の言葉よりも、一枚の写真だ。

劣悪な環境で大量の犬たちが繁殖を強いられている——一枚でいいから、そんな写真が欲しい。

渡辺によれば子犬工場《パピーミル》の存在は社外秘で、社内でも場所を知っているのは幹部と、そこで働く育成部の面々だけだという。取材には応じないだろうし、万が一応じたとしても、そのときは見られて困るものは、事前にすべて隠すだろう。

「取材は無理でも、写真を撮ることはできるかもしれません」と渡辺は言った。

存在自体を隠している分、子犬工場《パピーミル》に厳重な警戒は敷《し》かれておらず、せいぜい、車道に面した正面に、門と目隠しの塀があるだけ。手前の雑木林から回り込めば、敷地の裏側に簡単に近づくことができるのだという。そこには商品にならなかった犬を殺処分したあと燃やすための焼却炉があり、辺りに燃え残った犬の骨が転がっている。しかもこちらの塀は壁でなく金網なので、外から丸見えになっているという。

建物の中の繁殖の様子が撮れればベストだが、周りに骨が散らばっている焼却炉というのも、絵としてのインパクトは十分だろう。

かくして、渡辺に案内してもらうことになった次第だ。

遠くにうっすら見えるくらいだった子犬工場《パピーミル》が、段々と大きく、はっきりと輪郭《りんかく》を現す。

四角く無機質なコンクリート造の建物だ。三階建てくらいの高さがあるが、窓は高い位置にしかない。建物の手前に敷地を囲むように緑の金網が見える。

今日——一二月二四日——を選んだのは、ちょうど今日から海の森で開催されるＥＣＯフェスタに、アヌビスが参加するからだ。会場でアヌビスはペットの販売会を行う。初日は運搬と準備があるため、育成部からも人が駆り出され、子犬工場《パピーミル》には必要最低限の人員しかいないだろうという渡辺の読みだった。

やろうとしていることは盗撮だ。裏から近づくにしても、なるべく人が出払っているときを狙った方がいい。クリスマスに仕事を入れても、なんの問題もないのが悲しいところではあるけれど。

実はＥＣＯフェスタはＥＣＯフェスタで、取材したいと思っていた。

亘は棄てられたペットを保護して里親を探す活動をしているウィズという団体のことも取材して記事にしたことがある。彼らがＥＣＯフェスタで譲渡会を行うというのだ。

奇しくも同じイベントで、アヌビスが販売会をやっている傍らで、思想的には正反対の団体も地道な活動をしているというのは面白い。アヌビスの実態告発と合わせて、是非取材したい――と、いうのは、動機の半分。いや、もう少し多めで、三分の二くらいか。

残りの三分の一くらいは、不純というか、以前そのウィズを取材したときに、名刺を交換した副代表の望月栞という女性に会いたいからだ。

取材そのものは、代表の雨宮という男がほとんど独りで喋ったのだが、その前後で栞と少し雑談をする機会があった。

さっぱりしていて気持ちのいい人だった。ショートカットに眼鏡がよく似合っていた。はっきり言って好みのタイプだ。メールアドレスを聞いてしまおうかと思ったが、雑談の中で、最近、恋人ができたことと、よりによってその恋人は元自衛隊のレンジャーだと知り、やめておいた。命あっての物種である。

そんなわけで別に口説《くど》くつもりもないのだが、取材にかこつけて会いに行くくらい、構わないだろう。

とりあえず、今日は子犬工場《パピーミル》の写真が優先。ECOフェスタはしばらく続くのだから、明日にでも行けばいい。

あれから数ヵ月経ってるから、案外別れているかもしれないし。それなら俺にもチャンスが――

などと、余念としか言いようがないことを考えていると、渡辺が呟いた。

「おかしいな……」

「どうしました？」

「あ、いや、子犬工場《パピーミル》は、結構、うるさいんですよ。犬の鳴き声で。だから、こういう人里から離れた場所につくるんですけど。これだけ近くまで来れば、聞こえてもいいはずなんですが……」

もう、子犬工場《パピーミル》は目と鼻の先だ。金網越しに、灰色の建物と、その手前にある煙突をつけたレンガ造りの小屋のようなものが見える。あれが焼却炉なのだろう。

確かに犬の声はしない。聞こえるのは、亘たち三人の息づかいと、冷たい風が木々の枝を揺らす音くらいのものだ。

渡辺は首をひねりながら歩みを進めると「あれ？　開いてる」と、今度は少し大きな声をあげた。

何が開いているのかは、一目瞭然だった。

金網の一部に扉になっている部分があるのだが、そこが開いており、風に吹かれ揺れていた。

渡辺は小走りになってその前に近づく。亘たちもあとについていった。

「いつも閉まってるんですか？」

「ええ。この鍵で」

見ると、金網の内側の部分に、開いた状態の南京錠が引っかかってぶら下がっていた。

「少なくとも、僕が勤めていた頃には、ここが開いてるのを見たことありません」

目の前の子犬工場《パピーミル》は、相変わらず沈黙している。高い位置にしかない窓は明かり取り用なのだろう、外から中を窺うことはできない。

人の気配も犬の気配もなく、あまりにも静かで、廃虚のようなたたずまいでさえある。本当にここで繁殖が行われているんだろうか。

「あの、もしかして、この施設、放棄されてどこかに移ったりしてませんか？」

亘は思いついたことを口にした。

渡辺が辞めたのは一年以上前のことだから、そういうことはあり得るかもしれない。

「いやあ、どうでしょう？」

当の渡辺も辞めたあとのことは、わからないようだ。

「それが例の焼却炉ですよね？　とりあえず、写真撮っちゃいません？　せっかく開いてんだから、中に入って」

小谷が指さす敷地の内側、焼却炉の周りには、灰と白い何かの欠片が散らばっていた。犬の骨なのだろう。

とりあえず、撮れる写真は撮っておくべきだ。

亘はデジカメでまず金網越しに数枚撮影し、そののちに、金網の扉から敷地の中に入った。小谷と渡辺もあとに続く。

焼却炉の傍までよると、明らかに骨とわかる形の欠片も幾つかあった。それらを集めて、上手く焼却炉と一緒にフレームに入れる。かなり禍々しい感じを出すことに成功した。小谷も自分のスマートフォンで写真を撮る。

一方、渡辺は、辺りを見回しながら子犬工場《パピーミル》の建物に近づく。裏口なのだろう、壁を四角く切り取るように小さなえんじ色の鉄扉がついており、渡辺はその前に立つと、ノブに手をかけた。

「こっちも開いてるみたいです」

亘は小谷と顔を見合わせる。同じことを考えているようだ。

「ちょっと、入ってみましょうか」

この時点で、敷地への不法侵入の現行犯なわけで、中に人がいて鉢合わせしたら、藪蛇《やぶへび》だ。しかし、その可能性はほとんどないだろう。静かすぎるし、不用心すぎる。おそらくは亘が思った通り、ここはもう放棄されているのだ。

それならそれで、中には子犬工場《パピーミル》だった頃の痕跡があるはずだ。是非写真に収めたい。

渡辺が扉を開けると、そこはコンクリート打ちっ放しの短い廊下だった。天井の蛍光灯は消えており、高い位置にある採光窓から差す光が、ぼんやり照らしている。廊下の途中にトイレのドアがあった。やはり人気《ひとけ》はない。床には獣の毛が散らばり、獣臭も漂っていた。建物に染みついているようだ。

「こちらが交配場です」

廊下の突き当たりが階段になっていて、それを上ると大きめの扉があった。渡辺が引くと、扉は音もなく開いた。

瞬間、むせ返るような悪臭が鼻をついた。

そこは小さな体育館ほどの広さの空間。階段で上がった分だけ高くなった床は、通路以外の部分が金網になっており、その上に所狭しと木製の器具が並んでいた。メス犬を拘束するというギロチン台だ。悪臭の源は垂れ流しになった排泄物が溜まった床下だろう。

ギロチン台はすべて開いており、犬は一頭もいなかった。ただし人間はいた。いや、正確には、あった。元人間だった肉の塊が。

作業着姿の男性が二人、通路に倒れていた。おそらくは、子犬工場《パピーミル》の職員だ。身体中をずたずたに引き裂かれ、凝固が始まり赤茶けた血にまみれていた。うち一人の身体から伸びる紐状のものが、裂かれた腹から引きずり出された腸だとわかるまでに、ほんの少しだけ時間を要した。

のちにわかることだが、敷地の中には、まだあと六つも、人間の死体があった。出産場に二つ、飼育場に一つ、職員用の仮眠室に一つ。敷地の正面入り口にある守衛の詰め所に二つ。そして、ケージはすべて開放されており、子犬工場《パピーミル》のどこにも犬はいなかった。

静寂は、施設が放棄されたからではなかった。何者かの襲撃を受け、人間は皆殺しにされ、犬たちは逃がされていたのだ。

声が欲した。

犬の吠え声ではなく、予想もしていなかった惨劇を目の当たりにした者たちの悲鳴だった。

2

声が聞こえた気がした。

犬の吠え声だ。知っている犬。

え？　リー？

それは確かに、隆平が飼っているリリエンタールの声だった。

望月栞は思わず顔を上げた。

後方から前方へゆるやかに傾斜をつけて座席が並ぶ、ロタンダ・シーフォレストの大ホール。天井は回廊よりも更に高く、柔らかいオレンジ色の光が客席に降り注いでいる。床には鮮やかな赤い絨毯が敷かれ、正面の舞台には、まるで海の底のように深い紫の緞帳《どんちょう》が下りている。

栞の前の席に座る一団から「あの子、ちゃんと歌えるかしら」「こっちまで緊張しちゃう」という話し声がする。見ると少し着飾った感じの婦人が多い。オープニング・セレモニーで合唱をする中学生の保護者や教師たちのようだ。きっとこの辺り——舞台に向かって右側中程——が、招待席として割り当てられているブロックなのだろう。

キャパシティが想定集客数よりも大きいからか、後方、半分ほどの客席がシートで覆われている。その状態で客の入りは八割程度。といっても、そもそもこの大ホールは最大二〇〇〇人収容の会場だから、数百人は集まっている。

もちろん、こんなところにリリエンタールはいない。外で隆平と一緒にいるはずだ。

空耳、のようだ。ずいぶんと切羽詰まって悲しい感じにも聞こえたのだが、空耳に注文をつけても仕方ない。

あの子とも、もうすぐ家族になるかも、なんだよね。

そんなことをふと考える。

今夜、譲渡会が終わったあとで隆平に食事に誘われていた。互いにクリスチャンじゃないけれど、クリスマスイブには何か意味があるのだろう、というか、プロポーズ、されるのだろう。今朝の車の中でも、明らかに様子がおかしかったし。

こちらの答えは決めている。もちろん「イエス」だ。

正直、そろそろだと思っていた。

隆平はあれで結構奥手で、付き合い始めるときも、こちらが押しかけた。プロポーズだって、別に女が待たなきゃいけない法はない。けれど向こうが言ってくれるなら、やっぱり聞いてみたいと思う。

隆平と結婚したら、畢竟《ひっきょう》、彼の家族でもあるリリエンタールとも家族になる。ハネムーンは犬も連れて行けるプランじゃないとな――

「そろそろ、ですね」

右隣の席に座る雨宮の声で、妄想は中断した。無論、栞の心を読んだわけでなく、セレモニーの開始が「そろそろ」という意味だろう。

雨宮はシートからはみ出さんばかりの大きな身体を、そわそわと揺すらせている。

「楽しみですか」

左隣の席にいる岸が、栞越しに尋ねる。

「それはもう。ねえ？」

雨宮はこちらに振ってきた。脂性の顔がいつも以上にてかてかと光り、弾むような期待が張り付いている。

「え、あ、まあ」

望月栞は、頷かずに声だけで返事をした。

正直に言えば、楽しみでもなんでもない。栞としては他のところで開催される催しの方が、まだ興味をそそられるものが多い。

特に入館するときにエントランス脇のオープンスペースで準備しているのを見かけた『自然が生み出すテクノロジー』という展示は面白そうだった。栞が開発しているシミュレーション・ソフトは、有機化合物や細胞といった「自然」をコンピュータの中でモデル化し、その振る舞いを予測するというものだ。ある意味で自然から生まれたテクノロジーと言えるだろう。何かの参考になるかもしれないし、そうでなくても、どんな展示なのか興味がある。

パネルには「青海理科大学・生体工学科」とあった。栞の母校だ。栞が学生のときには生体工学科なんてなかったけれど、卒業後に色々な学科が新設されたと聞いているので、そのうちの一つなのだろう。

準備をしていたのは、白衣を着た二人組。年配の小柄な男と若い女だった。男は年齢からいって教授か准教授だろうが、栞には見覚えはなかった。たぶん学科が新設されたとき招かれた人なのだろう。女の方は顔立ちは若く可愛らしい感じで学生のようだが、髪と肌は真っ白だった。最近はそういうファッションもあるが、彼女はひと目、メラニン欠乏症、いわゆるアルビノだとわかった。

声をかけようと思ったが、雨宮に急かされできなかった。あとで時間があれば展示を見に行こうと思う。

「あの方の奇跡を間近で見れるのですから、それだけで、今日は来た甲斐があるというものです」

いやいや、私たちの一番の目的は譲渡会でしょ――と栞は内心雨宮に突っ込みを入れる。

「あの方」とは、これから始まるオープニング・セレモニーに登場するカレンのことだろう。さっき駐車場で奥野から聞いた「雨宮がカレンを崇拝している」というのは、どうも本当のようだ。

カレンが美人でスタイルもいいのは間違いないので、男性がファンになるのはわからないではない。しかし「動物と話せる」などというのは、とても信じることができない。彼女は動物の心の声を聞くというのだが、それはどういう仕組みなのか。そもそも言葉を持たない動物と、どうやって会話を成立させるのか。疑問は山ほどあるが、それらに答えるだけの証拠は示されず、ただ本人が「できる」と言っているだけだ。

客観性がなく、再現性がなく、合理性もない。少なくとも科学的に証明可能な現象ではないだろう。端的にインチキなのだと思う。

人間と動物の心が通い合うことがあるのは、栞も否定しない。動物と関わっていればそういう瞬間は幾度も経験する。けれど「心の声が聞こえる」とか「話ができる」はあり得ない。

そんなあり得ない能力を、テレビやこういうイベントであたかもあるように振る舞って多くの人に信じさせることは、動物について正しい知識を広めてゆくことの障害になりかねない。

と、栞は思うのだけれど……。

獣医師で動物の専門家でもある雨宮が、なぜ、あんな非科学的なものを信じてしまうのか。それが栞にはよくわからない。

でも、思えば大学時代、理系の学部にも血液型性格診断を気にする友達は結構いた。血液型と性格に相関関係がないことは、科学的な検証で何度も確かめられているのに、だ。それどころか、非科学的としか言いようのない怪しい宗教や、自己啓発セミナーやらにはまり込んでしまう者も少数ながらいた。

栞自身も科学的な判断だけで生きているかと言えば、そんなことはない。テレビや雑誌で目にした占いで自分の星座の運勢がよければ、やはり悪い気はしない。幽霊なんて実在しないとわかっていても、お墓参りには毎年行く。もしかしたら何かを信じるということは、合理性とは別の回路の現象なのかもしれない。

それにしたって、カレンはないよねぇ。

栞は手元にあるセレモニーのプログラムに視線を落とした。大ホールに入場したとき、スタッフから配られたものだ。表紙には、エンジェル・テリアを抱いたカレンの写真が印刷されている。

「でも、この人って、アヌビスの広告塔なんですよね」

雨宮だって仮にも動物愛護団体の代表なのだ。アヌビスのような企業に対しては否定的なはずだ。そのことをどう思っているのだろう。

しかし雨宮は、苦笑しながらこともなげに答えた。

「それはそれ、これはこれですよ」

つまり割り切っているということだ。

栞は半ばあきれつつ、相づちを打った。

「そうですか……」

ECOフェスタに参加することを決めたウィズの例会でも、雨宮は同じフレーズを口にしていた。最初、栞をはじめ多くのメンバーが、アヌビスがスポンサーになっていると知り、参加に反対していた。それを「それはそれ、これはこれですよ。大きなイベントの集客力を利用することで、よりよい譲渡会ができるはずです。望ましい結果が得られるなら、スポンサーのことくらい目をつぶりましょう」と押し切ったのだ。口癖みたいなものなのだろう。

雨宮は悪い人間ではないし活動にも熱心だ。しかしその反面、気分屋で独善的なところがある。やたらと活動の幅を広げ、対外的なアピールをしたがる傾向もある。

雨宮の熱心さは、動物を助けることよりも、経営する動物病院や、あるいは自分自身のステータスを高めるためのものなんじゃないかと思えてしまう。いや、たぶん実際そうなんだろう。区議だか都議だか、代議士を目指して出馬する機会を窺っていると聞いたこともある。もしかしたら、このECOフェスタに参加するのも、環境相の呉松某に近づく意図があってのことかもしれない。

まあ、それこそ「それはそれ、これはこれ」ではあるけれど。動機はどうであれ、雨宮がウィズの活動を拡大したことで、助けることのできた動物がたくさんいるのは事実だ。

「あれ？　ねえ望月さん」

岸に声をかけられた。見ると彼は手に持ったスマートフォンをこちらに差しだした。

「これ、急にネットがつながんなくなっちゃったんだけど、わかる？」

「ネットが、ですか？」

「うん」

栞は岸のスマートフォンを覗き込む。iPhoneだ。SNSに「もうすぐ、セレモニースタートです」と投稿しようとして通信エラーが出たようだ。

「え、いやあ、私、iOSよく知らないんですけど……」

「でも、こういうの、専門家なんでしょ？」

よくある誤解だ。IT企業に勤めるSEだからといって、IT機器全般に詳しいわけじやない。

ただし岸のｉＰｈｏｎｅに関しては、画面表示だけでつながらない原因はわかった。

「圏外になってるじゃないですか」栞は画面の端を指さす。

「あ、本当だ」

栞は自分のスマートフォンを確かめてみる。岸のｉＰｈｏｎｅとはキャリアも違うが、こっちも圏外になっていた。

「もうすぐ始まるから、電波抑制してるんじゃないですかね」

ここはオープンしたばかりの大型施設だ。外国人の利用も見越して、館内の表示板には、日本語の他に英語や中国語の表記もある。そんな場所が、素で携帯の電波状態が悪いということは考えにくい。おそらく施設の側でコントロールできる仕組みになっているのだろう。

「へえ、そんなことできるんだ」

岸が感心したように言った。

そのとき、背後から騒がしい物音が聞こえた。

栞は後ろを振り向く。

するとホールの後方に四つある大きな扉が、どれもゆっくりとひとりでに閉まろうとしていた。スタッフが入場しようとしている客を誘導している。

「すいません、入場される方は急いでください！」「いま扉は自動で閉まっています。挟まれますから、無理には入らないでください！」

もう開演時刻だから、扉を閉めたという感じではない。傍目には、急に扉が閉まり始めて、スタッフが慌てているように見える。

段取りが上手くいっていないのだろうか。

なんとなく、胸騒ぎを覚えた。

3

カチ、カチ、カチ、カチ、カチ、カチ、カチ……。

奇妙な音が響いている。

それが、歯の根が合わない自分の口から漏れていることに、内田大志《うちだたいし》はようやく気づく。

ロタンダ・シーフォレスト一階回廊、Aホール前。腰を抜かして尻餅をついた姿勢のまま、大志は目の前に広がる異様な風景を見つめていた。

開いた両開きの扉の向こうには、真っ赤に染まった部屋。その手前には、いくつもの死体が——あるいは、いずれ死体になるであろう大怪我をした人が——転がっている。

「た、た、たっくん……？」

見ると隣で母親の弓枝《ゆみえ》が同じようにへたり込んでいた。

「私たち……、助かったの？」

助かった？　そうか。ああ、そうなのかもしれない。

だとしても、突然現れたあの黒い獣たちに自分が襲われなかった理由など、大志にはまったくわかりはしなかった。

いや、それ以前に、どうしてこんなことが起きているのかが、わからない。

だって大志は母親と一緒に、ただ犬を買いに来ただけなのだから――


今年のクリスマスは、弓枝に何かプレゼントをしたい。親孝行をしてやりたい――そう思った大志が何が欲しいか訊いたところ、最初は「気持ちだけで十分。たっくんの将来のために貯金して」と断られてしまった。

そこを逆にこちらから頼み込むように「もう俺も働いてるんだからさ、親孝行くらいさせてよ」と繰り返すと、弓枝は根負けしたように苦笑して言った。

「そうねえ。じゃあ、今度、海の森でやるECOフェスタに、連れて行ってよ。あそこで、あのエンジェル・テリアってワンちゃんの特別販売をするんですって。実は、あのワンちゃん欲しいなって思ってたのよ。昼間ずっと独りでしょ。ちょっと寂しくて」

そんなのお安い御用だが、問題は時期だった。大志が勤める家電量販店では、年末は最大の繁忙期だ。バイトならともかく、正社員の立場の大志が思いどおりの休みを取るためには根回しが必要になる。大志はフロアを統轄するマネージャーに、一二月二四日に母親と出かけたいので休みが欲しいと相談した。

するとマネージャーは「本当にお母さん？」「カノジョできたんじゃないの？」などとからかい半分で怪しんだ。大志としては「だったらいいんですけど」と、苦笑いするしかない。残念ながらここ数年、そっちの方はさっぱりだ。マネージャーは大志が本当に母親のために休みを欲しがっているらしいと納得すると、ずいぶん感心した様子で「きみのお母さんは幸せ者だね」とシフトを調整してくれた。

テレビＣＭでもお馴染みのエンジェル・テリアは、かなりの人気だというので、今朝は早めに家を出て、開場三〇分前の九時には海の森に着いていた。大志も弓枝も、訪れるのは初めてだ。きれいに整備された自然公園に、弓枝は「ここが埋め立て地だなんて信じられないわ！」と感激していた。それだけで連れてきた甲斐があると思った。そりゃ、恋人と来れたらもっとよかったかもしれないけれど、こんなふうに母親と出かけるのも決して悪くない。一〇代の頃には母親と外出なんて照れくさくて絶対嫌だったのに。自分が少しだけ大人になったような気がした。

しばらく公園内を散策し、九時三〇分の開場の直後、ロタンダ・シーフォレストに入場した。ウェブサイトやテレビの紹介で知ってはいたけれど、緑に囲まれた鏡張りの建物は、生で見るとすごく不思議な感じがした。弓枝は「なんだか魔法のお城みたいね」と言っていた。ドーム型でどう見ても城ではないのだが、言わんとするところは、大志にもわかる気がした。

中は回廊になっていて、弓枝と二人、高い天井を眺めながら、お目当ての販売会が行われるAホールへ向かった。しかしその前まで来てみると、「アヌビス　ペット販売会」と書かれた簡素な立て看板があるだけだった。扉は閉まったままで、誘導のスタッフもいないようだ。

大志たちの他にもエンジェル・テリアを目当てに来たとおぼしき人々が、詰めかけていたが、案内も何もないのでみな戸惑っていた。

イベントのスタート時刻の一〇時までは、まだ少し時間がある。まだ準備中だったりするのだろうか。だとしても、建物にはもう客を入れているのだ。最低限の案内はあってしかるべきに思えた。

仕方ないので、とりあえず大志たちはAホールの前に集まった人々に混ざって待っていた。

ところが一〇時が近づいてきても、扉は開かず、案内もない。会場のスタッフに訊いてみても、わからないという。肝心のアヌビスのスタッフはまったく姿を現さない。

人々の間に戸惑いを通り越して不安や不満が広がり始めた矢先、ようやくホールの扉が開き始めた。

が、そこから出てきたのは、アヌビスのスタッフではなかった。

まずは臭い。それは、鼻血を出したときに嗅ぐ鉄の匂いを何倍にも濃縮して、その上で腐らせたような、強烈な異臭だった。

続いて、それが現れた。

巨大な黒い犬。いや、犬と言うにはあまりにも大きな獣、だった。

それが一頭のみならず何頭も、ぞろぞろと扉から出てきた。

最初に誰かが悲鳴をあげるより早く、黒い獣たちは扉の前にいた数人に襲いかかった。無造作に跳びかかり、押し倒し、噛みつく。首に、腹に、腕に。そして肉を噛みちぎる。血しぶきが舞い、悲鳴があがり、扉の前にいた人々の一部は逃げ出し、一部は呆然とした。大志は後者だった。そして弓枝も。突然の出来事にフリーズしてしまったかのように、身体がすくんでしまったのだ。

腰が抜け、尻餅をつき、目の前で繰り広げられる惨劇を眺めていた。

黒い獣たちに続いて、最後に、ふらりと一人、男が出てきた。

アヌビスのスタッフジャンパーを着た男だった……と思う。顔面蒼白でまるで幽霊みたいだった……ような気がする。

黒い獣たちの存在が強烈すぎて、よくわからない。男は混乱する人々に混じってどこかへ消えていった。

黒い獣たちは扉の前にいた人々を蹴散らすと、大志には目もくれず、回廊を駆けていった。

逃げることもできなかったけれど、結果的に襲われはしなかった。


——本当に助かった、のか？

「ねえ、た、たっくん？」

弓枝がこちらの顔を覗き込む。

「あ、うん」

呆然と、相づちを打つ。

麻痺していた脳が活動を再開したかのように、大志の目には改めて、すぐそこで血を流して倒れている人々の姿が映り、耳にはまだわずかに息のある人の声が聞こえた。

「た、たぁすけぇ……てぇ……」

うつ伏せに倒れた男が、囁くようなうめき声をあげてもがいている。脇腹が服ごとごっそりえぐれ、真っ赤な肉とあばら骨が見える。ぴかぴかに磨かれた床を滑るように、血が流れている。たぶん助からないだろうし、大志に助けることもできない。

あの男と自分を別《わ》けたものは、きっと偶然だ。

Aホールの扉が開いたとき立っている位置が逆だったら、こっちが今頃ああなってうめいていたに違いない。

それを自覚した途端、心臓が跳ね上がり、今頃になって、恐怖が込み上げた。

「があああああ！」

恐ろしさのあまり、言葉にならない叫びが、口から漏れた。

「た、たっくん、大丈夫？」

弓枝が声をかけ背中をさすってくれた。

大志はどうにか深呼吸を繰り返し、落ち着きを取り戻そうとする。しかし、一度、暴れ出した恐怖は治まってくれそうになかった。

4

大ホールの舞台裏には、もう間もなく始まろうとするオープニング・セレモニーの出演者と、スタッフはじめ関係者が集まっていた。まだ「異変」に気づいている者はいないようだ。

楽屋口近くでヤマグチは、ぴんと背筋を伸ばして立ち、本番直前の内幕を眺めている。

ヤマグチのすぐ隣で、彼の雇い主である安東が腕を組んだ姿勢で壁に寄りかかっている。安東はスポンサーの立場でここにいるだけで、舞台に上がる予定はない。セレモニー自体には大して興味もないようで、生あくびを何度もしている。

舞台の袖のところで、司会を務めるフリーの女子アナが、髭面のディレクターと段取りの最終確認をしている。その様子をハンディカムで撮影しているのは、イベントに協賛しているテレビ局のスタッフだ。夕方のニュースでＥＣＯフェスタ初日の模様を伝えるそうだが、彼らが録画したテープを局に持ち帰ることはないだろう。

開会の祝辞を宣《の》べる環境相の呉松と、セレモニーでパフォーマンスをするカレンは、用意されたパイプ椅子に腰掛け、雑談に興じている。その傍らに、五人の男が立っている。うち一人は朝、一緒に車で来たカレンのマネージャー、二人は呉松の秘書、あと二人はＳＰだ。

カレンは膝の上に、セレモニーに出演するエンジェル・テリアを載せており、呉松はときおり、その言葉を喋らぬ小さな動物にも話しかけるようなそぶりをする。今朝、車の中で安東がしていた話によれば、呉松にとっては、どちらも等しく「食い物」なのだろう。カレンはカレンで、待機時間中、呉松を避けてぎりぎりまで自分の楽屋に戻らなかったくせに、しれっと愛想よく雑談に応じている。この女もまた捕食者だ。

ヤマグチと安東が立っている位置のすぐ近くには、合唱をする中学生たちが並んでいる。引率の女性教師が、うろたえた様子で生徒たちに何事かを確認している。漏れ聞こえるところによれば、どうも生徒が全員揃っていないようだ。

安心しな。もうすぐ、それどころじゃなくなるから――

「おまえ、どうした？」

不意に安東がこちらを向いた。三白眼が据わっている。

「え、あの、どうと言われますと……」

平静を装いつつも、ヤマグチは口から心臓が飛び出るような思いをしていた。

安東は視線を逸らさず、低くドスを利かせた声を出した。

「それを俺が訊いてるんだよ」

なんだ？　何か、おかしなことをしてしまったか？　まさか気づかれたか。いや、そんなはずはない。

ヤマグチは胸に渦巻く不安を打ち消すように答えた。

「いえ……、特に何もありませんが」

安東はときどき、こんなふうに特に根拠もなく人を試すようなブラフを打つ。長い付き合いとまでは言えないが、運転手に指名されて行動を共にする中で、それはわかっていた。

やっかいなことに、この男は異常に勘が鋭く、ブラフを打たれた方には実際に隠し事があることが多いのだ。こういった場面で動じてしまって、言わなくてもいいことを言ったり、ボロを出した人間を何人も見てきた。

大丈夫。もしも安東が気づいていたら、こんなところで暢気《のんき》に突っ立っているわけがない。そして仮に気づいていたとしても、もう遅い。〈彼ら〉はすでに解き放たれている。

余計なことは言わないことだ。ポーカーフェイスには自信がある。

ずっと黙っていると、安東は「あっそ」とそっけなく視線を緩めた。

ヤマグチは内心、胸をなで下ろしていたが、やはり平静を装う。

安東はどこか釈然としないような様子で、首をひねっている。この男なりに、何か不穏なものを感じているのだろうか。

さすがに鼻が利く。

安東秀雄。あの子犬工場《パピーミル》を造り、エンジェル・テリアを生み出すための品種改良を指示した罪深く醜い男。しかしその一方で、この男がいなければ、〈彼ら〉は生まれていなかっただろう。因果とはまさにこのことだ。

最終確認を終えたディレクターが声を張った。

「スタンバイお願いします！」

司会の女子アナが袖から舞台に上がり、幕が開くのを待つ。最初に挨拶をする予定の呉松が椅子から立ち上がり、袖に立つ。秘書とＳＰもそれに付き添う。

呉松の次に出番がくるカレンは、エンジェル・テリアを胸に抱きかかえ呉松たちの後ろに並んだ。

『こちらルゥ。いま地下の制御室《コントロール・ルーム》を押さえたわ』

耳の奥のインカムからルゥの声が響いた。この施設の基幹システムを完全に掌握したということだ。

『ヤマグチ、マーキングをお願い』

さあ、次は俺が役割を果たす番だ。

「了解」

ヤマグチは声を出して答えた。安東が気づいて、こちらを向いた。

「どうした？」

ヤマグチは何も答えず、袖の方へ向かって歩き出す。

「おい、どこに行く？」

背中から聞こえる安東の声には、わずかに困惑の色があった。思えば、安東を無視するのは、初めてだ。少しだけ胸がすくような思いがした。

そんな自分の心の動きからヤマグチは、罪深く醜い企業に勤め、罪深く醜い男に仕えることに、やはりストレスを感じていたのだと、自覚した。

ヤマグチが〈DOG〉に加入したのは、大学生の頃だ。ヤマグチは、留学先のアメリカでメンバーになった。そのことは学校関係者はおろか、親さえも知らない。帰国後は商社に就職し、日本での家畜や愛玩動物たちが置かれている状況について情報を集め、秘密裏に〈DOG〉に送る活動をしていた。

そんな折り、アヌビスに勤めるシマがアイとともに〈DOG〉に加入し、日本に拠点をつくることになったので、合流した。これを機に、転職してヤマグチもアヌビスに潜入したのだ。社長の安東の動向を探れる運転手に引き立てられたのは、願ってもない幸運と言えるだろう。

以来、寡黙で従順な運転手を演じてきた。それはこういうときのためだ。

たった一度だけ、ここぞという場面での、背信。

エンジェル・テリアを抱いたカレンが、近づいてくるヤマグチに気づいて、振り向いた。

「あの、カレンさん、靴が」

ヤマグチはカレンの目の前で、すっと片膝をついてしゃがむ。カレンの靴が汚れているのを見つけたかのように。

「えっ？」

カレンはつられて、下を向く。

靴はなんともないし、そもそもヤマグチが本当に用があるのはカレンではない。そのすぐ前に立っている二人の男。呉松のSPたちだ。

ヤマグチはしゃがんだまま、スーツのポケットに忍ばせていた、小さなスプレー缶を取り出して、そのSPたちの足にめがけてシュ、シュと二度、吹き付けた。

勢いよく飛んだ霧が、確かに二人のズボンにかかった。

音と気配に気づいたのだろう、二人ともほぼ同時に振り返り、一人がヤマグチの手を摑んだ。

「なんだ！」

膝をついた姿勢のまま手を引っ張り上げられた。もう一人が、スプレー缶を取りあげた。ラベルも何もついていない、銀色の缶だ。

「なんでしょう？」

ヤマグチは、口角を上げ、挑発するような口調で言った。

「なんだと訊いてる！」

他の面々は、一様にぎょっとした顔で、こちらを見ている。カレンも、ヤマグチが突然奇妙な行動に出たことに驚いているようだった。

「ちょ、ちょっと、どうしたんですか？　本番、始まりますよ！」

ディレクターが慌てて駆け寄ってきた。

SPの一人が、かぶりを振った。

「いや、待ってください！」

もう一人が呉松の方を向き、声をあげた。

「大臣、口と鼻を押さえて、離れてください。みなさんも、できるだけ息をしないで、ここから離れてください！」

「おい、どうしたんだ？　そいつが何をしたんだ？」

呉松が不機嫌な声で言う。舞台の上では、スタンバイしている女子アナが、訝しげにこちらを窺っている。

「わかりません、とにかく離れてください！　毒物を撒かれた可能性があります。お願いします！」

SPが悲鳴をあげるように叫んだ。呉松は「おお」と後じさる。

なるほど、いきなり要人の近くでスプレーを噴いたら、そういうふうに判断するのか。

ヤマグチは妙な感心をしながら口を開いた。

「大丈夫ですよ。これ、毒じゃなくて、ただの香水です」

「香水だと？」

SPたちは怪訝な顔をする。

スプレーの中身は、香料を水で希釈したものという意味では確かに香水だった。ただしヒトの嗅覚では感じ取れないほど薄めているので、なんの匂いもしない。それでも〈彼ら〉にとっては、十分に強いマークになる。

「説明する時間は、たぶんありません」

何ものかが床を蹴る足音を聞いた。

来た、〈彼ら〉が来た。

この建物にどれだけのヒトがいるか、正確にはわからないが、銃器を持つこの二人のSPだけが〈彼ら〉に対抗しうる存在だろう。ならば初手、何が起きているのかわからない状況で無力化するのが最善だ。

足音は瞬く間に大きくなってゆき、やがて楽屋口の向こうから、はっきり聞こえるようになった。

何かが近づいてくるのを察したのだろう、両手が空いている方のSPが、懐に手を伸ばした。銃に手をかけようとしているようだ。

が、その判断はやや遅かった。

あるいは判断の速さの問題ではなかったのかもしれない。楽屋口から巨大な獣が、それも次々と四頭も姿を現したとき、SPたちは、一瞬、身をすくませた。どれほど訓練を積もうとも、まったく想像もしない事態に直面したときには、動転するものだ。そして、その一瞬が命取りだった。

〈彼ら〉は、一直線に二人のSPに向かってくる。ヤマグチがいまスプレーした匂いを辿って。たまたま進路上に立っていたカレンのマネージャーが、撥ね飛ばされた。彼の身体は宙を舞い、音を立てて床に落ちた。そしてぴくりとも動かなくなる。気を失ったようだ。

一方、〈彼ら〉は少しもスピードを緩めることなく、まず前を走っていた二頭が跳び上がり、二人のSPに襲いかかった。銃を手にしていた方は、それを構える間もなく、押し倒された。ヤマグチを捕まえていた方は、たまらず手を離した。

二頭は大きく裂けた口を目一杯開けて、それぞれのSPの首筋に嚙みつく。刃のような牙が、肉に食い込み血が噴き出す。あとから来た二頭が、続けて腹に嚙みつく。

どちらのSPが発したのかわからない、ぎゃあ！　という悲鳴と、空気が漏れるようなごぼごぼという音が響いた。

「うわあ！」「な、なんだこれ！」「ひぃ！」

そこら中から声がした。ひときわよく通る「きゃあああ！」という大きな悲鳴は、舞台上の女子アナのものだ。

四頭の〈彼ら〉は、念入りに何度もSPの全身に牙を突き立てる。その度に血が噴き出して床を汚し、生臭い匂いをまき散らす。

「何やってんの！　逃げるのよ！」

カレンの声がして振り向くと、走って楽屋口から逃げてゆく彼女の後ろ姿が見えた。安東の姿は、すでになかった。

さすがと言うべきか、逃走は、この状況では最も正しい判断だ。最終的に逃げ切れるかどうかは別として。

中学生たちも悲鳴をあげながら、一緒に逃げてゆく。

舞台袖のカレンがいたところに、彼女が抱いていたエンジェル・テリアがちょこんと座っていた。置き去りにしていったようだ。

エンジェル・テリアは首をかすかにかしげて、ヤマグチを見つめる。

「どこにも、怪我はないか？」

抱き上げて声をかけると、エンジェル・テリアは、それに応えるように「くうん」と鳴いた。

この可愛らしい白い小さな動物と、いまそこで二人の人間を屠《ほふ》っている禍々しく黒い大きな獣が、ほとんど同じ遺伝子を持つ生きものだと誰が想像できるだろうか。

「さあ、好きなところへおゆき」

ヤマグチが床に降ろすと、エンジェル・テリアは、眼前の惨劇になど少しも興味はない様子で、とことこと駆け出し、楽屋口の方へ消えていった。

「お、おいぃ、なんなんだ、なんなんだよ、こいつはぁ。誰か、誰かぁ！」

見ると〈彼ら〉がSPたちを襲う傍らで、呉松が尻餅をついて、わめいていた。

どうやら、腰を抜かしてしまい、動けないようだ。

「大臣、こちらへ！」

秘書が二人がかりで、呉松の身体を支え、楽屋口とは反対、舞台の方へ避難させようとする。しかし、呉松は自分の足で立つことができない。仕方ないので、秘書の一人が呉松をおぶった。

「ひいい、ふうう、はあ」

脱力した身体を秘書にゆだね、呉松は悲鳴とも奇声ともつかない声を漏らしている。

なんと情けないことか。こんな者でも、血筋と地盤があれば、国会議員になれ大臣の座を射止め、総理まで目指すというのだから、日本は平和な国だ。いや、だった、と言うべきか。

舞台にいた女子アナや舞台裏にいたスタッフたちは、みな緞帳の脇から客席の方へ逃げていった。呉松をおぶった秘書も、それに続く。やがて、ヤマグチと四頭の〈彼ら〉、そしてもう絶命しているだろう二人のSP、それから気絶したマネージャーだけが残った。

〈彼ら〉がSPたちから身を離すと、二人とも原形を留めない肉片と化していた。

ヤマグチはSPたちの死体を物色する。

血まみれの肉はグロテスクなだけでなく、酷い臭いがした。内臓が破れているからだろう。それらをかき分け、ぼろぼろになった上着を探るのは、決して気持ちのいい作業ではなかったが、我慢できないほどでもない。

先ほど、インカムから聞こえた声から察するに、Ａホールでコンテナを開けたシマは、酷くショックを受けていたようだが、ヤマグチにはそれほどの動揺がなかった。

俺はずいぶんと、鈍感にできているらしい。

背後で「う、うん」とあえぐような声がした。マネージャーが目を覚ましたようだ。

「え？」

彼の目の前では、ちょうど返り血を浴びた四頭の黒い獣が口吻を開いているところだった。ずっと寝ていれば、恐怖も痛みも感じなかったろうに。

マネージャーは絶叫するが、それはすぐに途切れ、〈彼ら〉が肉を食む音がした。

それをしり目に、ヤマグチは物色を続ける。やがて目当てのものが見つかった。二丁の拳銃。警視庁警備部が配備している、ヘッケラー＆コッホ社のＰ２０００だ。

「こちらヤマグチ、ＳＰの銃を回収した」

ヤマグチはインカムに告げると、銃を持っていた手提げポーチに入れた。

『これで準備は完了かな』

〈教授〉の声だった。

『はい』ルゥが答えた。『エントランス付近で、〈彼ら〉に反撃を試みた者がいたようですが、問題なく無力化したようです。すべて予定どおりです』

彼女が押さえた制御室《コントロール・ルーム》からは、防犯カメラを通じて、館内各所の状況を確認することができる。

『では、次のフェーズに移ろう。〈彼ら〉に思う存分、狩りを楽しんでもらおうじゃないか』

『了解』

「さあ、俺たちも行こう」

ヤマグチが促すまでもなく、四頭は軽い足取りで、袖から無人の舞台に進んだ。

やがて、舞台の天井からモーター音がしたかと思うと、ゆっくりと幕が上がり始めた。

5

なんなんだ、あれは？

状況を把握できずにいる頭をよそに、安東秀雄の身体は全力疾走をしていた。

とにかく、ここにいてはいけない。危険だ。逃げなければ——本能が告げていた。

思えば会場に入ってすぐ、妙な殺気を覚えた。それ以降、楽屋で待機しているときも、どうにも落ち着かなかった。本番が近づき舞台袖に集合したとき、運転手の山口の様子がおかしいことに気づいた。一見、普段と変わらないのだが、漠とした違和感を纏っていた。言ってしまえば勘なのだが、経験上、こういう勘はよく当たる。カマをかけても山口はとぼけてみせたが、いきなり奇妙な行動を取り、その直後、あれが現れた。

大きく黒い獣が、四頭。

ほんの一瞬だが、その一頭と目が合った。

俺はあの目を知っている。

忘れようもない。一五年前、初めて見たピットブルの目。いや、あれ以上だ——

川崎《かわさき》のコリアタウンで生まれた安東は、「俺たちは差別されている」が口癖で酒を飲んでは妻と息子を殴る父親と、夫の暴力に怯えつつ溜め込んだストレスのはけ口に息子を殴る母親に育てられた。と言っても、安東は「育児」とか「教育」と呼べるようなものを両親から与えられた記憶はない。覚えているのは、暴力だけ。父親も母親も「目つきが気に入らない」だの「口の利き方がなってない」だのと、難癖を付けては安東を殴った。

ここにいたら、こいつらに俺の人生を奪われてしまう——そう思い、一〇代半ばで親を見限り家を出た。それからは、できることならなんでもやった。焼き肉屋の皿洗いや、パチンコ店のホール係といった表の仕事から、怪しげな風俗店のスタッフや、街金の取り立て代行といったグレーな仕事、果ては裏カジノのマネージャーや、覚醒剤の運び屋など、明らかにブラックな仕事まで、なんでも。

ひと言でいえば、チンピラ稼業をやっていた。

安東は必死だった。

世界でも稀なほど均質性が高いと言われるこの国で、日本国籍も学歴も持たない少年が生き抜くのは、決して楽なことではない。表の社会から蔑まれる裏の社会の中でさえ、マジョリティがマイノリティを蔑む構図が存在した。出自を明かすと「チョン」という蔑称で呼ばれ、誰もやりたがらない仕事をあてがわれた。

父は正しかった。確かに安東は差別されていた。両親の元を離れてもなお、人生を奪おうとする者たちに囲まれていた。

その中で泥をすするような日々を生き抜きながら、安東は求めていた。力を。誰かに自分の人生を奪われないための力を。何者にも負けない強い力を。

転機が訪れたのは一五年前、ちょうど三〇になったときだ。当時、付き合いのあった華《か》僑《きょう》の小金持ちから、犬の買い付けを手伝うよう頼まれた。

その華僑が欲しがっていたのが、アメリカン・ピット・ブル・テリア――通称、ピットブル――だった。一九世紀、アメリカで闘犬のために品種改良された、世界で最も獰猛な犬種だ。

中型犬であるテリア種をベースにしているが、その戦闘力はずば抜けており、闘犬においては土佐犬《とさいぬ》やマスティフといった大型犬を圧倒する。ただし衝動的に暴れることもあり、飼育には注意を要する。人間を噛み殺してしまう死亡事故の発生率は、他の犬種に比べて格段に高い。ドイツやフランスをはじめ、多くの国で危険犬種として、飼育・販売が法で規制されている。人間の英知と果敢な試行錯誤が生みだした、最強の戦士。あるいは、人間のエゴによって生み落とされた、凶悪な生体兵器。そのどちらも、正しい。

このとき安東は犬のことなど何も知らず、交渉に当たるブローカーの鞄持ちを務めただけだったが、同行した闘犬場で、ピットブルに魅了された。

小さな身体に絞り込まれるように収まった、しなやかな筋肉。皮膚を裂き、肉を突き破り、命を絶つ、ただそのことに特化した刀剣のごとく研ぎ澄まされた牙。その肉体には、戦うために必要なものだけを極限まで突き詰めた機能美が備わっていた。

何よりも安東の心を奪ったのは、獲物を見据えるときのピットブルの瞳だ。そこに二種類の光を見た。一つは、すべての犬の先祖、狼から受け継いだ野性の冷たい光。もう一つは、品種改良という名の淘汰《とうた》圧に抗い生き抜くことで身につけた狡猾《こうかつ》な知性の鋭い光。野性と知性、二つの性《さが》を持つ獣。

買い付けが終わり、ピットブルが収まるケージを荷台に載せて車を走らせるとき、安東はずっと背後から日本刀を突きつけられているような鋭い寒気を感じ、興奮していた。そこに、求めているものがある気がした。何者にも負けない強い力が。

この仕事のあと安東は犬とペット業界のことを徹底的に勉強し、半年後には、モグリのペットブローカー業を始めた。すると、タイミングよく日本で何度目かのペットブームが起こり、時流に乗るかたちで大当たりした。安東の手元には、これまで手にしたこともないほどの金が転がり込んできた。

純粋にピットブルの獰猛さに惹かれて始めた商売だった。しかしその結果は、安東に純粋とはほど遠い事実を教えた。

ペットは、金になる。

そして恐るべきことに、金を手にした途端、これまで安東を蔑み差別していた連中がペコペコと頭を下げてかしずくようになった。

一度の成功は、安東を酔わせるのと同時に、渇かせた。

こんなもんじゃ足りない。もっとだ。もっとよこせ。

ただ好きなことをやるだけで満足できる季節は、一瞬にして過ぎ去り、さらなる成功を求めるようになった。

安東は稼いだ資金を元手に、正式に動物取扱業の登録をし、アヌビスを起業した。

この国でカタギのビジネスをやる上で、在日外国人であることがマイナスになることはあれど、プラスになることは何もないと判断し、帰化して日本国籍も取得した。そのことに抵抗もなければ感慨もなかった。

安東にとっては自分とは、ただそれだけで自分だ。民族も国籍も、着ている服の色と変わらない、いや、それ以下の単なる記号に過ぎない。都合よく変えられるのなら変えてしまえばいいのだ。そんな記号を自分のアイデンティティにする者も、差別の根拠にする者も、等しく愚かしい。

ともあれ、こうして安東は表の世界で勝負を始めた。もともと商才があったのか、単に運がよかっただけか、創業以来、アヌビスの業績は倍倍ゲームで伸び続け、国内最大のペット流通企業にまで成長した。そして今日に至る。

――あの日心を奪われた、瞳の中の二種類の光。野性と知性の入り交じった輝き。あの黒い獣のそれは、ピットブルをはるかに凌駕《りょうが》していた。

安東は脇目も振らずに楽屋の廊下を走り抜けて回廊に出た。

とりあえず、後ろからあの黒い獣が追いかけてくる様子はない。

舞台袖はどうなっているのか。カレンのやつは、無事か。あいつはあいつで、走り出すのがちらりと見えたが、確認しに戻る気にはなれない。

回廊は回廊で混乱が広がっている。

血相を変えた人がそこかしこを行き交い、怒声や悲鳴があがっている。

「ねえ、いまの何？　なんだったの」「犬？　怪獣？　嘘でしょ」「だから、こっちで人が死んでるんだって！」「救急車、警察、とにかく呼んで」「電話が通じないんだよ！」

安東は内ポケットの携帯電話を取り出した。折りたたみ式のガラケーだ。通話とメール以外の機能はいらないので、一〇年以上買い換えずに使っている。小さなモノクロ画面の隅に圏外のマークが出ていた。さっきまでアンテナ三本立っていたはずなのに。

見ると、すぐそこのAホール前に何人もの人が倒れていた。アヌビスがペットの販売会を行う予定だった場所だ。

小走りに近づくと、不快な臭気が鼻をついた。血の臭いだ。倒れている人々は、身体の一部を引き裂かれたように血を流している。まだ息があり、手足をひくつかせている者や、うめき声をあげている者もいるが、この様子ではもう助からないだろう。

おそらく、あの黒い獣に襲われたのだ。

少し離れた位置で腰を抜かしたように座り込んでいる男女が目についた。若い男と初老の女、顔がよく似ているから、たぶん親子だろう。

「おい、どうした?」

二人に声をかける。

しかし息子の方はガチガチと歯を鳴らすばかりで、ろくに返答できない様子だ。

「あ、あそこ……から……」

母親がか細い声をあげながら、開きっぱなしになっているAホールの扉の方を指さした。その向こうに、真っ赤に染まった壁と床が見えた。

めてくる。

「あそこから、出てきたのか？　あの、黒くてでかいやつが」

母親はがくがくと縦に首を振る。

安東はAホールの扉へと進んでゆく。血の臭いだけではなく、饐《す》えた異臭が強く立ちこめてくる。

手で口と鼻を押さえ、ホールの中を窺う。

そこには、倒れている者の姿はなかった。いや、人の形をしている者の姿はなかったと言うべきか。血の海に沈むように、食い散らかされた肉と骨、それにぼろぼろになったアヌビスのスタッフジャンパーやズボンが散らばっている。

何が起きたのかは考えるまでもない。

あの黒い獣たちだ。やつらに、アヌビスのスタッフたちが——つまり、安東の部下が——、惨殺されたのだろう。

眼前に広がる圧倒的な暴力の痕跡に、安東は部下を殺された怒りや悲しみや、あるいは生理的な嫌悪よりもむしろ、興奮を覚えた。

「すげえ……」

思わず声を漏らす。

ホールの奥に生体運搬用のコンテナが積まれており、そのうち幾つかが開いていた。

そういうことか。

安東はようやく気づく。今朝、会場入りをしたとき殺気を感じたのは錯覚ではなかった。おそらく、あの中にいたのだ。

安東は視線を動かし、開いているコンテナの数をかぞえた。全部で一二だ。コンテナは大型犬でも二頭収容できるサイズだが、あの黒い獣なら一頭しか入らないだろう。仮にこのすべてが黒い獣を運搬するためのものだとしたら、一二頭もいる計算になる。どちらにしろ、いま舞台袖に現れた四頭だけじゃない可能性が高い。

どうなってやがる？

山口が一枚嚙んでいるのは間違いないだろう。

あいつを運転手にしたのは比較的最近のことだ。人事部の資料によれば、大手商社からの転職組で、考課はきわめて高かった。身辺もきれいで、前科前歴はもちろんないし、宗教や政治活動とも縁がないとのことだった。最後は安東が直々に面接もした。さっき舞台袖で違和感を覚えるまで、妙な様子を見せたことはない。気になる言動もなかった。

ずっと猫を被っていやがったのか？　このときのために？

つい舌打ちが漏れた。

結局はこっちに見る目がなかったということだ。

狙いはなんだ？

山口にどんな目的があるのだとしても、一人でやっているとは思えない。コンテナで搬入してきたということは、他にもアヌビスの人間が、おそらくは育成部の人間が関わっているはずだ。誰だ。俺の知ってるやつか、知らないやつか。

そして、あの獣はなんだ？　犬、なのか？　安東の目には、巨大な黒い犬に見えた。しかしあんな馬鹿げたサイズの犬なんているわけがないし、仕入れた覚えもない。

安東の脳裏に、あの黒い獣と同じように、生まれつき体毛がなく、真っ黒い地肌を露出させた子犬の姿が浮かんだ。見た目が悪く、人にもなつかない。商品になりようがない、〈不良品《ジャンク》〉。

まさか……。

ともかく、ここで考えていても仕方ない。

この建物には、危険な獣が侵入しており、どういうわけか、電話も通じない。一刻も早く、外に逃げるべきだ。正面のエントランスか、裏の搬入口か。

安東はＡホールの前から立ち去ると、すぐ近くの搬入口の方へ向かって走り出した。

すると前方から、しわがれた叫び声が聞こえてきた。

「そちら、どうなってますか！　応答してください！」

なんだ？

ちょうど搬入口の前のところに、人が集まっていた。その中心で叫んでいるのは、制服を着た警備員だ。初老といった年頃か。制帽からはみ出ている襟足に白いものが混じっていた。彼は両手でトランシーバーを持ち、必死に呼びかけている。

何が起きたのか気になるが、安東にとっては、その先にある搬入口の状態の方が問題だった。あるはずの扉がなく、巨大な金属の壁があった。防火扉が下りてしまっている。

「応答してください！　制御室《コントロール・ルーム》！　大丈夫ですか？」

警備員は声を嗄《か》らしている。

安東は警備員のところまでゆくと、後ろから肩を掴んで振り向かせた。

「うおっ！　な、なんですか」

警備員はびっしょりと汗をかいている。胸元のネームプレートによれば、柏木《かしわぎ》というらしい。

「それはこっちの台詞《せりふ》だ！　何があった？」

「え、あ、いや……」

柏木は安東の迫力に押されたように口ごもる。

まどろっこしさを覚えつつ尋ねる。

「答えろ！　どうして防火扉が下りてる？」

「は、はい。いや、それが、わからんのです。こっちだけでなく、エントランスの方も下りているみたいで」

「エントランスも？」

安東は息を呑んだ。出入り口が塞がっているってことか。

「はい、それで、いま、大きな犬みたいなのが……」

「黒いやつか？」

「そ、そうです。あっちから走ってきて」

柏木は何度も頷いて、回廊の奥を指さした。こちらにも来ていたということは、やはり、四頭だけじゃなかったのか。

「何頭いた？」

「え？」

「その犬みたいな、黒い獣だ。何頭いた？」

「ああ、その……たぶん、四だと」

四頭、ということは、最低でも全部で八頭はいることになる。

見渡す限り、この辺りには人が襲われた様子はない。

「で、やつらは、どうした？」

「あ、えっと、あそこに……」

柏木は搬入口の脇のところの壁を指さした。見るとそこには、扉があった。壁と同じ塗装がしてあり、目立たないようにしてある。おそらく関係者用の通用口だろう。

「あそこに入っていったのか？」

「は、はい。営業中は閉め切っているはずなのに、ひとりでに扉が開いて。あと……」

「なんだ？」

「あ、いえ」

「何かあるなら、はっきり言え！」

「ひっ、あと、お、女の人が」

「女？」

「はい。女の人が、あの、獣たちと一緒に」

「あの黒い獣を連れて、中に入っていったってことか」

「そ、そうです」

どういうことだ？　その女も山口の仲間か。

「どんな女だ？」

「どんなって……」

「髪とか背だ。それから服はどうだ。アヌビスのスタッフジャンパーを着てはなかったか？」

「え？　ジャンパー？　いや、着てなかったと思います。髪は長くて、背は普通かな？　結構美人だったかも……」

この際、見た目はどうでもいい。その女は何者だ？

「やつらは中に入ったきりか？」

「はい」

「中には何がある？」

「か、階段室です。地下の管理区域や制御室《コントロール・ルーム》にもつながっていて……」

「制御室《コントロール・ルーム》？　ひょっとして、防火扉を下ろしたりできるところか」

「そうです。この建物の基幹システムがあるんです」

「そこが襲われているのか？」

「それはわかりませんが、連絡が……」

おぼろげながら、状況が見えてきた。

野生動物が迷い込んで闇雲に暴れているのではない。あの黒い獣は、調教なり訓練なりを受けて、計画的に行動、襲撃をしている。操っている人間がいる。

どうやらそいつらに、施設の基幹システムを押さえられたようだ。防火扉が下りてるのも、携帯がつながらないのも、意図的に仕組まれたことだろう。

だとして、目的はなんだ？　特定の誰かを襲うなら、出入り口を塞ぐ必要などない。閉じ込めたということは、館内の人間、すべてを人質にとって、政府に何か要求を突きつける気だろうか。

くそ、わからないことが多すぎる。

ただ一つ言えるのは、ここでぼうっとしているのは、危険だということだ。

外に出ることができないこの状況で、どこに行けば身の安全を確保できる?

安東は搬入口のちょうど正面にあるエスカレーターを見上げた。まだ稼働しておらず、ステップのところに「2階の営業は11時からです」というプレートが立ててある。その先は薄暗い。時間的に、各店舗のスタッフも来ていないのだろう。

二階に行ってみるか。

そう思い、一歩足を踏み出したとき、あるひらめきが脳裏をよぎった。

いいや、もっといい場所がある。もし仮に、あの黒い獣が、俺の知っている〈不良品《ジャンク》〉なのだとしたら……。

安東は踵を返して、回廊を駆け出した。

6

やっぱり、変な感じだ。

望月栞はホールを見回して思った。

後方の扉が閉まってから、スタッフたちは酷く慌てているようだ。「どうなってるの?」「わかりません!」そんな声が飛び交っている。

「何か騒がしいですね」

「トラブルですかね」

両隣で雨宮と岸がやや怪訝そうに言った。

そのとき突然、ホール前方から物音がした。

緞帳が下りた舞台の向こうだ。続けて「きゃあああ！」というつんざくような女性の悲鳴が響いた。

栞は思わず「えっ」と声を漏らした。周りの客席もざわめく。

脇の通路にいたスタッフたちは動きを止め、驚いたように舞台の方を見つめている。セレモニーの演出という感じではない。舞台裏で何か事故でも起きたのだろうか。

ほどなく、舞台の幕の端から、人が走り出てきた。

先頭はスタッフらしき男性、続くピンク色のスーツ姿の女性は、セレモニーで司会を務める女子アナだ。そのあとにも数人が続いて出てくる。

「避難してください！」

先頭の男性が走りながら、客席に大声で叫んだ。

「避難してください！」

女子アナもまったく同じ言葉を繰り返した。

避難？

彼らは足を止めることなく、舞台から客席に下りると、傾斜した通路を走る。避難しろと口にはしたが、客を誘導するそぶりはなく、とにかく必死にホール後方の扉を目指しているようだ。やや遅れて最後に、スーツ姿の男が二人出てきた。いや、一人は誰かをおぶっているようなので、三人だ。

事故か、もしかして火事か。やはり想定外の何かが起きているようだ。ホールのスタッフたちは事情が飲み込めていないようでおろおろとしている。

よくわからないが、とにかく、避難した方がよさそうだ。

栞は椅子から腰を浮かして立ち上がった。客席にいた多くが同じように思ったのだろう、みな続々と立ち上がる。

満席でなかったとはいえ、数百人が一斉に立ち上がった客席は人の林のようになり、視界が利かなくなる。列ごとに端から順に通路に出ようとするが、誘導も何もなく、まだ一部、座ったままの人もいて上手く進めない。「おいどうなってる」「いやわかんないけど、やばそうだから逃げるんだって」「押さないで」群衆がにわかに混乱し始めているのがわかる。

「猛獣です！　猛獣が侵入してきたんです！」

怒鳴り声が聞こえた。栞の位置からは人に遮られて姿が見えないが、舞台から逃げてきた誰かのようだ。

別の声がそれに続く。

「いいから逃げてください！　ここは危険です！　とにかく猛獣がいるんです！」

猛獣？　虎とかライオンってこと？

きっと誰もまったく予想しなかっただろう単語が、群衆に動揺を広げた。そこら中で押し合いが始まる。

「どうして開かないの！」という叫び声が響いた。やはり栞の位置から姿は見えないが、そのよく通る声の主はわかった。司会の女子アナだ。

「何やってる！」と誰か男性の声、「扉が開かないのよ！」と再び女子アナの声。

人の波に押し出されるように、栞たちも通路に出る。舞台の右側、壁沿いの通路だ。わずかに視界が開け、四つの扉のところに人が群がっているのが見えた。どれも閉まったまま開かないようだ。

「ロックがかかってます！」「だから解除しろよ！」「できません、わかりません」

そんな怒声が飛んでくる。

外に出ることができないの？　じゃあ、避難って言ったってどこへ……。

戸惑っていると、背後から「あ、幕」という誰かの声が聞こえた。つられて舞台の方を振り向くと、深紫色の緞帳が、少しずつ上がっているのが見えた。

数十センチ、人間の膝か太腿くらいの高さまで緞帳が上がったとき、その隙間から何かが這いだしてきた。

　黒くて大きな――犬？

　いや、違う。大きすぎる。遠目にも明らかに人間よりも大きいのがわかる。超大型犬だとしても、普通はあんなサイズにはならない。とても犬とは思えない。

　じゃあ、何？

　得体の知れない巨大な黒い獣が、一、二、三、四――全部で四頭、姿を現した。

　あれが「猛獣」であることは一目でわかるが、具体的になんであるか、まったく判断できなかった。

　黒い獣たちは、雄叫びをあげるように、甲高く吠えた。咆哮の音圧は高く、ホールに乱反射して空気が震える。

　それを合図にしたかのように、ホール前方の客席に、何かが、落下した。

　獣たちの雄叫びをかき消さんばかりの轟音が響き、埃が舞う。

　落ちてきたのは照明だ。ちょうど最前列の客席の真上に、舞台を照らす角度で吊ってあった大きな照明が、支えのバーごと落ちてきたのだ。最前列にいた人々は避ける間もなく、その下敷きになった。

　思わず叫び声をあげたが、自分の声が耳に届かなかった。代わりに、鼓膜を穿《うが》つような轟音を聞いた。数百の人が同時にあげた悲鳴だ。

黒い獣たちは、舞台から前方の客席に駆け下りてゆく。そして凶行を開始した。照明の直撃を逃れた人々が反射的に逃げようとするのよりも、獣たちが跳びかかりその身体に牙をたてる方が早かった。

襲われた人たちは、ほとんど抵抗もできず、押し倒され、嚙みつかれた。それが栞の位置からもはっきり見えた。

黒い獣たちは、襲った人の肉を嚙みちぎり、音を立てて咀嚼《そしやく》している。食べている。人間を、食べている。

黒い獣たちは行儀の悪い子どもが駄菓子を食い散らかすように、一口、二口食べたあと、また別の人に襲いかかる。

こっちに来る——

あれがなんであれ、危険な猛獣であることは間違いない。ぼうっとしていたら、襲われる。殺される。食べられる。

逃げなきゃ——

外に。ホールの外に。建物の外に。隆《りゆう》さんのいるところに。

栞は、外で犬と一緒に待っているはずの恋人のことを思う。今夜、プロポーズしてくれるはずの恋人を。

その瞬間を迎えられずに、こんなところで死ぬなんて絶対に嫌だ！

再び、ホール前方から獣の遠吠えが聞こえたかと思うと、ホールに闇が舞い降りた。目の前にあったはずの雨宮の巨大な背中が見えなくなった。

灯りが、消えたのだ。

7

先を走っていた肥った警備員——ネームプレートによれば高松というらしい——の背中が、みるみる大きくなり、やがて追い越した。これまでこんな速さで走ったことはない。息が苦しい、お腹が痛い。

自分の身体能力を上回るような疾走に、梶川結愛の身体は悲鳴をあげていた。けれど止まらない。止まれない。右手を摑んだ宗介はスピードを緩めることなく走る。問答無用で手を引かれるそのペースに合わせて、勝手に足が動く。

隣で同じように宗介に手を引かれて走っている拓人は、結愛よりもっと苦しそうな顔をしている。二人を引っ張る宗介はどうなんだろう？　後ろからはわからない。

宗介くんと手をつなぐなんて、何年ぶりだろう？　三人で一緒に走るなんて何年ぶりだろう？

ふと、そんな他念がよぎるが、無論、それどころじゃない。

エントランスのところで突然襲ってきた、黒い獣。大きな犬？　いや、結愛にはバケモノとしか思えなかった。

身体の大きな男の人が、食い止めてくれた。あの人は大丈夫だろうか？　心配だけれど、心配している余裕はない。あんなのに襲われたら、結愛じゃどうにもできない。拓人はもちろん、たぶん宗介でも。

とにかく逃げる。走る、走る。ゆるやかに湾曲した回廊を内壁に沿って、走る。

でも、どこへ？

防火扉が下りてきたとき、高松がトランシーバーでやりとりしているのが聞こえた。エントランスだけでなく、裏の搬入口でも同じように防火扉が下りているようだ。

不意に前から「はっ」と、宗介が息を吐く音が聞こえたかと思うと、手を引く力が弱まり、スピードが落ちた。宗介は歩幅を緩め、やがて立ち止まった。

慣性力が働いて、結愛はたたらを踏んだ。隣の拓人は、息を切らして大きくよろける。

「しっかり……しろ」

宗介が肩で息をしながら、拓人の腕を引っ張りあげる。

拓人はとても答える余裕はない様子で、壁に手をついてごほごほと咳き込んだ。結愛もふらふらだ。自分の喉がぜいぜい鳴る音が聞こえた。

宗介は拓人と結愛から手を離すと、前を見て立ち尽くした。搬入口は、やはり防火扉が下りていた。その前のところに人だかりができていて、高松と同じ制服を着た警備員がトランシーバーに向かって何か叫んでいる。酷く混乱している様子だ。

エントランスから、回廊をちょうど半周してきたことになる。外に出られないのに、これ以上どこへ逃げればいいのか。

「ねえ、宗介くん、どうしよう」

「どうって……」

振り返った宗介の顔つきは険しく、声には困惑が滲んでいた。

いまのところ、警報もなければ、アナウンスもない。オープニング・セレモニーは、どうなったんだろう。先生や、クラスのみんなはどうしているんだろう。

そのとき突然、「きみ」と呼ぶ声がした。とてもきれいな、高くて澄んだ声だ。

白衣を着た男と女が、小走りに近づいてくる。

声を発したのは女の方なのだが、その姿に結愛は小さく息を呑んだ。着ている服だけでなく、肌の色も髪の毛も、真っ白なのだ。けれど顔立ちは老女のそれとは違い、若く、そして整っている。美人というより可愛いという感じだ。薄い赤で色づいた目と唇が、雪に落ちた花弁のように印象的だ。

たぶん彼女は、生まれつき色素がないのだ。動物全般に見られるもので、たしか、アルビノと言うんじゃなかったか。テレビで見たことがある。人間にも稀にいることは知ってはいたけれど、実際に目にするのは初めてだった。整った顔や澄んだ声も相まって、まるで物語の中から抜け出してきた妖精のようだと結愛は思った。

彼女の視線は拓人に向けられており、拓人も「あ」と声を漏らした。顔見知りのようだ。

「あ……えっと」

「逃げている人の中に、制服が見えたから。やっぱりきみだったのね?」

女はちらりと、結愛と宗介の方を見て、拓人に「友達?」と尋ねた。

拓人は言い淀み、こちらを見た。視線を合わさぬ、どこか怯えるような目で。

結愛の胸がちくりとした。

私たちは、友達なんだろうか?

自分への疑問を誤魔化すように答える。

「クラスメイトです、あの……」

「梶川さんね?」

「え? ああ、はい」

急に名前を呼ばれ面食らったが、制服の胸元に付けている名札を見ているのだとわかった。

「私は一之瀬《いちのせ》マナ、青海理科大学の学生。で、こちらが教授の鷺沢伸一郎《さぎさわしんいちろう》先生。私たちオープンスペースで展示をするはずだったの。準備中に、この……氏家くんが展示に興味を持ったみたいで、ちょっとだけお話ししたのよ」

大学の展示。そう言えば、そんなのがあった。オープンスペースはエントランスのすぐ傍だ。逃げる一団にこの二人もいたのだろう。

「どうも、まずいことが起きているようだね……」

鷺沢が防火扉でふさがれた搬入口を見て言った。小柄で背は拓人と同じくらいだろうか。歳は結愛の父親よりも上だろう。鋭く大きな目が印象的だ。大学教授と聞いたからか、なんとなく頭が良さそうな感じがする。

鷺沢は、結愛たちに尋ねる。

「きみたちは、セレモニーで合唱する中学生だね？」

「はい」

結愛が答え、宗介も小さく頷いた。

「他の生徒や先生は？」

「あの、私たち、はぐれて……」

結愛が言いかけたときだ。前方の搬入口の脇にある扉が開いたかと思うと、あの黒い獣が飛び出してきた。

大きなどよめきが起こる。

黒い獣は搬入口のところでトランシーバーを持っていた警備員に跳びかかった。体当たりを食らわし、そのまま首筋に噛みつく。遠目にも、血が噴き出るのがわかった。

いきなりの出来事に、結愛は悲鳴をあげる。

「ああっ、柏木さん!」

背後から甲高い声。結愛たちよりもだいぶ遅れて走ってきた高松が叫んでいた。

扉からは、更に三頭、黒い獣が現れた。

搬入口前に集まっていた人々が蜘蛛《くも》の子を散らすように逃げ出す。黒い獣たちは二頭ずつ二手に分かれてそれを追いかけ、背後から襲ってゆく。狙いを定めた人に跳びかかり、首筋を一噛みか、二噛みする。急所を的確に狙っているのか、みな短い絶叫とともに倒れてゆく。すると黒い獣は、すぐにまた別の人に跳びかかる。流れるような動きだ。

結愛が感じたのは、恐怖ではなく寒気だった。頭は真っ白になって、何も考えられない。いきなり真冬のプールに突き落とされたみたいに全身が凍え、身がすくんだ。

黒い獣たちは人を襲いながら、こちらに向かってくる。

「逃げろ!」

宗介の怒鳴り声で、我に返った。

そ、そうだ。逃げないと。でもどこへ?

そもそも結愛たちは黒い獣から逃げてきたのだ。

走り出そうとしたとき「だ、駄目！」と呼び止める声がした。

拓人だった。

結愛は思わず足を止めた。宗介も驚いた顔をして振り返る。

「う、うう動い、ちゃ、だ、だ駄目！」

拓人は壁に背中をつけて、叫んだ。

「この馬鹿！　死にてえのか！」

宗介が手を伸ばして拓人の腕を摑んで引こうとした。しかし、拓人は思いきりふんばって抵抗する。

「てめえ！　おとなしくついてこい！」

宗介は両手で拓人を持ち上げようとした。力が違うので、拓人はふんばりきれない。それでも、必死に身体を振ってもがく。

「彼の言うとおりよ！　動かないで！」

マナが叫んだ。

「えっ？」

一瞬、宗介が力を緩めたようで、拓人がふりほどく。

続けて鷺沢が声を張り上げる。

「みんな、そのまま壁にくっついて、じっとしてるんだ！　たぶんそれで、やり過ごせる！」

あ……。

結愛は唐突に、思い出したことがあった。

手を伸ばし、戸惑ったように立っている宗介の袖を引っ張った。

「宗介くん、壁に、早く！」

「あ、ああ」

宗介は素直に従った。

黒い獣は、もう、すぐそこまで迫ってきている。いまから走って逃げたって、どのみち間に合わない。

お願い……！

結愛はすがる思いで、壁に身体を付け、思わず目を閉じた。頬にひんやりとした壁の感触を覚える。

黒い獣が床を蹴る音が間近で聞こえる。いまにも跳びかかってくるんじゃないかと思うと、生きた心地がしない。身体中が心臓になってしまったんじゃないかというほど、強く鼓動を感じる。

やがて足音が遠ざかる。

うっすらと目を開ける。すると、ちょうど走る黒い獣の後ろ姿が、回廊のカーブの向こうに消えるところだった。

鷺沢の言ったとおり、襲われず、やり過ごせたのだ。

回廊には黒い獣たちの足跡のように、血を流した人が転がっていた。どこかへ向かうついでに、目についた人を襲ったといった感じで、結愛たちのように難を逃れた者も少なからずいた。

凄惨な光景を前にしながらも、かすかに安堵が広がる。

「た、助かったあ」

みんな思っているだろうことを代弁するかのように、高松が声をあげた。

鷺沢が息をついて口を開いた。

「動物は攻撃的な行動に出るときに、極端に視野が狭くなり、静止しているものより、動いているものに注意が向かう性質があるんだ。いまのように、多くの人が逃げようと動き回る中では、動かない我々の姿は、あの黒い獣の目には、ほとんど見えていなかったんじゃないかかな。無論、賭けではあったのだがね」

よく似た話を、テレビでやっていたのを結愛は覚えていた。毎週見ている動物番組、あのカレンが出演している『ハッピー・アニマル』だ。犬や猫には、動いているものの近くにある止まっているものは、ほとんど見えていないことを実験で示していた。

鷺沢は、拓人の方を向いて尋ねた。

「きみは知っていたのかな?」

拓人は鷺沢と視線を合わせずに、ぼそぼそと答えた。

「い、いいえ……でも、な、な、なんとなく……」

「なんとなく? つまり、知識じゃなくて感覚で理解していたということかな」

「あ、あと……」

「あと?」

「あ、えっと……」

拓人は言い淀んでいるふうだった。

「なんでもいいから、言ってごらん?」

鷺沢に促され、拓人は口を開いた。

「……こ、ここ、ここの壁、光の当たり方が……。嫌な、か、カタチだから」

壁の湾曲した面が、天井のライトを照り返している。

「へえ」マナが興味深そうに声をあげた。「カタチ、ね。やっぱりきみ、そ、そういうのがわかるのね」

カタチ——その言葉は、結愛の幼い頃の記憶を刺激した。

なんだろう、これ? こんなこと、ずっと前にも……。

そうだ、昔、飼い犬のジャックを連れて、拓人と隣町の公園に遊びに行ったときのことだ。

初めて行く公園なのに、拓人は「あのすべり台にジャックは近づかないよ」と言い、本当にジャックはそのすべり台がまるで天敵かのように近づこうとしなかった。どうしてわかったのか拓人に尋ねると、あのときも「嫌なカタチだから」と答えた。なんとも不思議な出来事だったけれど、子ども心には、拓人が結愛以上にジャックを理解しているようで、悔しかったことの方が印象に残っていた。

結愛は拓人が「嫌なカタチ」と言った壁の照り返しを眺める。どこがどう嫌なのかよくわからない。そもそも、何をもって「カタチ」と言っているのかもわからない。

視界の端に何か動くものがあるのを感じた。いま、黒い獣たちが飛び出してきた扉がひとりでに閉まってゆく。

ばたん、と音を立てて扉が閉まったそのときだった。

唐突に、視界は黒く塗りつぶされた。灯りが消えたのだ。

「きゃあ！」

結愛は思わず声をあげる。

「落ち着いて！」

鷺沢の声がした。

「大丈夫。視線を下げて。非常灯がある」

彼の言うとおり、回廊の床付近には、一定間隔で非常灯が設置されており、ほのかな光を放っていた。

「完全な暗闇じゃない。少しずつ目が慣れてくる」

確かに、黒に塗りつぶされた視界が少しずつ、輪郭を取り戻してゆく。けれど光量はまったく十分ではなく、近くにいる人がどうにか見える程度だ。

結愛はほとんど反射的に手を伸ばして、傍にいた宗介の手を握っていた。宗介はそれを握り返す。

「ちょっと待ってください」

声がしたと思ったら、白い光が灯り、丸い高松の体が浮かび上がった。その手にはスマートフォンが握られている。アプリを使って写真撮影用のライトを点けたのだ。

それでも十分ではないが、少しは視界が広がった。

「そこのエスカレーターで、上へ行きましょう」

高松が、スマートフォンのライトを前に向けた。その先にはぼんやりと、天井まで続く長いエスカレーターが見える。ただし動いていないようなので、階段と言った方が正確かもしれない。

ステップのところにプレートが立ててあり、高松が向けたライトの灯りで辛うじて「2階の営業は11時からです」と書かれているのが読み取れた。

「二階の、ここのちょうど真上に、展望デッキがあるんです。そこの窓を割れば、どうにか外に出られるかもしれません」

「あの、だとしたら……」マナが口を挟んだ。「多少なりとも、光が漏れてくるはずですよね。たぶん、その窓にも、防火扉が下りているんじゃないでしょうか」

エスカレーターの先、二階のフロアがあるはずの彼方は闇に沈んでいる。

「あ……」と、高松は落胆の声を漏らす。

「いや、それでも、ここにとどまっていれば、いつあの黒い獣が戻ってくるかわからない」

鷺沢が暗い回廊を見回しながら言った。

「外へ出ることができないのなら、二階に避難するというのは、悪いアイデアじゃないだろう」

8

そこには死体が、あった。

とにかく外へ出るんだ——そう思い、佐山夏希《なつき》は二年一組の生徒たちと一緒にエントランスまで逃げてきた。しかし辿り着いてみるとエントランスにはシャッターのような金属の扉が下りていて、外に出られなくなっていた。そしてその近くの床に、大柄な男の人の死体が転がっていた。

首筋が大きくえぐれて、頭がちぎれかかっているので、死んでいるのは一目瞭然《いちもくりょうぜん》だ。腕と足にも傷があり、血が床に流れていた。

夏希にとって、こんなグロテスクな死体を見るのは、無論、初めてのことだった。

まるで血が逆流したかのように、身体中に怖気と不快感が込み上げてくる。

この人は誰？　どうして、こんなところで？

まったく思考が働かず、ただただ混乱するばかりのところへ、更に追い打ちをかけるように突然、照明が消えた。

目の前にあるはずの死体も何も、見えなくなる。

そこかしこから「うわ！」とか「きゃあ！」と声があがる。

「もう嫌！　なんなのよう、もう！」

闇の中に、ヒステリックな金切り声が響いた。声で新田ヒカルだとわかった。クラス女子の中心的存在の生徒だ。

「ふざけんなよ！　わけわかんない！　本当に、なんなのよう！　ううっ……うう」

怒声はあっという間に、涙声に変わった。

わけがわからない——それは、夏希も同じだ。いや、この場にいる全員の共通した思いだろう。

本当に、なんで、こんなことに。今日の運勢は最高だったはずなのに……。

そう、スマートフォンの占いアプリによれば、夏希――山羊座のO型――の今日の運勢は星五つで最高だったはずだ。

今朝だって、いいことがあった。

ECOフェスタの本番に、ずっと懸念していた不登校気味の生徒が来てくれたのだ。出席番号三番、氏家拓人。

自閉症スペクトラムという生まれつきの発達障碍がある子だ。どう指導すればいいのかわからず、正直に言えば受け持ちたくなかったけれど、学年主任から押しつけられるかたちで、二年次は夏希が担任することになった。

二学期に入ってすぐの席替えのときにトラブルがあり、その後、不登校気味になってしまった。もしかしたら、いじめがあったんじゃないかと不安になった。現代の学校現場においていじめと不登校は二大懸案事項だ。

せめて校長や保護者も観に来る今日の本番には来て欲しいと思い、しつこく電話した甲《か》斐《い》があり、氏家拓人はちゃんと来てくれた。

嬉しかった。あとは三学期さえ乗り切れれば、夏希は御役御免だ。責任を果たしたことになる。いじめがあったかどうかなんて、確かめる必要もない。学校のためにも、それが一番だ。

気分よく会場に入ることができた。今日、無事に合唱を終えることができたら、犬でも買って帰ろうかなと思った。せっかくだからアヌビスのエンジェル・テリアを。テレビで見て、欲しいと思っていたのだ。

夏希は幼い頃に「どうしても飼いたい」と父にねだり、一人で全部面倒をみるという約束で、子犬を買ってもらったことがあった。犬種はよく覚えていない、たぶん雑種だったと思う。けれど半年もしないうちに面倒をみきれなくなって、結局、散歩の途中でリードを外し、置き去りにしてしまった。それっきり、あの犬がどうなったかは知らない。あのとき両親からは「おまえはもう二度と動物を飼っては駄目だ」ときつく叱られた。思えば可哀相なことをしてしまったと思う。でも、大人になったいまなら、ちゃんと飼ってやれるはずだ、きっと。

占いは当たった、今日はいい日だ——そう、思っていた。

なのに……。

けちのつき始めというか、最初のトラブルは、本番直前、楽屋から舞台裏に移動するときに起きた。いつの間にか生徒が三人、いなくなっていたのだ。しかもその中に氏家拓人もいた。三人とも別々に部屋を出ていったようなので、一緒にいるのかどうかもわからない。夏希は楽屋に遊びに来たタレントのカレンに気を取られてしまい、まったく把握していなかった。

セレモニーが始まってからも出番までは二〇分くらいある。三人ともそれはわかっているはずだ。だから、きっと間に合うように戻ってくる。

でも、来なかったら……。

合唱自体は三人くらいいなくても、どうにかなるだろう。しかし、いるはずの子がいないことはすぐに気づかれるだろう。たぶん、責任問題になってしまう。

どうしよう。探しに行った方がいいだろうか。

そんな焦りと一緒に、ふと夏希は思った。

いっそ、大きな事故でも起きて、セレモニーが中止になればいいのに、と。

無論、本気で願ったわけではない。けれど、それは実際に起きた。

舞台袖に突然、大きな黒い獣が侵入してきたのだ。それも、四頭も――

新田ヒカルのヒステリーが感染するかのように、女子たちが泣きながら声をあげる。

「冗談じゃないわよ！」「家に帰りたい！」「お母さん！」

男子も「畜生！」とか「ふざけんな！」とか涙声で叫びだした。

夏希も鼻の奥がつんとして、涙腺が緩むのを感じた。自然と涙がこぼれ、子どものように「ああああっ！」と声をあげて泣いた。

真っ暗な回廊で、二年一組の担任と生徒たちは大声をあげて泣いた。

しかしすぐに、それを打ち消すような一喝《いっかつ》が響いた。

「泣いてんじゃない！」

芯のある大人の女性の声。一緒に逃げてきたカレンだ。

「ここでめそめそしてたって、どうにもならないよ！　落ち着いて！」

「はい！」という新田ヒカルの返事が聞こえる。

それをきっかけに、泣き声は波のように引き、しゃくり上げたり、嗚咽《おえつ》する声だけが残った。

やがて、暗闇に目が慣れてきたのか、自分の身の回りくらいはかすかに見えるようになってきた。そうなってはじめて、夏希は壁の低い位置に非常灯があることに気づいた。

「先生、あんたがしっかりしなきゃ！」

すぐ近くから、カレンの叱咤《しった》が聞こえた。声の方に、それらしき人影が見える。

「あ、は、はい！」

夏希は返事をして一度、ブラウスの袖で顔を拭った。

目を凝らして辺りを見回すと、おぼろげながらに学生服を着た生徒たちが見えた。今更だが、自分がこの子たちを引率する教師だということを思い出した。

そうだ。私がしっかりしなきゃ。やること、やんなきゃ。この子たちを無事に避難させるんだ。

夏希は、ぱんぱん、と二度手を叩いて周りに呼びかける。

「み、みんな！　新砂中二年一組のみんな、大丈夫？」

まるでそれに返事をするように、生徒ではなく、甲高く獣が吠える声が響いた。

「逃げなさい！」と叫んだのがカレンだということはわかったが、彼女の姿はもうなかった。

斜め後ろから、ダダダダ、と何かが床を駆けてくる音がせまってくる。

思わず、振り向いてしまう。

暗がりの向こうから、濃い黒の巨大な塊が二つ、こちらに迫ってくる。それが何かは考えるまでもなかった。あの黒い獣だ。

「みんな、逃げて！」

叫んで、走り出す。生徒たちも一緒に。

わずかにしか視界の利かない暗がりの中、しゃにむに足を動かす。

前方にうっすらと、開いた両開きの扉が見えた。外側の壁に沿って並ぶ小ホールの一つだ。あそこに入って、扉を閉めれば、やり過ごせるかもしれない。

夏希は「みんな、こっち」と叫ぼうとしたが、息が上がってしまい喉が鳴るばかりだ。

とにかく、あの中へ！

夏希は小ホールの扉に飛び込んだ。声をかけることができなかったが、数人の生徒たちや、たまたま回廊にいた人々も一緒に入ってくる。

すぐ扉を閉めないと！

振り向くと、目の前に黒い獣の巨体があった。扉を挟んだすぐ外側で、いまにもこちらに入ってこようとしている。思わず息を呑んだ。「ああ……」とかすれた声が漏れた。

背後から誰かの「きゃあああ！」という悲鳴が聞こえた。

間に合わなかった……。もう逃げ場がない。襲われる。

夏希と獣との距離は一メートルもない。その大きく裂けた口から漂う獣臭が鼻をつく。体毛のない肌が、薄明かりを艶やかに反射していた。

夏希は恐怖で身がすくみ、一歩も動けなかった。

しかし、黒い獣の方も、扉の前に立ったまま動こうとしない。

襲ってこないの？

そんな戸惑いを覚えかけたとき、目の前の扉がひとりでに動き出した。

え、閉まる？

扉は見えない手に引かれているかのように閉じてゆく。それでも黒い獣は動こうとしない。やがて、扉が閉まりきって、その姿は見えなくなった。

なぜ、黒い獣が襲ってこなかったのか、扉が閉まったのか、まったくわからない。それでも一つ言えることは、当面、助かったということだ。

後ろを振り向くと、一緒に逃げ込んだ一同が呆然としていた。制服を着た新砂中の生徒が八名、カレンや新田ヒカルの姿はなかった。はぐれてしまったらしい。あとは一般客らしき人や、ジャンパーを着たイベントのスタッフらしき人もいる。

小ホールの中にも非常灯があり、辛うじて視界は利く。奥に街を象った大きなジオラマがあった。集められたゴミがどう再利用されるのか模型で再現しているようだ。どうやら、この小ホールでは、リサイクルについての展示をやっていたらしい。

「どういうこと？」「何が起きているの？」「あの黒い動物は何？」など、みな口々に声をあげる。無論、夏希にだってわかりようがない。

「先生！」

生徒たちが、夏希の周りに集まってくる。

「み、みんな、大丈夫よ、落ち着いて。ここで、助けを待ちましょう」

夏希は自分に言い聞かせるように声をかける。

と、そのとき、頭の上からシューと空気が漏れるような音がした。

今度は何？

夏希は天井を見上げるが、照明が消えているので暗くて何も見えない。空調なのだろうか。音はいくつも重なるようにして、大きくなってゆく。

「なんだ、この音?」「ガス漏れ?」

一同が困惑したように騒ぎ出す。

あれ?

夏希は軽い目眩《めまい》を覚え、妙な息苦しさを感じた。全力疾走した影響だろうか。

「やばいです! これ、消火用の炭酸ガスです!」

叫び声をあげたのは、ジャンパーを着たイベントスタッフらしき若い男だった。

「どうしてそんなものが?」

一般客の一人が尋ねる。

「わかりません。仮に火災でも、人がいるときはスプリンクラーが作動するはずなんです!」

そうだ。教員用の防災講習で教わったことがある。炭酸ガスは、水や薬剤のように機械や家具を破損する可能性の少ない優れた消火剤だが、人体には有害で、人のいるところで使うと酸欠を引き起こす危険がある——などと思い出しているうちにも、加速度的に息が詰まってゆくのを感じた。目眩は酷くなり、頭の奥がずきずきと痛み出した。

「く、苦しい……」

見ると女生徒が一人、床に膝をついていた。「大丈夫?」と手を差しのべようとした別の女生徒も、そのまま膝から崩れ落ちるように床にしゃがみ込んでしまう。「お、おい、しっかりしろ！」と男子生徒が二人に声をかけるが、彼の顔も酷く苦しそうだ。

夏希もこのままでは立っていられそうにない。口を開いていくら息を吸っても、喉の奥に粘土でも詰まったみたいで、苦しさが消えない。

「と、とにかく……、換気しないと！」

スタッフの男が扉に駆け寄る。

「待って、外には……あれが」

夏希は声をかけた。その扉を開けてしまえば、あの黒い獣が入ってくるかもしれない。

「そんな、こと、言ったって……このままじゃ、みんな窒息……ですよ！」

男は扉のレバーを摑んだ。

確かに、そうだ。黒い獣は恐ろしいが、いまは一刻も早く、空気が欲しい。

しかし男がレバーを引いても、扉はびくともしない。

「え？　あ……あれ……？」

「どうしたんだ？」

扉のところに人が集まってくる。

「あ……、開かないんです！」

男は悲鳴をあげた。

ない。
嘘でしょ？
「なんでだ！」「わかりません！」「どけ！　俺がやる」
扉に集まった人々は半ば半狂乱になって、扉を押したり引いたりする。しかし扉は開か
ない。
そうしている間にも、息苦しさは増してゆく。
苦しい。
夏希の耳の奥でぐわんぐわんと大きな耳鳴りが響きはじめた。いつの間にか、生徒たち
はみな、床に這いつくばっている。
扉を引いていた一人が、酸素を消費しすぎたのか、そのまま仰向けに倒れた。スタッフ
の男も、いつの間にかしゃがみ込んでしまいあえいでいる。
苦しい。
まずい、このままじゃ、本当にみんな……。
どうすればいいのかなんてわからなかったが、とにかく扉のところに行こうと一歩足を
踏み出したところで、ぐるん、と世界が回転した。肩から床に落ち、自分が倒れたことに
気づく。
立ち上がるどころか、指一本動かすことができない。口から肺の奥まで、びっちりと粘
土で埋まってしまったみたいだ。

苦しい、苦しい、苦しい、苦しい――

しかし、その次の一瞬、夏希は唐突に苦痛から解放される。粘土が取れたように息苦しさはなくなり、耳鳴りも消えた。頭が気持ちよく冷え、ふわりとどこかに浮き上がる感覚を覚える。

同時に、強烈な眠気に襲われた。抗いようもなく、夏希の意識は失われる。

そして二度と目覚めることはなかった。

9

何も見えない。

大ホールに得体の知れない黒い獣が侵入してきた直後、灯りが消え、目をふさがれた。望月栞は心臓をわしづかみにされたような感覚を覚えた。言葉にすれば、ただ二文字――恐怖。

逃げなくちゃ。とにかくここから逃げるんだ。

半ば本能的に足を踏み出そうとしたとき、ものすごい力で背中を押された。

後ろにいた誰か一人に、ではない。人の塊が押し寄せてきた。

誰もが栞と同じように、逃げようと動き出したのだ、この真っ暗闇の中で。

混乱は一瞬にして、極みに達した。

列が崩れ、人口密度が圧縮される。あっという間に身動きが取れなくなり、揉みくちゃになる。悲鳴と怒号が飛び交い、そこら中で人が押し合い、転び、倒れているのがわかる。塊になった人の列は、もう意思とは関係なく総体として波のように動く。栞は為す術もなく、それに巻き込まれる。勝手に身体がどこかへ運ばれる。

暗さに目が慣れてきたのか、うっすらと視界に輪郭が現れてくる。しかし、自分がいまどこにいて、どちらを向いているのかもよくわからない。近くにいたはずの、雨宮や岸がどこへ行ったのかもわからない。わかるのは、前にも後ろにも横にも、人がいることだけだ。

そんな中、断続的に獣の声と誰かの悲鳴が谺する。巨大な犬のような、あの黒い獣たちは、間違いなくこのホールのどこかにいる。そして人を襲っている。けれど、反響する声からは近いのか遠いのかすらわからない。すぐそこにあれがいるかもしれない。食べられる、殺される、嫌だ、絶対に嫌だ!

渦巻く恐怖は加速するが、どうすることもできない。

一瞬、身体がふっと浮き上がったかと思えば、あらぬ方向へと突き飛ばされ、息が詰まるほど強く挟まれる。群衆が将棋倒しになったのだ。まるで重なり合った人の壁に塗り込められたよう。

頰の部分に硬い金属が押しつけられていて痛い。誰かのベルトのバックルか何かだろうか。汗とコロンがいくつも混ざった湿った匂いが鼻をつく。だが、そんなこと以上に息が苦しい。

このままでは潰されてしまう。

栞は必死で身をよじってもがく。周りの人も同じようにもぞもぞと、身体を動かしている。少しずつ人の壁がばらけているのだろう、圧が減って息が楽になっていく。

更に身をよじり続けていると、唐突に圧から解放された。同時に背中をしたたか打ち付けた。床に投げ出されたのだ。

客席の下部に設置されている非常灯の、ほのかな光が目に入った。顔を上げると、うっすらとではあるが視界が開ける。

身体中が痛く、着ていたジャケットのボタンが一つちぎれていた。眼鏡のつるが曲がって少しずれている気がする。が、いまはそんなことを気にしている場合じゃない。

私はどこにいるの？　あの獣は？

栞は身を起こして周りを見回した。視界はゼロではないものの、ごく限られている。ホール全体を見渡すことはできない。ときどき、遠くに黒い影のようなものが素早くよぎり、悲鳴がする。あの黒い獣だ。人を襲っているのはわかるが、その動きを追うのはおろか、四頭すべての位置を把握することすらできない。

人の壁から抜け出せても、ほとんど事態は好転していない。ただ、自分がいまホールの後方、隅のところにいるらしいことだけはわかった。

少し先に、かすかに明るくなっている一帯があるのが見えた。人の背よりもやや高いところに、グリーンのプレートがあり、青白い光が辺りを照らしていた。誘導灯だ。四つある扉の一つだ。

しかし、誘導灯の下にある肝心の扉の方は閉まったままのようだ。数人が集まり、ハンドルを引いたり押したりしている。その中に司会の女子アナの姿もあった。男の人に混じって、懸命にハンドルを引いているが、扉はびくともしない。

あそこは駄目だ、どこかほかの出口を――と、振り向いた先には、数メートル先も見えない暗がりが広がり、獣のうなり声と悲鳴が響いている。この中に飛び込んでいくなんて、あまりにも無謀《じだ》だ。

愕然とする栞の耳朶を「おお！　開くぞ！」という声が打った。

見ると、閉じていた扉がゆっくりと開いていた。わっと歓声が上がる。

開いたんだ。

「こっちの扉、開きました！　逃げられます！　こっちです！　みんな来て！」

女子アナが、よく通る声で叫んだ。

その声に呼ばれるように、どっと人が詰めかける。栞も行こうと一歩を踏み出したとき、開きかけたその扉から、耳をつんざくような咆哮が轟いた。

黒い獣だ。黒い獣が飛び込んできた。

しかも、一頭だけではない。二頭、三頭、四頭。こちらからも、四頭。

女子アナは、最初の一頭に突き飛ばされ、そのまま腹に噛みつかれていた。ひときわ大きな悲鳴をあげた彼女の腹部からこぼれ落ちたものが、血かそれとも内臓なのかは、判然としなかった。

新しく侵入してきた黒い獣たちは、扉が開いたと思って集まってきた人々を次々に襲ってゆく。引き返して逃げようとする人と、止まれずに押し寄せた人がぶつかり、そこかしこで将棋倒しになる。

誘導灯と非常灯のかすかな光が、闇の中の惨劇をぼんやりと浮かび上がらせる。

逃げようとした大柄な中年男性が、躓いて床に転げたところを襲われている。黒い獣は男性の顔面に爪をたて、眼窩をえぐるように切り裂く。両目を潰された男性は、血の涙を流しながら、かすれた声で絶叫する。黒い獣は続けて男性の腹を噛みちぎり、その中に口を突っ込み、解剖でもするかのように、内臓を一つ一つ取り出しては食ってゆく。

若い女性が、体当たりを受けて床に押し倒される。黒い獣はそのまま、器用に爪と牙を振るい、女性の衣服を切り裂き、その下の肌を削いでゆく。裸にむかれ、皮を剝がれ、女性は血で染まる。苦痛の悲鳴をあげるが、黒い獣はひと思いに殺さない。腕の、足の、乳房の、顔の、あらゆる箇所の、皮膚を生きたままこそぎ取られ、女性は全身の肉をむき出しにされてゆく。

小学生くらいのぽっちゃりした男の子が、首筋に嚙みつかれている。黒い獣はそのまま、頭を大きく振り上げる。その拍子に首筋が破れ、男の子の身体は放り投げられる。男の子は大量の血を噴き出しながら宙を舞う。そしてグシャッという音とともに客席に落ちる。首のちぎれかけた男の子は、もうぴくりとも動かない。

車椅子に乗ったお婆さんが、身動きもできずに頭を囓《かじ》られている。黒い獣は、お婆さんの頭蓋骨を割り、脳をむき出しにする。お婆さんにはまだ意識があり、血まみれの顔を恐怖で歪める。黒い獣は尖った舌を伸ばし、じっくり味わうようにちろちろとお婆さんの脳を舐め、すすってゆく。

ホールの前方から、何かが飛んできて、通路を走って逃げていた青年に直撃する。青年はもんどりを打って倒れる。首があらぬ方向に曲がり、手足をピクピクと痙攣させている。飛んできたのは巨大な弾丸のような照明、スポットライトだ。落下した拍子にバーから外れたものだろう。スポットライトは、勢い余って床を転がる。近くにいた黒い獣が球拾いをするようにそれに駆け寄り、大きな口にくわえる。そして砲丸投げのように、身体全体をねじり勢いをつけ口を開いて、ホール前方に投げ返した。投げた先の暗闇から、ガン、という衝突音と誰かの悲鳴が響く。

暗いホールに、血と臓物と獣の臭いが充満してゆく。そこら中で、ばたばたと人が倒れる。

阿鼻叫喚《あびきょうかん》、とはまさにこのことだった。黒い獣たちは人を差別することなく襲い、殺し、食らっていた。平等に、しかし無慈悲に。

いまこの空間で、何人が生きていて何人が死んでいるのか、もうよくわからない。いつ暗がりの中から黒い獣が出現し、襲われるかわからない。

きわめて危機的な状況にも拘わらず、現実感は急速に薄まってゆく。同時に違和感を覚えた。

動物らしくない。

黒い獣たちは襲った人を食べている。けれどそれが、動物的な捕食行動に見えない。単に空腹を満たすだけでなく、人を襲い弄ぶことを、楽しんでいるようにすら見える。

まるで何かのパーティーみたい。

栞は先週、職場で行われた忘年会のことを思い出した。老舗《しにせ》ホテルのホールを借りて毎年開催される全社全部署参加の立食パーティーだ。どういうわけか目の前のこの光景が、あれと似ている気がする。

みんな、ビンゴで大いに盛り上がり、お寿司やらローストビーフやらという料理に舌鼓を打った。

同じことをしているだけなのかも……。

あの黒い獣たちも、あのパーティー会場の栞たちのように、ゲームを楽しみ、目の前にある食べ物を味わっているのかもしれない。そんなふうに見える。

栞は、動物を助ける活動をする一方で、動物の肉を食べている。突き詰めればそれは矛盾だ。殺していい命と、よくない命について、こちらの都合だけで線を引いている。

これは因果なのだろうか。私も食べられてしまうんだろうか。そう言えば、そんな童話があったっけ。

「隆《りゅう》さん……」

口から漏れたのは、恋人の名前だった。

今夜、ビストロでジビエを食べる約束をしていたのが皮肉にも思える。

ああ、でも、私に今夜は来ないのかも――

「隆さん……」

もう一度、隆平の名前を呼んだ。呼んでも彼は現れない。

同時に頭をよぎったのは、ざらりとした感覚。隆平の頬にかすかに生えた硬い髭のあの感触。甘やかな記憶。あの髭に触れるのは、いつもベッドの中だった。セックスをしたあと、こっそりと触れるのが好きだった。

死にたくない！

生命としてごく自然でシンプルな欲求が込み上げてきた。

死にたくない！　こんなところで、得体の知れない獣に食べられたくなんてない！　あともう一度、いや、あと何度でも、隆さんの髭に触れたい。たとえ矛盾していたって、今夜、彼とジビエを食べたい！　そして、言ってくれるはずの言葉を聞きたい！

栞は顔を上げる。

こんなところで立ち止まっちゃ駄目だ！

生きるんだ。生きて、隆さんのところへ帰るんだ！

そうだよ、いくら呼んでも隆さんは来ない。だから、こっちから行くんだ！

前方の扉は大きく開いたままだ。

新たに現れた黒い獣、四頭のうち三頭は、もう扉の前から離れているようだ。少なくとも、いま誘導灯が照らす範囲にいるのは一頭だけ。その一頭が、扉の前に立ちはだかり、逃げようとする人々を襲っている。

あの黒い獣が偶然、あそこにいるとは思えない。門番の役割を果たしているのだろう。普通の動物はこんなことはしない。黒い獣たちは無差別に人を襲っているけれど、決して闇雲ではない。やっぱり動物らしくない。

あの黒い獣は、一体、何？

今更の疑問が湧いてくる。

けれどいまは、その答えよりも、生きてここから出ていくことの方が優先だ。

よく見ると何人かに一人は、逃げ出せている。一頭だけの門番では逃げようとする全員を遮れないようだ。

これは賭けだ。確率は何パーセントかわからない、そんなに高くない。

でも、行こう。

ただここにいて、殺されるのを待つよりも、外に出ていける可能性に賭けよう。

栞は立ち上がり、出入り口へ近づく。

上手く、抜けられるか……とにかく、突っ込むしかない。

そう思い、助走をつけるように小走りで扉に近づこうとしたそのとき、後ろから声がした。

「待ちなさい！」

思わず足を止め振り返り、栞はぎょっとした。

背後の暗がりから大男が現れた、雨宮だ。いつもきっちりとセットしている髪を、さすがに振り乱している。しかし驚いたのは、はぐれてしまった彼と再会したことではない。

雨宮は、小さな女の子を両手で抱きかかえていた。たぶんまだ一歳か二歳くらい。全然知らない子だ。

女の子は泣きじゃくり、さらにその後ろから母親らしき女性が「返して！　うちの子に何するんですか！」と、半狂乱になって追いすがっていた。どう見ても、一緒に逃げている感じじゃない。

雨宮さん、何を……。

「ほら、追いかけなさい！」

言うと雨宮は、抱えていた女の子を、黒い獣のいる方へ放り投げた。女の子の小さな身体が宙を泳ぎ、扉から少しだけ離れた場所に背中から落ちる。ドサッという音と同時に、けたたましい泣き声がする。

「いやあああ！　ユキちゃん！」

泣き叫びながら母親は女の子のところへ向かってゆく。

黒い獣はそちらに首を向ける。明らかに扉の方から注意が逸れているのがわかる。

「大臣、いまです！」

雨宮が声をかけると、更に背後から、スーツを着た坊主頭の男が現れた。男は背中にもう一人、別の男をおぶっていた。

どこか見覚えのある容貌と、雨宮が口にした「大臣」という言葉で、誰かわかった。おぶわれているのは、環境大臣の呉松某だ。そう言えば、セレモニーで挨拶をするはずだったんだ。背負っているのは秘書だろうか。

「行けえ！　走れ、走れ、急げえええ！」

呉松は、他人の背中で顔を真っ赤にして絶叫した。

「望月さん、死にたくなかったら、あなたも急ぎなさい！」

言って雨宮は栞を追い抜き、開いた扉へ向かう。呉松をおぶった坊主頭の秘書も、そのあとに続く。

他方、母親は女の子のところにたどり着き、抱き上げる。しかしそのすぐ傍まで黒い獣が迫っている。そして扉の前はがら空きになっている。確かに、いまなら外に出られる。なんてことを！

やっと思考が追いつく。雨宮が何をしたのか、しようとしているのか。

あの母娘《おやこ》を犠牲にする気？　それこそ生け贄にするみたいに。

そんなこと、許されるわけない！

「助けて！」

母親が、こちらに手を伸ばした。

そうだ、助けなきゃ。

このまま、あの二人を見捨てて逃げるなんてできない。助けるんだ。

まだ間に合う。駆けよって、あの手を取るんだ。黒い獣に襲われるかもしれない、いや、きっと襲われる。それでも。それでも、最悪、自分が身代わりになってでも、二人を逃がすんだ。

栞は、思った。確かに、そう思ったのだ。

助けるべきだと。逃げてはいけないと。見ず知らずの母娘を犠牲に、助かってはいけないと。雨宮がやったこととはいえ、それに乗っちゃ駄目だ。こんなこと、絶対に許されない。許されるわけがない！

しかし、栞の足は扉のある方へ向かって、交互に踏み出された。

栞は逃げた。助けを求める母親を無視して。前を行く雨宮たちの背中を追いかけて走った。

わかっている。身体が勝手に動いているわけじゃない。走るというのは、無意識の反射運動ではない。意志に基づく行動だ。

逃げてはいけないと思う以上の強さで、逃げたいと思ったからだ。あの母娘を犠牲にしてでも、助かりたいと思ったからだ。外へ、隆平のいるところへ帰りたいと思ったからだ。

どれだけ理屈を捏《こ》ねたところで、見ず知らずの他人のために、希望を擲《なげう》つことなんて、できない。

視界の隅で黒い獣が母娘に襲いかかるのが見えた。

「やめてえ！　せめて、この子は助けて、助けてください！」

母親は、誰に懇願しているのか。

「ねえ、お願いよ。せっかく手術が成功したんだから！　生きられることになったんだから、ねえ！」

あの女の子のことだろうか。何か事情があるのだろうか。

聞きたくない、知りたくない、私には関係ない。

走りながら栞は、思わず両手で耳をふさいでしまった。

黒い獣が無慈悲な牙をふるうのが気配でわかる。

その真横を栞は通り過ぎる。重苦しい罪悪感が、足をより速めた。床に敷かれた絨毯の柔らかさに足を取られてしまいそうだ。

ふさいだ耳にも、悲鳴と、ぐしゃぐしゃと肉がかみ砕かれる音が聞こえた。振り返りもせず、否、振り返ることなどできずに、そのまま扉をくぐる。

座席に傾斜をつけるためホールの扉は中二階にあたる位置にあり、出たところは狭いラウンジになっている。床が絨毯からタイルに変わり、足に伝わる感触が硬くなる。そこから大きな螺旋階段を下った先が回廊への出入り口だ。

暗がりの中、栞は雨宮たちの背中だけを見つめ、階段を駆け下りる。呉松の「行け！」「急げ！」という声が聞こえる。回転運動にかすかな目眩を覚える。

階段を降りきって出入り口から回廊に出ていく。そこも大ホールと同じく灯りが消えていた。やはり低い位置に非常灯があり、そのほのかな光だけが頼りだ。

背後を振り返る。大ホールの中から黒い獣が追いかけてくる気配はない。

生きている。

生きたまま、出ることができた、できてしまった。

雨宮と呉松を背負った秘書は、しばらく小走りで進み、立ち止まった。

「いやあ、よくやった！」

呉松は自分を背負う秘書から降りようとせず、その坊主頭を嬉しそうにぺちぺちと叩いている。

「いえ、ご無事で何よりです」

秘書は息を切らしながらも、少しも嫌がることなく応じた。

「きみも、よくやってくれたな。いい判断だった」

続けて呉松は雨宮に言った。

「いえいえ、選良の方をお助けするのは、市民として当然の振る舞いです。私、以前より先生の政策や主張に、大いに共感しておりました。妙な形ですが、こうして知り合い、力になれて光栄です」

雨宮は手を使って乱れた髪を整える。

男たちは、あの行為を「いい判断」で「当然」だと言っている。

栞は叫んでいた。

「雨宮さん、どうして！」

気分屋で独断的、けれど悪い人ではないと思っていた。なのに、まさかこんなことをするなんて。

しかし雨宮は、こちらを振り向くと少しも悪びれず、薄く笑った。

「助かってよかったですね」

「どうして……」

同じ問いを繰り返した。意図は通じているのだろう、雨宮は肩をすくめた。

「確実に助かるために、決まっているでしょう。あの状況では、まず自分が助かることが先決です。それに加えて、助ける価値のある人を助けることができるなら、そうすべきでしょう？」

助ける価値？　有名な代議士にはそれがあって、あの母娘にはないというのか。

栞の憤りに応えるかのように、雨宮は眉をハの字にして沈痛な面持ちをつくった。

「もちろん、あの母娘には可哀相なことをしたと思っています。しかし、それはそれ、これはこれですよ。人はときに苦渋の選択をしなければなりません」

この場面で、それを言うのか。

唖然とする栞に、雨宮は冗談めかした。

「知り合いのよしみで、ついでにあなたのことも助けたんです。感謝してくださいよ？」

その声色には一切の屈託がない。罪悪感など微塵も覚えていないようだ。

でも……。

よしみだろうが、ついでだろうが、雨宮に助けられたのは事実だ。気に入らないなら、拒否すればよかった。身を挺してでも、あの母娘を助ければよかった。それが無理なら、せめて逃げずにあの場に留まればよかった。

とどのつまり、同罪だ。何も言えない。

雨宮は辺りを見回す。

「ホールから出られたものの、まだ安心はできなそうですね……」

暗い回廊に幾人もの人が行き交っているのが、音や声、気配でわかる。「駄目だ。入り口、閉じてる！　出れない、出れない」そんな声が聞こえた。

入り口、というのは、エントランスのことだろうか。

「お、おい、どうなってるんだ？　外に出れんのか？」

呉松が不安げな声をあげた。

そのとき、向かって右側から、獣の咆哮が轟いた。

いる。姿は見えないが、この回廊にも、黒い獣がいるんだ。

そう思う間もなく、足音が響いてきた。

「と、とにかくこちらへ！」

雨宮が音のする方と反対へ向かって走り出し、呉松を背負った秘書が続いた。栞もそのあとを追う。雨宮や呉松がどうであれ、こんなところに独りで取り残されたくはない。

栞は、頭の中にうろ覚えのロタンダ・シーフォレストの館内図を思い浮かべる。

大ホールを出て左側なら、方向としてはエントランス方面のはずだ。

が、今度は前方に、悲鳴と獣の声が谺し、やはり足音が響いてきた。

先頭の雨宮が思わず足を止め、栞たちもそれに倣う。

前後、どちら側にも黒い獣がいるようだ。だとしたらまずい、挟まれている。

「お、おい、どうした。どうするんだ？」

呉松が苛ついた声を出すが、雨宮は答えずに、きょろきょろと辺りを見回す。

前方からの足音がより近くなり、暗がりから走る集団が現れた。学生服を着た子どもたちだ。

そちらを見て雨宮が「ほおおーっ！」と素っ頓狂な声をあげた。

「カレン様！」

集団の中に一人だけ大人の女性、カレンの姿があった。

呉松も「ほう」と小さく声をあげたのが聞こえた。

「こっちです！　こっちへ来てください！」

雨宮はカレンに向かって叫ぶと、大きく手を振り、方向転換して大ホールの方へ戻るように走り出した。

「お、おい、きみ、戻ってどう――」

言いかけた呉松が、一転、秘書に指示をした。

「いや、続け、彼に続け！」

秘書が走り出した。雨宮の向かう先には、ぼんやりと何か大きな物体の影が見える。高く天井まで届くほどの巨大な――エスカレーターだ。

雨宮は、大ホールの出入り口の前にあるエスカレーターに向かい走ってゆく。前からも後ろからも黒い獣が迫ってきている。大ホールに戻るのは論外だ。なら、上に逃げるしかない。

栞も雨宮を追って懸命に走った。

10

まさに壮観のひと言につきる。

ルゥは、〈彼ら〉の活躍をうっとりと見つめた。

ロタンダ・シーフォレスト地下管理区域の制御室《コントロール・ルーム》。

壁に取り付けられた基幹システムの大型ディスプレイは、いくつもの画面に分割され、

く。

館内の防犯カメラが捉えた映像を映している。照明を落とすのと同時に、赤外線を使った暗視モードに切り替えたため、モノクロで多少画質は粗いが、十分に鑑賞に堪える。

カメラにマイクはないので音は拾えない。音も色もなく流れる粒子の粗い映像は、適度に生々しさを削ぎ、しかし、奇妙な臨場感を伝えてくれている。逃げ惑うヒトが為す術もなく次々と屠られてゆく様を観ていると、脈拍と体温が上がってゆき、気分が高揚してゆく。

画面は全部で三〇以上もあるが、それでも館内のすべてのカメラの数よりはずっと少ないし、一人でそんなにたくさんの画面を同時に見て把握することはできない。キーボードとコントローラーを使って、適宜、切り替えることになる。

館内で最も多くヒトが集まっていただろう大ホールは、〈彼ら〉に思う存分暴れてもらうための「狩り場」となっている。一階の各小ホールでは、逃げ込んだヒトが、さながら殺処分を受けるように、息を詰まらせて死んでいる。

ルゥの役割はこの制御室《コントロール・ルーム》で基幹システムを操作しつつ、通信のハブになることだ。館内に供給されている携帯電話の電波や通信回線は、すべて遮断しているが、一つだけ識別名《SSID》を隠したWi－Fiネットワークを仲間同士の通信用に生かしてある。

さらに状況に応じて必要ならば〈彼ら〉に対して簡単な指示も出す。これには音を用いる。指示に対応した電子音のサインを館内のスピーカーで流すのだ。

さて、それはそうと……。

ルゥは画面に向き直ると、キーを操作し一対一の個別通信を開いて、シマを呼び出す。

「シマ、気分はどう？」

一拍おいて、かすれた声が聞こえた。

『ああ、だ、大丈夫……』

「あまり大丈夫そうに聞こえないわね」

『心配かけてすまない。わかっていたことだが……、実際に目の前で知っている者が〈彼ら〉に殺されるのを見たので、ちょっとな。でも、本当に大丈夫だから。もう少し休ませてもらえば……』

シマはAホールで〈彼ら〉を解き放ったことで、ずいぶんとショックを受けてしまったようだ。しばらく回廊をふらふらしていたが、「気分が悪くなった」と告げ、トイレへ駆け込み、まだ出てきていない。どうやら、さんざん嘔吐《おうと》して、そのまま休んでいるようだ。

ほぼ全館に防犯カメラが設置されているロタンダ・シーフォレストだが、トイレにだけはない。言わば死角だ。通信はできるが、姿は確認できない。

「そう。一応、ヤマグチに様子を見に行かせるわ」

『わかった。待っている』

彼、少し、繊細すぎるわね。

ルゥは肩をすくめた。

シマは優しい男だ。アヌビスでは育成部に所属し、そこで目の当たりにした子犬工場《パピーミル》の実態に心を痛めていた。〈彼ら〉を、最初に助けようとしたのもシマだ。その分、種差別《スピーシズム》に無自覚なヒトへの怒りも強かったのだが。

そういった優しい性格が、裏目に出てしまったかもしれない。

ルゥは、狩り場となっている大ホールにいるヤマグチを呼び出した。

『どうした？』

画面の中で、舞台の縁に腰掛けていたヤマグチが、呼び出しに反応している様子が見えた。

シマが体調を崩していることを伝える。

「こちらからの呼びかけには応えるから、大事ないとは思うけれど、念のため様子を見てきてくれない。ちょうど、大ホールを出て正面のトイレにいるから」

『了解』

答えるヤマグチは平然としている。彼のいる大ホールで流れている血の量は、先ほどシマがAホールで目撃したそれと比較にならないほど多いだろう。シマと比べると彼はだいぶ図太いようだ。

まあ、それは私もだけれどね。

　制御室《コントロール・ルーム》のそこら中には血が飛び散り、隅に四つの死体が折り重ねて置いてあった。〈彼ら〉に襲われたオペレーターたちのものだ。

　ディスプレイとコントローラーはきれいに拭いたが、さすがに部屋をまるまる掃除したりする時間はなかった。

　血の臭いは少々不快だが、死体のある部屋で虐殺の様子を眺めること自体には、抵抗はない。

　ルゥは、大ホールと小ホール以外の防犯カメラの映像も確認してみる。

　回廊を逃げる者たちの一部が停止したエスカレーターを上ってゆくのが見えた。

　外に出ることができない以上、とりあえず上に逃げるというのは、妥当な判断だろう。が、当然こちらも想定している。一階にない出口が二階にあるわけがない。窓の類もすべてふさいである。〈彼ら〉はそのうち二階へ向かうことになっている。

「あ」

　ルゥは思わず声を漏らして笑みを浮かべた。エスカレーターを上る者の中に〈教授〉とアイの姿があったからだ。

11

暗がりの中、氏家拓人は一段、一段、動かないエスカレーターの段を上ってゆく。

列の先頭は、白衣を着た二人、鷺沢とマナ。マナの白い髪が闇の中に揺れている。そのあとを宗介、結愛、拓人の順で続き、最後尾が肥った警備員の高松だ。彼は「万が一、僕が足を踏み外して転んだら、後ろの人潰れちゃうでしょ」と言っていた。

誰一人、言葉を発していないけれど、拓人にとっては十分にやかましい。

みんなの息づかいや足音、そして何より、足もとの暗がりから、断続的に悲鳴らしき声と、獣の咆哮が聞こえてくる。誰かがどこかで襲われている。

眼下にはっきり高さを感じさせるものなど何も見えないのに、ちらりとでも下を見てしまうと、身がすくむ。ぽつりぽつりと灯る階下の非常灯の光は、まるで永遠の落下を誘うようだ。

自然とあくびが漏れる。かすかな眠気も感じる。

拓人は緊張すると、まずやかましさを強く感じ、そのあとどういうわけか眠くなる。吃音と一緒で、自覚はあっても、意志の力で止めることが難しい。発達障碍と関係あるのかよくわからないけれど、空気が読めないことと相まって、人から誤解されがちな生理現象だ。

下を見ちゃ駄目だ。

拓人は、顔を上げてまっすぐ前を向く。

そこには、つながれた手と手がある。

拓人の前、一段先を行く結愛と、もう一段先を行く宗介は、互いに伸ばした手を握っている。それを見ると、胸の中にカタチの違う二つの気持ちが湧いてくる。

一つは、寂しいような悔しいような、雨が降る前の灰色の雲のようなもやもやした気持ち。もう一つは、秋の柔らかな木漏れ日のような暖かな気持ち。真反対のカタチに思える二つの気持ちが、混ざり合っている。けれど後者の方が強いみたいで、そんなに嫌な気分にならない。

この気持ちの正体がなんなのかは、拓人にはよくわからない。

ただ、二人が助かってよかった。そう、思う。

突然現れたあの大きな黒い獣は、まさに怪物だった。まるで、この世界を丸ごと壊してしまいそうな、圧倒的な怪物。

あれは、僕が望んでいたものじゃなかったのか?

そうだ。拓人は確かに、望んでいた。生まれたくて生まれたわけじゃないこの世界など、壊れてしまえばいいと。怪物の到来を期待していた。

来てくれた――とすら思った。

なのに。

それが現実に人を襲うのを目の当たりにすると、途端に、恐ろしくてたまらなくなった。壊さないで欲しいと思った、殺さないで欲しいと思った。自分のことだけでなく、結愛やそして宗介のことも。

かつて拓人は二人ともに傷つけられた。結愛からは「迷惑」と言われた。宗介には殴られた。それでも、あの黒い獣に二人が殺されるのは嫌だった。二人がいる世界を壊されたくなかった。

どうしてこんなことを思うんだろう？　僕は確かに、この世界を壊してしまいたいと思っていたはずなのに。

それも、わからない。

わからないことだらけの反面、わかったことが、一つ。あの黒い獣。あれは、たぶん

――


ほどなくして二階のフロアが見えてきた。一階と同じような回廊だが、ショッピングモールになっている。やはり灯りは消えていて薄暗い。

エスカレーターを上りきって目を凝らすと、一階なら小ホールが並んでいる外側の壁沿いに、飲食店らしきものが並んでいた。この辺りはフードコートのようだ。しかしどの店

にも灯りは点いていない。

拓人たちのほかにも一階から逃げてきた者がいるようで、回廊には人の気配や話し声がかすかにしていた。視界が利かないので、何人くらいの人がいるのかよくわからない。

背後から「どっこいしょお！」と、高松の甲高いかけ声が聞こえた。彼は膝に手を当てて大きく息をついていた。

マナが「大丈夫ですか？」と声をかけると、高松は「オーケー、オーケー、大丈夫です」と答え、背筋を伸ばし、思い出したかのように「ああっ」と声をあげた。

「やっぱり、閉まってんのかぁ」

高松はよろよろと歩き出し、一同はそれについてゆく。

向かった先はエスカレーターの正面、一階ならちょうど搬入口があるところだった。店舗が途切れて、ぽっかりとスペースが空いており、ベンチが置いてあった。奥には望遠鏡が設置され、見上げると「シーフォレスト・オーシャンビュー」というプレートが吊ってある。

ここが高松の言っていた展望デッキのようだ。

しかしそのスペースの先、本来なら東京湾が一望できるのだろう窓の部分には、さっきマナが予想したとおり、防火扉が下りていた。

結愛がため息をつくのが聞こえた。高松は、床にへたり込んでしまった。

半ばわかっていたこととはいえ、みな落胆しているようだ。

展望デッキには拓人たちの他にも、数人がいる。

二階に逃げてきた人々が、自然と人の気配のあるところに集まってきている感じだ。

目が慣れてきたのと、スマートフォンや携帯電話を懐中電灯代わりにしている人が数人いるので、身の回りを見回せる程度の視界は確保できている。

不意に頭の上から「拓人……」と呼ぶ声がした。

宗介だった。

真剣な眼差しで、じっとこちらを見つめている。

拓人は反射的に、身体がこわばるのを感じた。

殴られたときの腹の痛みを思い出してしまう。胃がきゅっとすぼまるような気がした。

宗介が助かってよかったと思ってはいるが、それでも未だに恐怖の対象であることは変わりないのだ。

12

あれは、どういうことだったの？

停止したエスカレーターを駆け上りながら、望月栞は、いましがた目の前で起きた奇妙な出来事を思い返していた――

数人の大人と中学生たちからなる集団は、雨宮に先導され、大ホール前のエスカレーターを目指した。

しかし前から二頭、後ろからも二頭、計四頭の黒い獣が暗がりから姿を現し、闇を切り裂かんばかりの勢いで迫ってきた。

先頭を走る雨宮より早く、前方からやってくる二頭が、エスカレーターの前に立ちふさがった。

「くっ！」

雨宮は息を漏らし、急ブレーキをかけるようにストップする。あとに続く者たちが団子になった。

駄目だ。これじゃ上には逃げられない。

後ろを振り向くと、そちらにも二頭の黒い獣の姿があった。完全に挟まれてしまった。

黒い獣たちはすぐには襲ってこずに、集団を取り囲むようにして一度立ち止まりうなり声をあげる。

「お、おい、菊地《きくち》、なんとかしろ！　なんとかして逃げるんだ！」

秘書の背におぶわれたままの呉松の声が空しく響いた。菊地というらしいその秘書は、左右に視線を動かし、どうにか脱出できないか探っているようだったが、集団から飛び出せば、すぐさま襲われそうだ。かといって、このままじっと固まっていても、やはり襲われるだろう。

黒い獣たちが、包囲を縮めるように、ゆっくりと近づいてくる。栞は改めてその巨大さに、息を呑んだ。昔、一度だけ、体長一メートルを超えたセントバーナードを見たことがあるが、あれよりも二回りは大きい。その裂けた口から漏れる息づかいに耳を、獣臭に鼻を侵される。

「いやぁあ」

中学生の女子が、か細い泣き声をあげる。

「こ、こんなはずじゃない、こんなはずじゃ……」

雨宮は青い顔をしてブツブツとつぶやく。こんなふうに取り乱す雨宮の姿を栞は初めて見た。

万事休す――そう思ったときだ。

集団の中からカレンが一歩、歩み出た。そして四頭の黒い獣たちを見回し、語りかけた。端正な顔に汗を浮かべ、真剣な眼差しで。

「私たちは、あなたたちの敵じゃないわ！　だから落ち着いて！」

当然、黒い獣たちは何も応えない。しかしカレンは、まるで返答が聞こえたかのように、大きく頷いた。

「そう、そうだったのね……。大丈夫、大丈夫よ。私たちは何もしない。だから、さあ、行きなさい」

よく飼い慣らしたペットならともかく、なんであるかもわからない上に人を襲うような獣に、言葉が通じるわけがない。

しかし黒い獣たちは、すっと身体の向きを変えた。そして駆け出した。すぐ傍にある大ホールの出入り口に向かって。目の前まで迫ってきていた四つの黒い巨体は、その中に消えていった。

栞は呆然とそれを見送った。

「素晴らしい！」雨宮が歓喜の声をあげた。「ああ、素晴らしい！　カレン様！　あなたは生きる奇跡だ！」

「まだ安心はできないわ。あの子たち、また戻ってくるかもしれない」

カレンはすまし顔で、黒い獣たちが入っていった大ホールの方を見つめた。

「いまのうちに、二階に避難するんです！」

雨宮のかけ声で、一同はエスカレーターを上り始めた。

——あのとき、まるであの黒い獣たちをカレンが説得したかのようだった。奇跡、と雨宮は言った。そうだ、まさに奇跡が起きたようだった。

もしかしたらあの人は、カレンは、本当に動物と話せるんだろうか？

ついさっきまで、あんなものはインチキに違いないと思っていたけれど、目の前で起きた出来事がそれを揺るがせていた。

でも、冷静に考えてみると「動物と話せる」という現象には、やはり合理的な説明がつかないように思える。言わば幽霊みたいなものだ。

幽霊らしきものを見たからといって、幽霊という非合理の存在が証明されるわけじゃない。それは見間違いや幻覚といった別の現象で、合理的に説明できるはずだ。

そんなことを考えながら動かしていた足が、突然、空を切った。

え？

足は体感的な予測よりも低い位置で地面を踏み、栞はたたらを踏んだ。

二階のフロアについたのだ。栞はどうにか転倒を免れ、ふんばる。

立ち止まった栞は、両膝に手をついて息をする。

そのとき、いきなり背中を押され、つんのめった。

「ちょっと、邪魔！」

「わっ」

押したのは、ちょうど栞のあとから走ってきたカレンだった。香辛料にも似た匂いが香った。彼女が身に付けている香水のそれだろう。

「後ろから来てるんだから！」

カレンの後ろからも、中学生たちが続々とエスカレーターを上ってくる。

「望月さん、何をやっているんですか！」

雨宮がきつい口調で叱責する。

やがて最後の一人まで上りきったのだろう、あとに続く者はいなくなった。

カレンはおもむろにエスカレーターのステップに近づき、じっと階下の暗闇を覗き込む。

「カレン様、あいつらは？」

雨宮が尋ねた。

「とりあえず、追ってはこないみたいね」

「あいつらとも、話せるんですね？」

「そうよ。実は私も、自信はなかったんだけどね。あの子たちも動物。きっと声を聞くことができるって、耳を澄ましたら聞こえたのよ」

カレンの様子は自信に満ちていて、嘘や世迷《よまい》い言《ごと》を言っている感じはまったくしない。

一同が「おお」「すごい！」「本当ですか？」などと感心した声をあげる。雨宮などはうっとりとした恍惚《こうこつ》すら浮かべている。

みな、カレンの言うことを信じたようだ。

栞は疎外感を覚える。

あれを目の当たりにしても疑おうとする自分の方が、頑迷なのかとも思えてくる。

でも……。

いま、彼女の香水の匂いを嗅いで思ったのだが、たとえばあの匂いを忌避したということはないだろうか。

あるいは……そうだ、そもそもあの黒い獣たちは、仲間のいる大ホールへ向かうつもりで走ってきたんじゃないだろうか。どこか動物らしくない。ただ闇雲に人を襲っているわけじゃなさそうだ。何か段取りや目的があって、栞たちを襲わなかったということはないだろうか。

結局、確かめようもない。

もしもカレンが本当にあの黒い獣と話せるなら、これ以上ないほど心強いのは確かだ。信じたいという気持ちは栞にもよくわかる。

「カレン様、こちらへ」

雨宮はカレンに声をかけると、呉松に近づき、三人で何やら話し合いを始めた。いつの間にか呉松は、秘書の背中から下りて床に立っていた。

呉松が「わかった。任せよう」と雨宮に頷いた。すると雨宮は、ぱん、と手を叩き一同の注目を集める。

「みなさん。ここにとどまっているのは、万が一、あの黒い獣がそのエスカレーターを駆け上がってきたときに危険です。とりあえず移動しましょう」

雨宮、呉松、そしてカレンが先頭になり、一同を促すように歩き始めた。みな、それについていく。栞は若干の躊躇《ためら》いを覚えたが、こんな場所で一人になりたくはない。結局最後尾についてそれに続いた。

しばらく進むと、外側の壁にそって並ぶ店がアパレルや雑貨系のショップから、レストランやカフェに変わった。フードコートに入ったようだ。ただし、まだ営業時間前だからか、特に食べものの匂いは漂ってこない。

——助けて！

突如、背中から叫び声が聞こえた。

栞は足を止めて振り返る。そこには誰もおらず、暗い回廊が続いている。高い天井が闇に塗りつぶされている。

——助けて！

もう一度声がした。今度はすぐ近くで。誰もいないはずの目の前の暗闇から。子どものけたたましい泣き声も聞こえてきた。

栞は息を呑む。知っている声だった。つい先ほど、聞いた声だった。

やがてぼんやりと、いるはずのない何者かの輪郭が浮かび上がる。女だ。小さな子どもを抱いている。

あの母娘だ……。

栞はぞっとした。動物と話すなんてことよりも、ずっと非合理的な現象が目の前で起きた。

――せめて、この子は助けて、助けてください！

女の顔と子どもの身体は、溶けたようにぼやけていてよく見えない。

――あんなに頼んだのに、どうして助けてくれなかったの！　どうして見殺しにしたのよ！

女は絶叫する。

思わず両手で耳をふさぎ目を閉じた。

幽霊らしきものを見たからといって、幽霊という非合理の存在が証明されるわけじゃない。

幻覚だ！　いない、いない、いない、いない。誰もいないし、何も聞こえない！

必死で自分に言い聞かせながら、恐る恐る目を開ける。

果たしてそこには、誰の姿もなかった。けれど気配は消えてくれない。いまにもまた、声が聞こえてくるような気がした。

栞は回れ右をすると、その場から逃げるように、先に進んでしまった一行のあとを追った。

13

隣にいた宗介は、何か意を決したように小さく息を吸うと、拓人の方へ顔を向けた。

「拓人……」

梶川結愛は宗介が拓人を名前で呼ぶのを久しぶりに聞いた気がした。そもそも、この数年、宗介が拓人に話しかけること自体、なかったのではないか。

拓人が戸惑うように身をこわばらせるのが見て取れた。

いつも何を考えているのかイマイチわからない拓人だが、とりあえず宗介のことを恐れているのは、わかる。

「そんな、びびるなよ……。て、俺が悪いんだよな。その……こんなときに言うのも変だけど……」

宗介は、軽く頭を下げてその言葉を言った。

「ごめん」

拓人はきょとんとした顔で宗介を見上げている。

「前に、新田のことで、おまえを殴っちまった。そのあとも、みんなで悪口言ったりした。やり過ぎたと思っている。謝って済むことじゃないかもしれないけど、マジで……ごめん」

当の拓人は、きょとんとした顔のまま「ああ、うん」と相づちを打っている。

けれど結愛にはわかった。宗介はこれを言うために、楽屋の大部屋を抜け出して拓人を追ったんだ。宗介は、謝りたかったんだ。

私もだ――

「それから、ありがとうな」宗介は続けて感謝の言葉を口にした。「さっき、おまえのおかげで助かった」

私もだ――

搬入口のところで、拓人が逃げようとする結愛や宗介を止めてくれたから、あの黒い獣たちをやり過ごすことができた。

「ねえ、拓ちゃん」自然と口が開いていた。「私も、ありがとう。拓ちゃんのおかげで、助かった。それに、ごめん。あのとき私、拓ちゃんに酷いこと言った。みんなと一緒になって、拓ちゃんが傷つくようなこといっぱいしちゃった。ごめん……本当に、ごめん……」

想いを言葉にしてしまうと、込み上げるものが止まらなくなり、目からぼろぼろと涙が溢れた。

「あ、あの……」拓人が震えた声で言った。「な、な、泣かない、で」

見ると拓人も目を真っ赤に腫らしていた。ただ、その顔はいつもの無表情で、感情を読み取るのが難しい。

謝罪と感謝がちゃんと伝わったのかすら、よくわからない。けれど、何かは確実に伝わった。そう思えた。

「あ、うん。大丈夫だから、ありがとう」

結愛は空いている方の手で、涙を拭う。

「拓人、おまえは、変わらないよな」頭の上で、宗介が言った。「おれ、小さな頃、すげえ泣き虫だったろ。ちょっとしたことで、すぐ泣く俺に、おまえはいつも半泣きになって『泣かないで』って、言ってくれたんだ。覚えてるか？」

拓人はこくりと頷いた。

そう言えば、そんな光景をよく見た気がする。

ああ、そうか。

結愛は、ずっと前からわかっていたはずのことに、いま気づいた。

変わっていないんだ。

宗介の言うとおり、拓人は変わっていない。拓人が何を考えているのかわからないのや、空気を読めないのは、昨日や今日に始まったことじゃない。昔からそうだった。でも、だからって拓人に心がないわけじゃない。何一つ伝わらないわけでも、わかり合えないわけでもない。だって、一緒に笑ったり泣いたりした思い出もたくさんあるのだから。

発達障碍のことはよくわからないけれど、きっと拓人は共感の仕方が少しだけ人と違うだけなんだ。昔はみんな、そんな拓人のことを屈託なく「少し変な友達」として受け入れていた。なのに、いつの間にかそんなふうにできなくなっていた。

「ねえ拓ちゃん、私たちのこと、友達と思ってくれる？」

結愛が言うと、拓人は視線を合わせないまま頷いた。

「う、う、うん。と、友達」

吃っているし、ぎこちなく見えるけれど、ばつが悪かったり、誤魔化しているんじゃなく、これが拓人の答え方だ。

宗介くん、よかったね——そんな気持ちを込めて、結愛は隣を見上げた。宗介は口元に笑みを浮かべて見返してくる。

そのとき、どういうわけか、小さな頃からよく知ってるはずのその顔が、知らない人みたいに見えた。さっぱりしたスポーツ刈りの頭、広いおでこに太めの眉と少し垂れた目、上を向いた高い鼻。顎の辺りはしっかりしていて、喉には大きなのど仏。ああ、男子っていうか、男の人だなって思う。

どくん、と心臓が跳ねるような音を聞いたような気がした。

手にじんわりとした熱を感じる。

あれ？　手？

このときやっと結愛は、自分がずっと宗介の手を握っていたことに気づいた。

いつから？　そう言えば私、いつから宗介くんの手を握っているんだろう？

最初、逃げるときに手を引かれて、でも、そのあと離して……。エスカレーターを上っているときから？　もっと前だっけ？

よく覚えていない。ほとんど無意識だ。

鼓動が速くなるのを感じ、急に顔が火照ってくる。

何これ？　私、宗介くんにドキドキしてるの？

そんなわけない！

結愛は否定する。宗介はただの幼なじみだ。チビで、足も遅くて、泣き虫で……。いや、いまの宗介はもう違う。背が高くて、野球部のレギュラーで、人前で泣いたりなんかしない。だけど、だけど……。

結愛の手は宗介から離れなかった。

宗介くんの方から離すまでは、このままでいてもいいよね――などと言い訳じみたことを思ってしまう。

そのとき、どこからか人が近づいてくる気配と一緒に、覚えのある匂いがふわりと香った。デオドラントスプレーの少しケミカルな花の香り。

これって……。

毎日のように嗅いでいるから、その匂いは結愛の頭の中で、代名詞のように一人の友達と結びついている。

ヒカルちゃん！

そう思ったのと、後ろから声をかけられたのは、ほぼ同時だった。

「宗介！　え、嘘、結愛っち！」

振り向くと、こちらを照らすスマートフォンのライトが目に入った。白くくらんだ視界に、新田ヒカルがいた。いやヒカルだけじゃない、他のクラスメイトたちもいる。さらにその後ろに数人の大人、カレンの姿も見える。

「ヒカルちゃん！　それに、みんなも！」

みんな、小走りで近づいてきて「梶川さん！」「結愛ちゃん！」「内海！」と口々に結愛と宗介の名を呼んだ。

二階に来ていたんだ……。よかった。本当によかった。

また涙腺が緩んでくる。

クラスメイトが全員揃っていないことや、担任の佐山先生の姿がないことまでは、気が回らなかった。

「無事、だったんだな」

宗介も安堵した声でヒカルに言った。

ヒカルはこくこくと頷き、こちらに近づいてくる。その目から、ぽろぽろと涙がこぼれるのが見えた。

「宗介と、結愛っちも……よかった……もう、……会えない……か……もっ……て……」

語尾は濡れて崩れている。

結愛もたまらず泣き出した。

「ヒカル、ちゃん……」

ヒカルと抱き合おうと手を伸ばそうとして、自分がまだ宗介と手を握っていたままだったことを思い出す。それから、ヒカルと宗介が付き合っているということも。

結愛は慌てて手を離す。

けれどヒカルも気づいたようで、目の前でぴたりと足を止めてじっと結愛の手を見ていた。

「あの、ごめん」

結愛の口からはつい、謝罪の言葉が漏れた。

するとヒカルの表情が硬くなった気がした。泣いたあとの赤くなった瞳が少し怖く見えた。

「結愛っち、なんで謝ってるの？　……なんか、あたしに謝んなきゃいけないことがあるの？」

問い返されて、言葉につまった。

ない……とは、言いきれない。だってこの手は、ただ怖かったり心細かったりして無意識に握っていただけではないのだから。結愛はしばらくこの手を握っていたいと、確かに思ってしまったのだから。

「あー、新田さ。これは違うんだ」宗介が取り繕うように言った。「ほら、一緒に逃げてきて、だから」

「だから？」

宗介は困ったように、掌をひらひらとさせる。

「うん、だから、なんでもないから……」

その言葉に、どこかがっかりしている自分を発見し、結愛は戸惑った。

気まずい空気が流れる。

ヒカルは「ふう」と、息を漏らすと、笑顔をつくった。毎朝「結愛っち、おはよう」と言うときと同じ笑顔だった。

「ま、いいや。とにかく、また会えてよかったね」

声もいつもと同じ、お喋りをするときの明るい声だった。結愛は少しほっとした。

「うん、私も」

「俺もだよ」

ヒカルは視線を動かし、傍らで何も言わずぼんやり立っていた拓人を一瞥した。

「ああ、あと、ウジ菌もいたんだ……」

声のトーンは下がり、険が籠もった。これもいつもと変わらない。

自分と宗介がもう一度「友達」になった拓人のことを、ヒカルは大嫌いだということを結愛は今更ながら思い出していた。

14

なんでだ？　なんでこんなことになっているんだ？

内田大志は、動かないエスカレーターの段を上りながら、奥歯を噛みしめた。

少しでも気を抜くと、恐怖に押し潰されてしまいそうだ。

黒い獣たちが走り去ったあとも、しばらくはAホールの前で腰を抜かしたまま、動けなかった。どこからかやってきた強面の男に声をかけられたときも、まともに応えることができなかった。

どのくらいそうしていたかわからない。膝を笑わせながらも、どうにか立ち上がることができるようになり、ともかく母親の弓枝を連れて安全なところへ逃げなければと思った。が、回廊のどちら側に向かっても、その先には黒い獣がいるような気がした。そんなとき、目に入ったのがこのエスカレーターだった。

弓枝とともに、これを上り始めた矢先、今度は突然、灯りが消えて真っ暗になった。非常灯が点いているので、ほんの少し視界は利くけれど、四方を囲う暗闇は更に恐怖を増幅させる。

「ねえ、たっくん、待ってぇ」

背後から、弱々しい声がする。

振り向くと数段下のところで、弓枝が手すりにもたれるようにして立ち止まっていた。暗がりの中で片方の手を膝にあて、痛そうにさすっている。

その姿に大志は胸を衝かれるような息苦しさを覚える。

弓枝は最近よく、膝が痛いと言っていた。杖をつくほどではないにしても、この長い段を上るのはしんどいだろう。恐ろしさのあまり、そんなことを考える余裕もなくしていた。そもそも、今日は親孝行しようと思ってここに来たのに。

大志は静かに息を吸って吐いて、気持ちを落ち着かせると、弓枝のいるところまで段を下りていった。

「母さん、乗って」

大志は背を向けて身をかがめた。

「ええっ。でも、こんなところで危ないよう」

「大丈夫だから」

「う、うん」

筋張った手が伸びてきて、肩口から首の辺りにしがみつく。背中に弓枝の身体の熱と重さを感じる。同時に、ほのかな匂いがした。すごく独特な、けれど懐かしい、母の匂い。弓枝が髪に塗っている椿油《つばきあぶら》の匂いだ。

「しっかり摑まってね」

大志はゆっくりと身体を起こして両手で弓枝の太腿の辺りを支える。

「たっくん、ありがとうねぇ、重いだろう。ありがとう。ありがとうねぇ……」

もう還暦を過ぎた弓枝の身体は、ちっとも重くなんかなかった。

軽いよ。母さん、いつの間にこんな軽くなったんだよ。

唐突に思い出すのは、幼い頃、逆に弓枝に背負われていた記憶だ。

同時に、カンカンカンと鳴る踏切の音が耳に蘇る。電車が好きだった大志のことをおぶって、弓枝は毎日踏切まで連れて行ってくれていた。

あのときも、この椿油の匂いを嗅いだ。

「ごめんねぇ。私、たっくんに甘えてばかりねぇ」

何言ってんだよ、甘えてばかりだったのは、俺の方じゃないか……。

大志は込み上げてくるものをこらえながら、ステップを上ってゆく。

ものごころついた頃から、父親はいなかった。弓枝は多くを語らないけれど、父親の浮気が原因で離婚したらしい。最低限の養育費は振り込まれていたようだが、それだけでは全然足らず、弓枝は昼はスーパーでレジを打ち、夜は知り合いのスナックを手伝うダブルワークで、大志のことを育て進学させてくれた。

大志が大学を卒業するまで、弓枝は毎日朝から晩まで休むことなく働いていた。それがどれほど大変なことなのか、自分も社会に出たいまならわかる。けれどずっと弓枝は、つらそうなそぶりを見せず、かといって懸命に働いているふうでもなく、いつもおっとりと笑っていた。そういう母《ひと》なのだ。

そんな弓枝が泣くのはいつも、自分ではなく大志のことでだ。小学生のとき、運動会などの行事になかなか来てくれないことをなじる大志に、弓枝は言い訳もせず「寂しい思いをさせてごめんね」と泣いて詫びた。高校生のとき好奇心から脱法ハーブを試したのがばれたときは「どうしてこんなことするの！　取り返しのつかないことになったら、どうするの」と泣きながら怒った。非を責めているのではなく、息子の身を案じての怒りだとわかった。もちろんあれ以来、そういうものには手を出していない。無理かと思っていた第一志望の大学に合格したときは「すごい。たっくん、本当にすごい」と、やはり泣きながら喜んでくれた。

俺がこの歳まで生きてこられたのは、母さんのおかげだ――大げさじゃなく、そう思う。

やがて、二階のフロアが見えてきた。

「たっくん、もう大丈夫だから」

エスカレーターを上りきったところで、背中から弓枝を降ろす。

母は軽かったが、さすがに少し息が切れた。

「ごめんねぇ」

「いや、全然平気だから……」

そうだ。全然平気だ。これまで自分が母に負わせていた負担に比べたら、なんでもない。

あの黒い獣がなんなのか、どうしてこんなことになったのか、それはわからない。

でも、いま俺がやるべきことは、母さんを守ることだ。二人でどこか安全なところへ逃げることだ。

自分に言い聞かせる。

しかし大志の脳裏には、その決意を切り裂くかのように、黒い獣たちの姿が蘇った。あんな暴力の前では、弓枝の命も自分の命も守りようがない。

ぞわっと寒気がし、思わず「ひっ」と声をあげてしまう。

「た、たっくん？」

「な、なんでもないよ……」

大志は湧き上がる恐怖を鎮めようと努める。

「こっちに、行ってみよう」

あてなど何もなかったが、大志は弓枝の手を引き、なんとなく人の気配のする方へと歩いていく。

建物の中なので忘れそうになるが、ここは東京湾の上だ。猛獣が偶然、迷い込んでくるとは思えない。だとすると、あの黒い獣たちは、誰かに持ち込まれたのに違いない。

もしかしたら、テロか何かに巻き込まれてしまったのかもしれない。

進行方向にちらちらと白い光が見えた。人がいる。それもかなりの人数だ。光はそのうち何人かが手に持っているスマートフォンのもののようだ。

「ああ、たっくん、たくさん人がいるよぉ」

弓枝は安堵したような声をあげた。

その気持ちは大志にもわかった。二人きりで暗い回廊を彷徨《さまよ》っていた身としては、ただ集団に出会っただけでも、少しは人心地つくものがある。

近づくと集団の中には、大志も顔を知っている者がいた。動物と話せるというタレントのカレン、それから、環境大臣の呉松だ。

このとき、ふと、大志の頭をある考えがよぎった。

あの呉松というのは、時事に明るくない大志でも知っているくらいの有名代議士だ。環境相の他にも、もう一つ大臣を兼任しているはずだ。いわば国家の要人である。

もしこれがテロなのだとしたら、標的はあいつなんじゃないだろうか？

15

更に二人、暗い回廊の向こうから、二〇代後半くらいの男と小柄な初老の女がやってきて、展望デッキに集まる人々に加わった。二人とも目が離れ気味の蛙のような面差しをしていてよく似ている。たぶん親子だろう。

全部で三〇人ほどだろうか——望月栞は、ざっと目でかぞえる。

カレンや呉松のようにセレモニーに出演するはずだった者、栞のようにイベントに参加するはずだった者、一般客らしき人々、警備員、制服姿の中学生たちは、セレモニーで合唱をする予定だったという。この中の誰一人として、朝の時点ではこんなことに巻き込まれるとは予想もしなかっただろう。

あれ、あの子、もしかして……。

中学生の中に見覚えのある顔を見つけた。

開場前、駐車場で座り込んでしまったタロを動かしてくれた子だ。カレンと一緒に逃げてきた一団にはいなかったので、合流した中にいたのだろう。

彼の近くには、入館するときに準備しているのを見かけた『自然が生み出すテクノロジー』という展示を準備していた白衣の二人の姿もあった。

「みなさん、こちらに注目してください！」

突然響いた声の方を見ると、雨宮が展望デッキの一番手前のところに立っていた。傍らには呉松とその秘書の菊地、それにカレンもいる。

一同の視線が集まると、雨宮は隣の呉松を促した。

「先生、お願いします」

呉松は「うむ」と一歩前に出た。

「えー、みなさん。衆議院議員の呉松真です」

数人から「あ」と声があがる。呉松はテレビなどのメディアでもかなり顔が売れているので、彼を知らない者はほとんどいないだろう。さすがと言うべきか、その立ち姿は堂々としており、とてもさっきまで腰を抜かしていたとは思えない。

「突然の災難に見舞われ、不安に感じていることでしょう。しかしこんなときこそ、一致団結するべきです。こちらの雨宮さんは、地元の動物愛護団体で代表を務めており、判断力に優れた方で、私も大変信頼しております」

　呉松は会ったばかりの雨宮をまるで旧知のように紹介した。

「みなさん、どうかこの場では彼の言うことをよく聞いて、落ち着いて行動してください！」

　呉松が雨宮に目配せをして一歩退がった。雨宮は頷き、今度は自身が一歩前に出て一同に語りかけた。

「呉松先生からご紹介いただきました、雨宮です。みなさん、まずは状況を整理しましょう。いま現在、建物の出入り口はすべてふさがれ、外部との連絡も遮断されているようです」

　ここにいる誰よりも大きな体軀で胸を張る雨宮は、呉松よりもさらに堂々と感じられた。彼らが突然、場を仕切り始めたことに対する疑問の声はあがらなかった。むしろ、リーダーシップをとる人間が現れ、ほっとしたような空気さえ流れている。

「携帯電話をお持ちの方は、電波が入らないか確認してください。また、もし外へ出ていく方法や、連絡を取る方法に心当たりのある方がいたら、申し出てください」

　みな雨宮の指示どおりに携帯やスマートフォンを確認する。栞も自分のスマートフォンを見てみた。画面の隅に圏外マークが表示されている。Ｗｉ‐Ｆｉの電波も確認してみるが、生きているアクセスポイントは表示されない。大ホールだけでなく、館内全域に亘って通信が遮断されているようだ。無論、通常であればこんなことはあり得ない。

どうなってるの？

栞は顔をあげて後ろを振り向いた。展望デッキの窓は防火扉でふさがれている。

この建物が封鎖され、連絡が取れなくなっていることは、外にいる人たちもわかっているはずだ。隆平も、きっと心配しているだろう。

いますぐ隆《りゅう》さんに会いたい。

そう思った瞬間、耳元で声がした。

——あんたに、そんな資格なんてない。自分のために私たちを見殺しにした女が、誰かに愛されていいわけない。

いつの間にか真横に子どもを抱いた女が立っていた。

栞は目を閉じて唾を飲み込み、ゆっくりと自分に言い聞かせる。

これは、幻覚。あの母親じゃない。本当は私自身の声。私は自分で自分を許せないんだ。それだけのことをしてしまった。けれど、懺悔《ざんげ》はあとからすればいい。資格があろうとなかろうと、生きて、もう一度、隆さんに会う。いまは、そのことだけを考えよう。

目を開くと、栞を責める女は消えていた。あるのは不安げに沈黙する人々の姿だけだ。

雨宮が肥った警備員に声をかけた。

「あなた、高松さん？　ここの警備員ですよね？」

「あ、はい。そうですが」

「設備のことは、おわかりになりますか？」

「ええ、一応は……」

「携帯が不通になっている理由に心当りはありませんか？」

「あ、えっと、それでしたら……もしかしたら、電波の供給が切れているのかもしれません――」

高松というその警備員によれば、この建物では外の基地局からの電波は遮断し、屋根に設置された全キャリア対応の専用アンテナから、館内に電波を供給しているそうだ。この電波は基幹システムによりコントロールされており、館内のエリアごとに個別にオンオフが可能なのだという。

「――でも、原則、回廊はオフにしないことになっているはずなのですが……」

「なるほど。やはり犯人によって切られているようですね」

雨宮の言葉に数人がざわついた。高松が尋ねる。

「あの、犯人って？」

雨宮はさも当然のように頷く。

「正直、この一連の出来事が、事故とは思えません。何者かが人為的に私たちをここに閉じ込め、あの黒い獣たちを放ったと考える方が自然です」

「それはつまり、僕らはテロのようなものに巻き込まれているってことですか」

「犯人の目的はわかりませんが……、そうかもしれません。高松さん、その基幹システムというのはどこに？」

雨宮が再度、高松に尋ねた。

「はい、えっと地下の管理区域に制御室《コントロール・ルーム》があって……」

高松は急に何か思い出したように「あっ」と顔をしかめた。

「どうしました？」

「えっと……そこに扉がありますよね？」

高松は展望デッキの脇のところを指さした。

「あの先には、二階から地下までつながっている階段室があるんですが、さっき、ここの真下、一階の扉から、あの黒いのが出てきたんです」

「あ、俺、その前に……」別の若い男が声をあげた。「あの黒い獣が誰かと一緒に入っていくのを見ました」「私も」「俺も」と数人から声があがる。

「誰か？　それは一人ですか？　男性？」

雨宮は若い男に確認する。

「あ、はい。一人で……髪の長い女の人でした」

「その女は、出てきていない？」

「はい、たぶん」

「なるほど。つまり黒い獣たちを連れた女が階段室の中に入っていって、しばらくしたら獣だけが出てきた、と。その階段は制御室《コントロール・ルーム》にもつながっているんですか？」

「そうなんです」

高松は不安げな声で肯定した。

雨宮は振り返ると、呉松の傍らにいる坊主頭の秘書、菊地に声をかけた。

「念のため、あの扉が開くか、確認してもらえませんか？」

呉松が「行け」と命じると、菊地は「はい」と返事をして扉まで走りノブを押したり引いたりした。しかし開かない。

「開きません！」

「やはり制御室《コントロール・ルーム》はあの黒い獣に襲撃され、何者かに占拠されている可能性が高いですね。その女が犯人……いや犯人グループの一員でしょうね。これだけのことを一人でやっているとは考えにくいです」

防火扉や大ホールの扉なども、基幹システムで制御されているのだろう。それを押さえられているのでは、脱出するのはたぶん不可能だ。

栞の頭の中に、ふと疑問が浮かんだ。

もし仮に、館内に犯人グループがいるのだとしたら……、彼らはなんらかの方法で通信をしているんじゃないだろうか？

栞はスマートフォンの画面をタッチして、インストールしてあるパケット・キャプチャを立ち上げてみた。無線ネットワークのトラブルを診断するためのアプリだ。空中を飛び交う目に見えない通信データをキャッチして分析できる。

検索をかけ、表示された結果に思わず「あ」と声が漏れた。

Ｗｉ－Ｆｉによる通信が確認できた。識別名《ＳＳＩＤ》を隠しているアクセスポイントがあるのだ。この場合、スマートフォンなどのＷｉ－Ｆｉ接続画面には表示されなくなる。

「どうしました？」

雨宮が尋ねる。

「あ……ちょっと待ってください」

栞はキャッチしたデータの中身を確認する。画面に数と文字の列が表示される。ヘッダの部分にアクセスポイントの識別名《ＳＳＩＤ》が記録されている。これがわかれば、こちらからも接続はできるはずだ。

「一個、隠れているＷｉ－Ｆｉのアクセスポイントがあるんです。たぶん、犯人たちが通信用に使っているんだと思うんですけど……」

「おお！　そこから外部と連絡できますか？」

一同がこちらを注目する。

栞は識別名《SSID》を入力して、スマートフォンの画面をタップする。Wi－Fiネットワークにはすんなり接続できた。電波状態も良好だ。

が、駄目だ。その先に壁がある。IDとパスワードの入力を求められ、はじかれてしまう。キャッチしたデータからも、そこまではわからない。

栞は警備員の高松に尋ねる。

「このWi－Fi、建物の基幹システムのネットワークにつながっているみたいなんです。管理者権限のIDとパスワード、わかりませんか？」

もしも管理者として基幹システムにアクセスできたら、外部と連絡を取るだけでなく、閉じた防火扉を開くこともできるかもしれない。

「ええ？　いや、さすがにそういうのは、知らされてないので……」

警備員にまでそんなもの教えていたらセキュリティにならない。それに何者かが制御室《コントロール・ルーム》を占拠し基幹システムを乗っ取っているのだとしたら、パスワードは変更している可能性が高いだろう。

「すみません、外にはつながりません」

栞がかぶりをふると、一同から落胆のため息が漏れるのがわかった。なんだか申し訳ない気がしてしまう。

「ふうむ。外と連絡できないのは残念ですが、通信をしているということは、やはり犯人は複数人のグループということですね」

雨宮は大きな顎をさする。

そのとき、唐突に、誰かが声を張り上げた。

「あ、あの！」

先ほど合流した母親を連れた蛙顔の男だった。

「そ、そこの呉松……さんが、狙われてるってことは、ないですか？」

男は雨宮の隣にいる代議士を指さした。

ざわめきが広がる。

確かに、この場で最もテロの標的になる可能性が高いのは、現役の閣僚である呉松だろう。

「お、おい、きみ、何を言ってるんだ？」

呉松は狼狽する。

「いや、でも、大臣だし……」

「まあ待ちなさい！」

雨宮が野太い声を出し、一喝した。そして呉松のことをかばうように男の前に立ちはだかる。その巨体の迫力に、男が身をすくませるのがわかった。まさに蛇に睨まれた蛙のようだ。

「確かにあなたが言うとおり、これは呉松先生が標的のテロなのかもしれません。仮に、そうだとしたら……、呉松先生は喜んでみなさんのために命を投げ出すはずです！」

呉松がぎょっと目を剝くのがわかった。

「ですよね、先生？」

雨宮は念を押すように尋ねる。

若干、逡巡の表情を浮かべたあと、呉松は意を決したように宣言した。

「当然です！　私の政治信条は滅私奉公です。私の命でみなさんが助かるなら安いものだ！」

一同から「おお」というどよめきがあがった。

が、栞は知っている。この代議士が、いざというときに自分の命を投げ出したりは、絶対にしないということを。雨宮だってそうだ。この二人は平気で他人を犠牲にする人間だ。

――でも、あなたもそうでしょう？

消えたと思っていた幻覚が囁いた。答える言葉を栞は持たない。

雨宮はまるで大蛇が鎌首をもたげるようにして、じっと男を見下ろす。

「あなた、お名前は？」

「う、内田、だけど……」

男が雨宮の迫力に萎縮しているのがわかった。

「内田さん。呉松先生はああ仰っています。しかし、いまのところ犯人側の要求は何もありません。それどころか、犯人の正体もわからないのです」

「それは、そうだけど……」

「不安になるのはよくわかります。私だって不安だ。みなさんだってそうでしょう？」

雨宮はぐるりと周りを見回した。

彼の言うとおり、この場に不安じゃない人間なんていないはずだ。

雨宮は目の前の内田ではなく、周囲に語りかけるように言う。

「けれど、いまこの状況下で私たちがやるべきは、不安に駆られた憶測や疑心暗鬼で仲間割れすることではありません！　みんなで協力し、可能な限りの安全を確保することです。みなさん、安心してください。仮にテロだったとしても、日本の警察は世界一優秀です！　ここは警視庁の目と鼻の先ですし、東京湾には海上保安庁もおります。場合によっては自衛隊だって出動できるのです。たとえ連絡がつかなくても、イベント会場が突然封鎖されて、何もしないわけがありません。必ずや近いうちに救出が来るはずです。それまで、どうか落ち着いて待ちましょう！」

その言葉は力強い。

雨宮は再び内田に顔を向ける。

「内田さんも、いいですね」

内田は小さく頷いた。

「いいですね！」

雨宮は威圧するかのように、強い声で繰り返した。雨宮はウィズでも、自分の意に反したメンバーに対してよくこういう態度をとる。

「は、はいっ」

内田は今度は声を出して返事を返した。

「あ、あの、本当に大丈夫なんでしょうか？」

内田の隣にいた母親が、すがるように尋ねると、雨宮は満面の笑みを浮かべて頷いた。

「大丈夫です！　私を信じてください！」

この場にいる全員とは言わぬまでも、大半が雨宮に信頼を寄せているのが、雰囲気でわかる。

「それにここには、あの『動物と話せる美女』カレン様もいらっしゃるのです！　彼女は、あの黒い獣とも話せるのです。実は私も先ほど、カレン様のお陰で命拾いをしているのです」

雨宮が振り向くと、カレンは微笑をたたえて頷いた。

もともと彼女のことを崇拝していたという雨宮だが、先ほどの一件でそれは更に強化されたようだった。

「ええ。私にはあの獣たちが何を考えているのか、わかります。あの獣たちは、どうやら邪悪な者たちに操られているようです。本当は人間を襲いたくなどないと、心の中で泣いているのがはっきり聞こえました」

カレンはやはり自信満々で言う。

本当だろうか。

仮にあの黒い獣たちが何者かに操られていたとしても、栞が大ホールで目の当たりにした饗宴は、決して嫌々やっているような感じではなく、むしろ楽しげにさえ見えた。もっともこれだって、単に栞にはそう見えたというだけなのだが。

カレンの話に反論や疑問を挟む者はいない。

「動物たちに罪はありません！　けれど残念ながら操られている以上は——あら？」

突然、カレンは言葉を止めた。回廊の奥から、白い小さな影がこちらへ走ってくる。何人かが「あ」とか「え」とか声をあげる。

エンジェル・テリアだった。

「きみ、もしかして……。おいで！」

カレンは屈んで両手を広げた。

エンジェル・テリアは、飛び跳ねてカレンの胸元に収まった。

「やっぱりそうだったのね！」

カレンはそのままエンジェル・テリアを抱いて立ち上がった。

「話の途中でごめんなさい。この子、私と一緒にセレモニーに出る予定の子だったの。それがはぐれてしまって……」

すると「ホワイトぉ」という細い声とともに、今度は子どもが姿を現した。大きな犬のワッペンのついたトレーナーを着た小学生くらいの男の子だ。

男の子はカレンの胸に抱かれたエンジェル・テリアに気づくと「あ、ホワイト！」と声をあげ、近寄ってきた。

「きみはこの子と一緒にいたの？」

カレンが尋ねると、男の子は小さく頷いた。

「うん。その……一階で見つけて、ここまで……」

カレンはしゃがみ込むと、男の子に視線を合わせて訊いた。

「ねえ、きみのお名前は？」

男の子はやや戸惑うようにカレンを見上げたあと、「中村昴《なかむらすばる》」と名乗った。

「昴くんね。お父さんやお母さんは？」

昴は俯き、声を震わせた。

「下で、あのおっきなのに……」

カレンは、はっとした表情になって先を遮る。

「ごめん。言わなくていいよ。それで……逃げてる途中、この子に会って一緒に逃げてきたのね？」

「うん」

「そう、頑張ったね」

カレンはエンジェル・テリアの方に耳を傾けるようなそぶりをし「そうなの」と頷いた。

「昴くん、私ね、この子の声がわかるんだけど」

「知ってるよ。カレンさんでしょ。テレビ観てるもん」

「そう。ありがとう。それでね、この子、逃げている間、すごく怖かったけれど、きみがいたから大丈夫だったって言ってるわ」

「本当？」

「もちろん。それから、ホワイトって名前、きみが考えたのね？」

「うん。そいつ白いから。白はホワイトでしょ？」

「そうよ。この子も、とっても気に入ってるって。代わりに私がお礼を言うわね、ありがとう」

「うん！」

昴は破顔する。

カレンとエンジェル・テリアと少年のやりとりは、場の空気を和ませた。

こうして間近で見ると、やはりカレンは本当に動物と話せるんじゃないかと思えてくる。少なくともいまは「そんなの嘘だ」と言える雰囲気ではなかったし、言うべきじゃないことは、栞にもよくわかっていた。

16

それにしても、感覚というのは慣れてゆくものだ――おびただしい死体が転がり、流れる血を吸い続けている大ホールの絨毯を歩きながら、ヤマグチは実感していた。

ここが〈彼ら〉の「狩り場」と化して、どのくらいだろうか。もう生きているヒトよりも、死んだヒトの方が多くなっているだろう。

照明が消えた直後は真っ暗闇でほとんど何も見えなかったが、いまはだいぶ目も慣れた。一方、舞台裏でSPを襲ったときに強く感じた血や臓物の不快な臭気は、まるで感じなくなった。広い空間とはいえ、これだけのヒトが死んでいるのだから、実際はかなり臭いが充満しているはずなのだが。

コンサート会場にもなるこのホールは、音もよく反響する。襲われるヒトが発する絶叫のコーラスは、最初のうち耳障りだったが、長く聞き続けるうちにさほど気にならなくなっていた。

暗がりの中で繰り広げられる〈彼ら〉による圧倒的な殺戮を眺めるほどに、ヤマグチは心が冷めてゆくのを自覚していた。

シマに比べて自分が死や暴力に対して鈍感なのは間違いないと思うが、それだけではない。この冷えた気持ちの奥には、感情がある。

ヤマグチは歩きながら、思いを巡らせる。

すぐ傍で、〈彼ら〉の一頭に組み伏せられている男が叫んだ。

「や、やめてくれ！　助けて、助けてくれ！」

この狩り場で幾度となく聞いた助けを乞う叫び声。男はなりふり構わず、じたばたと暴れて、わめいている。しかし結局は為す術もなく背中に噛みつかれ、断末魔の声をあげる。そして背骨と一緒に延髄を引きずり出すようにちぎられ、絶命する。

悲惨ではあるが、可哀相などとは思えない。ただただ見苦しいと思う。

ヤマグチの冷めた心の奥にある感情、それは軽蔑だ。

〈彼ら〉がどれほどヒトを蹂躙《じゅうりん》しようとも、その残酷さにおいて、ヒトが動物に行っている仕打ちの足元にも及ばない。さんざん無慈悲に殺しておきながら、自分が殺される側に回ることなど、毛ほども考えていなかったのだろう。なんたる想像力の欠如。自らの罪深さを省みることなく、泣き叫び延命を乞う姿の、なんと生き汚いことか。

そんな、ヒトなるものへの軽蔑だ。

結局、こいつらには美学がないんだ。

厳しい生存競争にさらされつつ、本能的に行動する動物たちには、鉄のように強靭な美学がある。けれどそれはあくまで動物だけのものだ。本能とは別の理性と呼ばれる知的な働きを持つ人間が、同じことをしても決して美しくはならない。ヒトにはヒトなりの美学が必要だ。種差別《スピーシズム》の克服を中心とする〈教授〉の思想にはまさにそれがある。

ヤマグチは大ホールから回廊へと出ていく。

回廊には、どうしていいのかわからず、おろおろとうろつく人々の声と気配がある。ひと所に固まる者たちも、止まったエスカレーターを上って二階へ向かう者たちもいる。それで避難しているつもりかもしれないが、いずれ〈審判〉は降る。

暗い回廊を横断すると、シマがいるというトイレが見えてきた。

入り口はL字形にせり出した壁で目隠しされ、目線の位置にピクトグラムによる標示がついている。周囲に溶け込む洒落たデザインだが、照明が消えたこの状態では、一見、そこにトイレがあるとはわからない。

向かって右が女子トイレ、左が男子トイレだ。ルゥが特に何も言っていなかったということは、気分を悪くしたシマは男子トイレにいるのだろう。

ヤマグチは中に入ってゆく。シトラスグリーンの芳香剤の香りが鼻をついた。

入ってすぐのところに洗面所があり、その先は右側に小便器が、左側に個室が並んでいる。ぱっと見、シマの姿はなかった。

ひょっとして、別のトイレと間違ったか？

一階には四ヵ所トイレがあったはずだ。ルゥは「大ホールを出て正面のトイレ」と言っていた。普通はここを指すと思うが、反対側、楽屋口を出てすぐのところにもトイレはある。あっちのことだったのだろうか。

「シマ、いないのか？」

ヤマグチは、念のため個室を確認してゆく。

トイレは入り口付近にしか非常灯がないので、中はかなり暗い。

手前から二番目の個室を覗き込んだとき、驚きはしたが、危険は感じなかった。

そこでは便座を下ろした便器に突っ伏すようにシマが倒れていた。具合が悪いと知っていたので貧血でも起こしたのだと思ったのだ。

「おいシマ、しっかりしろ」

個室の中に入ろうとしたときだ。

背後で何か物音がしたかと思うと、突然、誰かの腕が首に巻き付いてきた。

な、なんだ？

「山口ぃ、てめえ、なかなか面白《おもしれ》えこと、やってくれたな」

聞き覚えのある声が耳元で囁いた。

馬鹿な、どうして……。

腕は頸動脈を的確に締め付け、ヤマグチは抵抗することもできず、あっという間に気を失った。

17

この人たちについていけば、きっと大丈夫だ。

梶川結愛にはそう思えた。

結愛でも顔を知っている有名な政治家の呉松真、動物愛護団体のリーダーだという雨宮という男、そして結愛にとっては憧れの人でもある「動物と話せる美女」カレン。みな頼りがいがあった。特にカレンは、あの黒い獣たちとも話せるという。合流したクラスメイトたちは、それで助かったと言っていた。

展望デッキの前に集まっていた人々は、フードコートの端にある大きなレストランの前に移動してきていた。

店の軒先には筆文字で「ＡＯＩ」と書いた看板が掲げてある。雰囲気からして日本食レストランのようだ。出入り口はガラスをはめ込んだ格子戸になっている。

広い回廊を怯えながら逃げ惑うよりも、どこか壁に囲まれたところに籠城して助けを待った方がいい――と、雨宮が提案し、ここに立てこもることになったのだ。

雨宮が店の扉に手をかけて引こうとするが、びくともしない。

警備員の高松が「それ、たぶんマスターキーで開きます」と制服のポケットを探り、一本のキーを取り出した。扉の前にかがみ込み、下の方にある小さな鍵穴に差し込んでひねった。ガチャ、と音がする。高松が立ち上がって格子戸を引くとすっと開いた。

「テナントの扉は、制御室《コントロール・ルーム》からロックできないんです」

一同は開いた入り口から店の中に入ってゆく。

やはり灯りは消えているが、非常灯の光がよく回るのか、回廊よりは少し明るく感じた。入ってすぐのところにレジと待合スペースがあり、その裏手が厨房だ。広いホールにテーブルがいくつも並んでいる。いわゆる和モダンスタイルの内装で、床やテーブルは木目調、間仕切りは格子で、天井から丸いぼんぼりふうの照明が吊ってある。壁には墨を引いたような模様がデザインされ、回廊に面した壁はガラス窓になっているようだが、開店前だからかシェードが下りていた。

「みなさん、入り口と、それから窓のところに椅子とテーブルを運んで、バリケードをつくりましょう」

雨宮が号令をかけ、みんなが作業を始める。さっき合流した昴という男の子と、エンジェル・テリアのホワイトは、ホールの隅で待機していることになった。カレンに「おとなしく待っていられる？」と訊かれ、昴は「はい！」とはっきり返事をしていた。壁のところでホワイトを抱き、じっとしている。ホワイトも嫌がる様子はないようだ。

しっかりした子だと思う。たぶんまだ小学校の三年生か四年生くらいだろう。もし結愛があのくらいの歳だったら、わんわん泣きじゃくって、みんなに迷惑をかけてしまうかもしれない。

いや、本当はいまだって泣きたい気分だ。

合流したときは気づかなかったけれど、佐山先生とクラスメイト数人の姿がなかった。みんな、逃げてくる途中、はぐれてしまったという。

合唱を聴きに来ているはずの家族のことも心配だ。

防火扉が下りてきたのは、オープニング・セレモニーが始まる直前だった。あのとき、結愛はエントランスのすぐ近くにいたけれど、両親の姿は見かけなかった。結構人がいたからその中に紛れて気づかなかっただけかもしれないし、もっと早くに来ていてもう大ホールにいたのかもしれない。でも、ひょっとしたらまだ会場に入っていなかったのかもしれない。

家族で出かけるときなど、母が準備に時間がかかり、予定より遅くなってしまうことが結構ある。こっちが朝寝坊して学校に遅刻しかけたりしたときには「けじめがない」なんて文句を言うくせに。

いつも不満に思っていた母の悪癖だけれど、今日ばかりは、どうか発揮していて欲しい。合唱に間に合えばいいからと、少し遅めに来ていて欲しい。

今朝、食卓で交わした両親との他愛のないやりとりと、お餅みたいにふっくらした妹のほっぺたを思い出す。

父や母や結紀が、あの黒い獣に襲われていると思うと、胸が張り裂けそうになる。

でも泣いていても始まらない。いまはとにかく、生き残るんだ。きっと、きっと大丈夫だと思って。

「じゃあさ、うちらは二人ずつペアになって運ぼうよ」

ヒカルがクラスメイトたちに提案した。結愛たちも大人に混じって、バリケード作りを手伝うことになった。

結愛はヒカルのことを横目で窺う。

さっきは、もう一度会えて本当によかったと思った矢先、気まずい感じになってしまったけれど……。

結愛の掌には、まだ宗介の手の感触が残っている。男子のことをこんなふうに意識するのは初めてだ。これが恋なんだろうか。よくわからない。どちらにせよ甘酸っぱくなどなく、戸惑いと、ヒカルへの後ろめたさを感じてしまう。

みんな、なんとなく近くにいる人とペアを組む。結愛もクラスメイトの女子と組んだ。いつもヒカルたちと一緒に登校している一人だ。

人数が奇数だったため、ただ一人、拓人が余った。普段、クラスで何かをやるときもよく見る光景だ。

拓人はいつもの無表情で、ぼんやりと立っている。

ヒカルがそれを見て、聞こえよがしに言った。

「こんなときでも、誰もウジ菌とは組まないよね。感染っちゃうもんね」

結愛の胸がちくりと痛んだ。

まさに「こんなときでも」だ。こんなときでも、拓人を悪し様に言うなんて。

「そんなこと、言うなよ」

まるで結愛の内心を代弁するようなひと言を口にしたのは、ヒカルがペアを組んだ宗介だった。

「え？」

ヒカルは目を丸くして隣の宗介を見上げる。

「悪いけど、俺、拓人とやるよ」

「はっ？」

暗がりの中でも、ヒカルが顔を歪めるのがはっきりとわかった。

宗介はヒカルの傍を離れようとする。

「え、ちょっと待ってよ！　なに宗介、ウジ菌だよ？」

宗介は困ったような顔をして、目を伏せた。

「違うよ。氏家拓人。俺の……昔からの友達なんだ。そんなふうに言わないでくれ」

「何よ、なんでよ！　忘れたの、あたし、そいつのせいですごい傷ついたんだよ」

「そうだな。でも……、あれはたぶん、拓人が悪いわけじゃない。それは、おまえだってわかってるだろう？」

ヒカルは一瞬、怯んだあと、言い返した。

「全然、わかんない！」

その声は震えていた。

「ごめんな」

言って宗介は拓人がいる方へと歩みを進める。それをヒカルは睨み付ける。

当の拓人は、何が起きているのかわからないようで、ぽかんとした顔のまま立っている。

ヒカルは拓人のことが大嫌い。この非常時でも変わらないくらい大嫌いなんだ。そう思われても仕方ないことを拓人はしてしまったのかもしれない。

　でも、私はそんなふうに拓ちゃんを嫌いになれない。きっと、宗介くんも。

「あの、私……」結愛は意を決して、ペアを組んでいた子に告げた。「私も、拓……氏家くんたちとやるね」

「え？」

「ごめん」

　結愛は顔の前で手を合わせる。

「ちょっと何よ、結愛っちまで！」

　反発したのは、ペアを組んだ子ではなくヒカルだった。

「あんたたち、どうしたのよ！　なんかあったの？　ねえ。手だってつないでたしさ！　あたしのいないとこで、こそこそ何やってたのよ！」

「ち、違うよ。そんなんじゃ、ないの……」

　思ったよりも声が出てくれない。

　こちらを睨み付けるヒカルの目を見ると、後ろめたさも相まって、頭の中がぐちゃぐちゃになりそうだ。

「ねえ、結愛っち、うちら、友達でしょ！」

　そうだ。

中一のときに初めて会って、話しかけてくれて、一緒に帰って。

あのときから、ずっとヒカルとは友達、のはずだ。

「内海くんの手を握っていたのは、ごめん。それでヒカルちゃんが気を悪くしたなら謝るよ。それから……」

どうしても、声が震えてしまう。

思えば、面と向かってヒカルに意見するのはこれが初めてかもしれない。だって、いつもヒカルの言うことに共感できたから――

違う。本当は拓人を「ウジ菌」と呼ぶこととか、共感できないこともあったけれど、共感できる振りをしていたんだ。

怖い、と思った。結愛は自分がヒカルに嫌われたくないのだと気づく。

でも……。でも、言わなきゃ。

「拓ちゃんは、私にとっても友達だから。もう酷いことを言ったりしたくないの！」

どうにか、それだけを絞り出す。

「あんたは、あたしとの友情より、ウジ菌を取るってこと？　ふざけんな！」

まっすぐにこちらを睨み付けるヒカルの瞳から、涙がこぼれた。さっき再会したときのうれし涙とは違う。結愛はこの涙を知っている。あの日、拓人のひと言でキレて流した涙と同じだ。

結愛は胸が強く締め付けられるのを感じた。そして同時に、自分がヒカルのことを深く傷つけ、怒らせていることに気づいた。

「違うよ！　どっちがどうとかじゃなくて、ヒカルちゃんも、拓ちゃんも、どっちも友達なの！」

結愛は口から出てきた言葉で、自分の本心を知った。

そうだ、私はヒカルちゃんのことも、拓ちゃんのことも、傷つけたくないんだ。二人ともと友達でいたいんだ。

ただの八方美人かもしれないけれど、それが偽らざる本心だった。

「そんなの、無理だから！」

ヒカルが言い放つ。結愛は言葉を返せない。

刹那《せつな》、沈黙が流れる。

「もういい！」

ヒカルはこちらに背を向け、クラスメイトたちの方を向いた。そして、まるでスイッチを切り替えたかのように、明るい声を出す。

「じゃあさ、うちらは、あっちでやろうよ」

みんな、ばつが悪そうにしつつ、ヒカルについてレストランの奥の方に向かった。その場には、結愛と宗介と拓人の三人だけが残された。

拓人はまるでいまの騒ぎが自分とは関係ないという雰囲気で、ぼうっと立っている。

「拓人、あんま気にすんな……って、おまえはこういうのは気にしねえか」

宗介が苦笑して言うと、拓人は無表情のまま「あ、う、うん。ぼ、僕、気にしない」と頷いた。

ああ、そうだった、この感じ。これが拓ちゃんだ。

宗介はこちらを向くと「梶川、新田のやつがごめんな」と顔の前で片手で手刀を切る動作をする。

「え」

「あとでフォローするから、許してやってな」

その物言いに結愛は面食らう。

私が、ヒカルちゃんを許す？

なんというか、そんなこと力関係的にあり得ない。逆ならともかく、だ。

「あいつ、めんどくせえとこあっけどさ、あいつはあいつで、いっぱいいっぱいなんだよ、いつも」

いっぱいいっぱい？

「あいつだって、本当は拓人のことを嫌いたくて嫌ってるんじゃないんだ、たぶん」

拓ちゃんのこと嫌いたくない？

宗介の口からは、結愛の中のヒカルのイメージとは違う言葉が次々でてくる。

そうか、きっと宗介くんは、私の知らないヒカルちゃんを知っているんだ――

そう思うのと同時に、結愛は胸の奥に奇妙な痛みを覚え、また戸惑った。


「とりあえず、俺たちもやろうぜ」

結愛たちは三人で、テーブルを窓際まで運ぶことになった。

六人掛けのテーブルの片方の端を宗介が一人で持ち、反対側を結愛と拓人が二人がかりで持って「イチ、ニ、イチ、ニ」と声をかけながら進んでゆく。テーブルはがっしりした造りで、三人がかりでも結愛にはかなり重く感じられた。

窓のところでは、一緒に二階に逃げてきた白衣の二人組、鷺沢とマナが、バリケードを組む作業をしていた。テーブルや椅子を隙間なく並べて、脚と脚を結んで組み上げてゆく。ビニール紐やガムテープなどの資材は店の中にあったようだ。

「お、きみたちか」

鷺沢に声をかけられ、宗介が「さっきは、どうもでした」と頭を下げる。結愛もそれに倣って会釈をする。

結愛たちはそのままそこで、運んできたテーブルをバリケードに組み合わせる作業を手伝った。

ビニール紐で椅子とテーブルの脚を縛っていると、背後から「あの、きみ」と声がした。

振り返ると眼鏡をかけた女の人がいた。さっき、スマートフォンで外と通信ができないかやっていた人だ。

女の人は結愛ではなく隣にいる拓人に声をかけているようだ。拓人は自分が呼ばれていると思っていないのか、黙々と作業をしている。

「拓ちゃん、拓ちゃん」

結愛が制服の袖を引っ張ると、拓人は振り向いた。

「あの、きみ、駐車場で会ってるよね？」

拓人は表情を変えないまま、小さく首をかしげた。

傍目には心当りがあるのか、ないのかわからない。

「ほら、私たちたくさんの犬を連れて歩いてて……」

女の人は戸惑い気味に言う。

そう聞いて、結愛は今朝、バスから降りてきたときに駐車場で、犬を連れた集団とすれ違ったことを思い出す。

拓人も「あ」と声をあげた。

「ね、きみ、だよね？　あのとき座り込んじゃった犬を、きみが何かして動かしてくれたんだよね？」

拓人は頷いた。

「へえ、そんなことがあったのね」

透き通るような高い声。マナだった。作業する手を止めて、鷺沢と一緒に近寄ってくる。

「あなたは、もしかして、あの雨宮という人の愛護団体の方かな？」

鷺沢が女の人に尋ねた。

「はい、そうです――」

その場で簡単な自己紹介を交わす。女の人は、望月栞といった。動物愛護団体ウィズの副代表なのだという。

「実は、私、青海理科大《あおおりだい》の卒業生なんです」

栞が言うと、マナが「そうなんですか」と声をあげた。

「私がいたころまだ生体工学科なんてなかったし、鷺沢先生もいませんでしたよね？」

「あ、ああ……、私は今年でやっと三年目、だからね……。それより、その駐車場での話、詳しくしてもらっていいかな？」

鷺沢は、話題を戻すよう促した。

「あ、はい。詳しくと言っても、そんなに込み入った話じゃないんですが――」

栞が駐車場であった出来事を話す。

それを聞いて結愛は、搬入口の前で黒い獣たちをやり過ごしたときのことを思い出した。

マナと鷺沢も顔を見合わせている。

「先生、これさっきのと同じですよね？」

「うむ、とても興味深いね」

「氏家くん、駐車場でも犬が嫌がりそうなカタチが見えたの？」

マナが尋ねると、拓人は頷いた。

どうやら、マナと鷺沢には拓人が言う「カタチ」の意味がわかるらしい。

「カタチ？」と栞が訊き返した。

「ああ。彼、氏家拓人くんは、おそらく他の人とは少し違ったふうに世界を認識しているんだよ」

鷺沢はそんなことを言ったが、当の拓人はあまりピンときていない様子で、目を逸らしてホールの方を見やった。

人が話しているのに、そっぽを向いた感じになっている。これも「拓人らしさ」なのだけれど、結愛は冷や冷やする。

「ねえ、拓ちゃん。みんな拓ちゃんの話、してるんだよ」

結愛はまた、制服の袖を引っ張った。

しかし今度は拓人は振り返らず、ホールを見たままだ。

拓人の視線を追うと、その先では、エンジェル・テリアを抱いて壁にもたれて座っている小さな男の子がいた。昴とホワイトだ。拓人は、じっとそちらを見ているようだ。

すると、鷺沢が拓人の正面に回り込み、覗き込むようにして声をかけた。

「もしかして、何か気づいたことがあるんじゃないか？」

「え、あ……」

拓人は、鷺沢を見上げる。

「もし何かあるなら、言ってごらん。きみには他の人が見えないものが見えるはずだからね」

拓人は何度か目を泳がせたあとで、おずおずと口を開いた。

「……よ、よ、よく……似てて」

「似てる？　何と何が？」

「エ、エ、エンジェル・テリアと、さ、さっきの、く、黒いの」

「エンジェル・テリアと、あの黒い獣が？　それは、きみに見えるカタチのことかな？」

「は、はい。か、カタチが、す、すごく、似てて……」

鷺沢は、大きく頷いた。

「なるほど。きみが言うなら、エンジェル・テリアと、あの黒い獣は関係があるのかもしれないね。おそらくは、同じ種類の犬なのだろう」

その場にいる全員が「え？」と声をあげた。

18

「おーい、そろそろ起きろよ」

どこか遠くで声が聞こえた。

目を閉じたまま何も答えなかったが、ヤマグチはこのときすでに、わずかながら意識を取り戻していた。だから、右手を掴まれて小指の先に何か冷たい金属のようなものを当てられたことも、おぼろげながらに理解はできていた。

次の瞬間、その指先から脳天まで突き抜けるような激痛が走り、いっぺんに目が覚めた。

「があああああっ！」

反射的に喉から悲鳴が発せられ、同時に口は酸素を求めあえいだ。

小指の先が、もげてしまったかのように痛む。

強引に覚醒させられた意識が、痛みの次に捉えたのは、自分がものすごく妙な体勢でいるということだ。

両腕を身体の前で交差させられ、右の手首と左の足首を、左の手首と右の足首を、それぞれ何か硬いゴムのようなものできつく縛られている。そのまま体育座りのようなかたちで座らされている。

尻に直にひんやりとした感触が伝わることや、全身の肌と下半身に覚える心許なさから、衣服を脱がされて一糸まとわぬ全裸にさせられていると気づいた。

触覚にやや遅れて、視覚も取り戻されてゆく。

辺りは薄暗い。俯いた顔のちょうど目の前に、結ばれた足首と手首がある。右手の小指はもげてこそいなかったが、爪が蓋を開いたように剝がれていた。血も流れているようだが、暗いので色は黒くしか見えない。手足を縛っているのは、どうやらゴムホースを紐状に細く切ったものらしい。

顔を上げて、ここが灯りの消えたトイレであることと、見知った顔の男がこちらを見下ろしていることを認識し、気を失う前の記憶と、この状況が結びついた。

「よう、目ぇ覚めたな？　効いたろ」

安東だった。

言いながら、右手に持ったバタフライナイフを畳んだり伸ばしたりして弄んでいる。この男が護身用に持ち歩いているものだ。あれで爪を剝がされたのか。カチャカチャと耳障りな音が響く。

そうだ、シマの様子を見に来たところを襲われたんだ。

横から「ううっ」という声がして顔を向けると、そのシマが、やはり全裸にされ、まったく同じ姿勢で拘束されていた。

安東はシマの方を見て薄く笑った。

「おまえも起きたか。もしかして、こいつの声でか？　ラッキーだったな」

シマは「え、え？」と声を漏らし、狼狽している。

「山口と、それから、おまえは育成部の……嶋だったっけな」

安東はしゃがんで床に手を伸ばす。そこにはヤマグチとシマから剝ぎ取った衣服と所持品が広げてあった。安東はその中から、一枚のカードを拾って確認する。シマの入館証のようだ。

「ああ、そうそう、やっぱり嶋だ。しかしおまえら、なかなか面白いもん持ってるな」

言いながら安東は、入館証を放り投げると、新たに床から二つのものを拾い上げた。耳に入れていたインカムと、ヤマグチが回収した拳銃だ。

「こいつでどっかと連絡取ってたんだな。あと銃は、SPのもんだよな？　山口、おまえあんとき、これを狙ってたわけか。おまえら何者だよ？」

ヤマグチは息を吞んだ。相当にまずい事態になっている。

「ど、どうして……」

思わず口から声が漏れた。

すると、安東はおもむろに立ち上がると、何も言わずにヤマグチの顔を踏みつけるようにして蹴り飛ばした。

靴底が見えたかと思ったら、顔面に強い衝撃が走った。暗いはずの視界に一瞬、火花のような光が散る。手足を拘束されたまま、達磨《だるま》のように後ろに転がり、後頭部を打ち付けた。

安東は倒れたままにしてくれず、すぐに髪の毛を掴まれ、乱暴に引き起こされた。

鼻の奥が痺れるように熱く、目からは自然に涙がこぼれる。喉にどろりとした感触がして、鉄の匂いが上ってくる。鼻血だ。もしかしたら、折れたのかもしれない。

「いいか、ルールを決めるぞ。一つ、質問にはちゃんと答えろ。二つ、余計なことは喋るな。以上だ。状況を理解しろよ？　おまえらは、便所でフルチンで縛られてるんだ。そして俺は暴力を躊躇しない。痛い目に遭いたくなければ、俺に従うしかない。わかるな？」

痛い目なら、もう遭わせてるじゃないか。

胸の裡に怒りと恥辱が渦巻いたが、ヤマグチは俯くようにして小さく頷いた。隣のシマも「はい」とか細い声で答える。

くそ、このチンピラめ。

安東がまともな企業人じゃないことは、最初から知っていた。運転手として仕える中で改めて、下品で即物的で自らの欲得だけで動く美学の欠片もない男だと思わされた。醜いヒトの中でも、最も醜く軽蔑すべき男だ。

〈彼ら〉さえ来れば、おまえなんて……。

すぐそこ、目と鼻の先の大ホールに、〈彼ら〉はいる。しかし呼ぶ手段がない。トイレは特に場所が悪い。防犯カメラの死角で制御室《コントロール・ルーム》のルゥは気づかない。インカムも外されているので、こちらから連絡することもできない。

最初、シマから返事がなかった時点で制御室《コントロール・ルーム》と通信すべきだった。倒れているシマを見つけたときでも、まだ遅くなかった。襲われたときの物音だけでも伝わっていれば、ルゥが異変に気づき手を打てたはずだ。

そもそも舞台袖で、銃を持ったSPだけでなく安東も一緒に排除することだって不可能じゃなかった。

こいつは動物をモノのように扱い金儲けをする、種差別《スピーシズム》の権化のような人間だ。優先的な排除対象に挙げても、誰も反対しなかったはずだった。銃器を持たない者など、後回しでも問題ないとタカをくくったのが誤りだったか。

詮無い後悔が頭を巡る。鼻と右手の小指で熱と痛みが激しくうずいている。

それにしても、どうしてこいつが……。

安東は、ふん、と一度鼻を鳴らして口を開いた。

「おまえらは、どうしてこんなことになっているか、わけがわからんだろう。だが、こっちはこっちで、わけがわかんねえんだ。色々と状況から推測していることはあるが、まあ、おまえらに直接訊いた方が早そうだ。もう一度訊くぞ。おまえら何者だ？ ほら、喋っていいぞ、答えろ」

安東はバタフライナイフの刃を伸ばし、切っ先をヤマグチとシマに向けてゆらゆら動かす。

シマはふうふうと息をしながら、唇を震わせている。ただでさえショックを受けていたところに、こんなことになって、心が折れてしまったのかもしれない。いまにも喋りそうだ。

ちきしょう……。

せめてもの抵抗のつもりで、ヤマグチは先に口を開いた。

「俺たちは……、アヌビスの社員です。俺は社長の運転手で、こっちのシマさんは育成部の主任です」

安東は笑顔をつくる。

「そうか。山口、俺はさ、おまえのこと結構買ってたんだよ。口の堅いところなんか、特にな。でもな、それも時と場合だ。俺、言ったよな？ 暴力を躊躇しないって」

安東の手が伸びてきて、ヤマグチの右手の薬指を摑んだ。その爪にバタフライナイフをあてがわれる。

こんなことで？

ヤマグチは、この期に及んでまだ自分が、安東という男を甘く見ていたことを痛感する。

必死に身をよじろうとするが、まともに抵抗などできない。

「お、おい、やめろ！」

思わず叫ぶと、安東は苦笑した。

「やめるわけないだろ。おまえって確か、結構いい大学出て、留学もしてるんだよな。なのに案外、馬鹿なんだな」

安東は手際よく切っ先を爪と肉の間に突っ込み、手首のスナップを利かせて、撥ね上げた。薬指の爪は、小指のようにきれいに剝げず、真ん中辺りから二つに割れた。

「があああっ！」

覚醒状態で行われたそれは、不意討ち以上の痛みがあった。

「ど、ど、どううです！」

シマが叫んだ。

「あ？　なんだって？」

安東がシマの方を向いて、訊き返した。

「ど、どっどぐ。どっぐ」

呂律《ろれつ》が回っていない。まるで彼も爪を剝がされたかのように、額に脂汗をびっしりと浮かべていた。

「落ち着け。ちゃんと答えたら、なんもしねえから安心しろ。深呼吸してゆっくり話せ」

「は、はひっ」

シマは言われたとおりに、何度か息を吸って吐いてから、再び口を開いた。

「ど、どっぐ、〈DOG〉です」

「ドッグ?」

「は、はい。あの、ど、ドーン、オブ、ガイア」

シマが言ってから一拍遅れ、安東は目を丸くしていた。

「って、カルネ・シンの〈DOG〉か?　え、おまえらが?」

まるで想定していなかったのだろう、安東の声はかすかにうわずった。

シマは何度も頷く。安東は確認するように、こちらに視線を向ける。もう隠しても仕方ない。ヤマグチも無言で頷いた。

シマは「ううっ」と弱々しく唸って嗚咽を漏らした。

安東は、物珍しそうに二人を見回している。

「そうか。ってことは、だ。スピなんとか？　人間と動物が平等だっていうやつ、あれ。ほら、答えろ」

どこか馬鹿にしたような訊き方に、痛みで忘れていた怒りが蘇ったが、ヤマグチはそれを表に出さないよう、短く答えた。

「種差別《スピーシズム》の克服……」

「ああ、それそれ。種差別《スピーシズム》な。動物と人間を同じように扱うってんだろ？　おまえらは、それを本気で考えているわけだ」

安東はくっくっく、と引き笑いをする。

「牛や豚を食ってるくせに犬猫を殺すことに反対する中途半端な偽善者よりは、突き抜けてて好感は持てるがな。でもまあ、突き抜けすぎてて、ついては行けねえな」

安東は人差し指を頭の横でくるくる回しながら、嘲笑する。

ヤマグチの美学を全否定するようなその振る舞いに、腹が煮えた。

おまえになんか、わからないよ！

危うく、叫びそうになるのをぐっとこらえた。

安東は笑みを浮かべたまま、何か納得したように「ふうん」と頷いた。

「山口、いま、すっげえ俺のこと睨んでる自覚ある？」

えっ？

言われてはじめて、自分の顔がこわばっていることに気づいた。

「おまえはさ、やっぱ俺の見込んだとおり、大したやつだと思うよ。ブラフにも引っ掛からなかったしな。だけどそんなやつでも、言われるとポーカーフェイスを保てなくなるツボがあったりするんだよ。だからって、俺は反抗的な態度を許さないけどな」

安東は手を伸ばし、ヤマグチの右手を掴んだ。

反射的に「ひっ」と声が漏れ、背筋に寒気を覚えた。

「物理的な痛みも、ポーカーフェイスを崩すのには、有効なんだよな」

そのとおりだった。あの痛みがもう一度くると思うと、とても冷静になんてしていられなかった。

「す、すみません！」思わず、謝っていた。「ごめんなさい！　や、やめてください！ごめんなさい！」

美学もへったくれもなく、ただ、もう爪を剝がされたくはない一心だった。

「そうか。もう反抗的な態度は取らないな？」

「は、はい」

「訊かれたことにはちゃんと答えるな？」

「はい」

「よし、じゃあ、これを教訓として刻めよ？」

「え？」

安東は、すでに爪を剝がした薬指を握ると、むき出しになった肉の部分に、ナイフの先端を突き刺し、ぐりぐりと回した。

「ぎゃあああああああ！」

ヤマグチは悲鳴を上げるとともに、失禁した。

これまでで一番の激痛と、骨を削られるなんとも言えない感覚が神経を駆け巡る。指先からどろりと血が滴り、漏らしたばかりの尿と混じった。

「汚《きたね》えなあ」

安東はナイフを抜いた。

その様子を見ただけでシマが「ごおお」と低いうなり声を上げて嘔吐していた。しかし、もう胃の中は空のようで、何も吐き出してはいなかった。

「いいか、両手両足の爪、指、耳、鼻、目玉、それから、タマとサオ。喋れるようにしたまま、身体を痛めつける方法なんていくらでもあるんだ。その上で、おまえらにとっては、悪い知らせと、もっと悪い知らせがある」

安東はもったいつけるように一度言葉を切った。そしてナイフをぶらぶらさせながら、どこか楽しそうに続けた。

「まず、悪い知らせは、俺は自分より弱い立場のやつをいたぶるのが大好きだということ。そして、もっと悪い知らせは、そうは言っても俺は別に拷問のプロじゃねえから、加減の仕方がイマイチわからねえってことだ」

こ、この男は……。

目の前の男への恐怖と、痛み。ヤマグチの頭の中は、ただその二つのことに支配され、抵抗の意志は根こそぎ刈りとられた。

「それを踏まえた上で、質問を続けるぞ。次はあの黒い獣についてだ」

安東は笑みを消して尋ねた。

「あれ、エンジェル・テリアのできそこない、〈不良品《ジャンク》〉だよな？」

19

あの黒い獣とエンジェル・テリアが、同じ種類の犬――

母校の教授だという白衣の男、鷺沢伸一郎は、にわかに信じられないようなことを口にした。

「あ、あの、ちょっと、よくわからないんですが……全然、違いますよね？」

望月栞は口を挟んだ。

確かにあの黒い獣の姿形は犬のそれに近い。しかし、エンジェル・テリアとはまるで違う。体毛もないし、あまりに大きすぎる。

鷺沢は頷く。

「見た目はかなり違う。が、遺伝子の上ではどうだろうね。あの黒い獣が姿形からしてイヌ科動物であるのは間違いないだろう。しかし体毛がなく、あまりに巨大で獰猛だ。自然な有り様からは、かなり逸脱している。そしてこの『逸脱』という点において、エンジェル・テリアと共通しているんじゃないのかな。仮に『犬』という枠組みがあるとして、黒い獣とエンジェル・テリアはそこから正反対に、同じ距離跳んでいるように私には感じられるよ」

黒く禍々しく大きな獣と、白く可愛らしく小さな獣、確かにどちらも、同じくらい「犬らしくない」のかもしれない。しかしそれをもって「同じ種類」と言えるのだろうか。

鷺沢は続ける。

「エンジェル・テリアという犬種が、相当無理な交配により生まれたのは間違いないだろう。ならばそれだけ、遺伝情報はデリケートになっているはずだ。そう思わないかね？」

「それは……。はい」

「そもそも犬という動物には、遺伝上の小さな変異でも大きく形質が変化してしまう特性がある。たとえば『ＩＧＦ－１』という、たったひとつの因子が変異するだけで、小型犬が大型犬ほどに成長してしまうんだ。エンジェル・テリアのような犬を生み出す過程で、大量の奇形や変異体が生まれていたとしても、そしてその中に、本来のエンジェル・テリアとは逆方向に逸脱したものがいたとしても、私はまったく不思議に思わないね。無論、証拠があるわけではないから、これはあくまで推測だがね」

鷺沢は言いながら、人差し指を一本立てた。

「それから、もう一つ。そもそも、あの黒い獣は、どうやってこの建物の中に入ってきたのかという問題がある。もしエントランスや搬入口から侵入してきたのなら、その時点で騒ぎになっているはずだ。黒い獣はあらかじめ中に運び込まれていて、出入り口を封鎖したあとで解き放たれたんじゃないだろうか。それにおあつらえ向きの生体運搬用コンテナをいくつも搬入していた企業がある。エンジェル・テリアの繁殖を行っている、アヌビスだ」

鷺沢の口調には、まるであらかじめ知っていることを話すような確信めいた強さがある。

「え、じゃあ、アヌビスが犯人だって言うんですか？」

「あるいは利用されているか、だ。アヌビスが自らスポンサーになっているイベントでこんなことをする理由はないだろうからね」

この話は、どこまで真に受けていいのだろうか。確かに犬は、遺伝子上はほとんど差異のない亜種レベルでも、形質が大きく違う動物だ。アヌビスが持ち込んだとすれば、あの黒い獣が突然現れたのにも説明がつく。一定の説得力は感じる。

犬という種の枠組みからの逸脱――あるいはそれが、栞があの黒い獣をどこか動物らしくないと感じる理由だろうか。

しかし鷺沢自身も言うように、大部分が推測の域を出てはいない。

「それはそうと、興味深いのはきみだ」鷺沢は、タロを動かした少年、氏家拓人に顔を向ける。「おそらくきみは、〈野性の脳〉を持っているんだ」

拓人は、ぼんやりと鷺沢の顔を見上げた。

野性の脳。

栞はその言葉に記憶をくすぐられるのを感じた。

「きみの脳は生まれつき、他の人間とは配線が違う。それによって、様々なことの感じ方も違う。人が気づかない、小さな部分や変化を感じ取ってしまう『過剰特異性』を持っているのだろう。それも、とびきり優れたものをね。だからきみには森羅万象あらゆるものの固有の『カタチ』を見ることができるんだ。その反面、空気を読んだり、要領よく人と接するのが苦手だったりするんじゃないかな？」

鷺沢が問いかけると、拓人はしばらくぼんやりと何か考えるふうにしていたが、そのあと無言のまま頷いた。

生まれつき他の人と脳の配線が違う、過剰特異性、空気を読むのが苦手――、鷺沢が言っているのは、発達障碍、中でもアスペルガー症候群や自閉症などの障碍を持つ人たちの特徴ではないのか。そう言われれば、この子の反応は、それっぽく感じる。

　同時に栞の記憶は輪郭を持ち始める。そうだ、ずいぶん前に読んだ本だ。それにも発達障碍と動物の関係について書かれていて、〈野性の脳〉という言葉が出てきたんだ。

「きみのそれはね、おそらく、超高度な具象的認知、つまりこの世界をありのままに認識する能力と考えられる。大多数の人間の脳はね、そんなふうにはできてないんだ。残念ながら、私のこいつも含めてね」

　鷺沢は、人差し指で自分の頭をトントンと叩くと、掌を広げてみせた。

「たとえばここに一個の林檎があったとして、これを見ている人は、そのありのままを見ているわけじゃない。丸さや赤さといった特定の面を抜き出して、抽象化することで認識しているんだ。だから同じものを見ていても、人によって微妙に感じ方が違ったりする。これはある種の曖昧さを生むが、物事を整理したり関連させて考えるためには、きわめて都合がいい。抽象的に捉えることによって、二つの林檎を並べてどちらも同じ『林檎』だとざっくり判断することができるし、『林檎でないもの』と分けて分類することもできる。人類の文明は、抽象的な認識と思考により発達したようなものだ。ただしその一方で、人間の脳は抽象化の過程で、この世界の大部分をオミットしているとも言える。きみの脳はそれをせず、ありのままをカタチとして認知する。世界を抽象化せず具象のまま見ることができる——」

鷺沢は拓人の顔をじっと見て苦笑いをした。

「——って、わからないか」

拓人は頷く。その場にいた彼の友達、梶川結愛と内海宗介も、きょとんとしている。

けれど栞は、いま鷺沢が喋っていることと、ほぼ同じことを書いた本を読んだことが、確かにあった。

「まあ、こういった言葉による説明自体が抽象化だからね。きみが持つ、その超高度な具象的認知——ありのままに世界を見る能力——は、人間では稀であっても、実はある程度発達した脳を持つ動物なら当たり前に持っているんだよ。おそらく脳という器官に元来備わっているものなんだ。ただ人間だけが、この具象的認知を弱め、抽象的認知を強めるように脳の配線を進化させた。しかしきみの脳は、配線が少し変わったため、失ったはずの能力に接続されている。だから動物と同じように世界を見ることができる。それが〈野性の脳〉だ。人間は他の動物に比べて知性があるとか、知能が高いと考えられがちだ。しかしそれは知性というものを、ごく一面的に、抽象的認知や、それに伴って発達した理論的思考力などに絞って捉えた物言いだ。『人間は知性があるから特別』などというのは、無知なる傲慢に他ならない。具象的認知においては、多くの動物が人間のそれを遥かに上回る。彼らは我々人間が想像もしないような知性の煌めきを備えているんだ。きみのような

〈野性の脳〉の持ち主は、その領域に触れることができるんだよ」

「先生」

鷺沢の教え子だというアルビノの女、マナが苦笑して、喋り続ける師を遮った。

「みんな、置いてけぼりですよ」

「ああっと、いかんな。すまない、つい興奮してしまってね」

鷺沢は肩をすくめた。

「まあ、つまりね、この拓人くんのような〈野性の脳〉の持ち主はね、動物と同じ感覚で世界を捉えることができるんだよ。彼はそうして感じたものを『カタチ』という言葉で表現しているんだ」

だとすれば、駐車場の一件は説明がつく。あのとき拓人は駐まっている車を身体で隠すようにした。あそこに、彼とタロが感じた「嫌なカタチ」があったのかもしれない。

ようやく栞は思い出した。

学生時代に読んだ本だ。

その本では、アメリカの大型牧場で最も効率のよい家畜の移動ルートを設計する際に、自閉症などの発達障碍を持つ人々に現地を見てもらい意見を聞いた、という事例が紹介されていた。

それによれば、障碍者には家畜たちが好むルートと嫌がるルートを一目で判別できたというのだ。著者はこのことから、自閉症などの発達障碍を持つ人々が、動物と共通する認知を持っていることを〈野性の脳〉という造語で示していた。

そして著者は更に論を拡大し、人間が一般的に考える抽象的認知や、思考力だけを「知性」として、その有無によって動物との違いを論じるのは間違っていると主張していたのだ。

その本のタイトルは『人間中心世界の終焉』。著者はいまではテロリストとして有名な男、カルネ・シンだったのだが……。

「氏家拓人くんといったよね？」

マナが拓人に声をかける。

拓人はそちらに顔を向ける。

「きみは私と同じで、生まれつき、多くの人とは違う個性を持っているのね」

マナはすっと手を伸ばすと、自分の白い髪をゆっくりとかき上げた。はらはらと暗闇に舞うそれは、まるで発光するかのようだった。

「人はそれを障碍《ディスオーダー》と言うでしょう？　もしかしたら、あなたはもっと普通に生まれたかったと思ったかもしれない。でもね、本当は贈り物《ギフト》なのよ。この世界から、あなたへの、贈り物《ギフト》。そのことは、覚えておいて」

マナは髪や肌だけでなく、声までも白く透き通るようだ。

栞が横目で拓人を見やると、彼はまるで他人事《ひとごと》のようにぼんやりとした様子で、それを聞いていた。

20

「次の質問だ。おまえら二人と制御室《コントロール・ルーム》を占拠している女、その他に、この建物に潜入している〈DOG〉の人間はいるのか？」

安東秀雄は、全裸に剝いて惨めな格好にして縛り上げた山口と嶋に尋ねる。

これまでの尋問——というより拷問に近いかもしれないが——の中で、山口の右手の爪をすべて剝ぎ、左手の小指と中指を折り、左耳たぶの先を切っていた。山口の抵抗心は、もうとっくに折れていることはわかっていたが、時折、難癖をつけて痛めつけた。一方、隣にいる嶋には手を出していない。無傷だ。

もうずいぶん昔のことだが、チャイニーズマフィアの構成員だという男から「複数の人間を同時に拷問するときは、待遇に差をつけるのがコツだ」と聞いたことがある。理不尽な不平等は互いを疑心暗鬼と恐怖に陥れ、結果的にはどちらも従順になるという。知っていても活かしようのない知識だと思っていたが、意外なところで役に立った。山口の方を痛めつけることにしたのは、やはり運転手としてこいつをそれなりに信頼していたことが業腹だったからだ。

もう疲弊しきって、ほとんど無表情になっている二人が、それでも顔をこわばらせるのがわかった。

「いるんだな？　幹部なのか？」

二人は明らかに言いよどんでいる。それだけ、情報の価値が高い証左だが、ゆっくり待っている余裕はない。安東はおもむろに、山口に手を伸ばす。

「ひっ、あ、き、あ……」

山口は何かを言おうとしているが、呂律が回らないようだ。それをかばうように、嶋が答えた。

「きょ、〈教授〉です！」

安東は手を止めた。

「何？」

「〈教授〉、カルネ・シンです！」

「はあ？　カルネ・シンって、おまえらの大将だろ？　ここに来てんのか？　この建物にいるのか？　ちゃんと答えろ！」

「は、はいっ！」

山口も嶋も、がくがくと首を縦に振っている。

「護衛は何人いる?」

「い、い、いいえ!」

「護衛をつけてないのか?」

怒鳴って睨み付けると、嶋は真っ青な顔で震えながらかぶりを振った。

「ほ、本当です! いざとなれば、〈彼ら〉が、い、いるので」

なるほど、いざとなれば、か。

しかしそれは油断というものだ。

どうする……。

安東はカチャカチャと音を立ててナイフを弄び、考える——


一説によると討ち入りに遭った吉良上野介《きらこうずけのすけ》は、便所の中に隠れているところを見つかって討ち取られたという。将棋では、王将を盤の隅に追い込んで詰ますことを「雪隠《せっちん》詰め」と呼ぶ。雪隠とは便所のことだ。

つまり、逃げ道のない狭い場所に逃げ込むのは下策ということだ。それでも安東がここに逃げ込んだのは、考えあってのことだ。

仮にあの黒い獣が、エンジェル・テリアの出来損ない、〈不良品《ジャンク》〉なのだとしたら、多少なりとも犬の性質を残しているはずだ。

犬の目は、視野が広く夜目も利くが、視力そのものは弱い。色彩についてもざっくり赤系と青系の二色しか見分けられないという。対して鼻の方は人間の一〇〇万倍とも言われる鋭敏さを備えている。そのため犬は視覚ではなく嗅覚で獲物を追う。ならば、むやみに逃げ惑うよりも、芳香剤の匂いが立ちこめているトイレに身を潜めた方がいいのではないか。

また、何者かが制御室《コントロール・ルーム》を押さえており、この騒動を仕掛けているとしたら、防犯カメラで館内を監視している可能性が高い。その場合、トイレだけが唯一の死角のはずだ。

結果的にこれはドンピシャだったし、望外の釣果があった。馬鹿が二匹も釣れたのだ。

安東がトイレに逃げ込み、個室の一つに身を隠すと、その直後に灯りが消え、しばらくして嶋がやってきた。嶋は安東がいることに気づかず別の個室に入り、げえげえと嘔吐を始めた。この時点では安東も嶋の姿を見ておらず、同じように逃げてきた者がいるのだろうと思っていた。

が、嶋はそのあと突然、一人きりのはずの個室の中で誰かと喋り始めた。携帯は使えなくなっているのに、だ。

通信が終わるのを見計らって、嶋を襲い、続けて会話の内容から、山口が様子を見に来ることを予想し、待ち伏せた次第だ。

それから二人を尋問して得た情報によれば、まず〈ＤＯＧ〉の目的は、この建物にいる人間を殺しまくることだという。〈審判〉などと仰々しい名で呼んでいるが、要は単純な示威行為なのだ。館内での殺戮の模様は制御室《コントロール・ルーム》で録画されており、のちに公開するという。そして例の「種差別の克服《スピーシズム》」を全人類に促すのだという。

しかしそんな壮大な野望に比して、この二人はあまりにヤワだ。安東一人に容易《たやす》く拘束され、拷問されれば簡単に口を割っている。あきらかに素人《しろうと》だ。とても全人類を向こうに回して戦うテロリストとは思えない。

詳しく聞き出したところによれば、〈DOG〉では、実力行使のための基礎的な訓練を行ってはいるが、高度な戦闘力を持つ軍のようなものは組織していないという。なるほど、確かに過激と言われていても、これまでこいつらがやってきたことは、内通者を利用した単発のテロばかりだ。

先日、米国企業の経営者一家を的にかけたので、大きく話題にもなったが、そもそも組織の戦闘力は、アフリカや中東の武装勢力とは比べようもない。

そんな連中が、全人類をどうこうしようと本気で言うなら、狂っているとしか思えない。カルネ・シン以下、どれだけ賢《さか》しいことを言っていようと〈DOG〉というのは、誇大妄想狂の集まりだ。

問題なのは、そんな連中が手に余る暴力を手に入れてしまっているということだ。全人類はともかく、いまこの閉鎖空間において、それは大いに機能している。まさにナントカたという。

例の黒い獣は、安東が睨んだとおり〈不良品《ジャンク》〉だった。育成部の嶋が殺処分される予定だった子犬を不憫に思い、かくまい育てたところ、驚くほどの成長を遂げることがわかった。

この二人から聞き出した限り〈不良品《ジャンク》〉は、明らかに犬の領域を逸脱した生物だ。異常発達した筋肉や大型化した身体は見てのとおりだが、知能もきわめて高く、普通の犬に比べてはるかに複雑な命令を理解するという。

障碍、あるいは奇形と呼ぶには大きすぎる飛躍、むしろ進化と呼ぶべき飛躍を遂げていると言って過言ではないだろう。アヌビスは期せずして、とびきり危険な「進化した犬」をつくっていたのかもしれない。

無論、安東はそれを悔いるような人間ではない。生命の禁忌に触れてしまったのが云々などと、殊勝なことも考えない。

むしろ自分たちであれほどのものをつくっておきながら、知らぬ間に馬鹿げた連中に横取りされていたことこそが、悔やまれる。

安東の脳裏に、舞台裏で見た〈不良品《ジャンク》〉の瞳の光が蘇った。

野性と知性、二つの性《さが》を持つ獰猛な光。そもそも、それに魅了されて始めた商売だったのに……。

そうだ、〈不良品《ジャンク》〉こそが、俺が求めていたものだ。何者にも負けない強い力、そのものだったのだ。

ビジネスに気を取られ、単なる出来損ないと思い、子犬のうちに殺処分していたとは痛恨の極みだ。

いや、ビジネスとしても失敗している。なぜなら、あれは十分金になるからだ。欲しがる金持ちは山ほどいるだろうし、場合によっては軍事利用を前提とした販路だって開拓できるかもしれない。

無念が渦巻く。

くそ、このまま指くわえてられるか！

なんとしても生きてこの建物から脱出し、〈不良品《ジャンク》〉の大量生産に乗り出すのだ。

思ったとおり地下の制御室《コントロール・ルーム》は、すでに乗っ取られ、建物の基幹システムも掌握されているという。対してこちらのアドバンテージは、まだ気づかれていないということだ。

その証拠にメンバーを二人も拘束しているのに、向こうからは何も手を打ってこない。

防犯カメラを通じて館内の様子を把握しているというが、おそらく安東がこのトイレに逃げ込む瞬間は見逃している。この規模の建物なら、カメラの数は一〇〇以上あるはずだ。一人ですべてを常時監視するのは不可能なのだろう。

しかし、いつ感づかれるともしれない。

その前に、出し抜く手段はないか。

人類がどうのと大きな話をしている連中が、間抜けなメンバー二人を人質にしたくらいで交渉に応じる確証はない。こちらからアドバンテージを手放すには成算が薄すぎる。

ただし、人質がカルネ・シンならば話が違ってくるだろう。

――カルネ・シンを、生け捕りにする。

それだって成算があるわけじゃない。〈不良品《ジャンク》〉どもに襲われず、やつを見つけ出し捕らえるのは、ほぼ不可能に近いかもしれない。

それでも、これが生き残るための唯一の道だと、勘が告げていた。

安東は腹を決めた。

「よし、じゃあカルネ・シンについて、詳しく教えてもらうぞ」

山口も嶋もすでに心は折れているようで、素直に自分たちの指導者について喋った。

やつはすでに手配写真で顔が割れていることもあり、日本人に変装してイベント参加者に紛れているという。どのような顔になっているのか、服装など、詳しく訊いて頭に留めてゆく。

情報はいくらでも欲しいが、もたもたしてはいられない。

一通りのことを尋ね終えると、安東は山口から剝いだスーツに着替えた。内ポケットに

SPから奪った拳銃をしまう。

スーツの丈は合っているが、身幅が少しきつい。防犯カメラ越しなら、どうにか誤魔化せるだろうか。潜入中のメンバーが他人と入れ替わっているわけはない、という先入観に期待するよりない。

安東は山口の前にしゃがみ込み、その喉元にナイフを突きつける。

「よし、じゃあいいな？　いま言ったとおりやれよ」

山口は頰をぴくぴくと震わせながら、ゆっくり頷いた。

「そうだ。それが賢い選択ってもんだ。死ねばそれまでだが、仲間を裏切ったとしても、生きてさえいれば、いつか挽回できるかもしれないからな」

安東は山口から奪ったインカムを彼の右耳に突っ込み、スーツのポケットに入っていた小さなリモコンを操作した。リモコンの端についている、通信状態を示すLEDにグリーンの光が灯る。

山口は小さく息を吸って、意を決したように口を開いた。

「……こ、こちらヤマグチ。あ、ああ、うん。大丈夫だ。シマは……やはり具合があまりよくないようなんで、しばらくここで休ませる。え？　い、いや、俺は大丈夫だ。うん、なんともない。そ、そんなことない。気のせいじゃないか。ああ。……それ、で、きょ、〈教授〉は？　いまどこにいる？　いや、べ、別に。ただ、どうしてるかと……あ、いや、様子を見に行こうかと……、え？　そ、そうか。……うん。ああ。わかってる。大丈夫だって。それじゃ」

向こうから通信が切れて終わったようだ。リモコンのLEDも消えている。

「どこだ？」

安東は喉元に突きつけたナイフを一ミリも動かさず尋ねた。

「に、二階です。避難した人々がフードコートのレストランに立てこもろうとしていて、そこに〈教授〉も紛れています」

安東は、頭の中に館内図を思い浮かべる。フードコートがあるのは、回廊の西側、海に面した展望デッキがある辺りだ。

「なんて、レストランだ」

「あ、アオイです。ローマ字で、A、O、I」

「そうか」

「ただ……」

「ただ？」

「そろそろ、〈彼ら〉が二階にも向かうので、混乱が起こるだろう、と……」

それはむしろ好都合だ。〈不良品《ジャンク》〉たちが襲撃するのを待ち、混乱に乗じた方が、やり易いだろう。

「よし」

安東は深く頷いた。

まず最初の賭けには勝った。通信の途中、山口が、あるいは隣にいる嶋が、自らの命を顧みず声をあげれば、その時点でもうアウトだった。しかし山口は安東が言ったとおり仲間を騙し、嶋はずっと黙っていた。

二人の従順さは無論ありがたくもあったが、哀れで安東の嗜虐心《しぎゃくしん》をくすぐるものがあった。

だからか、つい蔑む言葉が口をついた。

「おまえらも脅されたくれえで、よくもまあ、自分らのボスを売ったもんだ。種差別《スピーシズム》だかなんだか知らねえが、結局、その程度のもんだってことだろ？　おまえらには覚悟が、いや、美学が足りねえな。思想に殉ずるだけの美学がないのさ」

嶋はもうまともに頭が働かないようで、呆然とこちらを見上げていたが、山口の方は、よっぽど琴線に触れたのか、爪を剝いだときよりも大きく顔を歪めた。

安東は心地よさを覚えながら、続けた。

「それにおまえらは甘いよな。言うこと聞きゃ、殺されないと思ってんだろ？　んなわけねえじゃん」

山口がはっと目を見開く。

間髪入れず、安東はその喉元に思い切りナイフを突き入れた。

刃を通じて、肉をえぐる生々しい感触が手に伝わってくる。

それは安東の古い記憶を刺激した――

一六のときだ。夏だった。うだるように暑い夏の夜だ。安東は恐れていた。毎日のように暴力を振るう両親のことを。

ここにいたら、こいつらに俺の人生を奪われてしまう。

母の方は力もそんなに強くなく、叩かれてもさほど大事にはならないのだが、父の方が酒落にならなかった。酒を飲み前後を失い、「ふざけんじゃねえぞ!」「差別するんじゃねえ!」「民族の怒りを思い知れ!」そんなことをわめきながら、容赦なく安東に拳を振るった。安東の鼻が曲がっているのは、父の拳骨で折られて、そのまま治療もせずに放置されたからだ。気絶するまで暴行を受けたことも一度や二度ではない。

きっと父は傷ついていたのだろう。彼が差別を受けていたのもおそらく事実だ。彼自身、誰かに自分の人生を奪われていたのだろう。

父は弱かったのだ。本当の敵と戦う勇気もなく、自分より弱い者を痛めつけることで、自分を慰めていたのだろう。

しかしそんな事情を忖度するような余裕はもちろんない。

恐怖に駆られるようにして、安東は決意した。見限ることを、断ち切ることを、戦うことを。

その日も父はいつものように酔っぱらって暴れ出した。安東が台所に逃げ込むと、父は奇声をあげて追いかけてきた。安東は、洗い場のところにあらかじめ出しておいた包丁を手に取ると、そのまま体当たりするように、父の腹を刺した。狙ったわけではなかったのだが、包丁の刃はちょうどあばらの隙間を通り、父の内臓と太い血管を切り裂いたようだった。包丁越しにも伝わる肉をえぐる感触と、腹から噴き出した血の濃厚な匂い、視界を染め上げげんばかりの深い赤を、いまでもよく覚えている。

やってしまえば、実にあっけなかった。子どもが親に為す術なく蹂躙されるのは、結局、力がないからだ。ならば、より強い力を持てば、子どもでも親を蹂躙できる。力は力によって、ねじ伏せることができる。思えばこれが、安東が親から学んだ唯一のことかもしれない。

父は失血死し、安東は逮捕された。このとき、安東はもう死刑になるか一生刑務所で過ごすのかと思っていたが、降された処分は、およそ一年間を少年院で過ごすというものだった。前科もつかなかったし、のちに帰化を申請したときも特に問題になることはなかった。まだ未成年で、しかも恒常的に父から暴力を受けていた安東は、罰ではなく保護の対象だったのだ。

親を殺すことで結果的に安東は暴力から解放され家を出ることができた。「未成年のうちに、殺《や》っておいてよかった」と、心の底から思った。

そして決意した。もっと大きな力を手に入れる。もう誰にも人生を奪われないために。父のようにならないために。

何者にも負けない強い力を。

——あの夏の日以来、人生二度目の殺人だった。

21

どれだけもっともらしく説明されても、梶川結愛は、エンジェル・テリアとあの黒い獣が同じだなんて、思えなかった。

鷺沢が言うには、エンジェル・テリアを生み出すために、たくさんの奇形が生まれているという。そしてあろうことか、あの黒い獣はそうして生まれた奇形の一種かもしれないという。そんなのやっぱり信じられない。いや、むしろ信じたくないと言うべきか。自分自身も欲しいと思っていたあの可愛らしい犬が、そんなふうにしてつくられていただなんて。

一方、鷺沢が拓人についてしていた話は、ところどころ難しい言葉が出てきてよくわからなかったけれど、結論の部分は納得できた。

拓人は動物と同じように世界を見ることができる――、昔、ジャックが行きたがらない場所を一発で見分けたのは、つまりそういうことだったのだ。

同時に、一つ思ったことがある。

「あの……、もしかして、なんですけど……」

なんとなく話が途切れたときに、結愛は思いきって口を開いた。

「なんだい？」

鷺沢の鋭く大きな目がこちらを向いた。結愛は少し緊張しつつ尋ねた。

「いま話していた、〈野性の脳〉って、あのカレンさんも持っているんじゃないですか？」

結愛はちらりとホールの方を見てみたが、視界の利く範囲に彼女の姿はなかった。

「ああ、動物と話せるという女性だね。実は私もその可能性は考えていたんだよ。彼女は〈野性の脳〉により、動物の鳴き声やボディランゲージから、きわめて精緻な情報を読み取ることができるのではないか。それを『動物の心の声が聞こえる』と表現しているのではないか、とね」

「そういうことが、あり得るんですか？」

声をあげたのは栞だった。拓人に話しかけてきた眼鏡の女の人だ。

「あくまで可能性だがね。機会があれば本人にじっくり話を聞いて、検証させてもらいたいところだが……、いまはそんなことができる状況ではないだろう」

だとしたら、逆に拓人もカレンと同じことができることにならないだろうか。だったらすごい。結愛はほんのりした興奮を覚えつつ尋ねた。

「ねえ、拓ちゃん。拓ちゃんにも動物の声が聞けたりするの？」

「え？」

拓人は目を逸らしてかぶりを振った。

それを見て鷺沢が苦笑する。

「それはどうかな。認知というのは、個人差が大きいからね。我々凡人だって、同じ花を見ても、それぞれ違う感想を抱くだろう？　この氏家拓人くんと、あのカレンという女性が、ともに〈野性の脳〉を持っていたとしても、完全に同じ世界を見ているとは限らない。更にそれをどう表現するかになると、違って当然かもしれないよ」

つまり、拓人にはカタチが見えるけれど、カレンのように動物の声を聞くことはできない、ということだろうか。

すると栞がためらいがちに口を開いた。

「あの、私はその〈野性の脳〉自体、まだ半信半疑なんですけど……。仮にそういうものがあったとしても、彼女、カレンさんは、本当に動物と話すことなんてできるんでしょうか？」

　どうやら、この人はカレンの能力に疑問を抱いているようだ。

　結愛は口を挟んだ。

「でも、さっき下であの黒い獣を追い払ったって、聞きました。ね？」

　同意を求めて宗介を見ると、彼も頷く。

「合流したクラスのやつらが言ってたんです」

　栞は困ったような顔になった。

「実はね、その場には私もいたんだけど、冷静に考えてみれば、偶然ってことも十分考えられるかなって。彼女の香水の匂いを嫌ったとか、そもそも、別のところへ行く途中だったとか……」

　栞は、どこか煮え切らない感じだ。結愛には不思議に思えた。その場にいたということは、この人もカレンに助けてもらったということだ。なのに、どうして信じないんだろう。

　鷺沢が少し笑ったような声で「ふむ」と頷いた。

「彼女は動物と話せるわけじゃなく、そう見えるように振る舞っているだけだと？」

「ええ」

「確かに、そうかもしれないね。しかしそれを証明できるわけでもないのだろう？」

「はい……ただ、疑いの余地はあるんじゃないかなって」

「科学的にはそれが正しい態度だと私も思うよ。人間が動物と話すなんていうのは、本来あり得ない現象だ。あり得ないことがあると証明するには、疑いの余地のないレベルまで検証を重ねる必要がある」

「ですよね」

栞は少しほっとしたように言う。

結愛は、そういうものなのか、と思う反面、反発も覚えた。科学的にどうかは知らないけれど、カレンは本当に動物の声が聞けて、話ができるのだと思う。

そんな内心を読み取ったわけではないだろうが、鷺沢は言った。

「しかし現時点で彼女が動物と話せないと決めつけることはできない。それに、ことの真相はどうであれ、彼女があの黒い獣とも話せると言ったことで、多くの人が安心した様子だ。これは悪いことではないだろう。むやみに疑って、集団に混乱を招くのは得策ではない」

「はい……それは、わかってます」

栞はやや浮かない顔になる。

続けて、鷺沢はこちらに視線をよこした。

「一方、彼女のことを信じるとしても、情報の非対称性が発生してることには注意した方がいいだろうね」

　情報の非対称性？

　聴き慣れない言葉だ。

「あの、どういうことですか？」

「彼女は思いどおりに情報をコントロールすることができるということだよ。黒い獣と話せる者なんて他にはいないのだからね。彼女はこの場で唯一の通訳者だ。彼女の言うことの答え合わせは誰にもできない。これは強力な権力の源泉になり得る。この場でリーダーシップを発揮している雨宮さんと彼女が一緒にいるのも非常に大きな意味がある」

　権力、という言葉には重くてごつごつした響きがある。

　鷺沢は大きく鋭い目をすがめながら、手で自分の頬の辺りを撫でて続ける。

「まあ意図的ではなくても、間違いや勘違いは誰にでもあるものだ。しかし我々には、それを確かめることさえできないんだ」

　言っていることはわかるし、なるほどと思う。

　でも、確かめられないことをどうやって注意したらいいのだろう？

　カレンさんなら、きっと大丈夫――そう思いたい結愛だったが、どこかもやっとした不安のようなものを感じてしまった。

　誰も口を開かず、数秒の沈黙が流れる。

鷺沢がパンと手を叩いてそれを破った。

「さあ、話はこの辺にして作業を続けようか」

一同は顔を見合わせた。

そうだ。とりあえず、やることをやらなきゃ。


各々、バリケードをつくる作業に戻る。

手を動かしながら、結愛はいまの一連の話を頭の中で反芻していた。

黒い獣とエンジェル・テリアが、同じ種類の犬かもしれない。拓人の〈野性の脳〉。そして、カレンの能力と情報の非対称性。

どれもこれまで考えたこともなかったような種類のことだ。ちゃんと理解できているのかも怪しい。

なんとなく、離れたところで作業しているクラスメイトたちの方に目をやった。

ヒカルがテーブルを運んでいるのが見えた。

楽屋でヒカルはカレンのファンだと言って、話を弾ませていた。でもヒカルは動物が嫌いなはずだ。カレンの動物と話せる能力のことを、どう思っているんだろうか。

不意にそのヒカルがこちらを向いた。

暗くて距離があるから、目は合わない。表情もはっきりとはわからない。結愛のことを見ているのか、こちらにいる宗介のことを見ているのかもわからない。ただじっと見ている。

さっき宗介が言っていた、いつもいっぱいいっぱいいって、どういうことなんだろう。拓人を嫌いたくて嫌ってるんじゃないって、本当なんだろうか。

いまヒカルちゃんは、どんな顔をしているんだろう？

たぶん怒った顔だろう。少なくとも笑顔ではないと思う。けれど結愛の脳裏に浮かぶのは、初めて会った日の笑顔だった。

――結愛っちと仲よくなれてよかった。

たまらない気持ちになり、結愛の方から先に顔を背けていた。

22

きっと報いなのだろう。

シマの頭に浮かんだのは、そんな諦観だった。

ナイフが食い込んだヤマグチの喉元から、ごぼごぼという低く奇妙な音が漏れた。

「どごおおしで、あんごえあえああ」

ヤマグチは声にならない声をあげる。

安東は表情を変えずにナイフを引き抜いた。傷口から大量の血がこぼれ落ちるのが見えた。あれでは助からないだろう。

「さて、次はおまえだ」

安東はナイフをこちらに向ける。

シマは目を閉じた。

「なんだ、あきらめがいいな」

安東が笑う気配がした。

こいつはやはり、最悪の男だと思う。けれど、その最悪の男に殺されるだけのことを自分はしてしまったのかもしれない。

〈DOG〉は正しい、カルネ・シンは正しい、ヒトは裁きを受けるべきだ、〈審判〉は降《くだ》るべくして降るのだ。いまでもそう思っている。

しかし同時に、許されないことをしてしまったという思いが、決定的な罪を犯してしまったという意識が、ぬぐえない。

Aホールで〈彼ら〉を解き放ち、同僚を無惨に殺させたあのときから。

これは動物を解放するために乗り越えるべき悲惨さなのだと、いくら自分に言い聞かせても、ぬぐえないのだ。

どういうことだろう？

安東の尋問を受けている最中も、頭の片隅でずっとこのことを考えていた。

アヌビスの育成部で繁殖に関わっている中でも、ずっと罪の意識はあった。あの地獄のような子犬工場《パピーミル》で行われていたことは、まさに虐殺だ。あれと同等のことをヒトに対してもやっただけなのに、なぜかもっと重い罪を犯してしまった気がしている。

ヒトと動物は違わない――はずだ。それはわかっている。〈教授〉に学び、頭の中で完全に理論化できている。なのに〈彼ら〉によるヒト虐殺を体験したいま、どうしてかヒトの命を奪うことは、動物の命を奪うことより悪いことだと思えてしまう。

自分もまたヒトだからだろうか？　いやしかし、種の区別にだって意味がないはずだ。それでも罪を感じてしまう。ヒトと動物の間に、跳び越えてはいけない壁が存在しているような気がしてしまう。おそらくこれは理屈の問題ではない。頭ではなく、身体がそう感じているのだ。

奇しくも安東が言った「思想に殉ずるだけの美学がない」とは、こういうことなのかもしれない。

美学かどうかはわからないけれど、この身体には〈教授〉の思想に殉ずるために必要な何かが決定的に欠けていたのではないか。

殉ずることのできない思想に殉じた、その報いか。

ただ、それでも一つ、せめてもの抵抗は試みた。

シマもヤマグチも、訊かれたことにはすべて正直に答えた。けれど訊かれなかったことをわざわざ言ったりはしなかった。〈教授〉のことは喋っても、アイのことは最後まで黙っていた。

〈DOG〉という組織は〈教授〉がつくったものだが、この〈審判〉において最も重要なのはアイだ。最悪〈教授〉が死んでしまい〈DOG〉が消滅したとしても、アイさえいれば〈審判〉は最後まで断行されるだろう。

不意に首筋に衝撃が走った。金属の冷たさと、身体に異物が侵入してくる強烈な違和感を覚えた。それから、一瞬遅れて熱、最後に痛みがやってきた。

大きく咳き込み、口から、があああ、と声が漏れる。鼓動とともに血が噴き出し、首が心臓になったような錯覚に陥る。

「じゃあな」

安東の声がした。目を開けると、踵を返して立ち去る姿が見えた。放っておいても、二人とも失血死すると思っているのだろう。おそらくそれは正しい。しかし、あいつは大きな思い違いをしている。

馬鹿な、やつだ……。おまえも報いを受けろ。

唐突に痛みと熱が遠のき、強い寒気と眠気が襲ってくる。それに逆らわずにシマは再び瞼を閉じた。

暗闇の中に浮かぶのは真っ白な姿。アイだ。使徒率いる救世主のように、一二頭の〈彼ら〉を連れて歩く彼女を夢想する。

シマがアイと出会ったのは、言ってしまえば偶然かもしれない。けれどこの世界に偶然以外の事象など何もない。ならばそれを運命と呼ぼう。シマ自身のではなく、この世界にとっての運命。

元来、争い事など好まぬ性格のシマが〈DOG〉のテロリズムに感化されたのは、〈教授〉の理論よりむしろアイの存在によってだ。

アイが持つ能力は、世界からの贈り物《ギフト》だ。裁け、と。種差別《スピーシズム》を繰り返す、この愚かな霊長類に鉄槌を下せと遣わされた告死の力だ。

アイは独りでそれを背負い、戦うことを選択した。ならばシマに躊躇する理由があっただろうか。

結局、俺は最後までついていくことができなかったけれど。アイ、どうかきみは……。

薄れゆくシマの意識に浮かんだ感情は、悲しみと寂しさと、少しの希望だった。

【Ⅲ】人 HUMANKIND

「――ええ、そうなんです。我々は取材でここに、いえ、裏が開いていたんでそこから……。はい、それで、人が死んでるのを見つけたんです。たぶんここの従業員だと思います。いや、それはわかりません。はい。ええ、とにかくすぐに来てください。はい、わかりました」

1

編集者の小谷は、通話を終えると、こちらを向いた。

「パトカー、すぐに来るそうです」

藤原亘は「ああ」と相づちを打つ。

案内役の渡辺は気分を悪くしたらしく、道路の縁石にしゃがみ込んでいる。

劣悪な環境でたくさんの犬に繁殖を強いているというアヌビスの子犬工場《パピーミル》。ついに突きとめたその場所で目にしたのは、無理な繁殖を強いられる犬ではなく、無惨に殺された人間たちの死体だった。

驚きの直後、やってきたのは恐怖だった。子犬工場《パピーミル》が何者かの襲撃を受けたのは間違いない。もしかしたら、その何者かがまだどこかに隠れているんじゃないか、と。

亘たち三人は逃げるように雑木林を走り、車を駐めてある空き地のところまで戻り、そこから警察に一報を入れた。

「とんでもないことになりましたね……。藤原さん、さり気なく写真撮ってました？」

「一応、ね」

ほとんど無意識だったが、亘は首から提げていたデジカメで現場の写真を数枚撮っていた。

「さすが。ちょっといいですか？」

「うん」

亘はデジカメを首から外して、再生モードにすると小谷に渡した。液晶画面に表示された陰惨な現場の様子を覗き込み小谷は「おお」と声をあげた。その顔には、興奮が張り付いている。

たぶん自分も同じような顔をしていると思う。寒さなど、もうどこかへ行ってしまった。

現場の遺体はどれもこれも、衣服ごとずたずたに引き裂かれた肉塊と化していた。刃物で滅多刺しにされたのとも違う、まるで猛獣にでも襲われたような感じだ。

誰が一体、どうやって？

犬を目的にした強盗だろうか。エンジェル・テリアをはじめ、アヌビスが繁殖している犬には一頭当たり数十万もの市場価値がある。考えようによっては、貴金属のようなものだ。

しかし、だとしても、ここまでやるのは異常としか思えないが……。

アヌビスの側もまだ把握していないのだろう。そう言えば、彼らは今日、自らスポンサーを務めるECOフェスタでペットの販売会を行っているはずだ。子犬工場《パピーミル》に人が少なかったのはそのためだ。あちらはどうなっているのだろう。

あそこでは、以前取材した動物愛護団体のウィズも、譲渡会を行うことになっていた。

亘は、夢中になって写真に見入っている小谷から一歩離れて、スマートフォンを操作する。

名刺を管理するアプリを立ち上げ、取材のときにもらった名刺を検索して、電話をかけてみた。しかし、ウィズの代表の雨宮一紀《かずき》、副代表の望月栞、どちらの携帯もつながらない。仕方ないので事務局の番号にかけてみると、しばらくコールしたあと、広報の責任者である奥野が出た。取材の申し込みをしたときに最初にやりとりをした女性だ。事務局が不在だと彼女の携帯に電話が転送されるようになっているようだ。

奥野も他のメンバーと一緒に、譲渡会のため海の森にいるようだが、ずいぶんと狼狽した様子だった。

ECOフェスタの開始直前、メイン会場となるロタンダ・シーフォレストの防火扉が閉まってしまったというのだ。雨宮や栞は、その中にいるという。

「防火扉？　火事が起きてるんですか？」

『いえそれが……、そうじゃないみたいなんです。火も煙も出てないし、避難用の非常口なんかも全部閉まっているので、イベントのスタッフさんたちは、システムのトラブルじゃないかって言ってるんですけど……』

「じゃあ、望月さんたちは、閉じ込められているんですか？」

『そうなんですよ。携帯も通じないみたいで、中がどうなっているかまったくわからなくて……』

携帯も通じない？　どういうことだ？

アヌビスの子犬工場《パピーミル》が襲撃され、アヌビスがペットの販売会を行うイベントで奇妙なトラブルが起きている。

これは偶然だろうか？

いや、違う。

亘はそんな偶然は信じない。

偶然じゃないとしたら、なんだ？　何が起きている？

電話を切ってしばらく亘は考えこむ。

「あれ？　藤原さん、いまどっかに電話してました？」

小谷が、顔をあげて尋ねた。

「あ、いや……。そうだ、車から出したいものがあるんで、鍵、いいですか？」

亘はさりげなさを装い、手を出した。

「え？　ああ、はい」

小谷は特に疑う様子もなく、ポケットから車の鍵を出す。

「すみません」

亘は鍵を受け取ると、小走りで空き地に駐めてあるミニバンの運転席に乗り込む。そしてエンジンをかけた。

窓の向こうで小谷が目を丸くしているのが見えた。

亘は窓越しに大きな声を張り上げる。

「小谷さん、ごめん、俺、東京戻るから。こっちはよろしく」

「ええっ？」

亘はそのままアクセルを踏み込む。

「ちょ、藤原さん！　何考えてるんですか！」

小谷が呼ぶ声がしたが、構わずミニバンを発進させた。

何を考えたかと言えば、警察が来たら事情聴取で少なくとも今日一日は拘束されてしまう、ということだ。

もちろん、現場から逃げたらあとで面倒なことになるに決まっている。それはわかっているが、何が起きているのか確かめたいという気持ちが、勝った。

言わば好奇心だ。それがなけりゃ、ライターなんて仕事やってない。

ロタンダ・シーフォレストに閉じ込められている中に、ちょっといいなと思っていた女性がいることも、多少は原動力になっていたかもしれないけれど。

空き地を出てすぐ、前方から二台のパトカーが連なって走ってきた。背中が粟立つような緊張を覚えたが、特に止められることもなく、パトカーはすれ違い、サイドミラーの向こうへ遠ざかってゆく。

そのまま、みなかみの中心市街地へと向かい、インターチェンジから関越道に入った。関東を縦に走る高速道路には、上下線ともにバスやトラックといった大型車が多く目についた。その上に広がる空は、子どもがペンキをぶちまけたような馬鹿げた青に染まっている。さっき目にした惨劇が、まるで嘘みたいだ。

スマートフォンに何度も、小谷から電話がかかってきたが、心の中で「ごめん！」と謝りながら、すべて無視した。

前をゆくトラックはいわゆるデコトラというやつなのか、背面にまでけばけばしい金色の竜の絵が描かれている。

それを眺めがなら、亘は考える。

みなかみの子犬工場《パピーミル》で起きた惨劇と、海の森で起きている奇妙なトラブル。遠く離れた二つの点は、アヌビスという線でつながる。

アヌビスに強い恨みを持つものが、子犬工場《パピーミル》を襲撃し、更にイベントを妨害しているということはないだろうか。

アヌビスは毀誉褒貶の激しい企業だ。今回のようなイベントへの協賛やメディアへの露出でいいイメージを培う一方、代表取締役の安東秀雄のキャラクターや、利益重視の姿勢などへの批判も強い。亘自身、取材する中で動物愛護の観点からすれば、あのような企業が業界のトップに居座るのは問題だと考えていた。動物愛護団体をはじめ、アヌビスを批判したい者はたくさんいるだろう。

ここまで考え亘は、最近、そんなニュースがあったばかりだということを思い出す。過激な動物愛護団体が、猛獣を使って人を殺した事件。カルネ・シン率いる〈DOG〉による、メイヤーフーズ経営者一家の殺害事件だ。

営利目的の強盗や、単なるイベントの妨害ではなく、テロということはないだろうか。

亘はペット問題や動物愛護のことを調べる中で、何かの参考になるかもしれないと思い、カルネ・シンの著作『人間中心世界の終焉』にも目を通していた。

本の内容は、思った以上に多岐にわたったが、その中で丸々一章、犬と人間の歴史について論じた部分があった。

それによれば、犬というのは野生の動物ではなく、人類が狼を家畜化してつくった動物なのだという。たとえば狼とチワワは、まったく別の動物のように見えるが、遺伝学的にはほとんど違いがない亜種なのだ。ただしこの「家畜化」とか「つくった」というのは、あくまで現代人から見た言い回しであり、古代においてはむしろ犬が人間をつくったと、カルネ・シンは主張する。

遠い昔、最終氷期が到来した七万年前、この地球上には二種類の人類が存在していた。ネアンデルタール人と、現生人類《ホモ・サピエンス》だ。この二種を比べると、実はネアンデルタール人の方が生存競争に有利な特徴を備えている。ネアンデルタール人は筋肉質で手足が短く熱を失いにくい体軀をしており、寒さに強い。また脳容積もホモ・サピエンスよりも大きく、早くから火や道具を使いこなしていたことがわかっている。

しかしネアンデルタール人は氷期を越えることができずに絶滅し、ホモ・サピエンスは生き延びて、繁栄を築いた。強い者が滅び、弱い者が栄えた。この逆転はなぜ生じたのか。カルネ・シンによれば、それはホモ・サピエンスが犬に出会ったからだという。

犬の祖先である狼は、当時、地上の王として君臨していた。「強い人類」であるネアンデルタール人は、この狼を敵とみなし、火や武器で退けることができた。一方「弱い人類」であるホモ・サピエンスは、狼を恐れ崇め、争わずにその食べ残しを漁って飢えをしのいでいた。こうしてつかず離れず生活圏を共にするうちに、ホモ・サピエンスは群れからはぐれた狼の子を保護して育て、共に狩りをするようになった。最初期の犬の誕生だ。

これが命運を分けた。

氷期という極限状況においては、犬と共生関係を築くことが、強い肉体や大きな脳を持つことよりも、生存に有利に働いたのだ。

同じ環境で淘汰圧を受けた生物種は、遺伝的な距離に拘わらず同じ特性を身につけることがある。これを収斂進化という。哺乳類であるクジラが、魚類と同じヒレや尾を持つのはその一例だ。この収斂進化は犬と人間の間にも起きている。それを雄弁に物語るのが眼球の白い部分――白目――の存在だ。

イヌ科動物は白目を持つが、人間以外の霊長類には白目がない。この白目という特徴は、視線の方向を周りに知らせてしまう反面、非血縁集団とも協力して行動する高い社会性を育む。それは霊長類ではなくイヌ科の特徴なのだ。

白目とそれによってもたらされる社会性がなければ、現在の人類の繁栄はなかったろう。犬は人間にとっての、最も古い友人であり、師でもあるという。

そんな人間と犬の関係が大きく変化したのは、一八世紀以降。長い歴史の中では、ごく最近のことだ。市場経済が世界規模で拡大するのと同時に、人間は犬を友人でも師でもなく、消費財として扱うようになっていった。

イギリスで犬種標準《スタンダード》という概念と言葉が生まれ、人間は積極的に犬を「つくる」ようになったのだ。

人間は血統の名のもとに、犬種の特徴を強調するための選択飼育と交配を繰り返した。レトリーバーはより大きく、プードルはより小さく、ダルメシアンのスポット模様はより美しく、シャーペイの皺《しわ》はより多く、ダックスフントの胴はより長く……スタンダードを目指して人間が犬に対して行った淘汰は、それまで長い時間をかけて強く豊かに育まれていた犬の遺伝子プールをずたずたに引き裂いた。

結果、何が起きたか？

犬はさまざまな先天性の疾患を抱えるようになった。特定の形質だけを強調する人為的交配は、必ず予期せぬ疾患を生む。無理に大型化した犬には股関節形成不全をはじめとする骨格障害がつきまとい、無理に小型化した犬には難産や水頭症、呼吸不全など無数の困難がつきまとう。

ダルメシアンのおよそ三割は生まれつき聴覚障害を持っている。ブルドッグは頭が大きすぎて母犬の産道を通れず、帝王切開でしか生まれることができない。シャーペイの特徴である皺をつくる遺伝子は、遺伝病であるシャーペイ熱の原因にもなる。ダックスフントに至っては、奇形や死産に至る危険な掛け合わせのパターンがごまんとあり、専門家でも健康な子犬をつくるのが難しい。

カルネ・シンは、著作の中で、人類はいつか手痛いしっぺ返しを食らうだろう、否、食らわなければならない、と語っていた。

劣悪な子犬工場《パピーミル》で、子犬を繁殖するアヌビスと、そのアヌビスがスポンサードするイベントは、彼らの標的に十分なり得るのではないか。

前をゆく竜と目が合った気がした。空想上の動物だからか、その竜にも白目がある。

メイヤーフーズの事件では、経営者一家はなんらかの動物によって惨殺された。そして、あの子犬工場《パピーミル》も、まるで猛獣に襲われたようだった。

仮にこれが〈DOG〉のテロだとしたら、外部と連絡がとれなくなっているロタンダ・シーフォレストの中でも……。

亘はごくりと自分の喉が鳴る音を聞いた。

さすがに考えすぎじゃないか？　これまで〈DOG〉がテロを起こしてきた場所は欧米圏に限られていたはずだ。

冷静な自分が、即座に打ち消そうとする。しかしその一方で、丸っきりの見当外れとも思えない。これまでなかったということは、これからもない保証にはならないのだから。

亘は気をつけながらスマートフォンを操作し、もう一度、向こうの様子を窺うため、奥野に電話をかけて肩に挟んだ。

奥野はすぐに電話に出てくれた。相変わらず、ロタンダ・シーフォレストの防火扉は閉じたままで、中と連絡も取れないようだ。

『――それで、防火扉はどうやっても外から開けることができないようなので、壊すことにしたそうです』

現在、消防が防火扉を破壊するための重機を手配しているという。

それを聞いて亘は反射的に、あさま山荘を鉄球で破壊するあの映像を思い出す。生まれるより前に起きた事件だけれど、テレビで何度も見たことがある。が、さすがに今回は鉄球は使わないだろう。掘削機の類か、あるいは専用の重機があるのかもしれない。

亘が海の森に到着するのは、どんなに急いでもまだ三時間以上先だ。きっとそれまでには、重機によって防火扉は壊されているだろう。そしてはっきりしているはずだ。一体、何が起きているのか。

2

みな、指示に従い、着々とバリケードを組み立てている。

素人の寄せ集めだし、中学生をはじめ子どももかなりいるので、決して手際がいいとは言えない。が、誰もが危機感を持って作業にあたっている。レストランの出入り口と窓は、どうにかすべてふさぐことができそうだ。

雨宮一紀は、カレン、呉松、そしてその秘書の菊地らとともに、ホールの奥からその様子をじっと眺めていた。

「あ、雨宮くん……、これで大丈夫、なんだよね？　我々は助かるんだよね」

呉松は不安げな声で尋ねる。

この状況で大丈夫だなんて保証、あるわけがない。おたおたしやがって、まったく、どうしようもないやつだな……。

雨宮は内心の軽蔑を隠し、笑顔をつくって頷いた。

「ええ、最善を尽くしております」

「そ、そうか」

ごく短い時間でも、この代議士の地金は十分にわかった。一国の大臣とは思えぬほどの小物だ。場を取り繕う術には多少長《た》けているが、とにかく肝が据わらない。秘書の菊地の方が、ずっと強い胆力を感じさせる。

こんな男、そもそも親が有力な政治家でなければ、決してバッジをつけることはなかったろう。普段メディアに登場しているときの雰囲気や口にする政策に対して、好意的な印象を抱いていたが、すべて誰かの振り付けなのだろうと容易に想像できる。

まあ、党の重鎮や官僚からすれば、扱いやすい坊ちゃんなのだろう。そしてそれは、雨宮にとっても同じだ。大物よりも小物の方が、コントロールしやすい。

この男には利用価値がある。内実がどうであれ、現役の大臣という肩書きが持つ権威は、人をまとめるのに役立つ。ここで恩を売れるだけ売っておけば、外に出たあと見返りも期待できるだろう。

雨宮自身、単なる地元の名士で終わるつもりはない。いずれ政界に打って出ることはずっと考えていた。動物愛護の活動をしているのだって、半分以上はそれが目的だ。与党の有力議員との強力なパイプが手に入るなんて、願ってもないチャンスといえる。

無論、そんな皮算用以前に、いま自分がかなり危険な状況に置かれていることは自覚している。あの黒い獣たちの正体も、この状況をつくっている犯人も、わからない。大ホールでいきなり、あの黒い獣たちが襲ってきたとき。なんとか逃げ出せたと思ったら、今度は回廊で囲まれたとき。どちらも死を覚悟した。が、結果的には生き延びることができた。

この事実が、雨宮に確信を深めさせた。

やはり、私は選ばれている。

自分が平凡な有象無象とは違う選ばれた特別な人間であるという、この感覚は、ずっと雨宮について回っていた。

ここまでの人生で、雨宮は挫折らしい挫折を経験したことがない。呉松のように総理大臣が出ているような特別な家系に生まれたわけではないし、最初からなんでもできたわけじゃない。ただ、努力はした。何事にも全力で取り組むことをモットーとしていた。結果、学生時代は勉強でもスポーツでも常にトップクラスの成績を収めることができた。自然と周りから信頼されるようになり、中学でも高校でも生徒会長に選ばれた。

　雨宮にとって努力とは必ず報われるものであり、その結果、手にする成功や達成こそが生きる意味なのだと自然に思えた。

　しかし、誰もがこんなふうにできるわけではないようだ。その事実に気づいたのは、思春期の終わり頃だろうか。ふと周りの人間を見回してみると、努力しているのに上手く結果が出ない者がごろごろいた。そんな連中が何を楽しみに生きているのか、雨宮にはまったく理解できないが、ともかく、努力が報われるというのは「特別」なことのようなのだ。

　社会に出てからも、雨宮の「特別」は続いた。父親の動物病院を継いでからは、傾きかけていた経営を立て直し、みるみる業績を伸ばした。イメージアップのために始めた動物愛護活動も、積極的に関われば関わるほど、規模を拡大してゆくことができた。

　ときには上手くいかないこともあるし、不愉快なことだって毎日のように起きる。しかしそういった困難も、失敗とか挫折というほどのものではない。大抵の場合は、最後には自分の思い通りになるのだから。あとから考えれば、達成の果実をより味わうためのスパイスのようなものに思える。

　つまりそういうことなのだ。

　この世界の主人公は私であり、あらゆる出来事は私のために起きている——ともすれば子どもっぽく響くようなこの人生哲学を、しかし雨宮は心の底から信じているのだ。

呉松はどうにも落ち着かない様子で、今度はカレンに問いかける。

「な、なあ、きみ。あの黒いやつの声、本当に聞こえるんだよな？　あ、あいつらは、なんて言っているんだ？」

カレン様は、おまえみたいな下衆《げす》が気軽に声をかけていい方じゃないんだぞ！　せめて敬語を使え、敬語を！

つい怒鳴り散らしてしまいそうになり、雨宮はぐっと堪えた。

カレンは薄く笑みを浮かべる。

「はい。かすかですが、聞こえます。あの子たちは、まだ私たちがここにいることに気づいてません。この雨宮さんにお任せすれば、きっと大丈夫ですよ」

カレンがこちらに意味ありげな視線を送ってくる。そこには、はっきりとした信頼の色があった。雨宮は喜びで身体の芯がかっと熱くなるのを感じていた。

やはり、美しい。この女性からは、単なる造形の美しさとは違う、存在そのものが湛える神々しい美を感じる。こうして間近で本人に会い、ますますその想いを強くした。

雨宮が初めてカレンを目にしたのは、御多分に漏れずテレビの動物番組だった。大して興味があったわけじゃない。たまたまチャンネルを合わせたらやっていたのだ。獣医師の目から見れば正確とは言えないような情報もあり、くだらないとすら思っていた。

けれど彼女の姿が目に入ったとき、雷に打たれたような衝撃を受けた。全身の血が沸騰したような気がし、胸の奥は熱くなり、性器が硬く充血するのを感じた。

こんなことは初めてだ。理由も理屈も不明の、一種の神秘経験だった。

一目惚れ、ということなのだろうか。自分でもよくわからなかった。なんせ雨宮は、この瞬間まで異性同性を問わず、他人に恋愛感情や性欲を抱いたことが一度もなかったのだ。だから交際経験はなく、無論、性体験もない。そういうものは、自分には必要ないと思っていた。が、違った。

この女、だったのだ。この女をずっと待っていたんだ。この世界が、主人公《ヒーロー》のために用意した運命の女《ヒロイン》だ。そう思えた。

テレビ番組では、カレンを「動物と話せる美女」と紹介していた。彼女には普通の人にはない能力があるという。つまり「特別」なのだ。

自分と同じ、特別な存在。

もしも他の誰かが同じことを主張していたら、一笑に付しただろう。動物と話すなどということは、獣医師としての常識が否定する。

しかしこのときは運命が常識を退けた。彼女も選ばれている、と。それは自分が選ばれていると信じるのとまったく同じことだった。

雨宮はいつかカレンと出会い、結ばれるのだと夢想していた。それが今日、現実のものとなりつつある。

彼女が特別であることは、先ほど目の前で証明された。最初から信じていたが、もう疑いようもない。

このハプニングは、二人を結びつけるためのイベントに違いない。きっと彼女も清い身体のまま、私のことを待っていたのだろう——

背後から聞こえた、ドン、という物音が、雨宮の甘美な思考を中断した。

振り向くとそこには、さっき呉松にからんできた蛙のような顔の内田という男と、その母親がいた。

床に一升瓶が三本、置かれている。酒ではない。瓶には筆文字で「特選純米酢」と記されたラベルが貼ってある。

内田が、母親は膝が悪く力も弱いので力仕事は無理だと訴えてきたので、厨房に酢がないか探してくるように頼んでいた。バリケードづくりの仕上げに使うのだ。

あの黒い獣の姿形は犬とよく似ており、目元から鼻先にかけての口吻部《マズル》が前に突き出ていた。マズルが長いということは、その内側にある鼻腔も長く、嗅細胞を多く有していることになる。犬の鋭敏な嗅覚はそれに由来するし、あの黒い獣も同等の嗅覚を持っていると推測できる。

だとすると、ここにたくさんの人が集まっていることが匂いでばれてしまう恐れがある。そこでカムフラージュするために、酢を撒くのだ。カレンにも「それはいいアイデアですね」と同意してもらえた。

「ご苦労さまです」

雨宮が声をかけると、内田は少しばつが悪そうに「どうも」と目をそらした。

雨宮にはひと目でわかる。この内田という男は、典型的な「選ばれなかった者」だ。呉松のような利用価値すらない、取るに足りない存在。いわば世界の脇役だ。

「あの、お酢、向こうにはまだ何本かあるんですが……」

母親が恐る恐るというふうに尋ねてくる。

「そうですか。でも、これだけあれば十分です」

「では、私たちは次に何をすれば……」

バリケードの方はもう人手が足りているし、正直、邪魔をしなければなんでもいい。

「じゃあ、厨房に何か他に使えそうなものがないか探してきてください」

「はい」と、母親の方が返事をして、親子二人は厨房の方へと踵を返した。

そのときにはもう雨宮の頭の中から二人の存在は消えていた。

3

あの雨宮という男が、自分のことを軽んじているのを内田大志は敏感に感じ取っていた。先ほど、大勢の前で威圧的に諭されたことにも、わだかまりが残っている。

大志は内心苦いものを覚えつつ、弓枝とともに厨房へ引き返してゆく。

一方、弓枝の方は、まったく気にしていない様子だ。

「それにしても、あの雨宮さんって方はしっかりしているわねえ。呉松さんは滅私奉公だなんて、立派なことを言うし。それに、カレンさん、動物とお話しなんて、本当にできるのねぇ。たっくん、よかったね。ここにいれば、きっと大丈夫ね」

弓枝は雨宮たちのことをすっかり信用しているようだ。大志のことを低く見ているあの連中を。そう思うと、どうにも気持ちが淀んでしまう。

淀みは、雨宮たちへの不信をかもす。

雨宮のような横柄な男は信用に価しないのではないか。さっきは上手く言いくるめられてしまったけれど、呉松がテロの標的になっているという可能性自体は否定されていない。だとしたら、あいつと一緒にいるのは逆に危険なのかもしれない。呉松の秘書らしき菊地という坊主頭も、なんとも不気味だ。

カレンが黒い獣と話せるというのだって、本当なのか。雨宮はそれで助かったと言うが、大志はこの目で見たわけじゃない。

大志の脳裏には、Aホールから黒い獣が飛び出してきた瞬間の映像が焼き付いている。

思い出すたびに背筋が凍る。

正直、あれに言葉が通じるとは思えない。

不信が不安を膨らませてゆく。

この籠城に加わってしまって、よかったんだろうか。母親と二人で暗い回廊に取り残されるのはあまりにも恐ろしく、ついてきてしまったけれど……。

もしかしたら、失敗だったんじゃないか？　雨宮なんかについてこないで、回廊を逃げていた方が安全だったんじゃないだろうか。

そのとき、不意に音を聞いた。

回廊を走る獣の足音、そして甲高い遠吠え。

黒い獣だ！　すぐそこまで来ている！

大志は振り向く。

しかし、そこには何事もなくバリケードを組む作業をしている人々の姿があった。誰一人慌てている様子はない。気がつけば、足音も遠吠えも消えていた。

空耳？

全身が総毛立ち、鼓動は全力疾走したあとのように速く、背中に冷たい汗の感触を覚える。実体を伴わない恐怖は、大志の身体にだけその痕跡を残していた。

「たっくん、どうしたの？」

弓枝が足を止め、心配そうにこちらを見上げている。

「い、いや、なんでもないよ……」

いまのところは、まだ。

しかしこの空耳は、いつか現実になってしまうんじゃないのか。

バリケードなんかで、あの巨体を防ぎきれるものだろうか。酢を撒いてカムフラージュなんて、本当に有効なのか。むしろ居所を教えることになってしまうんじゃないのか。

一度膨らみだした不安は、際限なく膨張する。あの黒い獣に食い殺される場面をどうしても思い浮かべてしまう。怖い、恐ろしい、怖い。

大志は口内にたまった唾を飲み込みながらホールを見回し、改めて、籠城とは退路を断つことに他ならないのだと痛感する。

それにレストランというのは、いかにも不吉じゃないか。まるで食われるために集まっているみたいだ。このままここに留まるのは、自殺行為かもしれない。

「あらぁ」

弓枝が声をあげて顔を向けた先には、壁のところでエンジェル・テリアを抱いてしゃがんでいる男の子、昴の姿があった。

「ふふ、やっぱりあのワンちゃん、可愛いわねえ」

弓枝は笑顔を浮かべる。

そんなこと言っている場合じゃないだろう、と思いつつも、こういう鷹揚さがこの母親のいいところだとも思う。

改めて大志は、いま自分が為すべきことを思い出す。

何はなくとも、この人を、母さんを、守るんだ。そのためなら、なんだってやってやる。

大志は静かに覚悟を決めた。


厨房に戻ると、弓枝は律儀に雨宮に言われたとおり「役に立ちそうなもの」を探し始めた。

「うーん。何が役に立つのかしらねえ。あ、冷蔵庫の中のものは、まだ食べられそうね」

冷蔵庫の中には、玉子焼きや黒豆といった調理済みの食べ物がいくつか入っていた。照明だけでなく電気も止まっているが、弓枝の言うとおり、まだ傷《いた》んではいないようだ。

「お腹すいた人がいるかもしれないから、持っていってあげましょうか」

「母さん」

大志は意を決して口を開いた。

「ん、なあに?」

「やっぱり、外に出ない?」

「外って？」

「このレストランの外に出ていこうよ」

弓枝は驚いた様子で、目をしばたたかせた。

「え、ど、どうして？」

「ここにいたら、危ないと思うんだ。ほら、あの呉松って政治家、やっぱりあいつが、テロの標的なんだと思う」

弓枝は視線を逸らし、戸惑いの表情を浮かべる。

「う、うん……。それはそうかもしれないけど……」

「外に出ようよ。母さんのことは、俺が守るから」

大志としては決意表明のつもりだった。しかし、弓枝は顔を曇らせる。

「で、でもね、たっくん。ここには、雨宮さんや、カレンさんもいるでしょ」

その言葉は少なからずショックだった。

まるで大志よりも雨宮たちの方が頼りがいがあると言っているみたいだ。

「あんなやつら、信用できないよ」

「そ、そうかな、私はそうは思わないけど……」

大志のことを冷たく見下す雨宮の目が頭を過《よぎ》った。

「じゃあ、俺よりあいつらを信じるのかよ！」

つい怒鳴ってしまった。

「ご、ごめんなさい。違うのよ……。そういうわけじゃないの……」

弓枝は驚いたように目に涙を浮かべる。大志は胸が締め付けられるのを感じた。

くそ、何やってんだ。母さん泣かしてどうするんだ。守るんだろ！

「ごめん、母さん。……でも、本当にここにいたら危ないんだよ！」

いつの間にか不安は、はっきりとした確信に変わっていた。いますぐここを出ていかなければいけない。そうしないと、殺されてしまうんだ、と。

すると弓枝はゆっくりと顔を上げると、指で目元を拭ってから言った。

「わかった……わ」

「え？」

「たっくんが、そこまで言うなら、一緒に出ていく」

「俺を信じてくれるんだね？」

「うん」

弓枝は笑顔をつくって頷いた。

大志は涙腺が緩みそうになるのと、腹の底から力が湧いてくるのを感じた。

守るんだ！　俺のことを信じてくれる母さんを、絶対に、守るんだ！　どんなことをしてでも、絶対に！

頭の中がカアッと熱くなり、視界が狭まってゆく。

大志は厨房の壁に近寄ると、そこにかけてあった刃物の中で一番大きな牛刀を手に取った。

そして「さあ行こう！」と弓枝を促す。

弓枝は目を丸くした。

「え、そ、そんなもの、どうするの？」

「念のためだよ。外に出るには、出入り口のところのバリケードを解いてもらわないといけないだろ。もし断られたら、これで脅すんだ」

「だ、駄目よ、そんなこと……」

「駄目じゃない！　命がかかってんだ、いい加減わかれよ！」

「ああ、ご、ごめんなさい」

弓枝の目に再び、涙が溜まる。

ああ、まただ、くそ！

せっかく信じてもらえたのに。なんとかして、母さんをなだめられないか……。

不意に大志は素晴らしいアイデアを思いついた。

そうだ、あの犬だ。母さんが欲しがっていたあの犬も一緒に連れて行こう。そうすれば、少しは気が紛れるはずだ。

4

いくつもの椅子やテーブルが、絡み合うように組み上げられている。

望月栞はそれを見上げる。

近寄ると、ツンとした刺激臭が鼻をつく。雨宮の指示で「最後の仕上げ」として、バリケード全体に酢を撒いたのだ。匂いでここに人が集まっていることがばれてしまわないように、カムフラージュをするためだ。

あの黒い獣の正体がなんであれ、犬と同じくらいの嗅覚を持っているのはたぶん間違いないだろう。でも、その一方であの黒い獣は、ただ滅茶苦茶に人を襲っているようには見えない。動物らしからぬ意志のようなものを感じる。

もし仮に鷺沢が言ったようにあの黒い獣がエンジェル・テリアの変異体だとすれば、見た目だけでなく知能の面でも、普通の犬とは違うのではないか。

だとしたら、匂いのカムフラージュなど通用しないかもしれない。

——来るわよ。

不意に声をかけられる。隣にあの女が立っていた。子どもを抱いた女の幻覚。

——あの獣たちはいずれ来る。こんなバリケードでは防げない。あなたは報いを受けるの。私たちを見殺しにした報いをね。

わかっている。これは自分の声。

この女は、私の不安だ。私の恐怖だ。

怖い。いまにもあの黒い獣が襲ってくるかもしれない。ここにいる人は多かれ少なかれ、そう感じているはずだ。でもそれで我を忘れちゃいけない。踏みとどまらなきゃいけない。

栞はどうにか気を落ち着かせようと努めるが、女の姿は霧のように曖昧にぼやけるだけで、完全には消えてくれない。

ぼやけた幻覚を睨み付ける。

あなたの言うとおり。私は、あなたたちを犠牲に生き延びた。でも、だからこそ。そこ、こ、い、いい、いい、い、い、ここまでしたんだからこそ、死ぬわけにはいかないんだ。

――ずいぶんと都合のいい言い分ね。

うるさい！　私は何がなんでも、隆《りゅう》さんのところに帰るんだ！

栞はスマートフォンを取り出す。

このレストランでも先ほど発見したＷｉ‐Ｆｉのアクセスポイントに接続できる。おそらく館内くまなく電波は供給されているのだろう。

ネットワーク自体にはつながる。ここから基幹システムに侵入できれば……。

しかしセキュリティの分厚い壁がある。

ダメ元で、ＩＤとパスワードの入力欄に「ｒｏｏｔ」「ａｄｍｉｎｉｓｔｒａｔｏｒ」「ｒｏｔｕｎｄａ‐ｓｅａｆｏｒｅｓｔ」などの文字列を、なんパターンか入れてみる。当然のごとくはじかれた。簡単に類推できるようなものであるわけがない。

ＩＤもパスワードも有限の文字列だから、特別高度なスキルを用いずとも、あらゆる文字の組み合わせを試せばいつか必ず正解にたどり着ける。「総当たり攻撃《ブルートフォース・アタック》」と呼ばれる、最もシンプルかつ確実なハッキングの手法だ。ただし、現在ネットのサービスなどで推奨されている八文字のパスワードでさえ、突きとめるのにはスーパーコンピュータを使っても数日の計算時間が必要とされている。大型施設の基幹システムならパスワードはもっと長いはずだ。とても手作業でやれることじゃない。

――無理よ、逃げられっこないわ。

そのとき不意に、幻覚ではない現実の声が響いた。

「嫌だよ！」

すぐそこの壁際で、エンジェル・テリアのホワイトを抱いて座っている昴だった。その前に男が立ち、昴を見下ろしている。

蛙顔の男、内田のようだ。傍らにその母親もいる。

「いいから、そいつをよこせ！」

「嫌だ！」

昴は自分の身体を盾にするようにホワイトに覆い被さった。

「こ、子どもだからって、よ、容赦しねえぞ！」

内田はゆっくりと右手を振り上げた。そこに握られているものを見て、栞はぎょっとした。大きな刃物。刃渡り三〇センチはありそうな牛刀だ。おそらく厨房で見つけたのだろう。

え、な、何？

「たっくん。そんな小さい子に……、やめよう？」

「黙ってろよ！　母さんのためにやってるんだから！」

諭そうとした母親に内田は怒鳴る。母親は萎縮したように俯いてしまう。

「お、おい、け、怪我したくなかったら、そいつをよこせ！」

内田の声は震えている。酷く興奮しているようだ。

危ない、とにかく、止めなきゃ。

頭はそう思ったけれど、身体が動かなかった。

「お、おい。何やってんだ！」

警備員の高松が内田に駆け寄る。

「うるさい！」

内田は振り向くと、高松に牛刀を向けた。

「うひゃあ！」と声をあげて、高松はのけぞった。

他の場所で作業していた人たちも異変に気づき集まってくる。みんなで遠巻きに取り囲むようなかたちになる。「え、何？」「どうしたの？」「なんで、あんなの持ってるの？」口々に不安の声が漏れる。

血走った目を大きく見開いた内田の顔には恐慌が、張り付いていた。

さっきまでは、あんなじゃなかったはずだ。不安で我を忘れてしまったのか。踏みとどまれなかったのか。とにかく尋常じゃない。

「なんなんですか、あれは」と苛立ち半分のあきれ声をあげたのは雨宮だった。傍に呉松やカレンの姿もあった。

「ちょ、ちょっと、落ち着けって。確か、内田さんだっけ？　な、何があったんだよ？」

高松は及び腰になりながら、呼びかける。

「俺たちは、その犬を連れて外に出ていくんだ！」

「は、出ていく？」

「そうだよ。ほら、ガキ、そいつをよこせ！」

「やめなさい！」カレンが一喝する。「その子、ホワイトも嫌がっているわ！」

その隣で雨宮も口を開く。

「内田さん、何があったのか知らないが、今更、外に出すわけにはいきません。バリケードを解いたら、みんなを危険に曝すことになります。大丈夫、力を合わせればきっと助かる。とにかく、落ち着いてください」

内田は辺りを見回し、自分が取り囲まれていることに今頃気づいたかのように怯んだ。

「く、くそぉ！　な、なんなんだよ！」

「ほら、そいつを降ろしてくれ」

高松が両手を広げ前に突き出し、押さえるようなジェスチャーをする。

「たっくん、ねえ、やっぱり、みんなの言うとおりにしましょう」

母親も、すがるように息子のシャツの裾を引く。

内田は聞き取れないほどの小声で何かブツブツ言いつつも、素直に振り上げていた牛刀を降ろした。

「よおし、そうだ」

高松がゆっくりと内田に近づいていく。

「いいぞ、そのまま、そのまま」

内田はブツブツ言ったまま、顔を俯ける。

「いいか、落ち着けよ」

高松はゆっくり回り込むようにして後ろ側から内田に近づくと、片手でその肩口をぐっと摑んだ。そして、もう片方の手で。牛刀を持つ内田の手を押さえようとした。

そのとき、内田が突然「や、やめろっ！　俺に触るな！」と大きく身をよじった。

「ぎゃっ！」

短い悲鳴があがったかと思うと、高松の身体がはじけるように離れた。

一瞬、何が起きたかわからなかった。

高松の腕からは、墨汁のような黒い液体が噴き出る。いや、血だ。暗いから黒く見えただけだ。牛刀で斬られたのだ。

女性を中心に何人もが悲鳴をあげる。栞も思わず声を出していた。

だが、ひときわ大きな声をあげたのは内田だった。

「ひいいぃ！　ち、違う！　こいつが、急に手を摑もうとしたから！」

母親は「ああ……」と弱々しい声をあげて、その場にへたり込んだ。

高松は床に倒れて転がる。うめき声をあげ、斬られた腕を押さえているが、手の隙間から勢いよく出血しているのが見える。動脈が切れているようだ。

この際、故意か不可抗力かは問題じゃない。早く手当てをしないと危ない。

栞は高松に近寄ろうとした。

しかし内田が奇声をあげて牛刀を目の前で大きく振った。

「く、来るなあ！」

栞は身を硬直させた。これでは誰も高松に近づくことができない。

「や、やめろ！　来るんじゃない！　俺たちは出ていくんだ！」

明らかに内田は錯乱している。

集団の中から雨宮が前に出ると、しかり飛ばした。

「内田さん、落ち着きなさい！　落ち着いて、その刃物を放しなさい」

一瞬、怯んだ内田だったが、その場で威嚇するように牛刀をぶんぶんと振り回した。

「うるさい！　お、おまえが偉そうに命令すんじゃねえ！」

さすがの雨宮も、のけぞるように後ろに退がる。

内田の母親はへたり込んだまま、両手で頭を覆って「嫌、たっくん、嫌あ、やめてぇ」

と声をあげて泣きじゃくる。

すると呉松の秘書の菊地が、雨宮に何か耳打ちをした。

「わかった、頼みます」

雨宮が頷くと、菊地は内田に近づいてゆく。その手には、モップが握られていた。

「な、なんだ、おまえは！」

菊地は無言でモップを両手で持ち、目の前でぴたりと構えた。素人目にも剣道の心得がある者のそれとわかるきれいな構えだった。

「なんだってんだよ！」

内田が牛刀を振り上げ、菊地に向かってゆこうとしたそのとき、「やっ！」と小さな気合いとともに、菊地はモップを打ち込んだ。バシ、バシッと二度、音がしたかと思うと、内田は牛刀を床に落とし、その場にうずくまった。手首と頭を打たれたようだ。

「た、たっくん！」

母親が床を這いずって、内田に近づく。

「菊地、よくやった！　さすがだな」

呉松が声をかける。菊地は表情を変えず軽く会釈をする。同じ武道の心得がある者でも、隆平のような明るく逞しいタイプではなく、触れれば切れそうな鋭さを感じさせるタイプだ。

「いまのうちに、その男を縛り上げてください！」

雨宮が声をかけ、近くにいた男たち数人が内田を取り押さえようとする。

「や、やめろ！　ふざけんな！」「こら、じたばたするな！」「おとなしくしろ！」

内田は抵抗する。

「やめて、乱暴はしないで！」「婆さん、邪魔すんな！」母親が内田をかばおうとして、突き飛ばされた。

それを横目に、栞は急いで血を流してうずくまっている高松に駆け寄った。

「大丈夫ですか？」

「あ、ああ……」

高松の顔色は悪く、唇が紫色になっていた。呼吸も浅い。

まずい、チアノーゼを起こしている。

「こっちの腕を上にして、横になって下さい！」

傷口を心臓よりも高い位置にして、手を添え、思い切り押すが、血は止まってくれない。圧迫止血では間に合わないのだ。血管を直接止めないと手遅れになる。

「誰か、紐をください！」

栞は高松の傷口を押さえたまま、叫んだ。

駆け寄ってきてビニール紐を差しだしたのは、結愛だった。宗介と拓人も一緒にいる。

「あの、これ」

「ありがとう」

栞は紐を受け取ると、高松の傷口の上の部分に巻き付ける。

「きみ、こっちを持って、思い切り引っ張って！」

一番力のありそうな宗介に、紐の先端を渡す。

「は、はい」

「それから二人は厨房に行って、消毒用のアルコールがないか、強そうなお酒でもいいから、探してきて」

結愛と拓人に指示を出す。

「わ、わかりました！　拓ちゃん、行こう」

二人は駆け出していった。

栞は宗介と一緒に紐を引く。厚い脂肪に覆われた高松の腕がギュッとすぼまる。傷口から漏れてくる血が少なくなった気がする。

「よし、このまま縛るから」

栞は力を緩めないように引きながら紐を縛った。腕が壊死してしまうかもしれないが、とりあえず失血死を防ぐにはこうするしか——

気がつけば高松の顔は蠟人形のようにまっ青で、目を閉じていた。

「しっかりしてください！」

呼びかけても高松は何も応えない。

「起きてください！」

宗介も一緒に声を張り上げる。

「ねえ、ねえ！」

栞は頰をぱんぱんと叩いてみるが、まったく反応がない。肌の冷たさにぞっとした。

恐る恐る顔に耳を近づけてみる。息をしていない。胸元に手を当ててみても、鼓動を感じない。

そんな……。

──また、殺したわね。

背後からのしかかるような気配とともに、幻覚が囁く。

違う、私は殺してなんかいない。

──いいえ、あなたのせいよ。さっき、あなたが止めに入っていれば、この人が死ぬことはなかった。自分を犠牲にすれば助けられたのに、また、あなたはしなかったのよ。

違う、違う、違う、違う！

「あ、あの……あの！」

顔を上げると、白いボトルを手にした結愛が立ち尽くしていた。栞は我に返る。消毒用のアルコールだ。厨房で見つけてきたのだろう。

「ありがとう……でも……」

栞は言い淀む。結愛にも高松がどうなったかはわかるようで、顔を青ざめさせた。

結愛の手からボトルが落ち、床に転がった。彼女は両手で顔を覆い嗚咽し始めた。その背後から、ぬっと大きな人影が出てきて、覆い被さるようにこちらを覗き込んだ。

雨宮だった。

「死んでしまったようですね……」

雨宮の声には抑揚がなく、ぞっとするほど冷たく感じられた。

5

狩り場の獲物は、だいぶ数が減ってきた。こっちもいい加減、満腹だ。ヒトの肉は美味ではあるが、胃袋よりたくさんは食べられない。

しかし食欲が収まったとしても、ずっと狭いところに閉じ込められていたペトロたちにとって狩りそのものの快楽は変わらない。食欲と関係のない娯楽としての狩《スポーツ・ハンティング》りは、ヒトの専売特許ではない。

大ホールのスピーカーから、電子音が流れた。メロディとは呼べないほどのごく単純な旋律を奏でる。それが〈彼ら〉への合図の音だった。

うつぶせに倒れた男の横腹に噛みつき、内臓を引きずり出していたペトロは顔を上げる。男はまだ辛うじて生きており、足もとで「があがあ」と奇妙な声をあげている。

仲間たちもみな、動きを止めて顔を上げている。互いに視線を送りあう。

この音が聞こえたらどうするんだったか。そうだ、外だ。六頭ずつ二つのグループに分かれ、一方はこのまま狩り場で狩りを続け、もう一方は狩り場の外で獲物を狩るんだ。

ペトロはホールの中央通路へ向かって歩き出す。同じように、ヨハネ、アンデレ、バルトロマイ、トマス、マタイの五頭も集まってくる。

集まってきた仲間たちに視線で「行こう」と合図を送る。「了解」を意味する視線が、返ってくる。

ペトロを先頭に六頭が列を成して、通路を歩いてゆく。折り重なるように倒れ絶命しているヒトの死骸を無造作に踏みつけながら。そしてホール後方の開いている扉をくぐり、狩り場をあとにする。

ラウンジの階段を下りるのに、少々手間取った。段を上る動作に比べて、下る動作の方が馴れない。回廊に出てゆくと、ちょうど正面のトイレから出てくる人影が見えた。

その人影は、こちらに気づくと硬直したように立ち止まり、尖った匂いを発した。ヒトが緊張したときに発する汗の匂いだ。〈彼ら〉の鼻腔と上顎の間にあるヤコブソン器官は、それを敏感に察知する。

犬の性質を多く残す〈彼ら〉は夜目が利く。しかし視力自体はあまりよくないし、ヒトのように多くの色を識別することもできない。〈彼ら〉は見た目ではなく匂いによってヒトを区別する。

人影は汗の匂いだけでなく、仲間が識別《マーキング》のために身につけている匂いも発していた。これは……そうだ、確かヤマグチという男だ。あいつは仲間だ、獲物ではない。

六頭はここで更に二手に分かれた。バルトロマイ、トマス、マタイの三頭は気合いを入れるように一度吠えると、回廊を駆けていった。一階の回廊に残る獲物を狩るのだ。ペトロはヨハネとアンデレを率いて、二階へ逃げた獲物を狩ることにした。すぐそこの停止しているエスカレーターに小走りに近づいてゆく、そのとき。

ペトロは不意に足を止めた。背後のヨハネとアンデレが「どうした?」と尋ねるように小さく唸った。

ペトロはトイレの前のところでこちらを凝視して立ち尽くしている人影に鼻先を向け、もう一度匂いを嗅いでみる。やはり仲間、ヤマグチだ。しかし、妙な違和感がある。どこかペトロが知っているヤマグチとは違う印象がある。それに、息づかいも荒く、異常に緊張しているのも気になる。

ペトロはしばし逡巡する。が、万が一にも仲間を襲ってはいけない。それはアイを悲しませることになる。

ペトロは「なんでもない、行こう!」と合図するように仲間たちに一度吠えると、エスカレーターを上っていった。

6

安東秀雄がトイレから出てくると、ちょうど正面の大ホールから、黒く大きな獣——〈不良品《ジャンク》〉——が姿を現した。六頭も。

暗がりの中でさえ黒光りするその巨体を目の当たりにしたとき、安東は死を覚悟した。

否、この獣に殺されるならそれも本望だとさえ思った。

しかしそれと同時に安東の生存本能は、冷静に状況を見極めていた。

とっさに逃げ出そうとする身体を、意志の力で押さえつける。

尋問した山口らによれば、潜入している〈ＤＯＧ〉のメンバーは、着衣に〈不良品《ジャンク》〉だけが嗅ぎ取れるかすかな匂いをつけているという。誤って襲われないための識別《マーキング》、ＳＰを襲わせるときに使ったスプレーは言わばその逆だ。

いま〈不良品《ジャンク》〉たちは、山口の上着を着ている安東のことを山口だと思っているはずだ。だとしたら、逃げるのはおかしい。

案の定、〈不良品《ジャンク》〉たちは襲ってはこなかった。六頭のうち三頭は回廊を駆け出し、残る三頭は、エスカレーターに向かって歩いていく。が、その途中。

先頭の一頭が、足を止めじっとこちらを見つめた。

ただそれだけで、圧倒的な死の予感が全身を粟立たせた。

もしも、この三頭が襲ってきたら……。

距離は五メートルほどだろうか。〈不良品《ジャンク》〉の運動能力を考えれば、おそらく一瞬だ。

安東は、上着に隠した銃の重みを確認する。海外の射撃場で撃ったことは何度かある。インストラクターには筋がいいと誉められた。しかし専門的な訓練を受けたわけではない。

一発で急所に当てる自信はない。一頭始末するのがせいぜいだろう。せめてもう少し離れていれば、銃で牽制して逃げることができるかもしれないが、この距離ではそれも難しい。

安東はゆっくり息を呑む。とどのつまり、襲われたら終わりということだ。唾液が粘ついてくる。緊張している証拠だ。

時間が止まってしまったかのように感じられた長い刹那のあと、こちらを見つめていた〈不良品《ジャンク》〉は顔を背けた。そして、ひと吠えすると、二頭を引き連れてエスカレーターを駆け上ってゆく。

安東はそれを見送った。遠くの闇にその姿が溶けるのと同時に、ふっと力が抜け、思わずたたらを踏んだ。全身から汗が吹き出し、背中にシャツがべっとりと張りついているのを感じた。

生き延びた——その実感とともに、静かな興奮が身を包む。

「すげえ……」

改めて、確信した。

あれこそが、俺が求めているものだ。絶対に手に入れてみせる。

二階へ向かった〈不良品《ジャンク》〉たちのあとを追い、安東はエスカレーターの段を上り始めた。

7

「テーブルクロスですか。いいですね。じゃあこれでお願いします」

雨宮の指示で数人の男がバックヤードにあった白いテーブルクロスを息をしなくなった高松の首から下、身体の部分を包むように巻き付けている。望月栞はその様子を呆然と眺めている。

ビニール紐で縛ったままの腕からは、もうほとんど出血していないようだ。止血が上手くいったからか、それともポンプの役割を果たす心臓が止まってしまったからか。どちらにしろ、遅かった。助けることができなかったのは間違いない。

——あなたのせいよ。あなたが殺したようなもの。

違う。私じゃない。

栞はホールの隅に目をやる。

紐で手足を縛られ、口にはタオルを押し込まれた男が、固定されている間仕切りにくくられていた。内田だ。取り押さえられるときに、だいぶ抵抗したようで顔に痣ができている。その傍らで、へたり込んだ母親が嗚咽を漏らしている。

高松さんを殺したのはあの男、私じゃない。

――だから何？　だったらあなたが身代わりになればよかったでしょう？　そうすればせめてもの罪滅ぼしになったかもしれないのに。

どれだけ言い聞かせてみたところで、幻覚は消えてくれない。

「あの、大丈夫ですか？」

声をかけてきたのは結愛だった。よっぽど酷い顔をしているのだろう。

「あ、うん」

幻覚に苛まれる自分を、大丈夫などとはまったく思えないが、栞は頷いた。

情けない、こんな子どもに心配させて。もっとしっかりしないと。

「ありがとう」

栞は大きく深呼吸をした。

「みなさん、こちらに集まってください！」

雨宮が一同に呼びかける。その前にはテーブルクロスを巻かれた高松の遺体が横たえられていた。

「高松さんを囲むように輪になってください」

みな、雨宮の声に従い遺体の周りに集まる。

顔だけ出して白い布にくるまれた高松の姿は、どこかミイラを思わせた。

縛られている内田とその母親以外の全員が集まると、雨宮は厳かな声で言った。

「勇敢な仲間の死を悼みましょう。彼は正気を失った暴漢から、小さな子どもと犬を守るため、犠牲になったのです」

「この子も、ありがとうと、感謝しているわ」

カレンはホワイトを抱いている。その傍らには昴がいた。

「彼のような者こそを、真の英雄と言うのではないでしょうか」

雨宮は感情を込めて力強く言う。大げさには聞こえなかった。確かに、高松は刃物を持った男に一人で対峙した。栞にも、他の誰にも、できなかったことをやった。

そこかしこから、洟をすする音や、嗚咽する声が聞こえる。栞も涙腺が緩むのを感じた。

「どうかみなさん彼のために手を合わせ、黙禱《もくとう》してください」

ああ、そうか、これはお葬式なんだ。雨宮のやろうとしていることの意味に気づいた。

栞は、手を合わせ目を閉じる。

ごめんなさい。助けることができなくて。先に動くことができなくて、ごめんなさい。

心に浮かぶのは、謝罪の言葉ばかりだった。閉じた瞼の内側から涙が溢れるのを感じる。

「ちきしょう！」

誰かが叫んだ。思わず目を開いて顔を上げる。

最初に叫んだのが誰かはわからない。しかし「なんでだよ!」「どうしてこんなことに!」といった怒声が続く。

悲しみから怒りへと、空気が変化してゆくのがわかる。無理もない。ここにいる全員が、わけもわからないまま、理不尽な暴力に曝されたのだ。いま生きていること自体、奇跡に近い。どうしてこんな目に遭うのかと、憤りを感じない者はいないだろう。

「なんなんだあいつは!」

誰かの叫び声が、この場に、この怒りをぶつけるべき相手がいることを示していた。あいつ——、内田だ。

あの黒い獣を放った犯人はわからない。けれど栞自身が自分に言い聞かせたように、高松を殺したのが誰かははっきりしている。この場において、内田は紛うことなき悪だ。

そうだ。あの人が悪いんだ。私は悪くない。悪いのは、あいつだ。

そう思うと、心が軽くなる。

雨宮は、ぱん、と一度手を打った。みな、注目する。

彼は眉根を寄せ、沈痛な面持ちで語りかける。

「みなさん。先ほど申しましたように、我々は一致団結しなければなりません。しかし、このような痛ましい事故……いや、事件が起きてしまいました。こういうときは集団の結束を維持するためにも、きっちりとけじめをつけなければなりません」

「けじめとは、具体的にどういうことですかな？」

尋ねたのは、白衣を着た小柄な男、鷺沢だった。

「無論、平時であれば警察を呼び、司直の手にゆだねることになるのでしょうが、いまはそうはいきません。私たちは私たちの手で、あの男を裁かなければならないのです」

雨宮が指さした先には、内田とその母親の姿があった。

私たちが、裁く？

一同にかすかな戸惑いが広がるのがわかった。

鷺沢は「なるほど」と頷いたあと、重ねて尋ねた。

「裁くということは、つまり、そこの彼に制裁を加えると？」

「そのとおりです。ですよね？　呉松先生」

突如同意を求められ、呉松はうろたえる。

「え、いや、しかし制裁というのは……」

「先生、いまは緊急事態です！」雨宮の力強い声が遮った。「我々にとって最優先すべきは、規律を維持し、自分たちの命を守ることです。そのためには既存の法律に縛られる必要は、まったくありませんね？」

「え？」

呉松は面食らっていた。その背後から、カレンが両肩に手を載せて言う。

「私は雨宮さんの仰るとおりだと思うわ。そうでしょう、先生？」

「う、うむ……」

「先生、法を守っても身を守れなければ、なんの意味もありません！　いま我々に必要なことは、どうするべきか自分たちで決めるということです！」

呉松は俯き、何事かを考えるようなそぶりをしたあと、口を開いた。

「そ、そうだね。……そもそも、この場に六法全書があるわけじゃない。我々は、我々の判断でどうするか決めるしかないね」

雨宮は満足そうに頷く。

「みなさん、内閣に名を連ねる呉松先生も、こう仰ってます。私たちで決めるのです、この男をどうするべきか。私たちの手で、裁くのです！」

雨宮は呉松の秘書、菊地のところへ近づいてゆく。菊地は無言で手に持っていたモップを雨宮に手渡した。雨宮はそれを片手で持つと、内田に向かって歩を進める。

「この男は人を一人殺《あや》めたのだから、当然、それ相応の罰を受ける必要があります。ここは私が代表して制裁を加える役を負うことにしようと思います」

雨宮が掃除をするためにモップを手にしたのではないことは、誰の目にも明らかだった。あれで内田を殴るのだろうか。

自分たちで決める、と言ったはずの男は誰に意見を求めるでなく、独りで話を進めてゆく。しかし誰からも反対の声はあがらなかった。みな、固唾をのんで雨宮を見守っている。もうこれで、みんなで決めたことになってしまうのだろうか。

縛られた内田は、うめき声をあげながら身をよじっている。

「ま、待ってください！」

ただ一人、内田の母親が、這いつくばって雨宮に懇願する。

「たっくんには、息子には、悪気はなかったんです。本当なんです。優しい、本当に優しい子なんです。私のことを助けようと思ってくれたんです。それが、こんなことになるだなんて……。許してください、お願いします、許してあげてください！」

息子をかばい慈悲を乞う母親の口からは、しかし内田がしてしまったことを悔いる言葉は出てこない。

「いい子なんです。本当に。こんな目に遭わなきゃいけないような子じゃないんです。もうやめてください。解いてあげてください！」

母親は必死だが、内田の非を認めようとはしない。自分勝手な言い分に聞こえる。真っ白になった高松の顔が目に入った。内田が暴れたせいで、この人は命を落としたというのに……。

「ふざけるな！」

誰かの叫び声がした。

「そいつが何をしたと思ってるんだ!」「そうよ！　人を殺したのよ、責任を取るのが当然でしょう!」「そうだ!」

声が重なる。それらはまさに、栞が思ったことでもあった。

雨宮は内田の母親を見下ろす。

「みんな、ああ言ってます。残念ながら、あんたの息子は人殺しだ」

雨宮は内田の目の前に立つ。

「駄目ええ!」

母親が雨宮の足にすがりつく。

「わからん人だな!　黙って見てろ!」

雨宮は片手で母親の襟首を摑み、軽々と引きはがして、振り払う。小柄な母親の身体は、紙くずのように吹っ飛ばされ床に転がる。そこに菊地が駆け寄っていき、すぐに組み伏せた。

内田の口元からくぐもった声が漏れる。言葉としては聞き取れないが、母親を呼んでいることは、傍目にもわかった。

雨宮はモップを構えると、それを横に振り、縛られた内田の腕に叩きつけた。さっきの菊地が見せたような、洗練された打突とは違う、巨漢による力任せの一撃だった。

どん、という鈍い音と、声にならない内田の悲鳴が聞こえた。一拍遅れて「嫌あああああ！」という、母親の絶叫が響く。

雨宮は、間髪入れず、反対側の腕を叩く。そして、次は角度をつけて腹。次は右の腿、その次は左の腿と、立てつづけにモップを振るう。

「やめて！　お願い、もうやめて！　お願いよおお！」

母親は半狂乱で叫び、身をよじるが、菊地に押さえつけられてまったく身動きがとれないようだ。

雨宮は言葉を発さず、ただひたすらに内田を打つ。雨宮だけでなく、それを見守る誰もが声を発しようとしない。モップが肉を打つ音と、ふさがれた口から漏れる内田の悲鳴、そして泣きじゃくるその母親の声が谺する。モップは金属製なのだろうか、ずいぶんと丈夫なようで、いくら叩いても少しも曲がらない。しかし雨宮が振るたびに、鞭《むち》のようにしなって見えた。

その光景に栞は奇妙な熱を感じていた。外ではなく、自分の内側から湧き上がってくるような、熱を。

当然だ！　だって、あの男は人殺しなんだから。殺したのは私じゃない、あいつだ。だからあいつが罰を受けるのは当たり前だ。泣いたって駄目だ。許しを乞うても駄目だ。あいつに殺された高松さんは、もう戻ってこないんだ。私が悪いんじゃない、あいつだ。

熱に浮かされたように、頭の中がぼんやりとしてくる。

そのとき、あきれた声が響いた。

——あーあ。

いつの間にか、目の前に女が、子どもを抱いたあの女が、はっきりと姿を現して、こちらを見つめている。

——また、人が死ぬよ。あなたの目の前で。

雨宮は頭こそ避けているが、身体中を滅多打ちにしている。内田は、だらりと首を落とし、うなだれている。肩が動いているのが見えるから、息はしているのだろう。けれど、衰弱しているのは明らかだ。

死ぬ？　そうだ、このまま打たれ続けたら、内田は死んでしまうかもしれない。

でも、しょうがないじゃない。だって、殺したんだもの。

——本当に？

え？

——あなたは、本当にそう思えるの？　理由があれば、殺してもいいって割り切れるの？

内田は打たれてもほとんど声を漏らさなくなった。母親は「もうやめて、もうやめて」と、懇願を繰り返す。

——だったらあなたが普段やっていることは何？　動物実験を減らす必要なんてないじゃない。殺処分だって放っておけばいいじゃない。どちらも理由があってやっていることなんだから。

瞬間、熱は冷め、栞は怖気立った。

雨宮の顔は上気している。目は血走り、口元には笑みさえ浮かべている。それを見守る一同も、どこか興奮したような顔つきをしている。誰一人声を出さないのに、「もっとやれ」「その男にもっと罰を与えろ」という声援さえ聞こえてきそうだ。

もしかして、私もあんなふうな顔をしていたのだろうか。

踏みとどまれなかったのは、我を忘れてしまったのは、果たして内田だけなのだろうか。

人を殺した人間にどんな罰を与えるべきなのか。それはわからない。ただ、いまこの場で起きていることは異常だ。普通じゃない。こんなふうに、裁判もしないで個人が個人を制裁するなんて。まして、殺してしまうなんて。たとえ理由があっても割り切れない。

止めなきゃ。

とにかく、取り返しのつかないことになる前に、止めなきゃならない。

そう思ったが、言葉は出てきてくれなかった。

どうすべきかわかっているのに、身体が動いてくれない。さっきと一緒だ。あの母娘を見殺しにしたときと。内田が暴れるのをただ見ていたときと。

──そうね、あなたはそういう人間ね。

幻覚はけたたましく笑う。

それをかき消し響いたのは栞ではなく、別の誰かの叫び声だった。

「やめて！」

8

「やめて！」

梶川結愛は思わず叫んでいた。

内田が死んでしまいそうだからとか、暴力を止めたいだとか、考えたわけではなかった。結愛に声をあげさせたのは、もっと感覚的な嫌悪と恐怖だ。

怖かったのだ。ついさっきまで、多少なりともまとまり、バリケードをつくっていた人々の間に、火が灯った。目で見ることのできない怒りの火だ。それは一瞬にして炎となり、全員を飲み込んだ。そして制裁が始まった。まるで数ヵ月前に自分が拓人にしてしまったことと同じに思えた。いや、犯された罪も、それに対する制裁も、こちらの方がずっと重い。

それが、恐ろしかった。

目が合った。ちょうど人の輪の反対側。結愛とは向かい合う形になっているクラスメイトたち。その中から、こちらを見つめる二つの目。新田ヒカルだった。さっきと違って、顔がはっきりと見える。ヒカルは驚いたように大きく眼《まなこ》を見開いている。そこには涙が溜まっているようにも見える。

もしかして彼女もあの日のことを思い出したのだろうか。いや、きっとそうだ。

この内田という男は人を殺してしまった。結愛にとってはそれ以上に悪いことなど考えられない。まさに最悪だ。内田が絶対に許されないことをしてしまったのは事実だ。雨宮は言った。「一致団結するためにけじめをつける」「裁かなければならない」「制裁を加える」どれも、もっともに聞こえた。

けれど、駄目なんだ。結愛は知っている。これは、決してよいものではない。たとえ正しく思えたとしても、集団で怒りに身をまかせてしまえば、きっと取り返しのつかないことが起きる。

そうだよね、ヒカルちゃん。それはヒカルちゃんも知っているでしょう？

雨宮が手を止めてこちらを振り向く。他の人たちもみな、視線を向けてくる。大人たちが発する圧力は、結愛を萎縮させた。

「あ……、その……」

上手く言葉が出てこない。するとまるであとを引き受けるように、反対側でヒカルが口を開いた。

「も、もう、十分じゃないですか？」

少しうわずっていたけれど、はっきりした声だった。

言ったあと、ヒカルはすぐに目を逸らしてしまった。

でも、いまこれを、この恐ろしい裁きを止めなきゃいけないっていう一点で、確かに同じ気持ちを共有したはずだ。

ヒカルちゃんも、やっぱりあの日のことを後悔しているんじゃないの？

「そうですよ！　このままだと、その人、死んじゃいますよ！」

すぐ近くの頭の上から、大きな声。宗介だった。

ぼろぼろになった内田は、うなだれたまま、ぴくぴくと震えている。

結愛たちの声が人々を我に返したように、空気が弛緩するのを感じた。

「う、うむ」慌てたように呉松が雨宮に声をかけた。「雨宮くん、そろそろ、いいんじゃないかな」

「ええ……」

雨宮はゆっくりとモップを持つ手を下ろす。

止まってくれた——そう思ったとき、小さな音を聞いた。

遠くから響く音、声だ。けれど人の声ではない。

結愛の頭がそれが何か判断するよりも先に、はっきりとした咆哮がした。間違えようがない、あの黒い獣だ。

緊張が走った。

すぐ近くではないが、遠くでもない。少なくとも同じフロアだ。あの黒い獣たちが二階に上がってきたんだ。

瞬く間に、今度は怯えが広がるのがわかった。

カレンが、一歩、二歩とバリケードの方に近づくと、祈るように両手を組んで、かすかに顔を俯けた。テレビでお馴染みの、彼女が動物の声を聞くときのポーズだ。あの黒い獣たちの声を聞こうとしているのか。

「ああ……なんてこと……。そうなの。そうだったのね……」

カレンはゆっくりと顔を上げ、雨宮の方を振り向いた。

「雨宮さん、制裁をやめては駄目よ」

「え？」

「その男を許しては駄目。それから母親もね。いま、わかったわ。そいつらは犯人の仲間、テロリストよ！　そいつらが、あの子たちを操っているのよ」

あの人たちが、テロリスト？

戸惑ったのは結愛だけではなかった。みな、どこか不安げに顔を見合わせる。向かいにいるヒカルやクラスメイトたちも困惑の表情を浮かべている。当の内田親子もだ。

「な、何よ、何を言ってるの？」

菊地に組み伏せられたまま、内田の母親が声をあげた。しかし雨宮は意に介さず、感心している。

「おお！　そうだったんですか！」

「ええ。はっきりと聞こえたの。あの子たちの声が。こいつらに、操られているんだって」

「そ、それは……、本当なのかね？」

呉松が尋ねた。

「当然じゃないですか！」

雨宮がカレンの代わりに答えた。その声には疑うことを責める怒気さえ籠もっているようだった。

「あの黒い獣自身が、言ってるんですよ？　動物は人間のように嘘をつくことはないんです！　カレン様、そうですよね？」

「そのとおりよ」

「あ、ああ……うむ。そうだな」

呉松は雨宮の勢いに呑まれたかのように、頷いた。

確かに内田は、おかしなことを言って暴れていた。刃物を振り回して、高松を殺してしまった。

でも……。

結愛は雨宮にモップで何度も打たれて、ぼろぼろになっている内田を見る。

もし本当にあの黒い獣を操れるなら、あんなふうになる前に呼ぶんじゃないだろうか。

さっき鷺沢が言っていた言葉が頭をよぎる。

――情報の非対称性。

カレンは思いどおりに情報をコントロールすることができる。たとえ彼女が間違っていても、誰にも確かめることができない。

結愛はテレビで観たカレンのパフォーマンスに感動し、彼女のファンになった。だから彼女の能力を信じた。好きだから、疑いたくない、信じたい。

けれど、一度浮かんだ疑問は消えてはくれない。

本当にその人がテロリストなの？　あの黒い獣たちを操っているの？

少なくとも雨宮は、完全に信じているようだ。足早に内田に近寄ると、顎を掴んで口に突っ込んでいたタオルを引き抜いた。

「はがっ！」と声をあげて、内田が咳き込む。

「まさか、あなただったとはね」

「し、知らない、そ、そんな……ち、違う……」

内田の声は弱々しい。

「とぼけても無駄ですよ。さあ、早くあの獣たちをおとなしくさせなさい。そして、私たちを解放するのです！」

雨宮が詰め寄る。内田はかぶりを振る。

「だから、知らないんだ」

雨宮はモップを振り上げ、これまでは打たなかった内田の顔面に、思い切り叩きつけた。

「ぎゃっ！」

内田の頭がのけぞった。

「やめてえ！」内田の母親が悲鳴をあげる。「た、たっくんが、そんなわけないじゃない！　本当に何を言っているのよ！」

雨宮は無視して何度もモップで内田を殴りつける。この暗がりでもみるみる内田の顔が腫れ、鼻や口から血が噴き出しているのがわかる。

内田の母親は泣きじゃくっている。

「お願いよ！　ねえ、やめてよぉ。たっくんじゃないのよ！　関係ないの！　そんな大それたことできる子じゃないのよ。素直ないい子なのよぉ。ねえ、だから、お願い、もう、もうやめてぇ」

雨宮はぴたりと腕を止め、その母親のことを一瞥すると、カレンに尋ねた。

「カレン様、その女も、一味なんですよね？」

「そうよ」

「菊地さん、少し痛い目に遭わせてやってください」

内田の母親を組み伏せている菊地が、ちらりと呉松に伺うような視線を送るのがわかった。

呉松は、小さく頷く。

すると菊地は素早く体勢を変えて、内田の母親の身体を足で押さえたまま、腕を掴んだ。

「な、何するのよ。ねえ、や、やめて、やめてよぉ、あ、いた、痛い、痛いってば！」

菊地が肘の関節を逆に曲げようとしている。

嘘でしょう。あんな小さなお婆さんに……。

とても見ていることができない。結愛は思わず目を背けた。

9

弓枝の顔が苦痛で歪む。その両目から涙がこぼれる。

いつもおっとりと笑っている母親が、これまで息子のための涙しか見せたことのない母親が、得体の知れない男の暴力で泣かされている。

内田大志は胸の奥をナイフでえぐられたような痛みを覚えた。

雨宮に散々モップで殴られ、身体中が熱くて痛い。顔はじんじんとして、何倍にも膨らんでいるような感覚がある。歯も何本も折れているみたいだ。口の中は血でぐちゃぐちゃになっている。けれど、そんな肉体的な痛みより、母親が苦しむ姿を見ることの方が、ずっとずっと痛かった。

悔しさと、情けなさと、悲しさと、怒りと、様々な負の感情がごちゃ混ぜになる。

やめろ、頼むからやめてくれ、母さんから離れろ！　これ以上母さんに、酷いことをするな！

「痛いぃ、やめて、お願い、やめてぇ！」

組み伏せられ腕を折られそうになっている弓枝が絶叫する。

「や、やめ、やめえ……くぇ……」

大志は必死に声を張り上げたつもりだったが、腫れた口元は上手く動いてくれなかった。

しかし傍にいた雨宮には聞こえたようで、彼は広げた手を「待て」と言うように菊地に向けて突き出した。

菊地が力を緩めるのがわかった。

雨宮は薄い笑みを浮かべてこちらを見下ろした。

「なるほど。テロリストでも母親は大事ですか。だったら、言うとおりにしなさい」

「だ……だかぁ……、知らぁいんだ……本当ぉ、なんだよ……」大志は絞り出すように言った。「信じてくぇ……」

いまの大志には、この雨宮の慈悲にすがるしかない。

雨宮の視線は冷ややかだ。まるで蛇のよう。

「た、頼ぅ。やるなぁ、れ、お……」

やるなら俺をやれ、と言ったつもりだった。

俺が結果的に人を殺してしまったのは事実だ。もう後悔しても遅いのはわかっている。でもあのとき、母さんは止めようとしていたじゃないか。俺はどんな罰を受けてもいい。殺されたっていい。だから、母さんには何もしないでくれ。

大志はほとんど動かない口で必死に「おえを、やれ、母ぁさんぁ、許ひぇ」と訴える。

しかし雨宮は無慈悲に「菊地さん」と合図を送った。

菊地は表情を変えないまま、腕を動かす。

「や、やめ……」

大志の声は、ゴキッという鈍い音と母親の絶叫によって遮られた。

「やあああああああっ！」

弓枝の腕は肘の位置から反対側に曲がり、その口はぱくぱくと何度もあえいでいる。

菊地は弓枝から一度身体を離して立ち上がる。

弓枝はその場で折られた腕を押さえてのたうっている。菊地はそこに一発、踏みつけるように蹴りを入れた。

「がぎゃっ！」

弓枝は、錆び付いた機械のような声をあげ、身体を震わせる。

「ああ……、やめぇ……くぇぇ……」

やめてくれ、お願いだから、やめてくれ。もうこれ以上、母さんを傷つけないでくれ。

雨宮の冷たい目が見下ろしている。

「さあ、これでわかったでしょう。意地を張れば、あなただけでなく、母親も痛い目に遭うんですよ。あなたに少しでも人の心があるのなら、いますぐ白状して、我々を解放するんです！」

人の心？　おまえがそれを言うのか？　ちくしょう！　ふざけるな、ちくしょう！

しかし大志にできる抵抗は、ただ睨み付けることだけだった。

「雨宮さん。もう何を言っても無駄よ」カレンが口を開いた。「いますぐ、そいつらを処刑するのよ。でないと、あの子たちがここに来てしまうわ」

処刑？

大志はその言葉を呆然と聞いた。

「……仕方ありませんね」

雨宮はおもむろに大志の前から離れ、モップを菊地に渡すと、床に置いてあったものを拾い上げる。暗がりの中でも鈍い光を放つ大きな刃物。さっき大志が持って暴れた牛刀だ。

「あ、あ、雨宮くん？」

呉松が裏返った声を出した。

「き、き、きみ、ほ、本気かね？」

雨宮は呉松を一瞥する。

「何がですか？」

「い、いや、その、しょ、処刑って……」

「当然でしょう」

「し、しかし、それはいくらなんでも、ほ、法的にも問題が……」

雨宮はあきれたようにため息をついたあと「そんなこと言っている場合ですか！」と、呉松を一喝した。

「法律など度外視し、自分たちで判断すべきと、先生自身が仰ったではありませんか！この男たちが犯人なんです！　テロリストなんです！　生かしておけば、我々が危険に曝されるんですよ！」

雨宮は声を張り上げる。それに呼応するように、カレンもヒステリックにわめいた。

「そうよ！　あいつらを殺さないと、私たちが殺されるのよ！」

「わ、わかった」二人の迫力に圧されたように、呉松は首を縦に何度も振る。「う、うん。そうだな。仕方のないことかもしれない……」

「いいですか、みなさんも！　これは、私たちが生き残るために、必要なことなのです！」

言って雨宮は一同を見回した。

誰も何も言わなかった。大志の位置からは、みんながどんな顔をしているのかはよく見えない。

雨宮がこちらを向く。その手に握られた牛刀がかすかな灯りを反射する。

殺される。

嫌だ！　くそ、くそ、くそ！　殺されたくなんかない！

誰か、助けてくれ。なんでもいい。あの黒い獣でもいい、誰でもいいから、こいつらをぶち殺してくれ！

そんな大志の祈りに応えるかのように、バリケードの向こうから咆哮が三度、轟いた。

10

近い。

〈不良品《ジャンク》〉たちは、確実に近づいてきている。

二階に上がっていった三頭はまず回廊を回り、逃げ遅れた者を襲っていたようだったが、いよいよ避難した者たちが籠城しているというレストランを襲撃するのだろうか。

安東秀雄はフードコートにあるトイレに身を隠し、じっと聞き耳を立てていた。

山口に扮しているとはいえ、防犯カメラのあるところをうろつくのは危険だ。動き出したら、一気に片をつけなければならない。制御室《コントロール・ルーム》のルゥという女に気づかれる前に、カルネ・シンを捕らえることができるかどうかが、勝負になる。

失敗は即、死を意味する。これはそういう賭けだ。さきほど〈不良品《ジャンク》〉の姿を間近に見て、安東は改めて思い知った。

今朝、感じた殺気は気のせいでも錯覚でもなかった。あのとき、コンテナの中身を検《あらた》めていれば……。いや、それはむしろやぶへびだったか。確認した瞬間、襲われていたかもしれない。どのみち過ぎたことだ。今更考えても詮無い。

ん？

ふと、安東は奇妙なことに気づいた。

〈不良品《ジャンク》〉たちは、あのコンテナで運ばれてきた。山口と嶋によれば、嶋がAホールで〈不良品《ジャンク》〉を解き放ったあと、制御室《コントロール・ルーム》を襲撃させ、ルゥが制御システムを掌握したということだった。

これは搬入口のところで警備員から聞いた話とも一致している……と、思っていたが、よく考えてみれば矛盾がある。順番がおかしい。

あの警備員は、防火扉が閉まったあと、黒い獣を連れた女が現れたと言っていた。閉め切っていたはずの階段室の扉が、ひとりでに開いたとも。

だとすると制御室《コントロール・ルーム》が〈不良品《ジャンク》〉に襲撃される前に、誰かが防火扉を閉めたり、階段室の扉を開いたりしたことになる。

そいつは誰だ？

最も簡単な答えは、最初から制御室《コントロール・ルーム》のオペレーターに〈ＤＯＧ〉の潜入者がいたということだ。潜入はやつらが企業テロを起こすときの常套手段だ。

しかし山口と嶋はそんなことは言っていなかった。やつらにあの状況で嘘をつくような根性があるようには思えない。それに仮に嘘をついて存在を隠すなら、カルネ・シンの方を隠すべきだ。

じゃあ、誰がどうやって防火扉を閉めたんだ？　何か聞き漏らしている情報があるのか？　二人とも殺してしまったのは失敗だったか……。

安東は小さく舌打ちをした。

こんな余計なことを考えて、得することは一つもない。いまこの段階では、防火扉を誰が閉めたかなんて、どうでもいいことのはずだ。

集中しろ。一瞬の判断が生死を分ける状況だ。余念は迷いにつながる。もともと、有利とは言えないんだ。開き直れ。

安東は自分に言い聞かせながら、ゆっくりと呼吸をした。

11

望月栞は息を呑んだ。いや、栞だけではない。一瞬、時間が止まったように、その場にいる全員が身を固くした。

聞き違えようもない。いま響いたのは、あいつら、黒い獣の声だ。

「ふはっ」

内田が息を漏らした。すっかり腫れ上がった顔の表情を読み取るのは難しいが、笑っているように見える。

「お、おまえが呼んだのか！」

雨宮が内田を怒鳴りつけた。

しかし栞には、そんなふうには思えなかった。

もしそんなことができるなら、もっと早くに、あんなにぼろぼろにされる前に、手を打つはずだ。

カレンが血相を変えて叫んだ。

「まずいわ！　雨宮さん、早くそいつらを処刑して！」

「はい！」

牛刀を手にした雨宮は、縛られている内田の前に再び近づいてゆく。

処刑——つまり、殺す、ということだ。

カレンは内田があの黒い獣たちを操っているのだと言う。そう、黒い獣たちが言っているのだという。

本当、だろうか？

仮にそうだとしても、内田を殺したら何か解決するのか。むしろ黒い獣たちを怒らせるだけじゃないのか。

けれど、少なくとも雨宮とカレンは本気のようだ。先ほど呉松がわずかに躊躇を見せたが、雨宮に押し切られた。

誰からも反対する声はあがらない。みな固唾をのんで事態を見守っている。この場の全員がカレンや雨宮の言っていることを信じ切っているとは思えない。しかし雨宮を止めようという者もいない。

内田はもう人を一人殺している。それならば、最悪殺されても仕方ないじゃないか——そんな単純な応報原理で処刑を正当化する心理は、栞の胸にもある。

いっこうに消えてくれない幻覚の女が、栞に問いかける。

——もう一度訊くよ？　理由があれば、殺してもいいの？　だったら、どうしてあなたは動物実験を減らそうとしているの？　どうして動物愛護活動なんてやっているの？

雨宮は内田の前に立ち、牛刀をゆっくりと振り上げる。

放っておけば、また人が死ぬ。

「あああああっ！」と、内田の母親がしわがれた悲鳴を発した。

——結局、また見殺しにするのね。

違う！　止めなきゃ、今度こそ止めなきゃ！

「雨宮さん、待って！」

さっきは出てこなかった声が、どうにか出てくれた。

雨宮はこちらを振り向く。その顔には脂汗がびっしりと浮かび、尋常ではないほどこわばっていた。大きく見開かれた目の焦点が合ってないように思える。

「れ、冷静に、なってください！」

栞は声を振り絞った。ともあれ、この場を支配しているのはこの雨宮だ。

「その人がテロリストだなんて、証拠、ないじゃないですか！」

「証拠？」

雨宮は呟くように訊き返した。

「そうですよ。雨宮さん、よく考えてください。もしその人があの黒い獣を操れるなら、こんなふうになる前に呼んでいるはずです！」

雨宮の表情に、かすかな迷いが浮かんだように見えた。

が、カレンが金切り声で口を挟む。

「惑わされないで！　あの子たちが言っていたのよ！　そいつらに操られているって。それが十分すぎる証拠になるわ！」

栞はかっとした。そもそもこの女があんなことを言い出さなければ、ここまでエスカレートすることもなかったのに。

「そんなのあなたが言い張っているだけでしょう！」

いきおい、前から思っていたことが口から出た。

その直後、一変した雨宮の形相を見て、栞は自分が失敗したことを悟った。月は見開かれたままつり上がり、口元は歪んでいる。そこには憤怒が張り付いていた。

雨宮はカレンに心酔しているという。今日のこれまでの振る舞いからも、彼女のことを信じ切っているのは明白だ。否定したのはまずかった。

それを後悔する間もなく、カレンが栞を指さし、思いもよらないことを言い出した。

「雨宮さん、こいつも仲間よ！　テロリストなのよ！　だからこんなこと言って、邪魔しようとするのよ！」

えっ？

「そうだったんですか……望月さん、まさか、あなたが……」

ぞわり、と背筋に冷たいものが走った。この人はカレンの言うことをこうまで簡単に信じてしまうのか。

カレンが本当に動物と話せるのかどうかは、よくわからない。常識的にはあり得ないけれど、否定はしきれない。ひょっとしたら、本当なのかもしれない。〈野性の脳〉の賜物《たまもの》なのかもしれない。あるいはもっと別の未知の超能力なのかもしれない。

あらゆる可能性を認めたとしても、一つ言い切れることがある。

私はテロリストなんかじゃない！　それだけは、絶対に嘘だ！

「ち、違います！　そんな、それこそ、証拠なんてないじゃないですか！」

「とぼけないで！　私は、はっきり聞いたわ、あの子たちが確かに言ったんだから！　早くその女も、そいつらも、みんな処刑するのよ！　でないと、あの子たちがここに来ちゃうわ！」

カレンがまくし立てる。

「望月さん……、すっかり騙されていましたよ」

雨宮さん、どうして……。

なんだかんだで、栞と雨宮にはそれなりに長い付き合いがある。衝突する部分は少なくなかったけれど、わかり合えていた部分だってあったはずだ。ウィズの代表と副代表として最低限の信頼関係はあるのだと思っていた。

なのにそれはこんな、根拠も何もないような言葉一つで壊されてしまうものだったのか。

雨宮の背後でカレンがかすかに口角をあげるのが見えた。

彼女の嘘を証明する手段がない。さっき鷺沢が危惧していた情報の非対称性が、最悪のかたちで顕《あらわ》れている。

悔しさと、情けなさが込み上げる。しかしそれらの感情は、雨宮が牛刀の切っ先をこちらに向けたとき、恐怖で塗りつぶされた。その刃はまるで「まだ血を吸い足りない」とうめくように、わずかな灯りを反射して、ぬらぬらと光っていた。

「この女もテロリストです！　犯人の一味です！　取り押さえてください！」

雨宮は一同に呼びかける。

冗談じゃない！

「違います！　信じてください！」

栞は後じさりしながら叫ぶ。とにかく信じてくれと言うしかない。

さすがにみな戸惑っているようで、栞を捕まえようと動き出す者はいない。

「待ってください！」

すぐ傍から、高く、細い声がした。制服姿の中学生の少女、結愛だった。

「こ、この人は、怪我した警備員さんのこと、一生懸命手当てしようとしていました……。その、て、テロリスト、だったら、そんなこと、しないと思います！」

「お、俺も、そう思います！」

結愛の隣にいた宗介も加勢するように声をあげた。

結愛は続けて震える声を振り絞る。

「そ、それに……。カレンさんにしか聞こえない、その、声だけで……き、決めつけるのは、やっぱりおかしいです！」

彼女はさっきまでカレンのことを信じているふうだったのに、疑いを口にしてくれた。

「カレン様が嘘を言ってるとでも言うのか！」

「い、いえ、嘘じゃなくても、間違いとか、勘違いとか……」

「あ、はっははは、ははっ！　何ぃ？　そういうことなの」

突如、カレンがけたたましく笑い出した。

「カレン様？」

「雨宮さん、そいつらもよ！　そのガキどもも、一味なのよ！」

もう馬鹿げた妄想以外の何ものにも思えないその言葉を、しかし雨宮は鵜呑みにする。

「ああ、そうだったんですか！　なんということだ！」

結愛と宗介は、一瞬、呆然とした表情を浮かべたあと、すぐに否定した。

「そんな……」「違います！」

カレンと雨宮は聞く耳を持たない。

「子どもだからって、騙されちゃ駄目よ！　全員、処刑するのよ！」

「ええ、わかってます！」

狂ってる……。いつからかわからないけれど、この二人はとっくに狂ってるんだ。そうとしか思えない。

雨宮はその巨体に牛刀を握り、目を血走らせて、にじり寄ってくる。栞は中学生二人と一緒に後じさるが、すぐに背中に硬い感触を覚えた。バリケードだ。気づいたら、ホールの端、窓際まで追い詰められていた。

雨宮に従い、栞たちを取り押さえようとする者は誰もいない。しかし、逆に栞たちを助けようとする者もいない。みな、呆然と成り行きを見守っている。

いや、一人だけ——

ひょろりと細い影が、栞たちと雨宮の間に割り込んできた。結愛たちと一緒にいたもう一人の中学生、拓人だ。

拓人は三人をかばうように両手を伸ばし、牛刀を持つ雨宮の前に立ちはだかる。

「だ……、駄目だ！」

拓人は抑揚のない声で叫ぶ。

「拓ちゃん……」

「拓人……」

結愛と宗介が息を呑むのがわかった。

「なんだおまえは、邪魔をするのか！」

怒鳴り散らす雨宮に拓人は再び「駄目！」を繰り返す。

「そうか、おまえもやつらの仲間だな？　そうですよね、カレン様」

雨宮はこちらに視線を向けたまま背後のカレンに尋ねた。

「ええ、そうよ！　そのガキも仲間よ！」

そんなカレンの声と一緒に、ホールの奥から何かが飛んできた。それは、勢いよく放物線を描き、雨宮の肩に当たって、床に落ちた。

靴だった。黒いローファーだ。

雨宮が振り返る。

カレンの傍に立っている結愛たちと同じ制服を着た、ポニーテールの少女が叫んだ。

「んなわけ、ねえだろ！　おっさん！」

12

ヒカルちゃん？

梶川結愛は、一瞬、何が起きたのかわからなかった。

雨宮に靴を投げたのは、確かにヒカルだった。雨宮を挟んだ向こう側。カレンのすぐ傍で、クラスメイトたちと一緒にいる彼女の片足にローファーがなく、ソックスになっている。

「そいつらがテロリスト？　馬鹿言ってんじゃないよ！　んなわけ、ねえだろ！」

ヒカルはいつもよりもずっと乱暴な言葉で怒鳴ると、もう片方の靴も脱いで、雨宮に投げつけた。雨宮はそれをひょいとかわし、怒鳴り返す。

「何をするんだ！」

「ヒカルちゃん？　友達だから信じたくないのね」傍らのカレンがなだめるように言った。「気持ちはわかるわ。でもね、あの子たちが言ってるのよ。私には聞こえるの。それが真実なの」

「うっさい！　このいかれババア！」

「い、かれ……って、あ、あなた……」

少し離れたここからでも、カレンが顔を引きつらせて絶句するのがわかった。

「話合わせてただけだよ！　うち、動物とか大嫌いだし、あんたのファンでもなんでもないから！　調子乗って適当こいてんじゃねえよ！」

ファンでもなんでもない。ああ、やっぱりそうだったんだ――と、結愛は妙な納得をしていた。

「あいつ、こんなときにキレやがった」

宗介がぽつりと呟いた。

キレた？　そうだ。まさにそんな感じだ。拓人をリンチしたときと同じ、いや、あのとき以上の剣幕だ。

「あの黒いのが何言ってるか知らないけど、結愛っちがテロリストとか絶対ないから！」

ヒカルはクラスメイトたちに呼びかける。

「ねえ、みんな、そう思うでしょ？　結愛っちとか、いっつもあたしの顔色窺って、ヘラヘラしてるザコでしょ。ウジ菌なんて、空気読めねえザコ以下の底辺だよ？　あいつらがテロ？　そんなん、普通に無理だっつーの！」

酷い言われようだ。

顔色窺って？　ザコ？　ヒカルちゃん、私のことそんなふうに思ってたの？

ショックだ。でも間違いなく、ヒカルはかばってくれている。結愛だけでなく、あれだけ毛嫌いしている拓人のことも。

結愛は涙腺が緩むのを感じた。悲しいんだか、嬉しいんだかわからない。

「か、カレン様になんてことを！」

「うっせーよ、おっさん！　何がカレン様だよ、キモいんだよ！　つーか、なんでこんなことになってんのよ！　あたしら、ただ歌うたいにきただけってのに！　ふざけんな！」

最後の方は涙声になっていた。

「き、貴様ぁ！　許さんぞ！」

雨宮はこちらに背を向け、ヒカルの方へ大股で向かっていく。

そのとき宗介が意を決したように駆け出し、背後から雨宮にタックルをした。

「うお！」

雨宮は前につんのめるが、転倒せずにふんばった。

「何をする！」

雨宮は空いている方の手で制服の後ろ衿を摑み、中学生にしては大きな宗介の身体を、軽々投げ飛ばした。

「このテロリストが！」

床に転げた宗介に追い打ちをかけるように、雨宮は腹を思い切り蹴飛ばした。

「があああ！」

「宗介くん！」「宗介！」

結愛とヒカルの悲鳴が重なった。

雨宮は顔を上げると、モップを手にしたまま成り行きを見守っている菊地に声をかけた。

「菊地さん、手伝って下さい！　こいつらを——」

雨宮の声をかき消さんばかりに、ひときわ大きな獣の咆哮が響いた。これまでとは比べものにならないほど近くから。

あの黒い獣だ——そう思う間もなく、結愛は背後から何かがはじけたような衝撃音を聞いた。同時に巨大な質量に圧されたかのように、椅子やテーブルを組んだバリケードがたわむ。

「きゃあ！」

思わず悲鳴を上げる。

黒い獣が体当たりをしているのだ。バリケードの向こうにある窓は割れてしまったようだ。矢継ぎ早に繰り返され、バリケードはみるみる歪んでゆく。ガムテープははがれ、ビニール紐はちぎれ、組み合わせていた椅子とテーブルが離れてゆく。その隙間から、真っ黒い肌が蠢《うごめ》くのが、はっきりと見えた。

「雨宮さん、悪いがそれどころじゃない。先生、こちらへ！」

菊地が呉松の手を引いて、ホールの奥へ向かい走り出した。それを皮切りに、みなが一斉に、バリケードから離れるように動き出す。

一方、雨宮は、まだ床に倒れている宗介に対して牛刀を振り上げる。

「き、貴様、よくも！」

「うおっ！」

宗介は、床を転がるようにして身をかわす。間一髪、雨宮が振り下ろした牛刀が、空を切り、ガチンと音を立てて、床を打った。雨宮がたたらを踏んで体勢を崩す。

「宗介くん！」

結愛は宗介のところへ駆け寄ろうとする。反対側から、ヒカルも走ってくる。

「来るな！　逃げろ！」

宗介は床を転がった勢いでそのまま、立ち上がる。雨宮もすぐに振り向き、再び、牛刀を振り上げる。

しかし、今度はそれが振り下ろされることはなかった。

結愛の背中から、これまでよりいっそう大きな物音が響いた。

思わず振り向くのと、すぐ脇を巨大な黒い影が駆け抜けていくのは、ほぼ同時だった。

一頭だけではない、続けざまに、二頭、三頭。黒い獣たちが侵入してきた。

バリケードの一部が崩れ、その向こうにガラスが割れ、枠だけになってしまった窓が見える。

三頭のうち二頭は、ホールの奥へ。もう一頭は、牛刀を振り上げている雨宮めがけて走ってゆく。

雨宮が反応するよりも一瞬早く、黒い獣は跳びかかっていた。

13

振り向くと、目の前に見えたのは、大きく広げられた口吻とその中の鋭い牙だった。同時に猛烈な獣臭が鼻をつく。

雨宮一紀は必死に、身をよじった。ぎりぎり紙一重の差で、跳びかかってきた黒い獣の巨体をかわした。空振った黒い獣は、勢い余ってたたらを踏む。

テロリストどもが呼び寄せた黒い獣たちが、バリケードを破って侵入してきたのだ。

ホールの奥へ向かった二頭の黒い獣に、菊地がモップで応戦しようとしているのが見えた。

「先生、逃げて下さい！」

菊地は呉松をかばうように黒い獣たちの前に立ちはだかりモップを構える。主である呉松を守るために、果敢に黒い獣に立ち向かおうとしている。

大した男だ。内田の母親の腕を躊躇なく折ったことからも迷いのなさが窺えた。きっと感情を排し、自らの務めを果たすことのできる男なのだろう。

一方、呉松ときたら、「ひぃ」と情けない声をあげ、躊躇することなく菊地を置いてその場から離れていった。黒い獣たちは呉松になど目もくれず、菊地と対峙している。まるで彼のことを狙っていたかのようだ。もっとも当の菊地としては、当面、主を逃がせたのだから文句はないのかもしれないが。

呉松の秘書にしておくのはもったいない。可能であれば、自分の右腕として迎えたいが、それは難しいかもしれない。

菊地は「やっ！」という気合いとともに、踏み込み、モップで二頭の肩口に鋭い打ち込みを食らわせた。黒い獣たちは驚いたように、一旦動きを止めた。

しかし、少しも効いていないようだ。気を取り直したように黒い獣たちは、時間差で菊地に跳びかかる。

　菊地はそれに対しても、冷静にモップを打ち込もうとする。迫りくる一頭目の脳天にモップの打撃が入った。が、止まらない。モップははじかれ、黒い獣はまったく怯まず菊地に突進する。体当たりをもろに受け、菊地は突き飛ばされる。黒い獣はそのまま菊地を組み伏せ、喉元に牙を立てる。「があぁ！」菊地の口からは、乾いた悲鳴が漏れる。続けて二頭目の黒い獣が菊地の腹に噛みついた。

　つくづく惜しいが、あれではもう助かるまい。

　もっとも、雨宮とて他人の心配をしている場合ではなかった。いまかわした黒い獣が体勢を立て直し、再度、こちらに向かってくる。

「雨宮さん！」

　カレンが叫んだ。その目は不安と心配で潤んでいた。彼女の存在は、雨宮に力を与えてくれる。

　大丈夫ですよ！　カレン様。問題ない。まったく問題ない！　だって私とあなたは、選ばれた特別な存在なのだから！

　いま直面しているこの困難は、二人の劇的な出会いを演出するためのスパイスのようなものだ。

　この黒い獣たちも、こいつらを操るテロリストどもも、残らず退治して、私は、カレン様、あなたと結ばれるのだ。そうだ、そうに決まっている！　主人公は私だ！　世界はそういうふうにできているのだ！

絶望が具現化したかのごとき獣を前にして、なお、雨宮は確信していた。

「うおおおおっ！」

両手で牛刀を握ると、突進してくる黒い獣に対して下から撥ね上げるように刃をふるった。菊地のように剣の心得があるわけじゃない。ただ無我夢中でぶん回しただけだった。けれどその軌跡は絶妙の弧を描き、黒い獣の首筋にめり込んだ。ザクッという重い手応えが伝わる。雨宮は渾身の力を込めて、強引に振り抜いた。一拍遅れて、顔に生温かい液体が降りかかる。黒い獣の首から噴き出した血だ。

黒い獣は、もんどりを打って横に転げた。

やった！

菊地が持つモップよりも殺傷力のある刃物を持っていたことと、何も考えずに振ったら見事に急所を捉えたという偶然が味方した。

偶然？　いや、違う、必然だ！　私だからだ。私だから、こうなったんだ！

全身に自信と力がみなぎるのを感じた。口の中にもかすかに飛び入ってきた黒い獣の返り血は、獣の体液とは思えない芳しい香りと、極上の蜂蜜のような蠱惑《こわく》的な甘さがあった。耳には美しい調べが聞こえる。

「雨宮さん！」

カレンが名を呼び、駆け寄ってくる。

「すごいわ！　あなたってば最高よ！」

カレンは自身にも返り血がつくことも厭わず、雨宮に抱きついてくる。豊かな胸が押しつけられる。カアッと臍の下が熱くなるのを感じた。

「ご安心を！　私がお守りします！」

雨宮は強くカレンを抱き返す。

「一生あなたについていくわ！」

カレンは雨宮の首に手を回し口づける。雨宮は迷わずそれを受け入れた。互いの舌が溶けるように絡まる。生まれて初めて知る官能が雨宮の全身を駆け巡った。自分の性器が、かつてないほどパンパンに膨らんでいるのを雨宮は自覚していた。

ああ、最高だ。私たちは選ばれた者同士だ。こうして結ばれるのだ。

雨宮は万感の思いで、至近距離にあるカレンの顔を見つめる。ああ、やはり、美しい。その大きくつぶらな瞳、濡れたように輝く黒い肌、突き出た口吻と、刃のような牙——

あれ？

そこにあるはずの美しい女《ひと》の顔はなく、黒い獣の巨大な顔があった。獣臭が立ちこめ、口の中は苦い鉄の味で満たされ、耳には獣のうなり声が響いている。黒い獣の首は切れていない。しかし、雨宮は自分の顔の周りがぬめぬめとした血に覆われているのを感じていた。

この血は誰の血だ？

確かめようと思っても、腕も首も動かない。それどころか、天地もわからない。

私はいま、どんな姿勢でどこを向いている？

ただ目の前に黒い獣の姿だけが見える。こちらを見下ろすその巨体は、雨宮よりもなお大きい。その口元に、べっとりと血がついているのに気づいた。まるで、いましがた、人を齧ったかのような。

何か声をあげようとして、喉元からひゅーと空気が漏れる音がした。

なぜだ？　なぜ、声が出ない？　まさか、喉に穴が空いているのか？　この黒い獣に食いちぎられたのか？　馬鹿な！　確かに、倒したはずだ。牛刀で首を切り裂いたはずだ。夢だったのか？　いや、そんなはずはない、あってはならない！

意識が遠ざかる。

そうか、こっちが夢だ。私がこんな獣に殺されるなど、そんなことが現実に起こるわけがないのだから。私は選ばれているのだ。この世界の主人公なんだ。こんなふうに死んでいいわけがない。夢だ。すべて、夢なのだ！

心の底からそう思ったのと、雨宮の脳が活動を停止したのはほぼ同時だった。彼は自らが世界に選ばれているという確信を抱いたまま、この世を去った。

14

「は、は、ははははは」

内田大志の口からは乾いた笑い声が漏れた。

ざ、ざまあみろだ！

バリケードを破り侵入してきた三頭の黒い獣たちのうち、一頭が雨宮に跳びかかり、のど笛を嚙み切った。残りの二頭は、弓枝の腕を折った菊地とかいう呉松の秘書を襲った。菊地の奴はモップで応戦したが、あっけなく嚙み殺された。

黒い獣たちは、まるで狙ったように、大志と弓枝のことを痛めつけた二人を先に襲った。が、無論、大志が操っているわけじゃない。

偶然か。あるいは凶器を手にした危険そうな人物から優先的に襲っているのか。もしかしたらあの黒い獣たちには、そういう賢さがあるのかもしれない。

雨宮と菊地を屠《ほふ》ったあと、黒い獣たちはホールにいる人々を手当たり次第に襲い始めた。老人や制服姿の中学生らも容赦なくその牙にかかっていく。悲鳴が飛び交い、人々は逃げ惑う。

　こんなふうに縛られていたのでは、逃げることなどできない。

「た、たっくん……」

　折れた方の腕を押さえながら、弓枝がよろよろと近寄ってくる。

「い、いま、ほどいて、あげるからね」

　弓枝は片手で懸命に、大志を拘束している紐をほどこうとしている。しかし、上手くはいかないようだ。細い指がカリカリと何度も結び目をひっかいている。

「母さん……いい、から……にえ」

　いいから、逃げてと言うつもりが、腫れ上がった口は上手く回ってくれなかった。

「大丈夫よ、たっくん、大丈夫だから。すぐに助けてあげるからね、お母さんが、守ってあげるからね」

　ああ、そうか、俺はこの人を守るどころか、まだ守られているままだったのか。

「ご、ぇ、ん」

「え？」

「ごぉ、めぇ、ん」

　大志はどうにか、その三音を口にした。

　ずっとずっと迷惑をかけ通しだった。ずっとずっと守られていた。まだ親孝行なんて何もできていない。謝らなきゃいけないのはこっちの方だ。

「た、たっくんが……、あやまることなんて、何も……ないのよ」

息を切らせながら、そんなことを言って、弓枝は笑った。

こういう母《ひと》だ。

たぶんこの地球上でただ一人、無条件で俺を愛してくれる人だ。

あなたのお陰で、俺は、自分に父親がいないことを惨めに感じたことなんて一度もない。

伝えるべきは、謝罪ではなく。

「あ、りぃ、ぐぁとぅ」

大志は懸命に感謝の言葉を絞り出す。

いまだって、こんな必死になって、俺のことを助けようとしてくれている。仮に紐がほどけたって逃げられるわけないのに……、それでも。

「あぁ、りぃ、が、とう」

ああ、言えた。

弓枝は懸命に紐をほどこうとしながら、こくりと頷いた。

腫れた目元に、じんわりと染みる痛みを覚え、大志は自分が涙をこぼしていることに気づいた。

ぼやけた視界に、こちらに狙いを定めて走ってくる黒い獣の姿が入っていた。

大志はもう一度、祈った。

お願いだ。俺はどうなってもいい。身体中を嚙み砕いてむごたらしく殺してくれていい。だから、この人だけは。この人だけは助けてくれ。頼む。助けてください、お願いです。

最初から大志の祈りに応じてやってきたわけじゃない黒い獣たちは、無論、そんなものを聞き入れてはくれなかった。

15

——ほら、言ったとおりでしょう？

混乱するホールに呆然と立ち尽くしながら、望月栞は勝ち誇ったような囁きを聞いていた。

いずれ黒い獣はやってくる——

バリケードなどでは防げない——

栞が抱いていた不安が、まさにいま眼前で現実のものになっていた。

雨宮と菊地、つい先ほどまでこの場を支配していた男たちは、為《な》す術もなく倒れた。雨宮に殺されかけていた内田は、縛られたまま逃げることもできずに、黒い獣たちの牙に蹂躙された。最後まで息子を助けようとしていた母親も一緒に。

「やめなさい！　目を覚まして！　あなたたちは、本当はこんなことしたくないんでしょう！　私にはわかるの！　だからやめなさい！」

離れた暗がりから、カレンの声が響く。黒い獣たちに必死に呼びかけているようだ。

三頭の黒い獣たちはまるで意に介さず、次々に人を襲う。

みんなバリケードから少しでも離れようと、ホールの奥へ逃げてゆく。

あっちに行っちゃ駄目だ。奥には通用口も何もない。どん詰まりだ。結局、追い詰められてしまう。

多少なりとも頭が回ったのは、大ホールで黒い獣たちによる殺戮を目の当たりにしていたからだろうか。

むしろいま、黒い獣たちが侵入してきたバリケードの方は、がら空きになっている。

突破された箇所の椅子とテーブルは、崩れるというより中心から割れている感じで、ちょうど扉が開くように空間が空いていた。大人でも十分通れそうだ。いまなら、あそこから回廊へ逃げられるかもしれない。

みんなこっちへ――と、声を張り上げようと口を開け、一瞬固まった。

声を出したら、黒い獣たちにも気づかれるかもしれない。みんなが襲われている隙に、独りで逃げた方が助かる可能性が高い。

——はは、さすがね。あなたならそうすると思ったわ。

うるさい！　しょうがないじゃない。だって死んだら終わりなんだから。隆《りゅう》さんにだって、もう会えなくなっちゃうんだから。少しでも生き残る可能性が高いように行動するのは、当たり前のことよ！　きっと誰だって、そうするよ！

——そうね。誰だって死にたくはないものね。当たり前ね。でも、あなた自身はどうなの？　あなたはそれでいいの？

私？

本当は自分でつくっているはずの、幻覚の言葉にはっとさせられる。

「いやああ！」「こないで！」「やめて！」「こっちだ！　早く！」

怒号と悲鳴をあげながら、混乱して逃げ惑う人々がいる。その中には、さっき栞が疑われたとき、声をあげてくれた結愛や宗介の姿もある。身を挺して彼らを守ろうとした拓人もいる。

あの子たちを置いて、独りで逃げる？　私はそれでいいの？

栞の真横をホールの奥へ向かう誰かが通り過ぎようとする。栞より頭二つは小さな、トレーナーを着た男の子、昴だ。

栞は思わず手を伸ばし、その肩を摑んでいた。

「わっ」と声をあげ、昴がつんのめる。

「奥に逃げちゃ駄目！　みんなも！」

栞は叫んだ。奥へ逃げようとしていた人々がこちらを振り向く。

「こっち！　こっちから、外に出るの！」

栞はバリケードを指さした。

一同が、はっとしたようにバリケードに向かって走り出す。

しかし同時に、黒い獣の一頭が方向転換して、こちらを向いた。

ああ、やっぱり気づかれた。声なんか出さなきゃよかった。独りで逃げればよかった。

いや、違う！　それじゃよくないんだ！　私はよくない、よくない！

「きみも、こっちへ！」

栞は迷いを振り切り、昴の手を引いて走り出した。

独りで回廊へ逃げたって、途中で気づかれて追いかけられたら、それまでだ。あの黒い獣と追いかけっこをしても勝ち目なんかない。でも、みんなでなら。何人かで回廊をばらばらに逃げれば、全員を追うことはできない。

誰かが助かるかもしれない。

それは自分じゃないかもしれないけれど、誰かが助かるかもしれない。

独りで逃げるより、ずっとまし。私は、自分のために、ましなほうを選ぶんだ。

背後から、黒い獣のうなり声と足音が聞こえる。ものすごいスピードで近づいてくるのがわかる。

不意に、目の前に小さな白いボトルが見えた。

一刹那のうちに、それが何かを思い出す。さっき高松の治療をしようとしたとき、結愛が持ってきてくれた消毒用のアルコールだ。

アルコール、火――、考えての行動ではなかった。ほぼひらめきで身体が動いた。

「先に行って！」

栞は昴の身体を放るようにして手を離して足を止めた。昴は勢いで数歩進んだあと、こちらを振り向いた。

「いいから走って！」

昴は剣幕に圧されたように、素直にこちらに背を向け走り出す。

栞は目の前のボトルを拾いキャップを開ける。振り向くと、黒い獣は想像したよりずっと近くにいた。あと一度の跳躍で追いつかれてしまいそうなほど、近くに。

お願い！　栞は祈る思いでボトルを投げつけた。それは回転しながら、獣の頭部に当たる。ちゃんと中身がかかっているか確認する余裕などない。ジャケットのポケットから、ライターを取り出す。今朝、禁煙中の父から預かったジッポだ。そして火を点け、投げた。

オレンジ色の火が弧を描き宙を舞う。本能的な反応だろうか、黒い獣はとっさに横に跳んでそれを避けた。火の点いたオイル式ライターは、そのまま床に転がる。

外した——と、思った瞬間、ライターから火を噴いたかのような炎の線が出現した。

それは一瞬にして床から、黒い獣の足もと、肩、頭部へと広がってゆく。アルコールがこぼれて伝っていたのだ。

突然、目の前に出現した炎が暗がりを照らす。栞は頬に熱を感じた。

黒い獣は高い声で吠えて、身をのけぞらせる。

栞は父の意志の弱さに感謝した。

黒い獣は苦しげな声をあげながら、火を消そうと床の上を転がる。しかし、引火性を持つ有機溶剤の燃焼は、そう簡単には止まらない。逆に炎は大きく燃え広がる。

チャンスだ。少なくとも足止めにはなる。

「みんな、いまのうちに、早く！」

栞が声を張り上げると、まるでそれを合図にしたかのように、猛烈な勢いで煙が立ちこめ始めた。

一緒に樹脂が燃える嫌な臭いが鼻をつく。床のワックスか何かが燃えているようだ。

気管に煙が入り込み、咳が出る。

まずい、と思ったそのとき、天井から機械の作動音がして、今度は水が降ってきた。スプリンクラーが作動したのだ。

突如出現した煙と水が、ただでさえ暗いホールの視界をさらに極端に狭める。火はもう消えているのか、黒い獣たちはどこにいるのか、まったくわからない。

栞は手で口元を押さえながら夢中で走った。

バリケードの割れ目にたどり着くと、先着していた数人が窓から回廊に逃げ出してゆくのが見えた。先に行かせた昴の小さな姿もあった。

栞もそのあとに続く。

窓のガラスは、割れているというよりも粉々に砕けている感じだ。一畳ほどもありそうな窓枠には、ほとんど破片は残っておらず、辺りに、雪でも降ったかのように、白く濁った小さなガラス片が散らばっている。自動車などと同じ安全ガラスなのかもしれない。

栞は窓枠に足をかけ、一度後ろを振り向いた。煙の向こうにこちらへ向かって走ってくる集団の影がぼんやりと浮かんだ。

先頭は白衣を着ているのですぐに誰かわかった。鷺沢だ。その後ろにはマナ。さらにその後ろに宗介や結愛ら制服を着た中学生たちが続く。

「みんな、こっち！　急いで！」

栞は大声で呼ぶと、窓枠を蹴り回廊へと飛び出していった。

16

まるで夕立のように降り注いだスプリンクラーの水は、あっという間に梶川結愛の全身をぐしょ濡れにした。制服は水を吸い重くなり、ブラウスもぺったりと肌に張り付く。けれど、そんなことを気にしている場合じゃない。

「みんな、こっち！　急いで！」

進行方向、正面から呼ぶ声が聞こえた。煙の先に人影とぱっくりと割れたバリケードが見える。あそこだ、あそこまで行けば、回廊に出られる。

宗介を先頭に結愛とヒカル、それから拓人が一緒に走っている。他のクラスメイトたちがどこにいるかは、もうわからなくなってしまった。

不意に今度は背後から、「きゃあああああ！」と、耳をつんざくような叫び声が響いた。

えっ？　いまの悲鳴、カレンさん？

結愛は思わず振り返った。

少なくとも結愛の耳にはカレンの声に聞こえた。しかし煙で何も見えない。動物と話せるはずの彼女も、あの黒い獣に襲われてしまったのだろうか。

「馬鹿！　何やってんのよ！」

隣から制服の衿のところを引っ張られた。ヒカルだ。

「ぼっとすんな、走れ！　ノロマ！　逃げんだよ！　あんたもだよ、ウジ菌！」

ヒカルは息を切らしている拓人のことも叱責する。

そうだ、走んなきゃ。

「みんな、急げ！」

先にバリケードまでたどり着いた宗介が、手を振って声を張り上げる。

ガラスのなくなった窓枠を越えて、まず宗介が回廊へ飛び出してゆく。続いてヒカル、結愛と拓人がほぼ同時に外に出る。

窓枠の高さはさほどないが、勢い余ってつんのめって、床に手をついた。じいんとした痛みが掌に響く。でも、出られた。

顔を上げると、回廊には逃げ出した人々の姿があった。栞や、鷺沢とマナの二人組、それに小さな昴もいる。多少なりとも見知った人がいて、ほっとする。他にも名前を知らない人たちが数人。だけど……。

結愛はいま自分たちが出てきた窓枠を振り向く。四角く切り取られたそこは、煙と闇で塗りつぶされている。続けて出てくる者はない。

クラスのみんなは……。

「凹《へこ》んでんじゃないよ！　立ちなよ！　うちら、まだ全然助かってないんだから！」

ヒカルが目を三角にしてこちらを見下ろしていた。

「ヒカルちゃん……うん」

言うとおりだ。

結愛は立ち上がる。見ると、いつの間にかヒカルは、制服のジャケットを脱いでブラウスだけになっていた。

ああ、そうか。動きにくいもんね。

結愛も自分のジャケットを脱いで床に放った。やはりだいぶ水を吸っていたのか、ずいぶんと身が軽くなった気がする。

「ありがとう」

結愛はヒカルに言った。

「え？」

「あの、さっき、かばってくれたよね。私と拓ちゃんのこと。いまも、声かけて、くれて……」

酷いことも、いっぱい言われたけれど。

「別に、そんなんじゃないし……」

ヒカルはばつが悪そうに、目を伏せる。

「ヒカル！」

宗介が割り込んできた。

あ、と思う。宗介がヒカルを名前で呼ぶのを初めて聞いた。二人きりのときは、いつもこうなのだろうか。

ヒカルは宗介を睨みつけた。

「宗介……、あんた、何よ」

宗介は少し困った顔をして、じっとヒカルを見つめる。

「もういいだろ。梶川と仲直りしろよ」

「よくない！　だいたい、あんたカレシでしょ？　だったらどうして、あたしの味方になってくれないのよ！」

ヒカルの声は震え、両目からはみるみる涙があふれ出す。まださっきのことでこんなに怒っているのか。普段のヒカルとは全然違う。正直、結愛には理解ができなかった。これが宗介の言うところの「めんどくさい」とか「いっぱいいっぱい」なんだろうか。

ああでも、そもそも私はヒカルちゃんのこと、全然知らないんだ。

結愛は確かに、いつも彼女の顔色を窺って話を合わせてばかりいた。ヒカルはそのことに気づいていて、ザコだなんて、馬鹿にしていた。

私たちはたぶん、友達の振りをしていただけなんだ。

「わかった。俺が悪かったよ。あとでなんでも埋め合わせする」

普段、ぶっきらぼうな宗介が、びっくりするくらい優しい声で言った。

「なんでも？」

ヒカルは目に涙を溜めたまま、上目遣いに宗介を見る。まるで知らない二人みたいだ。

場違いに、ドキドキしてしまう。

「ああ、なんでもだ」

宗介の声には聞いたこともない甘い響きがあった。

本当に知らないことばかりだ。ヒカルのことも、宗介のことも。二人きりでいるとき、どんな会話を交わすのか。どちらから告白して付き合い始めたのか。もう二人はキスをしたのか。その先の経験はどうだろう。

ドキドキする胸はそのままギュッと締め付けられるように苦しくもなる。

やっぱり、私、宗介くんのこと好きになっちゃったんだろうか。

「だから、みんなで生きてここから出ていこう。いまは、それだけを考えよう」

宗介の言葉に、ヒカルが小さく頷いた。

結愛も胸の中で同意する。

そうだ。とにかく、生きてここを出るんだ。

宗介くんのことは、もっとゆっくり考えたい。それでどんな答えが出ても、ヒカルちゃんと仲直りしたい。今度はちゃんと友達になりたい。拓ちゃんともできたんだ、きっとできる。そして、こっちから言ってやるんだ「ヒカルちゃんと仲よくなれてよかった」って。

そう、決めた。

そのためには、生きていなきゃ始まらない。

「ひ、ひいいいぃ！」

情けない悲鳴が聞こえ、一同がそちらに顔を向けた。

窓枠の向こう、煙の中から、ぬっと顔を突き出してきたのは、呉松だった。

「た、たすけ……」

呉松は必死に窓枠から回廊に這い出ようとするが、急に力なくうなだれ、うつ伏せの姿勢で窓枠にぶら下がった。煙の中から、もう一つの影が現れる。呉松の背に覆い被さり、首の付け根に牙をたてている黒い獣。頭から顔にかけて地肌がまだらに爛れ、かすかな焦げ臭さを発している。

黒い獣が首を大きく振ると、ブチブチと紐がちぎれるような音とともに、呉松の延髄が背骨ごと引き出され、一緒に大量の液体がまき散らされた。その飛沫が、結愛の顔にもかかる。

その場にいた全員の悲鳴が重なり、みな、一斉に駆け出した。どちらの方向へ走るか、考える余裕はなかった。誰もが夢中になって走る。

そのときだ。

「きゃあ！」というヒカルの声がした。流れる視界の端に、滑るように転倒するヒカルの姿が見えた。

瞬間的に結愛はヒカルが靴を履いていないことを思い出した。

「ヒカル！」

前を走っていた宗介が、反応よく立ち止まり、ターンしてヒカルに駆け寄ろうとする。

それは、まさにあっという間の出来事だった。そしてあまりに、あっけなかった。

呉松を襲った黒い獣は回廊に降り立ち、床に倒れているヒカルに襲いかかる。更にその後ろからもう一頭、窓から出てきてまっすぐ宗介に向かっていった。

やめて！

そう思うだけで、結愛は声をあげることもできなかった。

床を這って逃げようとしたヒカルの上に、黒い獣がのしかかる。もう一頭は大きく跳躍して、宗介に跳びかかった。とっさに身をかわそうとしたが、避けきれずそのまま組み伏せられた。

ヒカルちゃん、これから本当の友達になろうと思ったのに。

宗介くん、やっと拓ちゃんに謝ることができたのに。

たったいま、生きてここから出ていこうと誓い合った二人なのに。

二頭の黒い獣は、息を合わせたように同時に大きな口を開いた。

やめて！

思わず立ち止まろうとした結愛の手を誰かが引っ張った。

「止まっちゃ駄目！」

細くて真っ白な、手。マナだ。一緒に鷺沢もいる。鷺沢は、小さな男の子の手を引いている、昴だ。白衣の白が一瞬、視界を遮る。ちょうどそのとき、「いやああ！」というヒカルの悲鳴がした。

次に結愛が目にしたのは、床に倒れたまま首筋の辺りに噛みつかれる宗介とヒカルの姿だった。二人は互いの方に手を伸ばしている。けれどその間には絶望的な距離が空いている。

とても直視などできない。結愛は顔を背けるように前を向いて足を動かした。

するとすぐに、目の前にぽっかりとした空間が見えてきた。

展望デッキだ——と、認識する間もなく、結愛と一緒に逃げていた一団は、その中に入っていってしまう。

「うわっ！」

前にいた誰かがベンチにぶつかり、派手に転んだ。名前はわからないけれど、一緒に籠城していた中にいた中年の男だ。「あなた！」と、その妻らしき中年の女が手を引いて立たせる。

ここは袋小路だ。戻ろうと振り向くと、回廊から黒い獣の足音が聞こえた。すぐそこまで、迫ってきている。いま戻ったら鉢合わせしてしまう。

「お、奥へ！」

中年夫婦は手を取り合って展望デッキの奥へ走る。行き止まりとわかっていても、こうするしかない。一緒に逃げてきた結愛とマナ、鷺沢と昴もそれに続く。

わかりきっていたことだけれど、すぐ目の前に壁が迫る。防火扉の下りた窓だ。これ以上は逃げ場がない。

振り返ると、展望デッキの正面入り口のところに、暗闇よりもなお黒い巨体の影が二つ見えた。

ああ、もう駄目だ。

きっとこのまま襲われる。私も、宗介くんやヒカルちゃんみたいに——、結愛の胸の中は重苦しい絶望に塗りつぶされていった。

17

いた！　あいつがカルネ・シンだ！

安東秀雄は展望デッキに逃げ込んだ一団の中にその姿を見つけた。顔を変えているのかもしれないが、この暗さではそれはあまり問題ではない。むしろ体格と服装だ。山口たちから聞いたとおりの格好をしているので、すぐにわかった。

物音と悲鳴でレストランへの襲撃が始まったことを悟り、安東はトイレから出て、回廊の内側の非常灯の光と光の切れ目にできている暗がりに身を潜め、様子を窺っていた。こんなところに人がいると気づく余裕がある者はいないだろう。

いまのところ、制御室《コントロール・ルーム》からも怪しまれてはいないようだ。いちいち仲間の行動を監視などしていないのかもしれない。無論、それでも常に防犯カメラを意識して動くべきだろう。

レストランから出てきた三頭の〈不良品《ジャンク》〉のうち二頭がこちらに進んでくる。ちょうど安東の正面に差し掛かったとき、一頭がこちらを一瞥した。一瞬、緊張が走ったが、襲いかかってくるようなこともなく、そのまま通り過ぎた。どうやらスーツの匂いはまだ健在のようだ。

二頭は展望デッキの前で一旦立ち止まった。

あの奥にいる連中は、生きた心地がしないだろう。

さあ、どうする？

このまま、襲撃するのか？　それとも……。

二頭は、すぐにまた足を動かし始め、その場を立ち去った。暗闇から、安堵の息がもれるのが聞こえるようだ。

人がいることに気づかなかったわけじゃないだろうし、見逃されたわけでもないだろう。おそらくカルネ・シンが一緒にいるから、後回しにされただけだ。

二頭の〈不良品《ジャンク》〉は回廊の奥へと消えてゆく。

安東にとっては、願ってもないチャンスが到来した。

ポケットに手を突っ込み、拳銃の感触を確かめる。神経が張り詰めてゆくのを感じる。

そのとき、かすかな物音が耳朶を打った。後ろだ。

反射的に振り向くと、そこには回廊の壁に手を添え、こちらへ歩いてくる人影があった。

18

静かだ——と、女は思った。

静寂の中、暗い天井から大量の水滴が降り注ぎ、女の身体中を濡らしている。まるで雨に打たれているかのようだ。けれど水音は聞こえない。周りの人の喧騒も、何も。完全な、無音だ。

視界は煙り、天地がわからないが、背中の感触でどうやら自分が仰向けになって床に倒れていることを知る。

頬を濡らす水滴が、女の記憶を刺激する。

そう言えば、あの日も雨が降っていた。

女は思い出す。遠い日。初めて動物の声を聞いた日のことを——

あれは冬の予感のような冷たい雨が降る一〇月の日曜日、一四歳の誕生日だった。本当にその日に生まれたのかは、よくわからない。ただ、ずいぶん前に母が「あんたが生まれた日だ」と、その日付を口にしたことがあった。

人間は有性生殖をする動物だから、独りで子どもはつくれない。女には母親だけでなく父親もいるはずなのだが、その顔を見たことはないし、名前も知らない。母は父のことは一切教えてくれなかった。女の目と髪の色は、母とも周りの誰とも違い、赤みがかった茶色をしていたから、父は外国の人なんじゃないかと女は思っていた。

もっとも、父親が誰であれ、そしてこの日が本当に誕生日であれ、彼女にとってはあまり意味がなかった。ケーキが食べられるわけでもなければ、プレゼントがもらえるわけでもないし、もちろん、仕事が休みになるわけでもないのだから。

女はビニール傘をさして、みなとみらいの石畳で舗装された道を歩いていた。薄手のジャンパーの下には制服を着ているが、学校に行くわけではない。日曜日だから休みなのではなく、女は中学はおろか、小学四年の夏休みからもうずっと学校に通っていない。女の行き先は、海のそばに建つ高層マンションだ。制服を着ているのは、それが客からのリクエストだからだった。

九歳の夏、女は母から「学校なんて行ったって意味ないよ。もう行かなくていいから、仕事を覚えな」と言われて、したがった。母の言う「仕事」とは、身体を売ることだった。母は表向き雇われママとしてスナックの切り盛りをしていることになっていたが、その店の実態は、富裕層向けの売春クラブだった。

母自身は一五歳の頃から身体を売っていたけれど、それを後悔しているのだという。こんなことしなければよかった、ではなく、もっと早く始めればよかった、と。「だって幼けりゃ幼いほど、楽に稼げるようにできているんだからね。学校なんて行って大損したよ」母はそんなことをいまいましげに言っていた。

確かに最初の数年は「楽」だったのかもしれない。女は特に何もせず、女児の肌に触れるためなら大金を払う男たちに、身体をまさぐらせ、舐めさせ、最後だけ手で性器をしごいてやればよかった。男たちはおしなべて優しく女に接した。ときに女の未発達な性器に指を入れようとする者もいたが、嫌がるそぶりをすれば、みんな途中でやめてくれた。ただ問題は、それでも見知らぬ大人と肌を重ねること自体が、どうしようもなく気持ち悪いということだった。

初めて仕事をした日、女は母に「もうやりたくない」と訴えたが、こっぴどく叱られた。多くの子どもがそうであるように、女は母のことが大好きだった。だから女は母に嫌われたくない一心で泣きながら「やるからもう怒らないで」と懇願した。

すると母は満面に笑みを浮かべて「そうかい。おまえはいい子だ。ご褒美をあげなきゃね」とチョコレートを買ってくれた。コンビニで買えるような安物ではなく、デパートの地下で売っている高級ブランドのトリュフだった。女は、こんなに美味しいお菓子があるのかと驚いた。あまりにもわかりやすい飴《あめ》と鞭だったが、九歳の少女にとっては効果てきめんだった。女は母の愛と実利を得るために、気持ち悪さは我慢することにした。

我慢を重ねるうちに女は馴れてゆく。やがて手だけでなく口を使うことも教わり、さらに、初潮を迎え胸が膨らみ始めた頃、都心のホテルのスイートで七〇は過ぎているだろう老人に処女を献げさせられた。一一歳のときだった。少し痛かったけれど、どうってことはなかった。そしてその日から、女の仕事は紛うことなき売春になった。

外国人の血が入っているからかはわからないが、女の顔立ちは彫りが深く整っており、また発育も同世代の子よりもだいぶ早いようだった。女はあっという間に、肉感的な色気を湛えた美少女に成長していった。当然のごとく上客が何人もついた。けれど女は自分が具体的にいくら稼いでいるのかは知らなかった。売り上げはすべて母が管理しており、女には食べものや洋服などのご褒美か、ちょっとした小遣いが与えられるだけだったからだ。

女はそのことに特に不満はなかった。母がくれる小遣いは大人にとってははした金かもしれないが、子どもにとっては十分な大金だったし、何より母が「本当に親孝行ないい子だよ」と目を細め誉めてくれるのが嬉しかった。

しかし、それはあまり長くは続かなかった。女がまったく通っていない小学校を書類の上でだけ卒業した頃から、母は妙に女に冷たく当たるようになった。以前のように誉めてくれることがなくなり、じとっとした目で睨まれ、ときに「若いからって調子に乗るな！」「おまえは本当は私を馬鹿にしているんだろう！」などと、なじられるようになった。

母の豹変に戸惑っていた女だったが、それが嫉妬であることに気づくのに、さほど時間はかからなかった。

このとき母はまだ三〇代前半で、現役の売春婦でもあった。そんな彼女にとって、仕事を始めた頃の女は、幼児性愛趣味がある一部の変態から金を巻き上げてくれるありがたいドル箱だった。けれど女は瞬く間に成熟した。一部の変態だけではなく、大抵の男が目を奪われるほど美しく、官能的に。これまで母についていた客も、女を指名したがるようになった。きっと、そのことが母のプライドを傷つけているのだろう。

だとしても女にはどうしようもなかった。

こんなことになるのならと、顔を傷つけたり、あるいは乳房を切り取ったりすることさえ考えたが、そんなことをしても、なんの解決にもならないのはわかりきっていた。きっと母は喜ぶどころか「なんて馬鹿なことをするんだ!」と怒るだろう。学校に通っていない女だったが、そういったことを察する賢さをいつの間にか身につけていた。

その賢い頭で考えれば、どう足掻《あが》いても自分はもう母から愛されないのだという、絶望的な必然がわかってしまう。

こうして女は仕事の対価として得られる最大のものを失った。するとどうだろう、もうとっくに馴れたつもりでいた仕事の気持ち悪さが、これまでよりもずっと強く感じられるようになった。

雨の中を女は歩く。目の前に鈍色の海が見えてきた。向かいから、女と同世代の少女が両親に連れられ、歩いてくるのが見えた。買い物にでも行くのだろうか。傘をさし、三人で楽しそうに笑い合っている。その少女は、顔じゅうニキビだらけで、ぽっちゃりと肥っていた。いくら若くても、金を払って彼女を買う男はあまりいないだろう。けれど彼女は、女がどれだけ望んでも手にすることのできないものを持っていた。

胸が潰れそうなほど締め付けられるのを覚えた。女は目を背けてすれ違う。背中から少女のものとおぼしき笑い声が聞こえた。

女は衝動的に、海に飛び込んでしまいたくなる。死んでしまいたい。潮の香りが、波の音が、蠢《うごめ》く灰色の水が、こっちへ来いと、甘美に誘う。

踏みとどまったのは、意地だった。死んだって何にもならない。死んだら負けだ。負けたくない！　身体の芯の部分に存在するそんな熱が、ぎりぎりで女を引き留めた。

こういうことは、初めてではなかった。むしろ、ここのところ毎日のように自死の願望に襲われる。いつまで耐えることができるだろう。いつかこの熱は冷め、負けてしまうのではないか。そんな恐怖を女は感じていた。

マンションの最上階にある一室で待っていた客は、月に一度ほどのペースで女を自宅へ呼ぶ中年の男だった。スキンヘッドの痩せぎすで、不動産会社を経営しているのだという。男の家にはたくさんの本があり、三頭の犬がいた。みな同じように美しい灰色の毛並みをしたメスのイタリアン・グレイハウンドだった。

男はこの犬たちに、クロートー、ラケシス、アトロポスという名前をつけていた。運命を司る女神たちの名なのだという。彼女たちは、人間には大して興味がないようで、女が訪ねてきても気に留める様子もなく、気ままに家の中をうろちょろしていた。

若い頃は詩人になりたかったというその男は博学だった。呼ばれると最初の一時間くらいはいつも雑談につきあわされた。歴史の話や、神話の話、古い映画の話や、音楽の話。話題はいつも多岐にわたり、男は決まって「面白いだろう？」と尋ねてきた。男はあまり話が上手くなく、大抵はつまらないのだが、女は必ず「はい。すごいですね」と笑顔で答えることにしていた。そうすると男は満足げに頷き、優しくベッドに誘うのだ。

その日、男がしたのは古代イスラエルの王の話だった。その王は大天使から授かった指輪の力で、天使や悪魔を使役し、また動植物の声を聞くことができたという。女はいつものように面白がる振りをしながら、それを聞き流した。

男のセックスは優しくねちっこく、上手いか下手かで言えば、かなり上手い部類に入る。毎回、きっちりと女のことを絶頂に導いてくれる。けれどだからといって、気持ちいいわけじゃない。未成年を金で買い、セックスと知識で悦に入る男は、どうであれ気持ち悪い。端的に、糞《くそ》だ。もっとも、その男に金で買われる自分も、娘を売る母も、この世界の何もかもが、糞なのだけれど。

ことが済むと、いつも男はしばらく眠ってしまう。これで終わりというわけではなく、起きたら二回戦が始まるのだ。男が寝ている間、家の中で自由にしていいと言われていた。一緒に眠っても、本を読んでも、音楽を聴いても、犬たちと戯《たわむ》れても。

女は全裸のまま寝室を出ると、リビングの掃出し窓の前に立ち、ぼんやりと外を眺めた。

小さなベランダの向こう、右手には海、左手には横浜の街並みが広がっている。相変わらず空は厚い雲に覆われ、雨足はますます激しさを増し、街は灰色に沈んでいる。ランドマークタワーとその周りに建つ高層ビル群は、まるで巨大な墓標のようだ。その景色に溶け込むように、ガラスに映り込んだ半透明の自分の姿が重なっていた。

再び、衝動に駆られる。ここから跳べば、海へ飛び込むよりも、ずっと確実だし、きっと楽だろう。

女は窓のクレセント錠に手をかけた。ほとんど抵抗なくそれは外れた。ゆっくりと窓を引く。ザアザアという雨音と、冷たい空気が流れ込んでくる。

死んだら終わり、死んだら負けだ！

身体の芯から熱が訴える。

でも、負けることの何が悪いんだろう？　終わることの何が悪いんだろう？　こんな糞みたいな世界を終わらせるのに？

一歩を踏み出そうとした女に、背後から誰かが声をかけた。

「馬鹿みたい」

女は驚いて振り向いた。声は男性ではなく女性の声だった。しかし、いまこの家に、女は自分しかいないはずだ。

いや、いた。運命の女神の名を冠した三頭のイタリアン・グレイハウンド。

一頭はリビングの隅に寝そべり、一頭はその傍らに、もう一頭はソファの上でくつろぐように座っている。まったく見分けがつかない。

「あなたが負ける必要なんてないじゃない」

喋っているのは犬たちだった。しかも彼女たちは声を出しているのではなく、女の頭の中に直接話しかけているのだ。

動物の声を聞く能力は、なんの前触れもなく顕現した。

「あなたにこそ、力があるのよ」

「美しさと知恵。死を退け、勝ち抜くための力が」

「私たちと同じように」

「簡単よ。自覚すればいいだけ」

「コントロールされるのではなく、するの」

「そうする力があると、自覚するの」

自覚。

女は再び振り返り、窓を閉める。雨音が小さくなり、ガラスにうっすら自分の姿が映る。

くっきりとして整った顔立ち、まだローティーンとは思えない成熟したプロポーション。何人もの男が自分に夢中だということはわかっている。母がなぜ自分を疎むのかも理解できる。

なんだ、力を持っているのは私じゃないか。

犬たちに促された自覚は、女の人生を見事に変えた。否、始まったというべきか。

この日から女は、戦いを始めた。母や、気持ちの悪い客たちの思惑に翻弄されるのではなく、自らに与えられた力を使い、生き抜くための戦いを。

女が数人の客に取り入り、住む場所と生活に困らないだけの金を手にし、母のもとを去ったのはその半年ほどあとのことだった。

母には何も言わず、いなくなった。のちに人づてに聞いたところによれば、女を失った母は心のバランスを崩し、覚醒剤に溺れるようになり、やがて行方不明になったという。海に飛び込んだという噂も聞いた。女はただ「ああ、あの人は負けたんだな」とだけ思った。かつて執着していたのが嘘のように、一度切り捨ててしまえば、割り切るのは簡単だった。

その後も女は男たちの間を渡り歩き、少しずつ自分の足場を固めていった。そんな中、女が安らぎを覚えるのは、動物の声を聞くときだった。

街ゆく人が連れているペットや、動物園の動物たち、あるいは都会の狭い空を飛ぶ鳥たちなど。彼らはみな人間のような裏表がなく正直だった。そして深い洞察力を持ち、様々なことを女に教えてくれた。女は何か迷いが生じたとき、人間ではなく動物からアドバイスを受けるようになった。

あるとき偶然訪れたペットショップで、売れ残りの老犬が言った。

「この会社のオーナーは、あんたと少し似ているよ。会ってみたらいい」

言葉に従い、女は伝手《つて》を辿りその会社――アヌビス――の代表取締役、安東に近づいた。

確かに安東にはほんの少しだけだが、女と似た部分があった。家族に恵まれず、若くして独りで戦うことを選択した者という、一点において。

そのせいだろうか、初めて会ったときから初対面とは思えなかった。断じて一目惚れの類とは違うし、親近感とも違う。しかし出会うべくして出会ったと思えるような、奇妙な縁を感じた。

ただし、だからといって好感を抱いたわけじゃない。安東は下品でえげつなく、最低の男だと思った。出会ってすぐに肉体関係を結んだが、あくまで利用するためだ。ただ不思議なことに、安東に抱かれるときはあまり気持ち悪さを感じなかった。

女が動物と話せると言うと、安東はその力を活かしてテレビに出るよう計らった。以来、女は非合法の売春クラブでは出会うことのできない有力者とも、たくさん知り合うことができるようになった。それを踏み台に、もっと上に行く――はずだった。


――なのに……。


どうして私はこんなところで、水に濡れて倒れているのだろう。

黒い獣が目の前まで迫ってきたのは覚えている。

そのあと……たぶん、体当たりを受けて突き飛ばされたのだと思う。耳が聞こえないのは、あるいはあのとき、鼓膜が破けてしまったのか。

あの黒い獣たち。彼らの声だって、確かに聞こえた。

彼らは凶悪なテロリストに操られているのだ。テロリストたちは、このレストランに籠城しているメンバーの中にもいた。子どももいた。

女は、自分が気に入らないと思った人間がみんな都合よくテロリストになっていることに疑問を抱かない。あの黒い獣たち自身が言っていたのだから。動物は嘘をつかないのだから。

脇腹の辺りがずきずきと痛む。骨の二、三本は、折れているのかもしれない。

私はこのままここで、死ぬんだろうか……。

いや、死なない！　私は死なない！　死んだら負けだ！　負けてたまるか！

身体の芯に存在する熱が訴える。

まだ、生きている。痛いのは生きている証拠じゃないか。

女は気力を振り絞って立ち上がり、前を見る。身体を起こしたとき、脇腹に焼きごてを押しつけられたかのような激痛が走った。もしかしたら、骨だけでなく内臓も傷めているのかもしれない。が、足は大丈夫だ。しっかりと床を踏みしめている。

いくらか煙が晴れたのか、床に転がる人影がうっすら、見える。その向こうにある、何かごちゃごちゃしたものはバリケードか。その一部が、口を開けたように割れている。

モノトーンのおぼろげな視界と、自らの息づかいさえ聞こえない無音。まるで古いサイレント映画のようだ。

黒い獣たちは、いまどこにいるのだろう？　わからない。少なくとも目に見える範囲にはいないが、あてにならない。ホールの奥の方はまだ煙が立ちこめている。

ここにとどまるべきか、外に出てゆくべきか、判断がつかない。

「外に出るのよ」

突然、声が聞こえた。耳ではなく、頭に。動物の声だ。

だが、あの黒い獣たちの声とは違う。懐かしい、前にも聞いたことのある声だ。

「あそこから、外に。回廊に出るの」

それは、初めて声を聞いたあの犬たち、運命の三女神の声だった。

彼女たちとはあれ以来会っていない。まだ横浜のマンションであの男に飼われているのかも知らない。第一、ここにいるはずがない。

なぜ、突然、彼女たちの声が聞こえたのかわからない。けれど女は声に従い足を動かし、壊れたバリケードへ向かう。彼女たちの声で女の人生は始まった。女神の導きは絶対だ。

一歩ごとに激痛が走る。が、上等だ。この痛みが、鞭を入れるように気力を奮い立たせてくれる。

バリケードの割れ目の先には、ガラスのなくなった窓枠があり、そこにうつ伏せにもたれるように、男が死んでいた。首から背筋にかけた部分がずたずたに切り裂かれ、頭蓋と延髄の一部が露出している。スーツに見覚えがあると思ったら、どうやら呉松のようだ。

そう言えばこの男、とんでもない悪食なんじゃなかったか。世界中の珍味を胃袋にいれるとかなんとか。自分がこんなふうに囓られていたら世話はない。

女はその脇に足をかけて窓枠を越える。回廊に飛び降りるかたちになり、その衝撃がこれまで以上の痛みとして脇腹に響いた。

口から声が漏れたはずだが、それは聞こえなかった。やはり耳は駄目になっているらしい。しかし、女神たちの声は響く。

「まっすぐ」

「まっすぐ壁まで進みなさい」

回廊は煙がない分、いくらかましだが、暗くて見通しが利かないのは相変わらずだ。周りを見回しても、非常灯の弱々しい光以外には、人の姿も獣の姿も見えない。

女は声の言うとおりに、回廊を横断するように進む。

目の前に湾曲した壁が見えてくる。

「その壁に沿って、右へ進んで」

右へ？

女はそちらを向く。静かな暗がりが続くばかりだ。この先に何かあるのだろうか。わけがわからなかったが、女は言われるままに足を動かす。

「急いで」

「もう時間がない」

「でも、急げば会えるわ」

声がせき立てる。

時間？　なんのことだろう？　会える？　誰に？

脇腹の痛みはますます酷くなり、気を抜くと倒れてしまいそうだ。壁に手を添え身体を支えながら、ひたすらに進んでゆく。

やがて前方に人影が見えてきた。ぼんやりとした後ろ姿だけでも、女にはそれが誰かすぐにわかった。

会えるって、あいつに？　好きか嫌いかで言えば、嫌いな方に天秤が傾く男だ。互いにただ利用するだけの相手だ。

男の背中が近づいてくる。女の足音に気づいたのか、振り向いた。

男は女の姿を認めると、驚いた顔になって口を動かした。音は聞こえなかったが、口のかたちから、女の名を呼んだことは、わかった。

不意に、目の前に奇妙な景色が広がった。

女は男と並んで歩いている。海のそばのどこかで見覚えのある街を。二人の間には少女が一人。ぽっちゃりとしていて、顔じゅうニキビだらけ。けれど女はその少女のことを愛おしく思っている。この少女は女と男の娘だ。休みの日に家族三人でどこかへ買い物に行くらしい。雨が降っているけれど、娘は新しい傘をさしてご機嫌だ。夫である男は、その様子に目を細める。途中で反対側から歩いてきたビニール傘をさした少女とすれ違うが、彼女のことなど気にも留めない。夫が何か冗談を言って、娘が笑った。平凡な家族の平凡な幸福――

何これ？　私は何を見ているの？

あまりにも馬鹿げている。女にとって、そして目の前の男にとっても、最も遠い場所にあるものだ。それ以前に、この男と家族になるなんて、御免だ。子どもだって欲しくなんかない。愛おしくなんて、思うはずがない。

でも……。

なぜか女は、その景色を悪くないと思う。

全身の力が抜けるのを感じた。

19

「サチ……」

安東秀雄は、振り向いた先にいた女の名を思わず呟いた。芸名ではなく、本名。「幸《しあわせ》」と書いて、サチ。

生きていたのか、という驚きと、やっぱりな、という安堵が入り交じった。

同時に安東の冷静な部分は、いま自分が山口に扮していることを思い出させる。

幸い、防犯カメラは音は拾っていないという。背後から近づく何者かに気づき振り向くのは、不自然じゃないだろう。

サチは手が届くほどの距離まで近づき立ち止まった。

顔がはっきりと見える。髪の毛のセットはぐしゃぐしゃに乱れている。肌に血の気はない。両の目はうつろで光はなく、焦点が合っていない。目の前の安東を見つめつつも、どこか遠くを見ているようでさえある。

しかし安東は、その顔にいつも以上の美しさを感じた。

不意に、臭いを嗅いだ。

サチがいつもつけている香水の匂いではない。排泄物が放つ悪臭、糞の臭いだ。

安東は視線を下げ、その発生源に気づいた。

サチの脇腹がぱっくりと裂け、そこから巨大なミミズのような紐状の物体がだらりと垂れ下がっていた。内臓、おそらく腸なのだろう。その先はちぎれ、ぽたりぽたりと血とも体液ともつかない粘液を滴らせている。

「おまえ……」

安東は二の句が継げずに絶句する。

そのとき、ほんの一瞬だけ、サチの瞳に光が戻り、視線が合った。

口元に笑みが浮かぶ。が、すぐに糸が切れるようにその場に崩れ落ち倒れた。

安東はしゃがみ込み、手を伸ばすとその頬を触ってみた。冷たい。脈を取るまでもなかった。そのまま指先を滑らせ、唇のかたちをなぞる。まだ柔らかく、官能すら湛えている。束の間、その感触を楽しんだあと、見開かれたままになっていた目を閉じさせてやった。

「おやすみ」

安東は囁いたが、すぐにらしくないと思い、付け足した。

「俺がしくじってそっちへ行ったら、思う存分、ヤらせろよ」

最低！　という声が聞こえてくるようで、安東は苦笑する。

なぜだろう。ずいぶんと気分が落ち着いたような気がする。気負うでなく、されど弛緩もせず。心の中は揺れていない。自らの精神が、怒りとも焦りとも、あるいは希望とも遠い、ニュートラルな地点にあるのを感じる。

さて、やるか。

安東は立ち上がると、展望デッキへ向けて足を踏み出した。

20

何かある――

気づいたときは、もう遅かった。

闇雲に足を動かしていた望月栞は、その何かに体当たりをするようにぶつかってしまう。おでこと肩をしたたかに打ち付け、転倒した。

痛ぁ……。

顔を上げる。視界がちらつく。特に右側が曇り、線が走っている。頭を振っても線は消えてくれない。もしやと眼鏡を手で触れてみて、ひびが入っていることに気づいた。でも、この暗がりの中なら、大して変わらない。

目の前にあるのは分厚いガラスの壁だった。その向こうに数人の人影が見えたが、すぐにそれがマネキンだと気づいた。アパレルショップのようだ。もちろん、突然ここに出現したわけではない。暗い中を夢中で走っていたので気づかなかった。

こんなところで転んでいる場合じゃない。

栞は身を起こして回廊を振り返る。

黒い獣の姿は見えない。吠える声や足音も聞こえない。人の気配も感じない。いや、一人だけ……。じっと暗がりを見つめていると、相変わらず子どもを抱いた女の姿を見てしまう。

もしかしてあれは幻覚などではなく幽霊で、私は憑かれているのだろうか――、そんな考えが頭をよぎり、慌てて打ち消す。

幽霊なんているわけがない。あれは幻覚。自分で生み出している幻だ。

私の不安と恐怖が、人の形をしているだけだ。

栞は改めて、辺りを見回す。

こっちに逃げてきたのは、私独りだったのだろうか。

いま衝突したお店をはじめ、アパレルや雑貨屋といった若者向けの店舗が並んでいる。フードコートを抜けて、ショッピングモールまで走ってきたようだ。

回廊の中央にエスカレーターの昇降口が見える。近づくと一階へ下ってゆく口の方に「エントランス」と書かれた案内板が吊ってある。

正面エントランスのところに出るエスカレーターなのだろう。ということは、回廊を半周近くも逃げてきたことになる。これ以上進めば、逆に黒い獣たちに近づくことになりかねない。かといって来た道を戻るわけにはいかないし、一階《した》へ下りていっても黒い獣はいるだろう。

今更ながら、根本的な問題にぶち当たる。

逃げ道が、ない。

このままここでぼうっとしていても、あの黒い獣たちはいずれやってくる。

じゃあ、どうすればいい?

——どうしようもないわ。どこに逃げても、結局、死ぬのよ。

幻覚だ、耳を貸すな。

自分に言い聞かせながら、栞は考えを巡らす。

どうやったら、生きて外に出ることができるか。

レストランに籠城する前、雨宮は外部と連絡がとれなくても救出は必ず来ると言っていた。そうかもしれない。でも、いつになるんだろう？　雨宮自身が、それには間に合わなかった。

――助けなんか来ない。これは裁きなのよ。罪深いあなたは、裁きを逃れることはできない。殺した者が殺されるのは、当然でしょう？

耳を貸しちゃ駄目だ。

幻覚を追い払おうと、かぶりを振る。

仮にいつか助けが来るとしても、それまでは逃げ続けなきゃならない。けれどこの建物の構造は、あまりにも逃走に向いていない。最も単純な一筆書きである円形の回廊は、相手が二手に分かれて追ってくれば、必ず挟み撃ちにされる。

逃げ切れないとすれば、なんとか出ていく方法を考えるしかない。どこかに抜け道のようなものはないだろうか。いや、そんなものがあるなら、警備員の高松が真っ先に提案していたはずだ。

やっぱり、防火扉を開けるしかない。

でもどうやって？

地下にあるという制御室《コントロール・ルーム》へ向かい、基幹システムを奪い返す――なんてことが栞一人でできるわけがない、そもそもたどり着く前にあの黒い獣に襲われるのがオチだ。

なんとかWi-Fiから基幹システムに侵入できないだろうか。

栞はジャケットのポケットを探って、スマートフォンを取り出す。スプリンクラーの水でびしょ濡れになっている。

嫌な予感を覚えつつ画面にタッチしてみても、ボタンを押してみても反応はない。画面はブラックアウトしたまま電源が入らないようだ。

これじゃあ、ただの板だ。もっとも、電源が入ったところで、基幹システムに侵入する手段なんて思いつかないけれど。

結局、防火扉を開けることはできない。助けが来るまで逃げ回るしかない。でもどこへ?

思考は、この回廊と同じような堂々巡りになってしまう。

——打つ手なんてないのよ。

耳障りな笑い声に顔を背けたときだ。

栞はふと、思い出す。

さっき鷺沢の話を聞いたときに頭に浮かんだ本のことを。

カルネ・シンの著作『人間中心世界の終焉』。人間と動物の関係を問い直すというコンセプトで編まれたその内容は多岐にわたる。一般的な動物愛護論として共感できる部分もあれば、種差別《スピーシズム》などのついていけない考え方もあり、また〈野性の脳〉のような真偽不明の仮説もあった。

栞が思い出したのは、真偽不明の仮説〈野性の脳〉についてカルネ・シンが論じていたある可能性のことだ。

もしもあの本に書かれていたことがあり得るなら、この状況をひっくり返せるかもしれない。

一瞬、希望を見た気がしたが、すぐに冷めて苦笑する。

それはあまりにも、馬鹿げた話だからだ。あり得ない。動物と話すのと同じくらい、あり得ない。

万が一、あり得たとしても〈野性の脳〉を持たない栞には何もできない。

昔、一度本で読んだだけの与太話にさえすがりたくなるほど、打つ手がないということか。

溺れる者は藁をも摑む、と言うけれど、ここにはその藁さえない――と思ったとき、回廊の向こうに人影が見えた。

じっと目を凝らす。マネキンでもなければ、幻覚でもない、たぶん。

回廊の壁に沿って、俯き加減になってゆっくりと歩いてくる。学生服を着ている……。

氏家拓人、駐車場でタロを動かした中学生、鷺沢が〈野性の脳〉を持つと言っていた少年だ。

ふらふらと、水面に揺蕩《たゆた》う藁のように。まるで摑めと言わんばかりに歩いてきた。

21

身体が重い。息も苦しい。くらくらと目眩がする。

相変わらず、世界はやかましいけれど、いま一番うるさいのは、ぜいぜいと鳴る自分の喉だ。

氏家拓人は歩を緩める。いや、自然に緩まる。足が動いてくれない。

どのくらい走ったんだろう……。

薄暗い回廊に結愛や宗介の姿はない。それどころか、辺りには誰もいないみたいだ。混乱の中で、一人だけはぐれてしまったのか。

頭の中で黒い獣の姿が何度もフラッシュバックする。慈悲も容赦も無く人を襲い、ずたずたに切り裂き、そして嫌な音を立てて食べる。何人もの人が死んでしまった。

拓人自身が到来を望んだ、望んでしまった、怪物。

いまにも後ろから襲われるような気がしてくる。怖い。ひたすらに恐ろしい。

けれど、もう走れそうにない。それどころか歩くのでさえ精一杯だ。全身がだるく、強い眠気も感じる。気を抜けば倒れてしまいそうだ。

水を吸って重くなった学生服を着たまま全力疾走して疲れているのはもちろんだけれど、それだけじゃない。

拓人にはもともと緊張したりストレスを感じたりすると眠くなる生理的な性質がある。それがすごく強く出ているようだ。

全身ずぶ濡れなのに、ぼうっと熱っぽい。風邪や病気で熱が出たときとは少し違う。頭の中がオーバーヒートしている感じだ。次から次へと起きる事態に耐えきれずに、脳がスイッチを切ろうとしているみたいだ。

自然と視線が落ちる。真新しい床材は、暗がりの中でもかすかな艶を湛えている。うつ伏せになってこの床に頬をつけたら、ひんやりと気持ちよさそうだ。

もう目を閉じて倒れてしまいたいという欲求に駆られる。

いや、駄目だ。

一瞬、膝を折りそうになるが、ぎりぎりで踏みとどまる。

倒れたら、目を閉じたら、眠ってしまう。それが、ほとんど自殺行為だということは拓人にもわかっている。

拓人は意志の力を総動員して、足を動かしていく。

倒れちゃ、駄目だ。動け、動け、動け。

切れてしまいそうなスイッチを、辛うじて押し止めているのは、言葉だった。

——ねえ拓ちゃん、私たちのこと、友達と思ってくれる？

拓人にはよくわからない曖昧な「友達」という言葉。だけど、あのとき結愛の口から出たそれには、カタチがあった。暖かく包み込むようなカタチ。その手触りは、拓人に強い欲求を抱かせた。

死にたくない、と。

不思議だ。

これまで死んでしまいたいと思ったことは何度もある。けれど怖くて自殺なんてできなかった。だったらいっそ、この世界がまるごと壊れてしまえばいいと思っていた。

でもいまは、生きていたいと思っている。たとえ怖くなくても死ぬのは嫌だ。この世界が壊れてしまうのも嫌だ。だってこの世界にはまだ見たことない、色々なカタチがあるに違いないのだから。それをできるだけたくさん見てみたい。だから、死にたくない。

いま自分がどこにいるのかも、これからどこに行けばいいのかもわからない。

それでも顔を俯けたまま、自分の両足をじっと見つめ、「動け！」と念じながら一歩一歩進んでゆく。

「あの……、氏家くん？」

不意に聞こえた声に、ぼんやりと顔を上げた。

気づけば目の前に人が立っていた。

誰？　ああ、知っている人だ……。

駐車場でも会った、動物愛護団体の……、望月栞だ。

「大丈夫？」

栞は拓人の顔を覗き込むようにして尋ねた。

何が大丈夫か訊いているのか、よくわからないし、どう答えたらいいのかもわからなかった。拓人は曖昧に小さく頷いた。

「他の人たちは？　誰か、一緒に逃げてきた？」

この質問はわかりやすい。拓人は首を振る。

すると栞は小さくため息をついた。

「そう……。私も一人なの。みんな、反対側に逃げたのかもね……」

反対側……。そうか、ここは回廊になっているから、基本的には一本道だ。前と後しかない。こっちに来ていなければ、反対側に逃げたことになる。

それはあの黒い獣たちについても言える。こっちに向かってくる気配がないということは、反対側に逃げた人々を追っているんだろうか。

寒気が背中を伝う。

結愛や宗介が襲われているかもしれない。頭の中でフラッシュバックする映像に、二人の姿が重なってしまう。

嫌だ！　ただ、そう思った。

自分が死ぬのが嫌なのと同じように、結愛たちが死んでしまうのも嫌だ。

「ねえ」

呼びかけられ、我に返った。

「さっき鷺沢さんが言ってたことなんだけど……。きみは、その、〈野性の脳〉で、色々なもののカタチを見ることができるの？」

少し、戸惑う。

確かにカタチは見える。でも鷺沢が言っていた〈野性の脳〉は、正直よくわからない。

「か、か、カタチ、は……、み、み、見えます……」

これ以上は答えようがない。

「そう」

栞は小さく息をつくと、じっとこちらを見つめる。

なんだろう？

しばらくの沈黙のあと、栞は口を開いた。

「あのさ、その、きみに見えるカタチについて、一つ訊いていいかな。こういうもののカタチは見えるの――」

栞が尋ねてきたのは、拓人にとっては当たり前に見える、あるカタチのことだった。

「み、み、見えます……」

正直に見えるものを見えると答えただけなのだが、栞は目を丸くした。

「本当に？　どんなに大きくても？」

大きくても？

なぜ、そんなことを訊くのか、よくわからないが、見えるものは見えるので拓人は頷いた。

「本当？」

念を押すように尋ねられた。

「は、はい」

質問の意図は不明でも、少なくとも嘘はついていない。

「いけるかも……」

栞が呟く。

拓人には何がどこにいけるのか、さっぱりわからない。

「ああ、でも、駄目じゃん！」

今度は突然、頭を掻きむしった。

やはり拓人には何がどう駄目なのか、さっぱりわからない。

「あ、いや……、ある。あるよ！」

栞は顔を上げて大声をあげる。

むろん、何がどこにあるのか、さっぱりだ。

栞は、きょとんとする拓人をまっすぐ見つめる。

「あのね――」

何かを言いかけたとき、回廊の奥から物音がした。

黒い獣たちの足音だ。段々大きくなる。こちらに近づいてくる。

「やっぱ説明はあと、こっちに来て！」

栞は拓人の腕を摑むと走り出した。

拓人は引っ張られて一緒に走る。スイッチが切れそうなはずの身体も、人に引っ張られると意外なほど動いてくれた。

向かった先は、回廊の中央で口を開けているエスカレーターだった。

22

黒い獣たちの足音が遠ざかるのを梶川結愛は呆然と聞いていた。

行った……の？

展望デッキに追い詰められるかたちになり、もう絶対に駄目だと思った。

けれど二頭の黒い獣は、結愛たちに襲いかかることはなく、展望デッキの前から立ち去った。

「とりあえず、見逃されたようだね」

鷺沢が息をついた。

一同は顔を見合わせる。

本当に見逃されたのだろうか？

黒い獣たちは展望デッキの入り口で立ち止まりこちらを見ていた。結愛たちには気づいていたはずだ。なのになぜ襲ってこなかったのか、まったくわからない。いまにも引き返してくるような気がする。

どくん、どくん、という鼓動が内耳に響く。まるで心臓でできたヘッドフォンをつけているみたいだ。自分の身体が発している音とは思えない。

鷺沢の隣にいた昴が辺りを見回し「他のみんなは？」と尋ねた。

「わからない。どうやら、ここにいるのは我々六人だけのようだね」

六人。結愛、鷺沢、マナ、中年の夫婦、そして昴の六人だ。他には誰の気配もない。

たぶん結愛の初恋の相手だった男子も、仲直りしようと思った女子も、もういない。

いや、宗介とヒカルだけじゃない。他のクラスメイトたちも、先生も、みんなみんな、もういなくなってしまった。

残っているのは記憶だけだ。幼い頃の宗介との思い出、登下校中のヒカルとのお喋り、優勝できた合唱コンクール、そんな楽しい記憶だってたくさんあるはずなのに、血がべっとりとこびりついたように、間近で見た断末魔がそれらを塗りつぶしてしまっている。

取り返しのつかない喪失は、肉体的な苦しみとなって襲ってくる。心臓が、肺が、胃が、あらゆる臓腑がぎゅうぎゅうと圧縮されたかのような苦しさを、結愛は覚える。

拓ちゃんは？

ふと、もう一人の幼なじみのことが頭をよぎった。

レストランの前から逃げ出したときに、はぐれてしまった。反対側へ行ったのだろうか。わからない。

せめて、拓ちゃんだけでも生きていて欲しい。

そんな願いは、浮かんですぐに、目の前の暗闇に飲み込まれる。

でも、生きていたっていつかは……。

いま生きているからといって、助かったとは言えない状況だ。ここにいる結愛たちだって、さっきの黒い獣たちが戻ってくれば、それでおしまいだろう。結局、どれだけ逃げても隠れても、遅いか早いかだけの違いかもしれない。

そのとき、結愛は不意に視界の端、展望デッキの隅に何か動くものを見た気がした。

あれ？

目を動かしたときには、もう見えなくなっていた。

まさか、やり過ごしたと思っていた黒い獣が潜んでいる？

そんな想像に、一瞬、ぞっとしたが、いくらなんでもあの巨体ならもっとすぐに目につくはずだ。

じゃあ、いまのは何？

結愛は暗がりにじっと目を凝らす。が、何も見つからない。見間違いだろうか？

「ここは、危険じゃないですか。どこか、身を隠せそうなところへ行きませんか」

中年夫婦の夫の方が言った。

「その方がよさそうだね」

鷺沢も同意し、一同はデッキの入り口に向かって歩みを進め始めた。

すると、音がした。

コツ、コツ、という床を歩く足音。黒い獣ではない。人間の、たぶん、革靴の音だ。誰かがこちらにやってくる。

誰？

結愛だけでなく、全員が足を止めた。

回廊から人影が近づいてくる。やがて、それはスーツを着た男の人だとわかる。

男は無言のまま展望デッキに入ってくる。うっすら顔が見えた。厳つい迫力のある顔。

どこかで見た覚えがあるような気もするが、知らない人だ。

男は、デッキにいる一人に向かってまっすぐに右手を伸ばした。その手には何かが握られている。この時点で、結愛はそれが銃であることをまだ認識できていなかった。暗くてよく見えなかったのではない。理解が追いつかなかったのだ。

「俺の勝ちだ、カルネ・シン」

口角を上げて男は言った。

23

ヤマグチじゃない――

ディスプレイに映るその男が拳銃を構えるのを見て、ようやくルゥは自分がとんでもない勘違いをしていたことに気づいた。

回廊を横切り、展望デッキに入ってきた男。当然、それはさっき〈教授〉と合流すると言っていたヤマグチのはずだった。

思わず、身を乗り出して凝視する。着ているスーツはヤマグチのものと同じに見える。が、別人だ。

暗視モードの粗い画像では顔立ちまではっきりわからないが、よくよく見てみれば、体つきも顎のかたちも、ルゥの知っているヤマグチのそれとは違う。

誰かがヤマグチになりすましている？　いつから？　どうやって？　この男は誰？

頭の中で疑問の洪水が渦を巻く。

こんなことはまるで想定していなかった。まったく疑うこともなく、特別ヤマグチの行動を注視などしてはいなかった。

何よりも問題は、現にいまこの男が〈教授〉に銃を向けているということだ。

すぐに〈彼ら〉を呼んで——そう思ったとき、スピーカーから聞き覚えのない男の声が聞こえた。

『おい、聞こえるか？　制御室《コントロール・ルーム》』

画面の隅にヤマグチから通信が入っていることを示すシグナルが表示されている。つまり、あの男がヤマグチのインカムをつけているということだ。おそらく着ているスーツも、手にしている銃もヤマグチが持っていたものだろう。

『ルゥって女がいるんだろ？　答えろ！』

この男、どうして私のことを……。

『答えねえと、カルネ・シンが死ぬことになるぞ！』

まずい。戸惑っている場合じゃない。

ルゥは慌ててキーを操作して口を開いた。

「こちら、制御室《コントロール・ルーム》」

『おまえがルゥだな』

「そうよ」

この男は〈教授〉の名をはっきりと口にした。こちらのことをかなり把握している。ヤマグチから聞き出した？　いや、まさか元からヤマグチとこの男がグルだった？　わからない。判断するには情報が少なすぎる。

『余計なことを考えてる場合じゃねえぞ』

男はこちらを見透かすように言う。

『いいか、状況は見てのとおりだ。目の前で起きていることに集中しろ』

銃口はまっすぐ〈教授〉に向けられている。たとえ素人でも引き金を引けばあたりそうな距離だ。悔しいが男の言うとおりだ。いまは目の前のこの事態に集中せざるを得ない。

『〈不良品《ジャンク》〉どもを呼ぼうなんてことも考えるな。基本的に、選択肢はそっちにない。わかったな？』

男は〈彼ら〉のことを〈不良品《ジャンク》〉と呼んだ。

アヌビスの関係者？

しかし男は、考えを巡らす時間を与えてはくれなかった。

『返事がねえな。山口のやつもそうだったが、おまえらは大それたことをやる割に、危機感が足りないみたいだな』

危機感？

「それはどういう……」

ルゥは呼びかけようとしたが、男は無視して銃口を〈教授〉から動かしたかと思うと、引き金を引いた。

インカムのマイクが拾った銃声が、制御室《コントロール・ルーム》に谺した。

24

下を向いてもステップはほとんど見えない。感覚で一歩一歩足を踏み出すしかない。視界の利かない暗がりの中、階段と化した長いエスカレーターを下ってゆくのは、上るのよりも何倍も恐ろしく感じられた。少しでも気を抜くと、まるで奈落の底へ吸い込まれてしまうような気がする。

望月栞は左手で手すりを摑み、右手で拓人の手を握り、ひたすらに足を動かす。踏み外してしまわないように慎重に。しかし、できる限り急いで。

このエスカレーターを下りた先、エントランスのすぐ傍に、確かあった、はずだ。あそこまで、この子を連れてゆくことができれば――、この先にあるのは、奈落ではなく、希望のはずだ。

栞は自分に言い聞かせる。

その反面、頭のどこかで、冷静な自分が「無茶だ」と否定の声をあげている。

はっきりと覚えてるわけじゃない。あるはずのものがないかもしれない。そして仮にあったとしても、上手くできるかわからない。拓人がどの程度「見える」のかは、結局のところ栞にはわからない。常識的に考えれば、栞が期待しているほどのものが見えるとは思えない。それに一階にもあの黒い獣がうじゃうじゃいるはずだ。何もできずに襲われてしまうかもしれない。いや、確率からいえばそれが一番高そうだ。

本当は希望なんて、わずかほどもないのかもしれない。

それでも、前に進むしかない。どうせあのまま回廊にいても、襲われてしまうだろう。なら、賭けよう。生きるために。

限りなくゼロに近いのだとしても、ゼロよりはましだ。

前方に一階のフロアがぼんやりと見えてきた。床には二階とは比べものにならない数の人が倒れているのが見える。ただし高い位置から見下ろせる範囲に、黒い獣はいないようだ。

気を抜くことはできないが、チャンスでもある。

背後からは、拓人の苦しそうな息づかいが聞こえる。

「あと少し、頑張って！」

栞自身も息を切らしながら声をかける。

拓人は返事の代わりに、ひゅうと喉を鳴らしたような音を発して頷いた。

エスカレーターを下りきったちょうどそのとき、遠くから、短い破裂音が聞こえた気がした。なんの音かわからないが、気に留めている余裕はない。

回廊を直進する。前方に、防火扉が下りたエントランスが見えた。

あれが開けば、外に出られる。

隆《りゅう》さんに、会える。

きっと心配してるだろう。あの分厚い胸に思い切り飛び込んでやるんだ。

このとき灯りが消えていたことが、栞にとっては幸運に働いたと言えるのかもしれない。もしも床に倒れている人々の姿がよく見えていたら、そこに恋人の亡骸《なきがら》を発見してしまい、一歩も動けなくなっていただろうから。

栞の視線は下ではなく、自らが信じる小さな希望のある方へと向く。

エントランスの脇にある、オープンスペース。鷺沢とマナが展示を行っていた場所だ。

館内の電源が落ちているからだろう、CGを映していた大型液晶の画面は消えている。が、果たしてそこに、それはあった。

ノートパソコンだ。展示に使っていたのか、予備なのかはわからないが、スペースの隅のテーブルの上に置いてある。入場したときにちらりと見かけた気がしたのだ。

機種も年式もスペックもわからない。バッテリーが充電されているのかもわからない。

でも、あった。

「こっち、来て！」

栞は拓人の手を引いて走った。

25

どこだ。あのメスはどこだ——

ペトロを駆動するものは、怒り、だった。

楽しいはずの狩りの途中で、突然、炎に巻かれた。逃げてゆくヒトのメスを追いかけ、あと少しで追いつこうというときだった。「強い者」の気配など微塵もしない、ただのメスのはずだった。しかし、身体を焼かれのたうつような苦しみを与えられた。

許せない。あのメスだけは、絶対に許せない。

回廊に飛び出すと、逃げようとする一団の中で一人転んだ者がいた。メスだった。あいつかと思いそれを襲ったが、違った。あのメスとは違う尖った匂いがした。

そのあと、〈教授〉やアイらとともに数人のヒトが隠れる展望デッキの前を通った。その中にもあのメスはいないようだった。

とりあえず後回しにして、回廊を進むことにした。同行するアンデレもついてきてくれたが、あのメスの匂いがわかるのはペトロだけだ。

どこかに隠れているのを見逃してしまわないように鼻をひくつかせながら進んでゆくと、やがて、かすかに進行方向にその匂いを見つけた。

いた！

そう思ってペトロは駆け出した。

しかし、たどり着くと匂いは消えていた。

ちょうど前方から、回廊の逆方向へ向かったヨハネもやってきた。彼はここまで一人のヒトにも遭遇していないようだ。だとすると、消えてしまったことになる。

どこだ？　どこへ消えた？

ペトロが鼻に意識を集中させると、わずかに残る匂いの跡を感じ取れた。それは、回廊にぱっくりと開いた口、一階へ向かうエスカレーターへと続いているようだ。

そうか、下におりたのか。

普段なら、このくらいのことは、すぐにわかるはずだった。このときペトロは口吻部《マズル》を火傷したせいで、嗅覚が弱まっていた。

そういった因果関係までをはっきり理解していたわけではないが、あのメスのせいで何かを損なったことは感じ取っていた。

許せない。

怒りの波はますます強く逆巻く。

二階をアンデレとヨハネに任せ、自らはあのメスを追いかけエスカレーターを下りていこうとしたそのとき、回廊に奇妙な音が鳴り響いた。

秒速およそ三四〇メートルで進むその残響は、湾曲した壁に乱反射する。

この音はなんだ？

このフロアのどこか、離れた所から聞こえてきた。少なくともこれまでに一度も聞いたことのない音だ。ヨハネとアンデレも戸惑っている。

まさか、アイや〈教授〉に何かあったのだろうか。

三頭はじっと身を固くし、耳をすませた。

緊急事態であれば合図の音が鳴ることになっていた。が、何も聞こえない。

念のため様子を見に行くべきだろうか。しかし、一刻も早くあのメスを追いかけたい。下には他の仲間がいる。ペトロが追わなくても、放っておけば他の誰かがあのメスを襲うだろう。どのみち、あのメスは死ぬ。でも、それでは嫌なのだ。

俺が殺したい。食ってやりたい。

この牙で、あのメスの肉を引き裂きたい。目玉をえぐり、鼻を削ぎ、内臓を引きずり出し、そのすべてを食らってやりたい。身体の中心に燻る怒りから、堪えようもない欲望が湧いてくる。

逡巡しているペトロに、ヨハネが小さく吠えた。

――おまえはあのメスを追え。俺たちは、念のためアイたちのところへ行く。

吠える声と視線が織りなすカタチで意志が伝わってくる。アンデレも同意するように吠えた。二頭とも、この想いを理解してくれているのか。

――ありがとう。恩に着る。アイたちのことを頼む。

――ああ。おまえは必ずあのメスを仕留めろ。

言葉もなく、そんなニュアンスを互いに伝え、ペトロはエスカレーターを下りていった。

26

その男の手元に、火花のような光が散るのと、耳をつんざかんばかりの音が鳴ったのは、ほぼ同時だった。

このときようやく梶川結愛は、気づいた。

銃――

そう、銃だ。男は銃を持っている。そしてそれを撃ったのだ。

「あっ!」という、短い悲鳴が聞こえた。結愛の斜め前に立っていた男が身体をくの字に曲げ、そのままうつ伏せに倒れてゆく。その様子が、まるでスローモーションのようにゆっくりと見えた。

隣にいた女が絶叫する。それが単なる悲鳴なのか、撃たれた男の名前を呼んだのか、よく聞き取れなかった。

直後、再び、銃声。

すると今度は、その女の方が、つんのめるようにして倒れた。結愛のいる位置からは、女の背中に穴が空き、そこから血が噴き出るのが、はっきりと見えた。

27

案外簡単にあたるもんだな。

銃口から漂う硝煙の匂いを嗅ぎながら、安東秀雄は自分の射撃の腕前に、妙な感心をしていた。

銃で人を撃つのは初めてだったが、一発目も、二発目も、弾丸はほぼ狙ったとおり、左胸にあたったようだ。これなら、頭を狙ってもよかったかもしれない。

昔、射撃場のインストラクターが「筋がいい」と誉めたのは、お世辞というわけでもなかったようだ。

脅しとしては、カルネ・シンの手か足でも撃ってやれば効果的だったかもしれないが、さすがにそこまで小さな的を正確に撃ち抜く自信はなかった。それに、あたり所によっては、手足でも出血性ショック死などを招くことがある。殺してしまったら脅しの意味がない。

だから一緒にいた連中の中から、ぱっと目についた男と女を撃った。二人とも胸から血を流し、床に倒れている。即死、だろうか。まあ生きていても長くはないだろう。

無論、二人の名前も知らなければ、関係も知らない。夫婦か、たまたま一緒にいただけの他人か。今日までどんな人生を送ってきて、なぜECOフェスタを訪れ、どうやってここまで生き延びたのか、そんなことにも興味はない。

安東が二人を撃った理由は、二人と関係ない。カルネ・シンとカメラ越しにこの様子を観ているルゥという女に、こちらが平気で人を殺すということを知らしめるためだ。

そう、実際、平気だった。

山口、嶋に続き、今日一日で四人の人間を殺したことになるが、安東の心は凪《な》いだ湖面のように静かに目の前の景色を映していた。馴れとは少し違う。落ち着いているのだ。冷静に、目の前の事態に集中できている。感情を波立てず、必要なことをする自信があった。

「おまえらは一歩も動くな!」

安東は銃口を動かし、ひとりずつ順番に向けてゆく。

単純な計算だ。六引く二で、この場にいるのはカルネ・シンを含めて四人。中には子どももいる。さすがに子どもを殺したいとは思わないが、必要なら躊躇せず引き金を引くつもりだ。

安東は最後にカルネ・シンに銃口を向け、ぴたりと止めた。

『ウェ、ウェイッ! 待って! ウェイッ!』

耳の奥からルゥの声が聞こえた。英語と日本語がチャンポンになっている。狼狽していることがありありとわかる。つまり、伝えるべきことが、伝わっているということだ。

これは交渉だ。暴力が介在しているだけで、仕組みとしてはビジネスで行う商談と同じだ。

こちらの手の中には、カルネ・シンの命がある。向こうには〈不良品《ジャンク》〉どもと、この建物の基幹システム。これらを、いかなるかたちで交換できるかが、問題だ。

「もう一度、確認するぞ。見てのとおりだ。俺の機嫌を損ねれば、カルネ・シンは死ぬ。わかったな?」

『わかったわ……』

そのとき安東の耳は、回廊に響く〈不良品《ジャンク》〉の足音を捉えた。近づいてきている。

「どういうことだ、〈不良品《ジャンク》〉を呼んだのか！」

安東は拳銃をカルネ・シンに向かって突き出す。

カルネ・シンは怯える様子もなく、じっと安東を見つめている。

まさか死を覚悟しているのか？　だとしたら、まずい。人質が命を擲てば、交渉は成立しなくなる。

どうする？　いっそのこと、撃つか？

迷いつつも、指に力を込めようとしたとき、耳の奥でルゥの声が響いた。

『待って！　いま止めるから！』

どこからともなく、音が聞こえた。インカムではなく、館内のスピーカーから流れている。高い電子音だ。

すると、すぐに足音は止まった。

なるほど、これが〈不良品《ジャンク》〉への指示なのか。

安東はカルネ・シンに銃を向けたまま、眼球を動かし回廊を確認する。

いた！

一〇メートルはない、七、八メートルほどのところに、二頭、真っ黒いその巨体が見える。殺気が全身を突き刺すほどの鋭さで伝わってくる。

『銃声が聞こえて、様子を見に来ただけ！　決して、けしかけたわけじゃない！』

ルゥは言い訳がましく言った。

真偽はともかく、事実として〈不良品《ジャンク》〉どもは動きを止めた。交渉は十分成立している。

こいつらは思想犯だ。たとえ本人が覚悟を決めていようとも、仲間たちは理論的な支柱であるカルネ・シンの命を、そう簡単に捨てることなどできるわけがない。

「あのまま、あそこでじっとさせていろ。いいな？」

『ええ』

「ああ、そうか」

大きな眼《まなこ》で、じっとこちらを見つめていたカルネ・シンが口を開いた。ハスキーな低い声だった。

「きみは……安東。アヌビスの代表取締役、安東秀雄だな？」

直接、顔をあわせるのは初めてだが、写真などで見たことはあるのだろう。

それはお互い様だ。こっちも手配写真でカルネ・シンの顔は知っていた。もっとも今日は変装しており、日本人ふうの顔立ちになっているが。印象的な目つきだけは写真と同じだ。

「そうだ。よくもまあ、ネズミを二匹ももぐり込ませてくれたもんだ」

「ヤマグチとシマはきみの手に落ちたわけか。インカムやスーツ、それに銃は彼らから奪ったようだね。我々のこともだいぶ聞き出したんだろう」

カルネ・シンは淡々と事実を確認するように話す。

気に入らねえな……。

安東はかすかに銃口をあげると、内心で「あたるなよ」と願いつつ引き金を引いた。銃声が響き、その直後に展望デッキの奥から、鈍い音が聞こえた。弾丸はカルネ・シンの頭の上をとおり、壁にでもあたったようだ。

一拍遅れて、耳の内側と外側、両方から女の悲鳴がした。内側はルゥ、外側はデッキにいる少女のものだ。

カルネ・シンだけは表情を変えずじっとこちらを見つめている。さすがに肝は据わっているようだ。ますます気に入らない。

「勝手に喋るな！　状況を理解しろ。おまえの命は俺の気分次第だ」

カルネ・シンは眉一つ動かさず口だけを開いた。

「それはこちらの台詞だよ、安東くん。きみは銃を持っているが、私には〈彼ら〉がいる。手にしている暴力の大きさはこちらの方が大きいんじゃないか。きみは私を殺すことができるが、私もきみを殺せる。私が死ねば、その時点で〈彼ら〉を抑えるものはなくなるので、きみも死ぬ――これが私が理解している『状況』というやつだ」

こいつ……。

カルネ・シンが言っていることはまったく正しい。テロ組織の親玉として、さんざん他人を脅してきたからか、さすがによくわかっているし、冷静だ。

だからといってこちらが弱気になる必要はない。互いに命を握り合っているという意味では五分だ。

「じゃあ、試してみるか？」

安東は肚《はら》から声を出す。交渉が成立しないようなら、こちらに生きる目は一つもない。どうせ死ぬなら、殺さない理由もなくなる。

『や、やめて！』

インカムからルゥの声が聞こえた。

「ルゥ、慌てなくていい」カルネ・シンはこちらを見たまま、この場にいない女に呼びかける。「この安東くんは、非倫理的ではあるが、馬鹿ではない男だ」

安東は苦笑した。

「非倫理的、ときたか」

「きみだって私たちの主張は知っているだろう」

「ああ。種差別《スピーシズム》の克服、だろ」

「そうだ。私には目的があり、見てみたい世界がある。死なずに済むなら、無論それに越したことはない」

カルネ・シンは一度言葉を切って、再びルゥに言う。

「そういうわけだ。ルゥ、私はこの安東くんと少し話をしてみようと思う。心配だとは思うが、黙って見守っていてくれ」

しばらく間が空いたあと、ルゥが答えた。

『……わかりました。〈教授〉がそう仰るなら』

どうやらテーブルにつく気はあるようだ。安東は内心、安堵していた。

安東に言わせれば、カルネ・シンの方こそ価値観は狂っているが「馬鹿ではない男」だ。それはつまり、交渉の余地があるということに他ならない。

「要求はなんだ？　どうすればきみはその銃をおろす？」

カルネ・シンは、山口や嶋のように心を折られ、なんでも言うことを聞くような状態にはなっていない。飲めない要求は飲まないだろう。問題はこの男が、自分の命と引き替えに、どの程度のものまでを差し出すかだ。

「別に俺はおまえらの企みを頓挫《とんざ》させるつもりはない。ここから、安全に脱出できればいい」

「もっともな要求ではあるが、きみ一人でいいのか？」

「ああ」

「まだ数人、館内には生きている者がいる。ここにも子どもがいるが？」

安東は鼻を鳴らした。

「てめえ、食えねえな。さんざんっぱら殺しといて、今更なんだ？」

「助けたい者はいないのかと思ってね」

「いねえよ」一人いないこともなかったが、そいつはもう死んでいる。「俺以外の人間がどうなろうと、知ったこっちゃない。煮るなり焼くなり、好きにすりゃいい」

「なるほど、シンプルだ」

安東は不意に、今朝、会った蛇——筋金入りの偽善者——のことを思い出す。

「そっちこそ、どうなんだ。てめえと同じように動物愛護なんてやってるやつらもいたんじゃないのか。そういうやつらも、殺してるのかよ」

「無論だよ。この国で行われている動物愛護など、醜悪な偽善に過ぎない。種差別《スピーシズム》を自覚せず、徒《いたずら》に人間中心世界を延命するだけだ。真に成すべきは、ヒトに利用されるすべての動物の解放だ」

いかれてやがる。が、案外、こいつとは話が合うのかもな——そんなことを思い、安東は苦笑しながら口を開く。

「俺には人間以外で連れて行きたいやつはいるぜ。〈不良品《ジヤンク》〉どもだ」

「〈彼ら〉を？」

「そうだ。ありゃ、もともと俺のもんだ。返してもらう」

軽い口調で言いつつも、安東は全身を目と耳にするかのように注意深くカルネ・シンの反応を探った。表情も視線も変わらないが、かすかに頬の辺りがこわばったような気がする。それを見て、答えが返ってくるより前に、安東は判断した。

この要求は飲まないだろう。

予想はしていたことだ。動物のために人間を殺す連中だ。こいつらにとって〈不良品《ジャンク》〉は人殺しのための道具ではない。おそらく仲間、あるいは同志のつもりなのだろう。

「……と、言いたいところだが、まあいい。育てたのはおまえらだ。餞別《せんべつ》にくれてやる」

安東は言葉を継いだ。ここで決裂させるわけにはいかない。

「その代わり、データをよこせ」

まず相手が飲まない水準でふっかけてから、検討可能な要求を出す。できるだけ恩着せがましく。交渉の常套手段だ。

「データとは？」

「〈不良品《ジャンク》〉の交配と飼育のデータだ。記録は取ってあるだろ？　そいつをよこせ。コピーでいい。減るもんじゃないんだ、そのくらいは元の持ち主に還元してもいいだろ」

「きみはそれを使って、自分なりに〈彼ら〉を生み出す気なのかな」

「まあ、そんなところだ」

とりあえず自分の命、それから〈不良品《ジャンク》〉を生産するための知識、この二つはなんとしても持ち帰りたい。

「しかし我々は、動物をモノのように扱う非倫理的な者に、そんなことはして欲しくないんだ」

動物なんてモノだろうよ——と、言ってしまいたいところだがぐっと飲み込む。こいつはこいつの価値観でものを言っている。それを根本から否定したら交渉は成立しなくなる。

「あんなふうに成長するなら、大切に扱うさ。それこそ人間以上に大切にな」

丸っきりの嘘でもなかった。安東にとって〈不良品《ジャンク》〉は並の人間よりも価値がある。もっとも、安東は人間だって大切になんか扱わないのだが。

「なるほど。大切に、か」

カルネ・シンは顎をさする。表情は依然、変えていないが、頬のかすかなこわばりが解けているようにも見える。考えているのかもしれない。

「よく考えろ、カルネ・シン。おまえ自身が言ったことを」

カルネ・シンは「なんだ?」と問うかのように、かすかに首をかしげてみせた。

「おまえは言った。俺はおまえを殺せるが、おまえも俺を殺せる。おまえが死ねば、俺も死ぬ」

「確かに言ったね」

「ついでに言えば、おまえが俺を殺そうとすれば、その時点で俺は迷わずおまえを殺す。ここから導かれる帰結はなんだ？　俺たちの運命は、二人とも死ぬか、二人とも生きるかしかないってことだ」

「命は不滅ではない。あらゆる生物はいずれ死ぬ運命にあるんじゃないかな」

カルネ・シンの口角が上がったように見えた。揚げ足を取るような物言いに苛つきを覚えたが、いい傾向だ。こっちの話をちゃんと聞いている証拠でもある。

「混ぜっ返すな。せいぜいこの数分の話をしている」

「……そうだな。その前提条件においては、きみの言う通りかもしれないね」

「また、おまえはこうも言った。死なずに済むなら、それに越したことはない、と。俺だってそう思っている。つまり、この一点において俺とおまえは意見が一致しているんだ。だったら、互いに死なずに済むように努力すべきじゃないか」

「努力？　面白い言葉を使うな」

「俺は見かけによらず努力家なんだ。おまえが俺にデータなんか渡したくないのはわかっている。が、俺だって自分でつくったもんをおまえらに持っていかれて頭にきている。互いに業腹だが堪える」

「それが努力か？」

「そうだ努力だ」

「もしも私が努力せずにノーと言ったら、どうなる？」

「怠け者は死ぬ」

安東は即答した。こういうときに迷いを見せてはいけない。

「努力家のきみも死ぬことになるぞ？」

「仕方がないさ」

はったりで言っているわけではなかった。本気でなければ本気に見えない。決裂するなら殺す。どのみち命はかかっている。

「覚悟とは不思議なもので、言葉とは別に伝わってくる。きみが本気なのはよくわかるよ。私は答える前に、一つきみに訊きたいことがある」

訊きたいこと？　なんだ？

瞬間、背中にざわっとした感触が走る。寒気だ。交渉の最中に相手に質問をするのは、ごく普通のことだ。しかし安東の勘は、正体不明の危険を察知した。冬の湖の真ん中で、ひび割れた薄氷の上に立っているような錯覚を覚える。自然と口の中に唾が溜まり、それを飲み込んでしまう。音は立てなかったが、どうしても喉が動く。

こちらの緊張が伝わったのかは定かではない。カルネ・シンは淡々と問いを発した。

「安東くん、きみは——」

28

お願い！

祈るような気持ちで望月栞はノートパソコンの電源ボタンを押した。しかし液晶画面は暗いままで、うんともすんともいわない。

文字通り目の前が真っ暗になったと思った直後、パソコンの中からカタカタと小さな音がした。ハードディスクの駆動音だ。そして画面に光が灯った。

いつあの黒い獣がやってくるかわからないという極度の緊張の中、ボタンを押してから電源が入るまでのコンマ数秒にすぎないタイムラグにさえ、翻弄されてしまう。

そんな栞にとって、ＯＳが起動する数十秒などは耐えがたいほどに、もどかしかった。

「早くして！」と思わず口に出してしまうが、無論、機械には通じない。淡々とロゴマークが表示され、画面にアイコンが散らばる。

ようやくパソコンが立ち上がってくれた。

バッテリーはまだ十分残っているようだ。Ｗｉ－Ｆｉの電波をキャッチするアンテナも内蔵されている。マシンのスペックも問題ない。

よし、これなら……。

栞はかすかな手応えを感じる。しかし、まだ何かできたわけじゃない。言わばルーレットの前にたどり着いた段階。賭けるのは、これからだ。

栞はさっき発見した識別名《SSID》を入力し、アクセスポイントに接続する。つながった。ここから基幹システムに侵入する。そのためには、セキュリティの壁を突破しなければならない。

IDとパスワードはわからない。総当たりする時間もない。ならば、壁そのものを無効化してしまえばいい。

この壁――コンピュータのセキュリティ――は、完全に情報をシャットアウトするものではない。内部の人間は自由に情報にアクセスできるが、部外者には情報が読み取れないという性質のもの、つまりは暗号だ。だからこれを解読してしまえば、そもそも壁は壁として機能しなくなる。

暗号には、情報を隠すための手順《アルゴリズム》が存在する。たとえば「VBP」という文字列は一見意味不明だが、「アルファベット順に三文字後ろにずらす」というアルゴリズムに従って読めば「YES」となる。コンピュータのセキュリティの場合は、このアルゴリズムは数学的につくられる。言わば計算だ。もしもそれを解くことができれば、暗号は解読できる。無論、簡単に解けてしまったら暗号の意味はない。総当たりでパスワードを発見するよりも、計算で暗号を解く方が難しい。普通は、そうだ。

栞はキーを叩く。

画面に何行にもわたって数字が表示される。式でもなんでもない二〇四八ビット、一〇進法にして六一七桁の数字の羅列。これがシステムのセキュリティを成立させている暗号の根幹だ。その構造は実に単純で、この数字は巨大な素数を二つ掛け合わせたものである。そしてその二つの素数がわかれば、暗号は解ける。つまり、この暗号を解くために必要な計算とは、六一七桁の素因数分解だ。これが壁の正体。栞のスキルでたどり着けるのはここまでだ。

ＲＳＡというこの暗号方式は「素数同士をかけるのは簡単だが、その逆である素因数分解をするのは難しい」という性質を利用したものだ。

たとえば89×71という計算は、紙と鉛筆があればすぐにできるし、人によっては暗算できてしまうかもしれない。しかしその答え、６３１９から89と71を導くのは何倍もの労力がかかる。これはコンピュータといえども一緒で、六一七桁の素因数分解ともなると世界最速のスーパーコンピュータを用いても現実的な時間内では計算不能とされている。

シンプルで使いやすく、かつ強力なため、世界中のコンピュータネットワークでこのＲＳＡ暗号が採用されている。言わば現代のサイバー空間そのものを守る壁でもある。それを破ることなんてできるわけがない。普通は、そうだ。

けれどここには、普通とは少し違った個性を持った子がいる。

「氏家くん！」

栞は拓人に声をかける。

かつて読んだ『人間中心世界の終焉』には〈野性の脳〉を持つ者の中には、本来、抽象概念であるはずの数のようなものでさえ、具体的なカタチとして見ることができる者がいると書いてあった。そして多くの場合、そういった者たちは暗算の名人だ。カレンダーを見ずに何年の何月何日が何曜日だったかを瞬時に言い当てたり、巨大な素数を見分けたりするという。

発達障碍者の中に特定の分野においてのみ高い能力を発揮する者がいることはよく知られており「サヴァン症候群」と名づけられている。映画『レインマン』に、主人公の兄レイモンドが、床にばらまかれた爪楊枝《つまようじ》の数を瞬時に把握したり、カジノでカードをすべて暗記したりするシーンがある。これらはサヴァン症候群の描写として有名だ。その原因は特定されておらず、出現する能力も人それぞれで個人差が大きいという。

カルネ・シンによれば、これらは〈野性の脳〉による超高度な具象的認知の賜物だという。数のカタチが見える者に関していえば、彼らは「計算」が速いわけではない。特異な認知によりカタチとして「見えて」いるのだという。だから計算を飛ばして答えに至れる。

思えば「数」というものは、この地球に人間が登場する前よりあったはずのものだ。人間がいようがいまいが、1は1で2は2だ。それを人間が「発見」し、数字という記号で表し、様々な定理を証明し、体系化して数学という学問に練り上げた。これはひたすら抽象化することで「数」なるものを理解してゆく営みだ。コンピュータの演算も基本的にこの延長線上にある。人間よりはるかに速く複雑な計算ができたとしても、人間が見えないものはコンピュータにもやはり見えない。対して〈野性の脳〉は具体的なカタチとして「数」を把握する。

カルネ・シンは、数の体系そのもののカタチを直接見て、コンピュータでさえ計算不能な計算をこなす〈野性の脳〉を持つ者が出現する可能性を論じていた。

あれを読んだときは、自説のロマンに酔った妄想に近いものだと感じたが……。

この少年が、そうなのかもしれない。

さっき「数のカタチは見える？」と尋ねたら、拓人は「見える」と答えた。それも、どんなに大きな数でも、見えると。

その場で桁の大きな数を見せて、素因数分解してもらえば、確かめられたかもしれないが、スマートフォンは壊れており、手計算でそんなことをやっている余裕はなかった。栞は信じて賭けることにした。数のカタチが見えるか訊いた時点で、そのつもりだったのだ。

冷静に考えれば、本当に馬鹿げた話だ。仮にそんな〈野性の脳〉があったとして、スーパーコンピュータでも計算できない六一七桁の素因数分解が人間にできるわけがない。

それでも他には絶望しかないのなら、賭ける。彼が歩いてくるのを見つけたとき、そう決めた。藁でも、摑む。必死に手を伸ばして、摑む。あきらめて、死ぬのを待つなんてまっぴらだ。

栞は拓人に画面を見せて尋ねた。

「この数字のカタチは見える?」

29

大きな数だからといって、大きなカタチをしているわけではない。ただ、大きく見慣れない数になればなるほど、奇妙で複雑なカタチになる。

氏家拓人の目には画面に映ったその数字と二重写しになるように、ふわふわと宙に浮く球状のカタチが見えた。

「み、み、見え、ます」

そのカタチは球ではあるけれど、輪郭にいくつもの凹凸が不規則に連なっている。まるでたくさんのクレーターを持つ星のようだ。なんとなく、見ていて楽しいカタチだ。

「じゃあ、その数字を素因数分解することはできる?」

しかし「ソインスーブンカイ」という言葉の意味を拓人は知らなかった。知らないことをできるのか、できないのか、どう答えればいいかわからない。だから黙ったままじっとカタチを眺めた。

「ね、ねえ、氏家くん！　できないの？」

栞は大きな声をあげて、拓人の肩を摑んだ。そのままぐいと振り向かされる。

そこには、片側にひびの入った眼鏡の向こうで、大きく見開いた栞の目があった。

怒っているのだろうか。拓人は怖くなる。どう答えていいかわからないことを、問い詰められるのは苦手だ。

何も言えないでいると、栞は不意に「あ」と声をあげた。

「もしかして、知らない？　素因数分解、学校でまだ教わってないとか？」

拓人は頷いた。知らないのは確かだ。あまり学校に行っていないので、はっきりとはわからないが、教わった記憶もない。

「ああ、そうか……」

栞は両手で頭を抱えるようにして俯いた。

何かを悲しんでいるのだろうか。やはりよくわからないし、どうすることもできない。

栞はすぐに顔を上げ、再度尋ねた。

「素因数分解っていうのは、その、数字を素数のかけ算にすることなんだけど……」

「そ、そ、す、う……」

「素数はわかる?」

それはよく知っている。他の数とは違う特別なカタチをした数だ。

「き、き、きれいな数」

「きれいな数……そういうふうに見えるのね」

拓人は頷いた。

「あのね、この数字は、そのきれいな数を二つかけたものなの。どんな数と、どんな数をかけたか、カタチからわからない?」

きれいな数をかけたもの——ああ、そういうことか。

拓人は再び画面の方を向いて、じっとカタチを見る。表面の凹凸を注意深く。なるほど、このカタチには、確かにきれいなカタチが二つ隠れているみたいだ。

「た、た、たぶん」

すう、と栞が息を呑む音が聞こえた。

「それはいくつ?」

「え? あ、あ、ちょ、ちょっと待って……」

直感的に、二つのきれいなカタチがあることはわかる。頭の中で目の前の球体を動かして、取り出すこともできそうだ。でもそれは、どちらもすごく複雑だ。細部にわたってゆつくりと確認しないと、数字に直すことなんてできない。

「よ、よ、よく、み、見れば、た、た、たぶん……」

「わかるのね？」

「は、はい」

「ちょっと、いい？」

栞は拓人の前に割り込むようにして、ノートパソコンに取りついてキーを叩いた。画面に、数字を表示していたのとは別のウィンドウが開き、いくつもの文字が流れ、やがて止まった。

「わかったら、ここにそのきれいな数のどちらか片方でいいから、入力して」

拓人は頷くと再度、表示されている数のカタチを見つめる。頭の中でそれを少しずつ動かしてゆき、二つのきれいなカタチに分割する。ちょっとでも気を抜くと、細かいところがわからなくなってしまいそうだ。でも、段々ときれいなカタチが姿を現し、輪郭が定まってゆくのを見るのは気持ちいい。

こんなことをやるのは初めてだったが、すごく楽しいと拓人は感じた。まるで宝探しをしているようだ。

拓人の意識は引き込まれるように集中してゆく。いつの間にか、世界から音が消えていた。あれほどやかましいと思っていたのに。これまでに感じたことのない心地よい静謐《せいひつ》に包まれる。

静かな世界。

消えたのは音だけではない。景色も消え、見えるのは頭の中に思い描くカタチだけになっていた。

瞬間、拓人はどこにもないと思っていた自分の居場所を見つけた気がした。

30

「安東くん、きみは、愛を知らないのだろう?」

なんだそりゃ?

安東秀雄は拍子抜けするような気分を味わった。

愛?

緊迫したこの場面におよそ似つかわしくない、安い問いかけだ。

もしかしたら、動物と人間の平等を訴えるような連中にとっては重要な概念なのかもしれないが、安東にしてみればそんなものは、ペットを売るときか、あるいは女を口説くときに使う記号に過ぎない。幼い頃に両親から与えられた覚えはないし、誰かに与えた覚えもない。それこそ、そんなもん知ったこっちゃない。

つまり安東は「愛」という言葉が嫌いなのだ。嫌いだからこそ、辞書どおりの意味で受け取り、馬鹿馬鹿しいと思ってしまった。正体不明の危機を察知して張り詰めていた気が、かすかに緩んでしまった。

カルネ・シンは、その一瞬を見逃さず、大股で一歩、こちらに近づいてきた。

突然の理外の行動だ。銃口にまっすぐ向かってきているのだ。かといって銃を奪えるほどの動きではない。単純に的が近づいてきているだけだ。

「動くな！」

とっさに叫んだ。

なんのつもりかわからないが、こういう予期せぬ行動が一番危険だ。あと一歩でも、いや、一ミリでも近づいてきたら、撃つつもりだった。

カルネ・シンは足を止め、薄い笑みを浮かべた。

「もういいよ。いまの反応でわかった、きみはやはりアイを知らない。シマとヤマグチは隠し通したようだね。ならば前提条件は変わってくる」

全身が粟立った。カルネ・シンの言葉の意味はほとんどわからないが、自分が何か重大なミスを犯したことはわかった。

勘が、本能が、「撃て！」と命じていた。

安東は迷わなかった。カルネ・シンを撃つことが自らの死を呼び込むことだとわかっていた。それでも、撃った方がましだと勘が告げていた。

脳から発せられた電気信号は、指先へ伝わり筋肉を収縮させる。その間、わずかに〇・二秒。

人差し指が強く引き金を引いたのと、手元に衝撃を覚えたのは同時だった。

右斜め下から、何かが跳んできて、銃を握る手をはじいた。

安東の意識は、前方のカルネ・シンと背後の回廊に控えている〈不良品《ジャンク》〉どもに注がれていた。その外側からの、予期せぬ伏兵の一撃だった。物理的な力よりもむしろ不意を討たれたことの驚きが大きかった。弾丸が発射される瞬間、銃口は大きく逸れていた。

展望デッキに銃声だけが谺した。カルネ・シンは笑みを浮かべたまま涼しげに立っている。

安東の手をはじいたそれが、目の前に着地する。白い毛糸を丸めたような小さな獣――エンジェル・テリアだった。

「アイ、ありがとう、おかげで助かったよ」

カルネ・シンはそのエンジェル・テリアにそう語りかけた。

アイ？　その犬ころのことだったのか……。

エンジェル・テリアが、高い声で鳴いた。まるでそれを合図にしたかのように、後ろから〈不良品《ジャンク》〉たちが床を蹴る音がした。

迫りくる死を止める術も、抗う術もないことを安東は悟った。

ふざけんな！

安東は体勢を立て直して、再びカルネ・シンに向けて銃を構えようとする。

しかし頭で考えるほどに速く身体は動いてくれない。まるで水の中にいるように、すべての動きが緩慢に感じられた。

そんな中で、こちらを見上げるエンジェル・テリアと目が合った。その瞳には二種類の光が宿っていた。野性の冷たい光と知性の鋭い光。

安東は山口たちを尋問したときの言葉を思い出していた。

——おまえら二人と制御室《コントロール・ルーム》を占拠している女、その他に、この建物に潜入している〈DOG〉の人間はいるのか？

あのとき俺は、訊き方を間違ったのか……。

安東は必死にあえいで腕を引き、銃口をカルネ・シンに向けようとする。犬のワッペンをつけたトレーナーを着て、一見するとせいぜい一〇歳くらいの子どもにしか見えない、その男に。

カルネ・シンが、成長ホルモンの分泌不全により、一三〇センチほどの身長しかないことはよく知られている。特殊メイクか、あるいは整形か、今日は顔まで日本人の子どものように変えていたが、大きく印象的な目だけは変わっていない。

この男が「種差別《スピーシズム》の克服」を主張するようになったのは、自身の肉体的なハンディキャップにより差別を受けた経験から、人間という種の枠組みを前提とした世界観に疑問を抱いたからだと言われている。

こいつはこいつなりに、戦っているのかもしれない。けれど、そんなもの安東には関係ない。ただ殺されるなんてまっぴらだ。この男を道連れにする。

もどかしいほどゆっくりとしか動かない手が、ようやく銃をカルネ・シンに向けてくれた。

行け！

引き金を引こうとしたとき、後ろから凄まじい力で突き上げられた。耳の奥で鈍い音が響き、身体は撥ね飛ばされ宙を浮いていた。視界がめまぐるしく回転する。体当たりを食らったのだ。音は背骨か頸椎が折れた音だろうか。

直後、受け身を取ることもできずに床に落下し、後頭部と背中を打ち付けた。視界はブラックアウトし、息が詰まった。手も足も痺れてしまって指一本すら動かせない。しかし痛覚が麻痺しているのだろうか、どこにも痛みは感じなかった。

脇腹と首筋に、奇妙な感覚が走る。自分の肉体にずぶずぶと何かが穿《うが》たれている。肉がちぎられ、血が漏れ出している。生温かい息が吹き付けられ、獣臭が立ちこめる。

そうか食われているのか。

ごりごりと骨を砕き、ぐちゃぐちゃと肉を噛み、ずるずると血をすする音がする。

俺は食われているのか。なんだよ、ちくしょう。でも、すげえ。本当にすげえ。

我が身をもって味わう圧倒的な暴力と理不尽な蹂躪に、しかし安東は奇妙な感動を覚えていた。

何者にも負けない、強い力——求めたものは、ここにある。

段々と眠くなってくる。意識を保つことができそうにない。匂いも音も、すべてが遠ざかってゆく。

なんだよ、もう終わりかよ……。ちくしょう、せっかく見つけたのに……。

悔しさが込み上げてくる。避けがたい死を目の前に、安東は自業自得だなどとは思わない。欲しいものが手に入らなかったことが、ただただ、悔しい。

どれほど望み、あがき、のたうっても手に入らない、そういうものがあるのは知っている。生まれながらにたくさんのものを与えられる子どもと、そうでない子どもがいることも知っている。そうだ、知っている。殴られて育った子どもがいる。売春を強要される子どもがいる。望まないハンディキャップを抱えて生まれる子どもがいる。世界は平等じゃない。人間は動物どころか人間だって差別する。しかし、だからといってあきらめたことなど一度もなかった。貪欲にすべてを求めて生きてきた。奪われるくらいなら奪ってやると、戦うことを決意した、一六のときから。

いまわの際だからといって、あきらめる道理などあろうはずもない。

冗談じゃねえぞ！　よこせ！

そう叫ぼうとしたが、もう口を動かすこともできなかった。

真っ暗な視界に人影が浮かぶ。女だった。安東と同じように、生まれながらに与えられず、戦うことを選んだ女。まるで「ざまあないわね」と言わんばかりの冷たい笑みを浮かべている。

約束だぜ。思う存分、ヤらせろよ——

それが安東の脳が紡いだ最後の思いだった。

31

足音がした。

望月栞は思わず背後を振り向いた。暗がりに鎮座するエスカレーターの方から聞こえてくる。かすかだが、ダン、ダン、ダンと、ゆっくりとドラムを叩くような重い音。何かがステップを下りてくる。いや、何かはわかりきっている。黒い獣が、来る。

まずい。とにかく一度、逃げないと……。

「氏家くん！」

栞はノートパソコンに向かう拓人に声をかけた。

しかし拓人はじっと画面を見つめたまま、微動だにしない。

「氏家く――」

もう一度声をかけ、肩を摑もうと手を伸ばしたとき、拓人の指が動いた。人差し指で数字キーを押してゆく。

え？

「わかったの？」

拓人は画面を見たまま、こくりと頷きだけで答えた。

どうする？

いまここを逃げ出したとして、もう一度、戻ってこられるの？

その自信はなかった。むしろ逃げていった先に、別の黒い獣がいるような気さえする。

足音は近づいてくるが、決して速くない。走っている感じじゃない。もしかしたら、階段を下りるという動作に慣れていないのかもしれない。だったら、あれがここにたどり着くまでに、システムに侵入して防火扉を開けるかもしれない。いま、外に出るための唯一のチャンスが来ているのかもしれない。

拓人は人差し指で、一文字一文字、数字を打っている。

確実なのは、これじゃ間に合わないということだ。

「ごめん、どいて！」

「わっ」

栞は拓人を押しのけてノートパソコンの上に手を載せた。

「口で言って！」

「え、えっ？」

拓人は困ったような顔で、目をきょろきょろさせている。

「数を！　きみに見えているきれいな数を！」

「は、え、あ……」

「早く！」

「は、はい。ご、5、9、8――」

どうにか通じたようだ。拓人は数を口にする。栞はそれを耳で聞いてタイプしてゆく。

しかしまだ遅い。

「もっと速くていいから！　お願い！」

「あ、う、……に、2370241190――」

スピードが上がった。聞き間違えないように、キーを打ってゆく。

後ろから、ダン、という足音が聞こえるたび、心臓が跳ね上がったように動揺してしまう。

落ち着いて、大丈夫、まだ来ない、まだ来ない。

そう言い聞かせながら、必死になって意識を集中させる。自分を一個の機械になったようにイメージする。余計なノイズに気を取られないように、耳から入ってくる数字だけを反射的に、指先に伝えてタイプする。

けれどもちろん、栞は機械ではない。心にも身体にも限界がある。集中は無限に続かない。

だんだんと息が詰まってくる。キーをタッチする指が張る。耳の聞こえが悪くなり、拓人の声の輪郭が、かすかにぼやけてしまう。

いま言ったのは「イチ」だった？　いや「ハチ」、「8」だ。

いちいち確かめている余裕はない。一度でも手を止めたら、再開するのに何倍の時間をロスするかわからない。信じて、キーを叩く。すると、もう次の数が聞こえてくる。

ああ、まずい。このままだと、追いつかなくなる。

キータッチが遅れてきているのを自覚する。まずい、まずい、まずい——限界だ。

そう思ったとき、拓人の口から数字じゃない言葉が出た。

「——です」

デス？　死《デス》？　いや、語尾の「です」だ。

「終わったの？」

拓人が小さく頷いた。額にびっしょりと汗を搔いている。それを見て栞は自分も全身から汗を噴き出していることを自覚した。

入力された数字は三〇〇桁はあるだろうか。最後は7で終わっている。とりあえず、奇数だ。2以外に偶数の素数は存在しない。かといってこれが本当に素数かを確認する術などない。仮に拓人が正しく素因数分解できていたのだとしても、聞き間違いやタイプミスが一ヵ所でもあれば、これは無意味な数の羅列にすぎない。

でも最後は7だ。ラッキーセブン。非科学的なおまじないだけれど、そんなものにでもすがるしかない。

栞はエンターキーを叩いた。

一瞬の沈黙のあと、画面にシステムにログインしたことを示す表示が現れた。

やった！

「すごい！　あなた、本当にすごいわ！」

思わず声をかけたが、当の拓人はきょとんとしたまま、画面を見つめている。

まさか、本当にできるとは思わなかった。こんな子が、いや、こんな人間がいるなんて……。

でもいまはまだ、驚いたり喜んだりしている場合じゃない。システムに侵入できても防火扉を開かなきゃなんの意味もない。

システムの全体像を把握して、ピンポイントで防火扉を開くコマンドを探している時間はない。再起動だ。一度、システムを全部再起動する。そうすれば、すべての設備が初期状態にリセットされ、防火扉も開くはずだ。

制御室《コントロール・ルーム》が占拠されているのなら、再起動後に再びシステムを奪い返されてしまうだろう。でももう一度、防火扉を閉めるにはそれなりの時間がかかる。十分、逃げられるはずだ。

栞は、キーを操作する。ネットワークを通じて再起動をかけるためのコマンドを飛ばした。

すぐには何も起きなかった。当然、再起動にも時間はかかる。

早く、お願い、早く――

栞の願いを踏みにじるように、ダン、とひときわ大きな足音が響いた。

振り向くと、エスカレーターの前に、暗闇さえ吸い込むほど黒い巨大な影があった。影は高く大きな声で吠えた。まるで「見つけたぞ！」とでも言っているかのように。栞は汗がいっぺんに冷え、身体が粟立つのを感じた。

あと……、あと少しなのに。

栞は横目でエントランスを見やる。まだ分厚い鉄の扉は下りたままだ。

きっともうすぐ、あれが開くはずなのに。

それよりも、あの黒い獣がこちらに襲いかかってくる方が絶対に早いだろう。

黒い獣は、すぐには走り出さずに、一歩一歩、ゆっくりとこちらへやってくる。その大きな身体がはっきりと見えるようになる。頭部から背中にかけての部分が、溶けたかのように爛《ただ》れ、体毛のない異様さをいっそう際立たせていた。火傷をしているのだ。さっき、アルコールを浴びせ火を放った一頭だ。

黒い真珠のような瞳が、栞のことをまっすぐに見つめている。その暗黒は、禍々しい怒りと殺気を孕《はら》んでいる。

動物らしからぬ、はっきりとした意志が伝わってくる。

怒っている。あいつは、私を殺す気なんだ。

栞は息を呑んだ。

あと、数分か、いや場合によっては数秒で、そこの防火扉は開く。外へ逃げてゆける。待っているはずの隆平に会うことができる。

本当に、あと少しなのに。ここで終わってしまうんだろうか。

——そうよ。あなたはここで終わるの。

目の前に、子どもを抱いた女が姿を現した。

——逃げられないよ。もう希望はないわ。あなたはここで殺されるの。恋人にもう一度会うこともできずに、惨めに死ぬのよ。あなたは報いを受けるんだよ。私たちを見殺しにした報いを。

女は正しい。どれだけ懸命に逃げても、きっと追いつかれて殺されてしまうだろう。

希望は、ない。

その結論は、考えるまでもなく目の前にあった。あきらめるか否か、抗うか否かといった、こちらの意志や選択とは別に、いまそこにある純然たる事実として。

隆平にもう一度会うこともできずに死ぬなんて、嫌だった。絶対に嫌だった。でも、その絶対に嫌なことが起こってしまうのだ。

絶望を前にして、脳裏をよぎったのは、隆平と付き合い始めた頃のこと。

――もしかしたら俺は、隊の規律をみだしただけなのかもしれない。それでも、自分が正しいと信じられることをしたかったんだ。ベストの選択をしたかったんだよ。

自衛隊を辞めた経緯を話しながら、そう言っていた。正しいことをベストと言い切る人だった。きっとそんな彼だから、好きになったんだ。

ああそうか。

――もう、あきらめることね。

栞は悟った。この幻覚が本当はなんなのか。

「そうね。私はもう、あきらめるよ。自分が生きることは、あきらめる」

小さな声で栞は幻覚に答えると、視線を黒い獣に向けたまま、拓人に告げた。

「氏家くん。私があいつを引きつける。きみはここにいて。そして防火扉が開いたら、とにかく外に逃げるの。わかったね？」

「え？」

戸惑うような声が聞こえたが、ゆっくり言い聞かせている余裕はない。

栞は思い切り息を吸って肺に酸素を送り込むと、床を蹴り、駆け出した。

あの黒い獣は私を殺しにやってきた。だから、私が逃げれば必ず追ってくるはずだ。その間に再起動が終了して防火扉が開くかもしれない。もしかしたら、この子だけは助かるかもしれない。

栞は走る。幻覚は併走するように真横に漂い、囁いてくる。

——あなたが犠牲になるっていうの？　あの子のために？

そうだ。きっともう、私は助からない。だったら、せめて他の誰かが助かる道を選ぶんだ。たぶんそれが一番正しいと思えることだから。

——それであの子が助かるとは、限らないわ。

そんなことわかっている。わかっているけど、ベストの選択をするんだよ。私たち人間は、山ほど矛盾を抱えてる。いつだってなんだって、完璧な答えなんてない。だから、選ぶんだよ。自分のベストを。これが正しいと胸を張れる選択をするんだ。私の好きなあの人みたいに。

——ベストの選択？　それはあの子をあの黒い獣の方へ突き飛ばすことじゃないの？　あの子を犠牲にすれば、自分が助かる可能性が少しは上がるんじゃない？　私たちには、そうしたでしょう？

だからだよ。あのときは、間違ってしまった。雨宮さんたちにはあれがベストだったのかもしれない。でも私は違った。やっぱり助けるべきだったんだ。だから、今度は間違わない。

——それがあなたの、ベストなのね？

そう。これがベスト。気づかせてくれたのは、あなただよ。

栞は胸の裡で幻覚に語りかける。

あなたは私が間違ったことを教えてくれた。だから私はあなたをこう呼ぶよ、不安でも恐怖でもなく、良心、と。私を私のベストへ導く、あなたは私の良心なんだ。苦しかったけれど、あなたのお陰で私は人間らしく——

そのとき背中に走った猛烈な衝撃が、思考を遮った。まるで空から降ってきた隕石の直撃でも受けたかのようだ。栞の身体は叩きつけられるように、うつ伏せに押し倒された。受け身を取る間もなく、顔面を床に強打する。グシャッと嫌な音が響き、鼻の頭から脳天に突き抜けるような痛みが駆け抜けてゆく。眼鏡が外れて床を滑るのがおぼろげに見えた。

背中にずしりとした重さがのしかかり、憎い敵を捕らえたことを高らかに宣言するかのような、雄叫びが響いた。

追いつかれるのはわかっていた。けれど、あまりにもあっという間だった。

一体何歩走れただろう？　何メートル離れただろう？

栞が走ったことで稼いだ距離と時間が、どの程度拓人の助けになるのかもわからない。良心に従った。ベストの選択をした。それでも、これが限界。

正真正銘、私の限界なんだ。

そう思ったとき、突然、目の前がぱっと明るくなった。照明が点いたのだ。システムの再起動が始まったんだ！　もうすぐ、防火扉も開くはずだ。

覚悟を決めて走り始めたはずだった。希望はないとわかっていた。でも、嫌だ。死にたくない。悔しい！　たとえベストを尽くしたとしても、こんなふうに死ぬのは、悔しい！

せめてもう一度、隆《りゅう》さんに会いたい――

そう願った栞の目に、奇妙なものが映った。

小さな紺色のリングケース。眼鏡を失いぼやけた視界の中に、なぜか浮かび上がるようにはっきり見えた。目の前の床、手を伸ばせば届くところに落ちている。どうしてこんなものが落ちているのかわからない。蓋が開いた状態で、中に収められている指輪が見えた。シンプルだけれど品のいいデザインで、小さなダイヤモンドがあしらわれている。きっとエンゲージリングだろう。

栞はそれが、自分に差し出されたものだと思った。無論、隆平から。なぜだろう？　彼は外にいるはずなのに。どういうわけか栞には、確信があった。

うつ伏せに押さえつけられたまま手を伸ばす。指輪を取る。左手の薬指に通してみる。それは、あるべきものがあるべき場所へ収まるかのように、ぴったりと嵌まった。

婚約《エンゲージ》。こんな約束を交わす動物は、地球上に人間しかいないだろう。

栞の耳には、隆平の声が響いた、確かに。

——きみのことを守りたい。俺と結婚して欲しい。

答えはずっと決めていた。

ありがとう。隆さん、結婚しよう、ずっと一緒にいようね。

ねえ隆さん、聞いて欲しい話があるんだ。私ね、すごく頑張ったんだよ。一度は間違っちゃったけど、最後の最後はベストを選べたんだ。隆さんなら、誉めてくれるよね？

もう声は出なかった。意識は朦朧とする。約束が果たされないこともわかりきっている。

やっぱり、悔しい。

耳のすぐ傍で黒い獣のうなり声がする。

こいつに殺されるんだ。

悔しい、悔しい、悔しい！　もしも私がこいつみたいな獣に生まれていたら、あれこれ思い悩むこともなければ、こんな悔しさを感じることもなかったのだろうか。

それでも、私は人間に生まれた。

この広い世界の長い歴史の中で、天文学的な偶然で、望月栞という一人の人間に生まれて、いくつもの矛盾に満ちた世界で、学んで、働いて、ほんの少しだけ動物を助けて、そして長谷川隆平という一人の人間と出会って、愛し合った。

こんなふうに終わってしまうのは悔しいけれど、これだけは、言える。

人間に生まれてよかった──

そのとき、首筋に鋭い衝撃が走った。

スイッチを切ったかのように、すべては消えた。

32

何が起きているの？

梶川結愛は、今日一日で何度そう思ったかわからない。混乱、という意味では、エントランスの防火扉が閉まり、黒い獣が姿を現したあのときから、ずっと混乱している。突然、わけのわからない状況に陥り、わけのわからないまま人が死んでいった。そしてまた、結愛の目の前で……。

銃を持っていた男が、黒い獣によって肉片へと変えられてゆく。食べられてゆく。もう絶命しているのは明らかだ。

展望デッキにはあと二つの死体が転がっている。突如現れたあの男に銃で撃たれた男と女、鷺沢とマナだ。妖精のようだと思った人は、しかし銃弾を胸に受けてあっけなく死んでしまった。

生きている人間は全部で四人、結愛と中年の夫婦、そして、大きな犬のワッペンのついたトレーナーを着た男の子。

「アイ、おいで」

男の子が呼びかけると、エンジェル・テリアがぴょんと跳びあがり彼の胸元に収まった。さっき、結愛がこの展望デッキの奥に見た気がした何か動くものの正体は、きっとこのエンジェル・テリアだったのだ。

この男の子と犬は、中村昴とホワイト、のはずだ。しかし、彼は犬を「アイ」と呼び、銃を持った男は彼を「カルネ・シン」と呼んでいた。

カルネ・シン――その名は結愛でも知っている。テレビのニュースなどで最近よく手配写真を目にする過激なテロリストだ。病気か何かの影響で、身体の大きさは子どもほどしかないのだという。昴がそうだというのか。テレビで見た写真と顔は全然違うが、言われると目の印象が近い。そして昴は、男が登場してから、突然、ハスキーな大人の声で喋りはじめた。

「あ、あの、きみ……」

昴は肩をすくめ、甲高い子どもの声で答える。

「ごめんね、お姉ちゃん、僕は中村昴じゃないんだよ」

そしてまた低い大人の声になって続けた。

「日本語は比較的覚えたての言語でね。声を変えて喋るのはなかなか難儀だったよ。私はカルネ・シン。〈DOG〉という組織を率いている。日本でも結構有名だと聞いてるが、知っているかな？　そしてこの子はホワイトではなく、アイ。このアイと、〈彼ら〉も私の仲間なんだ」

昴、否、カルネ・シンは黒い獣たちの方を一瞥した。

じゃあ、ぜんぶこの子が……。

結愛は絶句した。

カルネ・シンは床に倒れている鷺沢とマナの死体に視線を向ける。

「彼らはおそらくは脅しのために撃たれたのだろう。レストランで漏れ聞いた会話によれば、どうやら私の本を読んでいたようだが……。どんな研究をしているのか、一度話をしてみたい気もしたが、こうなっては仕方ない」

そしてカルネ・シンは、ゆっくりと結愛たちの方を向いた。

ああ、私たちも殺されるんだ——そう思ったとき、突然、辺りが明るくなった。

カルネ・シンは天井を見上げる。

結愛も同じように上を見る。高い位置にある光源が真っ白い光を放っていた。目が眩む。

灯りが点いた？

しばらく天井を見ていたカルネ・シンが「ああ、なるほど……」と呟いた。

そして、ここにはいない誰かと話しているかのように一人で喋りはじめた。

「ルゥ、ルゥ？　……大丈夫だ。聞こえるよ。ああ、わかっている。システムが再起動したんだろう？　いや、ちょうどいいタイミングかもしれない。〈彼ら〉もとっくに満腹だろう。エントランスに集まるように指示してくれ。私たちも向かう」

機械らしきものは何も持っていないが、どこかと通信をしているようだ。館内のスピーカーから高い電子音が流れた。

カルネ・シンは再び結愛たちに向き直り、口角をあげた。

「きみたちは、運がいい。よく覚えておくといい、きみたちは生き残ったのではない、この〈審判〉の証人として、偶然、生かされたのだ。きみたちよりもはるかに偉大な存在によってね」

カルネ・シンは胸元に抱いたエンジェル・テリアを一瞥する。するとエンジェル・テリアが、小さく、しかしはっきりと鳴いた。まるで、この小さな獣が生殺与奪の権を握っていたかのように。

カルネ・シンは背中を向ける。そしてそのまま、二頭の黒い獣を引き連れて、展望デッキから出ていった。

33

冬至を過ぎたばかりの空はまだ日が短く、もう茜色に染まり始めている。

みなかみを出発してから、四時間以上は経過しているだろうか。藤原亘が運転するミニバンは、新木場《しんきば》まで来ていた。片側三車線の大きな道路に「海の森４km」の青看板が出ている。

到着する頃には、何が起きているのかはっきりしているはずだ――そう思っていたのだが、完全に当てが外れた。

そもそも海の森にたどり着けない。もう目と鼻の先まで来ているはずなのに。

亘は車を路肩に停めて、運転席から降りる。

車道の端により、背伸びをして遠くに目を凝らすと、白い影のようなものが見える。東京ゲートブリッジのトラスだろう。海の森はあの橋を渡った向こうにある。

けれど視線を手前に戻すと、道いっぱいに進入禁止のスタンドが並べられ、その前に数人の制服警官が仁王立ちしている。東京ゲートブリッジの手前でセスナ機が墜落する事故が起きたというのだ。相当な規模の事故だったようで規制線が敷かれ、退避勧告が出ている。無論、橋は通行止めになっている。

海の森にアクセスするルートは、あと二つあるのだが、そちらも別の事故で通行止めになっているようだ。他にもベイエリアを中心に都内一〇ヵ所以上で、大きな事故が発生しているという。

この影響で都内の至る所で渋滞が発生しており、ここまで来るのでさえ一苦労だった。警察と消防は、事故対応に追われ、パンク状態のようだ。首都機能の一部が麻痺していると言っても過言じゃないだろう。

奥野に電話をしてみたところ、ロタンダ・シーフォレストは未だ閉ざされたままだという。陸路がすべて塞がってしまったので防火扉を壊すための重機が、まだ到着していないのだ。

海の森で起きていることへの対処を遅らせるために、同時多発的に事故が発生しているかのようにも思える。

偶然だろうか？

いや、そんなはずはない。そんな偶然も、亘は信じない。

ロタンダ・シーフォレストに閉じ込められているあの人は、望月栞は、無事だろうか。

——でも、よくなっているんです。

取材したときの雑談で、彼女は言っていた。

——まだまだ問題は山積みだけど、確実によくなっているんです。むやみに動物を苦しめてはいけないという考え方は、少しずつですが浸透しつつあります。ペットの遺棄や殺処分は減り続けていて、殺処分ゼロを達成した自治体もあるんです。商品開発の動物実験を減らしたり、なくしている企業も増えています。本当に、ゆっくりだけど、私たちの社会は確実に、よくなっているんです。よかったら、そういうことも記事にしてくださいね。

ペット業界の酷い現実ばかりを知りうんざりしていた亘は、あの言葉を聞いて何か救われた思いがした。

どうか無事でいて欲しい。連載が本になったら、是非読んで欲しい。下心とは関係なく、そう思う。

風が吹いた。かすかに潮の香りが混じった埃っぽい風だ。街路樹がざわざわと音を立てる。

何かが起きている。しかも思っていたよりも、ずっと大きな規模の何かが、だ。その確信はあるのに、その核心には近寄ることもできない。

くそ、これじゃなんのために、戻ってきたんだかわからない。

亘は傍のガードレールを蹴飛ばした。

くわん、と高い音が響く。

するとそれを呼び水にしたかのように、どこかから規則的な低い音が鳴り始めた。上だ。

亘は空を見上げる。

東の空から、何かが飛んでくる。聖夜に備えてやってきたサンタクロースではない。ヘリコプターだ。

音とともに、豆粒のようだったその姿が段々と大きくなってくる。通行止めをしている警官たちも気づいて天を仰ぐ。

プロペラが前後についた大きな機体で、色はグリーンだ。輸送機だろうか。

ヘリコプターはゆっくりと旋回し、方向を変えて飛んでゆく。通行止めになっている道の向こう、亘がたどり着けない場所に向かって。

そのプロペラ音は、まるであざ笑っているかのようだった。ご苦労さん、無駄足だったな、と。

ふざけんな、おまえは何者だ！

思わず伸ばした手は、無論、空には届かない。

亘には、ただそれを見送ることしかできなかった。

34

黒い獣は雄叫びをあげたあと、組み伏せていた栞の後頭部をえぐるように噛みちぎった。照明が点き明るくなった回廊に、栞の血と脳漿《のうしょう》が散るのがはっきりと見えた。

きっと彼女が言っていたシステムの再起動というのが始まっているのだろう。もう少しで、防火扉が開くはずだ。でも——

それまで待ってなどくれないようだ。栞を屠った黒い獣は、ノートパソコンの前にいる氏家拓人の方を振り向くと、ゆっくりと向かってくる。

身体はすっかりすくんでしまい一歩も動けそうにない。仮に動けて逃げ出したところで、すぐに追いつかれてしまうだろう。黒い獣の焼けただれたその顔は、まさに絶望を体現しているようだった。

栞が命がけで稼いでくれた時間は、しかしわずかに足りなかったようだ。

僕もここで死ぬんだろうか。

黒い獣の口元からは血が滴っている。きっと、栞の血なのだろう。

あの牙で噛まれるのはとても痛そうだ。死ぬのは嫌だ、怖い。でも、もうどうしようもない。

無力感と一緒に、酷い眠気に襲われる。拓人はその場にへたり込んだ。

黒い獣の巨体が近づいてくる。

このまま眠ってしまおう。どうせなら、寝ている間に殺して欲しい。

拓人が目を閉じようとしたそのとき、高い電子音が鳴り響いた。するとまるでそれを合図にしたかのように、黒い獣はぴたりと動きを止めた。

拓人は顔を上げた。

黒い獣は襲ってくることはなく、こちらに尻を向け、遠ざかってゆく。

どうして？

辺りを見回してみても、黒い獣が嫌がるようなカタチはどこにもない。いまの音のせいなんだろうか。

こちらの戸惑いをよそに、黒い獣は数歩進んだところで、膝を折りくつろぐように座り込んだ。

拓人はその様子をただ見守るよりなかった。

不意に低く唸るような音が聞こえ始めた。エントランスの上の方から。モーター音だ。

続けて、きゅるきゅるという金属音が響き、ぴったりと閉じていた防火扉は小刻みに震え、床との間にかすかな隙間ができた。いままさに、扉が開こうとしている。

そのとき、回廊の向こうからも、物音が聞こえた。そちらに首を向け、拓人は息を呑んだ。黒い獣だ。それも一頭や二頭じゃない。何頭も、たぶん一〇頭以上いる。それが列を成してこちらへ歩いてくる。そしてその先頭には、髪の長い女と子どもの姿がある。その子どもの方には見覚えがあった。昴だ。一緒にいたエンジェル・テリアのホワイトを抱いている。

昴は、女の一歩前を歩き、まるで一行を率いているように見える。

「やあ、氏家拓人くんだね」

昴は子どもとは思えない低い声で話しかけ、ノートパソコンを一瞥して続ける。

「どうやらきみは、数の体系そのものをカタチとして見ることができるようだね。〈野性の脳〉の持ち主だからといって、誰でもそんなふうにできるわけじゃないんだ。素晴らしいよ、きみは本当に素晴らしい」

状況が飲み込めず、拓人はそれを聞いているだけだった。

「混乱しているようだね？　無理もない。中村昴ではなく、カルネ・シンというのが私の本当の名前だ。〈DOG〉という組織を率い、種差別《スピーシズム》をなくすために戦っている。名前くらいは聞いたことがあるだろう？」

カルネ・シン――

あのテロリストの？　昴が？　そうだったのか……。

拓人は言葉をそのまま受け止めた。

「今日のこの騒ぎは、全部、私たちが引き起こしたんだよ。しかしまさか、きみみたいな素晴らしい存在に出会えるとは思わなかった。どうだい、私たちと一緒に来ないか？」

え？

戸惑う拓人に、カルネ・シンは続ける。

「このヒトの世界では、きみは異物だろう？　動物に対して非倫理的に振る舞う世界は、ヒトに対しても非倫理的に振る舞うものだ。この世界はきみのありのままを受け入れない。適応を求められ、それができなければ、拒絶され、居場所を失う。思い当たるだろう？」

確かに、そうだ。

家では親に疎まれ、学校でいじめを受けた。他人と違うということを「悪い」とか「迷惑」とかみなされ、はじかれた。

「私たちは、きみに居場所を提供できる。きみが生まれ持った素晴らしい能力を十全に発揮できる居場所を」

「居場所……」

拓人は呟くように繰り返す。

「そう、君は居場所を手に入れる。その結果、世界は正しい混沌へと導かれるのだ」

カルネ・シンは、大きく手を広げた。

するとそこに光が射した。

見ると防火扉が一メートルほども開いている。自然公園の緑とたくさんの人影が見える。外から「開いたぞ！」という声がする。

黒い獣たちが小走りになって、先に外に出てゆく。そして建物の前に集まっていた人々に襲いかかった。「うわあ！」「なんだこれ？」「きゃあ！」悲鳴とともに、人だかりが散ってゆくのがわかった。

「さあ、ついてくるんだ」

カルネ・シンはエントランスに向かって歩き出す。拓人よりも小柄な、子どものような男の言葉は、しかし甘美な響きと不思議な魅力を備えていた。

ついていけば、手に入るのだろうか。どこにもないと思っていた自分の居場所。さっき、きれいな数を探していた束の間だけ訪れた、静かな世界。あれと同じものが、あるのだろうか。

ああ、そうか、結局、望んだとおりだったのか。

怪物が世界を壊し、僕の居場所をつくってくれた――

この男が、黒い獣たちを使って何人もの人を殺した。もしかしたら、結愛や宗介のことも殺しているのかもしれない。それはわかっているのに、拓人はまるで引きずられるように、そのあとについてゆく。

空は惨劇で流れた血で染めたように赤い。建物の中で何日も過ごしたような気がするけど、数時間のことだったのか。

その空に大きなヘリコプターが、バタバタという轟音を響かせながら漂っている。輸送機のようだ。それは、ゆっくりと揺れながら、建物の正面に着陸する。突風が発生し、煽られ、拓人は顔をしかめた。

輸送機の扉が開き、大柄な黒人男性が姿を見せると、何かを叫んだ。外国語だ。拓人には聞き取れないが、たぶんカルネ・シンのことを呼んだのだろう。カルネ・シンは手を振ってそれに応える。そして、いま黒い獣に襲われた者たちが血を流し倒れている中を悠々と歩いてゆく。慌てて逃げた人々が、遠巻きにこちらを窺っている。警察や消防が来ている様子はなかった。

輸送機の中からスロープが渡され、まず髪の長い女が、そのあと、黒い獣たちが次々と乗り込んでゆく。

「さあ行こう。これが私たちの方舟《はこぶね》だ」

カルネ・シンに促され、拓人はスロープに一歩足を踏み出す。

惰性でゆるやかな回転を続けるプロペラに美しいカタチが見えた。

これに乗ってどこに行くんだろう？　これから何をするんだろう？

それはわからない。

でも、そこは間違いなく僕の居場所のはずだ。誰にも嫌われず、ありのままにあることを許される居場所。誰も、僕のことを迷惑だなんて言わない居場所。

少しもやかましくない、静かな世界——

「拓ちゃん！」

呼ぶ声に振り向いた。

ロタンダ・シーフォレストのエントランスの前に、かつて拓人のことを迷惑だと言った女の子の姿があった。

生きていたんだ……。

制服の上着はなく、ブラウスもぼろぼろになっている。顔は汚れて、髪の毛もくしゃくしゃだ。それでも、生きて、そこに立っていた。

「ゆ、ゆ、結愛ちゃん……」

口から、漏れた。思えばその子を名前で呼ぶのは、いつ以来だろう。

「拓ちゃん！」

結愛はもう一度、叫んだ。その声は確かに拓人を呼んでいる。

拓人のことを「迷惑」と言ったり「友達」と言ったりするその少女の言葉には、しかし暖かなカタチがあった。

　頬に水が伝うくすぐったい感触で、拓人は自分が泣いていることに気づいた。一度自覚すると、涙は止めどなく溢れてくる。

　きっと彼女の隣は僕の居場所じゃない。そして、静かではなくやかましいのだろう。それはわかっている。それでも。

　拓人はカルネ・シンに向き直り、言った。

「い、い、行き、ません」

　カルネ・シンはじっとこちらを見つめる。

　拓人は息を吸って吐いて、ゆっくりと繰り返した。

「行きません」

「私たちと行かないということかね？」

　拓人は頷く。

「居場所を捨てて、この不完全なヒトの世界に留まるというのか？　きっともうすぐ終わってしまう世界だぞ？　それでもいいのか？」

　もう一度、頷いた。

　この人についていけば、そこには居場所があるんだろう。あの静かな世界が。

　この人が終わると言うのなら、世界は本当に終わるのかもしれない。怪物は、あの黒い獣たちは、世界を破壊しつくすのかもしれない。

それでも、一番大切なものは、このやかましい世界にある。

「そうか。ならば無理に引き留めはしないさ」

カルネ・シンは、スロープを進む。

拓人は踵を返して、走り出した。暖かなカタチの見えるところへ。あの少女が待っているところへ。

【エピローグ】鳥　BIRD

くすんだグリーンで塗装されたタンデムローター式輸送用ヘリコプターCH‐47《チヌーク》は、燃えるように赤い空の中を、まさに方舟のごとくゆらゆらと飛んでゆく。

ルゥは機内の窓から、遠ざかる東京の街を見下ろす。

いまその首都機能は半ば麻痺していると言っていいだろう。至る所で原因不明の事故が起きているはずだ。信号機のトラブル、自家用飛行機の墜落、タンカーの暴走――どれもコンピュータシステムの誤作動によるものだ。こういった事故が同時多発的に発生したため、海の森に消防や警察がすぐに駆けつけることはできなかった。

二度目の〈審判〉は、予定どおりに始まり、予定どおりに終了した。防犯カメラが捉えていたその模様は、このあとすぐに編集され、全世界に公開される。犯行声明と「種差別《スピーシズム》を克服せよ」というメッセージとともに。

しかし想定外のことも、いくつかあった。

ルゥは隣のシートに座る〈教授〉をちらりと見て、口を開いた。

「正直、あなたに銃が向けられたときは、生きた心地がしませんでした」

「心配をかけたね。それから、シマとヤマグチのことは残念だった……」

〈教授〉は悲しそうな目をした。昔、まだ〈考える人〉と呼んでいた頃、ルゥに欧米の畜産場や動物実験施設で行われていることを話してくれたときと同じ目だ。

ルゥは無言で頷いた。

シマとヤマグチの遺体は、一階のトイレで見つかった。酷い暴行を受けたあとがあった。きっとずいぶんと苦しかったことだろう。

「アイも悲しんでいる」

〈教授〉は、膝の上に乗せたエンジェル・テリア――アイ――の頭を慈しむように撫でる。彼女が純白の体毛に覆われているのは、白毛ではなくメラニン欠乏症によるものだ。

アヌビスの子犬工場《パピーミル》で、アイと〈彼ら〉を見つけたのは、シマだった。〈彼ら〉は〈不良品《ジャンク》〉などと呼ばれ、殺処分される運命にあった個体、そしてアイはその母親となった繁殖用の個体だった。それをシマがこっそりと持ち出し、飼育したのだ。

「ええ、悲しいわ」

アイが高く澄んだ声で言った。

声帯を震わせて喋ったわけではない。犬と同じ肉体の構造をしている彼女にそれはできない。声を出しているのは、輸送機に積んであるコンピュータだ。彼女の右目には、視線によりそれを操作するレンズ型の入力デバイスが装着されている。身体障碍者が使うものを彼女に合わせてアレンジした。これを使って、アイはコンピュータを動かし、合成音で喋る。

〈彼ら〉の母親たるアイは、見た目こそ愛らしい小型犬だが、その脳の機能において、大きな変異を持っている。おそらくはエンジェル・テリアという犬種そのものが、犬という種の枠を超えた変異の塊なのだろう。

アイは、多くの動物が備えている高度な具象的認知を持ちつつ、本来、動物が持たないはずの抽象的な思考力と言語能力も備えている。自閉症などの発達障碍者が、高度な具象的認知を持つのと鏡のような関係だ。つまり彼女もまた〈野性の脳〉の持ち主である。森羅万象あらゆるもののカタチを見ることができる。

「でも、これは幸福最大化のための不幸なのでしょう？」

最大多数の最大幸福――アイは〈教授〉と同じことを言う。

この結果を得るためには、そのプロセスにおいて小さな不幸をコストとして払わなければならないことがある。動物を含めた世界全体の幸福を最大化するため、ヒトの死といった小さな不幸は必要なコストとして許容される。

「今回はとても有意義だったわ。私の息子たちはみんな思う存分楽しめたし、子犬工場《パピーミル》の仲間たちも解放できたしね」

〈彼ら〉のお披露目を兼ねた二度目の〈審判〉を日本でやりたがったのは、他ならぬアイだった。

「きみが気に入ってくれたのなら、何よりだ」

教授がうやうやしく言った。アイが望むとおりに〈DOG〉は動く。

〈審判〉はこのあとも何度も続く。世界中のあらゆるところで。そしてその都度、種差別《スピーシズム》の克服を訴える。

ヒトに抗う術などない。こちらにはアイがいる。

アイの〈野性の脳〉は、数の体系すらをカタチとして捉えることができる。これはあらゆる数学的暗号を無効化し、現代のサイバー・セキュリティを根本的に破壊してしまえる力だ。

通信、医療、物流、果ては軍事まで、ヒトの文明はコンピュータによって支えられていると言っても過言ではない。アイはそれを土台から崩すことができる。

「あの」

ルゥは〈教授〉に声をかけた。

「なんだい？」

「彼、氏家拓人は、排除すべきじゃないですか。仲間にならないなら、彼は私たちの脅威になるかもしれません。現に、さっきはシステムを奪い返されました」

ヒトの中にもアイと同等の〈野性の脳〉を持っている者がいたということが、最大の想定外だ。

「〈教授〉も最初はそう考えたみたい。でも、私が止めたの」

アイが〈教授〉の代わりに答えた。ルゥは驚く。

「なぜ？」

「彼の存在を〈最後の審判〉の一部とすればいいと思ったから。彼の〈野性の脳〉には私に対抗するだけの能力があるのかもしれない。でもそれを発揮させるためには、短時間でヒトの社会が彼を認め、居場所を提供する必要がある。あなたたちが、私や息子たちにしてくれたようにね。ヒトが総体としてそんなふうに理性を働かせることができるのなら、そう遠くない未来に種差別《スピーシズム》は克服されるはずでしょう？」

〈DOG〉が掲げる「種差別《スピーシズム》の克服」は、シンプルで合理的な倫理課題だ。最大多数の最大幸福を追求すれば、必ずここに行き着く。全人類が理性に従い欲望を抑えてそれを達成するならば、〈審判〉など必要はない。

「なるほど」

ルウは頷いた。

〈教授〉は頬に手をやり、目をすがめる。

「アイはこう言うが、私はね、彼の力が世に知れたら、私たちが排除するまでもなく、ヒトが彼を抹殺すると思うよ。彼を守ろうとする者も現れるかもしれないが、きっと守り切れないだろう」

確かにそうかもしれない。ヒトとはそういう生きものだ。

「不思議なものでね、私は心のどこかで、この予想が外れることを願っているんだ……。ヒトが私たちの〈審判〉を止めてくれることを願っている。つまり敗北を願っていることになる」

〈教授〉が漏らすと、アイが言った。

「不思議じゃないわ。だって〈教授〉、あなたはヒトなんですから」

〈教授〉は驚いたように眉をあげたあと、自嘲気味に笑った。

「そうか、そうだな。私も、ヒト、か。だから信じたいのかもしれないな。ヒトの手によって世界は変わると。しかし、やはり難しいだろうね。すべての有感動物の幸福が最大化された世界は、多くのヒトにとって狂気の世界に他ならない。なぜならそれは近代が獲得した『人間』の物語に、変更を迫るものだからね」

「そうですね。難しいでしょうね」

ルゥは同意する。

種差別《スピーシズム》を克服するということは、ヒトに「人間」であることを止めろということだ。万物の長などという特権的な地位を棄て、人間賛歌の幻想を棄てろということだ。

骨の髄まで人間中心主義に冒された現代のヒトが、果たしてそんな選択を取れるだろうか。

「もしもヒトによって変えられないならば、アイ、きみの手で変えてくれ」

「ええ、わかった。そのときは私が変えるわ。世界を、変える」

スピーカーからアイの言葉が合成音で響いた。

変えるとはつまり、壊すということだ。

〈審判〉を繰り返しても、ヒトが考えを改めないようなら、アイが一度、人間文明のすべてを壊し、混沌を導く。そしてそのあと真に倫理的な世界をつくり直す。それが〈最後の審判〉だ。

ヒトは驚くほど頑なで考え方を変えない動物だ。地動説が信じられるようになったのは、科学的な正しさが証明されたからではない。天動説を信じる者が死んでいったからだ。新しい世界は、古い世界の住人の死によってもたらされることは、すでに歴史が証明している。

ヒトが最終氷期を乗り越えて現在の繁栄を築けたのは、犬に出会い収斂進化を遂げたからだ。ならば、犬の末裔であるアイにはそれを壊す権利がある。

ルゥは再び窓の外を見やる。

海鳥の群れが、都市の喧噪など気にも留めず、優雅に滑空している。

彼らはきっと知らないだろう。彼らの先祖が、空を飛ばず、地上を支配していたということを。

ルゥは故郷の村にあった不思議な石のことを思い出す。族長が受け継ぐ肉食竜の牙、「悠久《ユウルドムンフ》」。

鳥が恐竜の子孫であるという説は、恐竜の化石が発見され始めた頃からあるが、研究が進んだことで一度否定され、のちに更に進んだ研究で見直され、現在では定説となっている。

地上を支配した恐竜は滅び、空へ逃げた鳥は生き残った。が、彼らもいつかは滅ぶのだろう。

海鳥が飛んでゆく先に夕陽が見える。

赤い太陽が。故郷の地平線に沈んでいたのと同じ大きな太陽が、空と海の境界に、溶けてゆく。

ヒトという種が誕生する前からあり、いなくなったあともあるであろう、美しい悠久をそこに見た。

・主要参考文献

『動物の解放　改訂版』　ピーター・シンガー　戸田清訳（人文書院）
『動物感覚　アニマル・マインドを読み解く』　テンプル・グランディン　キャサリン・ジョンソン　中尾ゆかり訳（日本放送出版協会）
『動物からの倫理学入門』　伊勢田哲治（名古屋大学出版会）
『犬の科学　ほんとうの性格・行動・歴史を知る』　スティーブン・ブディアンスキー　渡植貞一郎訳（築地書館）
『犬を殺すのは誰か　ペット流通の闇』　太田匡彦（朝日新聞出版）
『北里大学獣医学部　犬部！』　片野ゆか（ポプラ社）

この他、多くの書籍、ウェブサイトなどを参考にさせていただいております。参考文献の主旨と本作の内容はまったく別のものです。

本書は二〇一六年六月、小社より単行本として刊行されたものです。

|著者|葉真中 顕　1976年東京都生まれ。2009年『ライバル』で第1回角川学芸児童文学賞優秀賞を受賞。'12年『ロスト・ケア』で第16回日本ミステリー文学大賞新人賞を受賞し、ミステリー作家としてデビュー。'15年『絶叫』が第36回吉川英治文学新人賞候補、第68回日本推理作家協会賞（長編および連作短編集部門）候補。'17年『コクーン』が第38回吉川英治文学新人賞候補となる。他に短編集『政治的に正しい警察小説』がある。

ブラック・ドッグ

葉真中《はまなか》 顕《あき》

講談社文庫

定価はカバーに
表示してあります

2018年6月14日第1刷発行

発行者――渡瀬昌彦
発行所――株式会社　講談社
東京都文京区音羽2-12-21　〒112-8001
電話　出版（03）5395-3510
　　　販売（03）5395-5817
　　　業務（03）5395-3615

Printed in Japan

デザイン―菊地信義
本文データ制作―講談社デジタル製作
印刷―――株式会社廣済堂
製本―――加藤製本株式会社

ISBN978-4-06-512149-8

講談社文庫刊行の辞

二十一世紀の到来を目睫に望みながら、われわれはいま、人類史上かつて例を見ない巨大な転換期をむかえようとしている。

世界も、日本も、激動の予兆に対する期待とおののきを内に蔵して、未知の時代に歩み入ろうとしている。このときにあたり、創業の人野間清治の「ナショナル・エデュケイター」への志を現代に甦らせようと意図して、われわれはここに古今の文芸作品はいうまでもなく、ひろく人文・社会・自然の諸科学から東西の名著を網羅する、新しい綜合文庫の発刊を決意した。

激動の転換期はまた断絶の時代である。われわれは戦後二十五年間の出版文化のありかたへの深い反省をこめて、この断絶の時代にあえて人間的な持続を求めようとする。いたずらに浮薄な商業主義のあだ花を追い求めることなく、長期にわたって良書に生命をあたえようとつとめるところにしか、今後の出版文化の真の繁栄はあり得ないと信じるからである。

同時にわれわれはこの綜合文庫の刊行を通じて、人文・社会・自然の諸科学が、結局人間の学にほかならないことを立証しようと願っている。かつて知識とは、「汝自身を知る」ことにつきていた。現代社会の瑣末な情報の氾濫のなかから、力強い知識の源泉を掘り起し、技術文明のただなかに、生きた人間の姿を復活させること。それこそわれわれの切なる希求である。

われわれは権威に盲従せず、俗流に媚びることなく、渾然一体となって日本の「草の根」をかたちづくる若く新しい世代の人々に、心をこめてこの新しい綜合文庫をおくり届けたい。それは知識の泉であるとともに感受性のふるさとであり、もっとも有機的に組織され、社会に開かれた万人のための大学をめざしている。大方の支援と協力を衷心より切望してやまない。

一九七一年七月

野間省一